R&B

ARME DINGER

* * *

EPISODEN AUS DEN FRÜHEN JAHREN
des
SCHOTTISCHEN
GESUNDHEITSBEAMTEN
Dr. med.
ARCHIBALD McBANDLESS

* *

Bearbeitet von
ALASDAIR GRAY

*

Aus dem Englischen
von
Bernd Rullkötter

Rogner & Bernhard
bei Zweitausendeins

Für meine Frau Morag

1. Auflage, Januar 1996.

Titel der Originalausgabe: POOR THINGS

Erstmals erschienen bei Bloomsbury, London 1992.

ISBN 3-8077-0343-8

Umschlagbild:
Alasdair Gray, Glasgow.
Herstellung: Eberhard Delius, Berlin.
Satz: Theuberger, Berlin.
Druck: Wagner GmbH, Nördlingen.
Einband: G. Lachenmaier, Reutlingen.
Gedruckt auf 100% Recyclingpapier von E.A.Geese GmbH, Hamburg.
Vorsatz- und Überzugspapier aus nichtdeinktem 80% Recyclingpapier.
Umschlagpapier aus 100% Recyclingpapier.
Das Kapitalband und das Leseband sind aus 100% ungefärbter und ungebleichter Baumwolle.
Printed in Germany.

Dieses Buch gibt es nur bei Zweitausendeins im Versand (Postfach, 60831 Frankfurt am Main) oder in den Zweitausendeins-Läden in Berlin, Essen, Frankfurt, Freiburg, Hamburg, Köln, München, Nürnberg, Saarbrücken, Stuttgart.

In der Schweiz über buch 2000, Postfach 89, CH-8910 Affoltern a.A.

Einführung

Der Arzt, der hier von seinen frühen Erfahrungen erzählt, starb im Jahre 1911, und Leser, die nichts über die Geschichte der waghalsig-experimentellen schottischen Medizin wissen, könnten die Darstellung fälschlich für ein groteskes Märchen halten. Wer jedoch die am Ende dieser Einführung genannten Beweise untersucht, wird nicht bezweifeln, daß ein chirurgisches Genie in der letzten Februarwoche 1881 im 18 Park Circus, Glasgow, menschliche Überreste benutzte, um eine fünfundzwanzigjährige Frau zu erschaffen. Der Ortskundler Michael Donnelly ist anderer Meinung als ich. Da er den Text rettete, der den größten Teil des Buches ausmacht, muß ich erklären, wie er ihn fand.

In den siebziger Jahren war das Leben in Glasgow sehr aufregend. Die alten Industrien, von denen die Stadt abhängig gewesen war, wurden stillgelegt und dann nach Süden verlagert, während die gewählten Regierungen (aus Gründen, die jeder Volkswirtschaftler erläutern kann) Hochhausblocks und ein sich ständig erweiterndes Autobahnnetz kauften. Im Ortskundemuseum am Glasgow Green machten die Kuratorin Elspeth King und ihr Assistent Michael Donnelly Überstunden, um Belege einer Lokalkultur, die in die Vergangenheit abgedrängt wurde, zu erwerben und zu bewahren. Seit dem Ersten Weltkrieg hatte der Stadtrat dem Heimatmuseum (das People's Palace heißt) keine Mittel für Neuanschaffungen bewilligt, so daß Elspeth und Michael fast alles, was sie erwarben, aus Abbruchliegenschaften bergen mußten. Ein Lagerraum in der Teppichfabrik Templeton (die bald schließen würde) wurde gemietet, und hierhin brachte Michael Donnelly seine Funde: Buntglasfenster, Keramikkacheln, Theaterplakate, Spruchbänder aufgelöster

Gewerkschaften und alle möglichen historischen Dokumente. Elspeth King packte manchmal bei Michaels Arbeit mit an, denn das übrige Personal war vom Chef der städtischen Kunstgalerie in Kelvingrove entsandt worden, und man bezahlte es nicht dafür, Gegenstände aus schmutzigen, gefährlichen Gebäuden zu bergen. Natürlich bezahlte man auch Elspeth und Michael nicht für ihre Mühen, weshalb die neuen und sehr erfolgreichen Ausstellungen, die sie veranstalteten, den Stadtrat wenig oder nichts kosteten.

Als Michael Donnelly eines Morgens durch das Stadtzentrum ging, bemerkte er einen Stapel altmodischer Aktenkästen am Rand eines Bürgersteigs; man hatte sie offenbar dort hingelegt, damit die Stadtreinigung sie abholen und vernichten konnte. Michael schaute in die Kästen und fand Briefe und andere Dokumente aus den ersten Jahren des Jahrhunderts: Müll einer ehemaligen Anwaltspraxis. Eine moderne Firma hatte die Reste der alten Kanzlei geerbt und alles wegwerfen lassen, was sie nicht benötigte. Die Papiere betrafen hauptsächlich Immobiliengeschäfte zwischen Einzelpersonen und Familien, die bei der Gestaltung der Stadt in ihren früheren Tagen mitgewirkt hatten. Michael sah den Namen der ersten Ärztin, die ihr Studium an der Universität Glasgow abgeschlossen hatte – ein Name, der heutzutage nur den Historikern der Suffragettenbewegung bekannt ist, obwohl sie einst eine Fabier-Flugschrift über Volksgesundheit verfaßte. Er beschloß, die Akten in einem Taxi mitzunehmen und sie in aller Ruhe zu sichten; aber zuerst sprach er in der Firma vor, die die Ordner ausgesondert hatte, und bat um Erlaubnis. Sie wurde ihm verweigert. Ein Seniorpartner (ein bekannter Anwalt und Regionalpolitiker, der hier nicht genannt werden soll) erklärte Michael, daß sein Blick in die Akten eine kriminelle Handlung gewesen sei, da ihm die Papiere nicht gehörten und man sie für die städtische Verbrennungsanlage vorgesehen habe. Jeder Anwalt sei durch seinen Eid verpflichtet, die Angelegenheiten eines Mandanten geheimzuhalten, gleichgültig, ob der Anwalt die Dokumente geerbt habe oder nicht und ob der Mandant am Leben oder tot sei. Die einzig sichere Methode, alte Angelegenheiten geheimzuhalten, bestehe darin, alle Hinweise auf ihre Abwicklung zu vernichten, und wenn Michael Donnelly einen Teil des Stapels vor der Zerstörung rette, werde man ihn des Diebstahls anklagen. Also ließ Michael den Stapel unberührt – abgesehen von einem kleinen Gegenstand, den er sich zwanglos in die Tasche gesteckt hatte, bevor er erfuhr, daß dies ein Verbrechen war.

Es handelte sich um ein versiegeltes Päckchen, auf dem mit verblichener brauner Tinte stand: *Nachlaß von Dr. med. Victoria McBandless / Zu Händen ihres ältesten Enkelkindes oder überlebenden Nachkommen nach August 1974 / Vorher nicht zu öffnen.* Jemand hatte vor kurzem mit einem modernen Kugelschreiber eine Zickzacklinie durch die Zeilen gezogen und darunter gekritzelt: *Keine überlebenden Nachkommen.* Das Siegel des Päckchens war an einem Ende aufgebrochen und das Papier aufgerissen worden, aber der Verantwortliche mußte das Buch und den Brief für so uninteressant gehalten haben, daß er sie nachlässig zurückgeschoben hatte – beide ragten hervor, und der Brief war zerknittert, nicht gefaltet. Der Erzdieb Donnelly untersuchte diese Dinge sorgfältig während einer Teepause im Lagerraum des People's Palace.

Das Buch maß achtzehn mal elf Zentimeter, war in schwarzes Leinen gebunden, und man hatte ein absonderliches Muster auf den Einband geprägt. Auf das Deckblatt hatte jemand ein sentimentales Gedicht geschrieben, und auf die Titelseite war folgendes gedruckt: EPISODEN AUS DEN FRÜHEN JAHREN eines SCHOTTISCHEN GESUNDHEITSBEAMTEN / Dr. med. Archibald McBandless / Radierungen von William Strang / GLASGOW: Veröffentlicht für den Autor von ROBERT MACLEHOUSE & COMPANY, Universitätsdruckerei 1909. Dies war kein ermutigender Titel. In jenen Tagen wurden viele seichte, geschwätzige Bücher unter Bezeichnungen wie *Blätter aus dem Dienstbuch eines Inspektors* und *Die Ansichten und Vorurteile von Frank Clark, Barrister* herausgebracht. Wenn der Autor den Verleger bezahlte (wie hier), waren die Bücher gewöhnlich langweiliger als in den Fällen, in denen der Verleger den Autor bezahlte. Michael schlug das erste Kapitel auf und sah eine typische Überschrift der Epoche:

ERSTES KAPITEL

Meine Mutter – Mein Vater – Die Universität Glasgow und frühe Kämpfe – Porträt eines Professors – Ein finanzieller Vorschlag und seine Ablehnung – Mein erstes Mikroskop – Eine gleichwertige Intelligenz.

Am meisten interessierten Michael Donnelly die Illustrationen von Strang, sämtlich Porträts. William Strang (1859–1921) war ein in Dumbarton geborener schottischer Künstler, der am Slade-Kunstinstitut in London, bei Legros, studiert hatte. Heutzutage ist er eher für seine Radierungen als für seine Gemälde bekannt, und einige seiner besten Arbeiten wurden als Buchillustrationen verwendet. Ein Arzt, der Strangs Radierungen für ein privat gedrucktes Buch bezahlen konnte, muß ein höheres Einkommen gehabt haben als die meisten Gesundheitsbeamten, doch der Archibald McBandless, dessen Gesicht die Seite gegenüber dem Titelblatt schmückte, hatte nicht das Aussehen eines reichen Mannes oder eines Arztes. Der Begleitbrief war sogar noch verblüffender. Er stammte von Dr. med. Victoria McBandless, der Witwe des Autors; sie teilte den Nachkommen (die nie geboren werden sollten) mit, daß das Buch voller Lügen sei. Hier ist ein Auszug:

Im Jahre 1974 ... werden die überlebenden Angehörigen der McBandless-Dynastie zwei Großväter oder vier Urgroßväter haben und unbekümmert über die Verirrungen eines von ihnen lachen. Aber ich kann nicht über dieses Buch lachen. Sein Anblick läßt mich schaudern, und ich danke der »Lebenskraft« dafür, daß mein verstorbener Mann nur dieses eine Exemplar drucken und binden ließ. Ich habe ... das Originalmanuskript verbrannt und hätte das gleiche mit diesem getan, wie er vorschlägt ... aber leider ist es fast der einzige noch vorhandene Hinweis darauf, daß der arme Narr existierte. Außerdem bezahlte er ein kleines Vermögen dafür ... Mir ist gleichgültig, was die

Nachwelt davon hält, solange niemand unter den nun Lebenden es mit mir in Verbindung bringt.

Michael erkannte, daß sowohl das Buch als auch der Brief größere Aufmerksamkeit verdienten. Deshalb legte er sie zusammen mit anderen Materialien beiseite, um sie, wenn er mehr Zeit hatte, zu studieren.

Und da blieben sie liegen. An jenem Nachmittag erfuhr er, daß das alte Theologische Institut der Universität Glasgow für den Umbau durch eine Immobilienfirma ausgeräumt wurde (es besteht heute aus Luxusapartments). Michael entdeckte, daß es mehr als ein Dutzend große, gerahmte Ölgemälde von schottischen Geistlichen des 18. und 19. Jahrhunderts enthielt. Auch diese Gemälde wären in der städtischen Verbrennungsanlage im Dawsholm Park vernichtet worden, wenn er sie nicht aus ihren Keilrahmen geschnitten (man hatte sie in einer markanten Höhe in die Wand geschraubt) und zur städtischen Kunstgalerie in Kelvingrove gebracht hätte, wo im überfüllten Lagerraum ein Platz für sie gefunden wurde. Mehr als ein Jahrzehnt verging, bevor Michael Donnelly Zeit hatte, sich hinzusetzen und sich in aller Ruhe mit dem Thema Sozialgeschichte zu beschäftigen. Er verließ den People's Palace 1990, als Glasgow von Margaret Thatchers Kunstminister zur offiziellen Kulturhauptstadt Europas erklärt worden war; beim Hinausgehen steckte er sich das Buch und den Brief wieder ein, denn sie würden (dessen war er sich sicher) seinem Nachfolger oder seiner Nachfolgerin nicht das geringste bedeuten – falls ihm überhaupt jemand nachfolgte.

Ich lernte Michael Donnelly 1977 kennen; damals hatte mich Elspeth King im People's Palace als künstlerischen Chronisten eingestellt. Aber als er im Herbst 1990 Kontakt mit mir aufnahm, war ich bereits freiberuflicher Schriftsteller und hatte mit mehreren Verlagen zu tun. Er borgte mir das Buch und sagte, es sei ein verlorengegangenes Meisterwerk, das gedruckt werden müsse. Ich schloß mich seiner Ansicht an und versprach, für die Veröffentlichung zu sorgen, wenn er mir bei der Bearbeitung völlig freie Hand lasse. Er gab etwas widerwillig sein Einverständnis, als ich ihm zusicherte, daß ich Archibald McBandless' eigentlichen Text nicht verändern würde. Tatsächlich kommt der Hauptteil dieses Buches einem Faksimile von McBandless' Original so nahe wie möglich; Strangs Radierungen und andere Illustrationselemente sind fotografisch reproduziert worden. Allerdings habe ich die langatmigen Kapitelüberschriften durch meine eigenen, forscheren Titel ersetzt. Kapitel 3, ursprünglich betitelt *Sir Collins Entdeckung – Ein Leben zum Stillstand gebracht – »Welchen Zweck hat das?« – Die seltsamen Kaninchen – »Wie haben Sie es getan?« – Nutzlose Klugheit und was die Griechen wußten – »Auf Wiedersehen« – Baxters Bulldogge – Eine schreckliche Hand*, heißt nun einfach »Der Streit«. Ich habe auch darauf bestanden, das Buch in ARME DINGE(R) umzubenennen. *Dinge(r)* werden im Text häufig erwähnt, und jede einzelne Person (außer Mrs. Dinwiddie und zwei Schmarotzern des Generals) wird als *arm* bezeichnet oder nennt sich selbst irgendwann so. Ich mache den Brief der Dame, die sich »Victoria« McBandless nennt, zum Epilog des Buches. Michael hätte ihn lieber als Einführung gesehen, aber dann wären die Leser voreingenommen, bevor sie sich dem Haupttext zuwenden. Liest man ihn danach, so begreift man rasch, daß es der Brief einer verstörten Frau ist, die die Wahrheit über die ersten Schritte in ihrem Leben verbergen möchte. Außerdem braucht kein Buch zwei Einführungen, und ich bin gerade dabei, diese hier zu schreiben.

Leider sind Michael Donnelly und ich unterschiedlicher Meinung über dieses Buch. Er hält es für ein von schwarzem Humor erfülltes Werk, in das einige reale Erfahrungen und historische Tatsachen geschickt eingewoben worden sind – ein Buch wie Scotts *Old Mortality* und Hoggs *Private Memoiren und Bekenntnisse eines gerechtfertigten Sünders*. Mich erinnert es eher an Boswells *Dr. Samuel Johnson*: das liebevolle Porträt eines erstaunlich guten, massigen, intelligenten, exzentrischen Mannes, angefertigt von einem Freund mit einem Gedächtnis für Dialoge. Wie Boswell nimmt der bescheidene McBandless in seine Darstellung zahlreiche Briefe von anderen auf, die seinen Gegenstand aus einem unterschiedlichen Blickwinkel zeigen, und enthüllt schließlich das umfassende Bild der damaligen Gesellschaft. Zudem erklärte ich Donnelly, daß ich genug Literarisches verfaßt hätte, um Historisches davon zu unterscheiden. Er erwiderte, er habe genug historische Arbeiten verfaßt, um »Literatur« erkennen zu können. Darauf gab es nur eine einzige Antwort: Ich mußte Historiker werden.

Genau das wurde ich. Ich bin Historiker. Nach sechsmonatigen Recherchen in den Archiven der Universität Glasgow, im Old Glasgow Room der Mitchell Library, in der Scottish National Library, im Register House in Edinburgh, im Somerset House in London und im National Newspaper Archive der British Library in Colinton habe ich genug Material gesammelt, um beweisen zu können, daß McBandless' Bericht unzweifelhaft ein Faktengewebe ist. Ich führe einen Teil dieses Materials am Ende des Buches an, das meiste jedoch auf den folgenden Seiten. Leser, die sich nichts als eine gute Erzählung wünschen, sollten sofort zum Hauptteil des Buches übergehen. Berufsskeptikern dürfte es besser gefallen, wenn sie zunächst einen Blick auf diese Abfolge der Ereignisse werfen.

29. AUGUST 1879: Archibald McBandless schreibt sich als Medizinstudent an der Universität Glasgow ein, wo Gotthard Baxter (der Sohn des berühmten Chirurgen und selbst ein praktizierender Chirurg) als Assistent in der Anatomie arbeitet.

18. FEBRUAR 1881: Die Leiche einer schwangeren Frau wird aus dem Clyde geborgen. Der Polizeichirurg Gotthard Baxter (Wohnsitz 18 Park Circus) bescheinigt den Tod durch Ertrinken und kennzeichnet sie als »ungefähr 25 Jahre alt, 1,78 Meter groß, mit dunkelbraunem, gelocktem Haar, blauen Augen, hellem Teint und Händen, die keine grobe Arbeit gewöhnt waren; gutgekleidet«. Die Leiche wird in Inseraten beschrieben, aber niemand macht einen Anspruch geltend.

29. Juni 1882: Bei Sonnenuntergang hörte man fast im gesamten Clyde-Becken einen außerordentlichen Lärm. Obwohl die lokale Presse in den folgenden vierzehn Tagen ausführlich darauf einging, wurde nie eine befriedigende Erklärung dafür gefunden.

13. Dezember 1883: Duncan Trauburn, Anwalt, normalerweise wohnhaft bei seiner Mutter in 41 Aytoun Street, Pollokshields, wird als unheilbar geisteskrank in das Glasgow Royal Lunatic Asylum eingewiesen. Hier folgt ein Bericht aus dem *Glasgow Herald* zwei Tage später: »Letzten Samstag Nachmittag beschwerten sich Angehörige der Öffentlichkeit bei der Polizei, daß einer der Redner auf dem Forum des Glasgow Green unanständige Wendungen benutze. Der ermittelnde Wachtmeister stellte fest, daß der Sprecher, ein seriös gekleideter Mann Ende Zwanzig, verleumderische Behauptungen, gemischt mit Obszönitäten und Bibelzitaten, über ein angesehenes und philanthropisches Mitglied des Glasgower Ärztestandes aufstellte. Auf die Warnung hin, sich zu mäßigen, wurde seine Rede noch obszöner, und man brachte ihn mit großer Mühe in das Polizeirevier in der Albion Street, wo ein Arzt ihn für haft-, aber nicht für verhandlungsfähig befand. Unser Korrespondent meldet uns, daß der Mann ein Notar aus guter Familie ist. Auf eine Anklageerhebung wird verzichtet.«

27. Dezember 1883: General Sir Aubrey de la Pole Blessington, einst Träger des Spitznamens »Donnerkeil« Blessington, nun Parlamentsmitglied der Liberalen Partei für Nord-Manchester, stirbt durch eigene Hand im Waffenraum von Hogsnorton, seinem Landhaus in den Loamshire Downs. Weder in den Nachrufen noch in den Artikeln über seine Beisetzung wird seine Witwe erwähnt, obwohl er die vierundzwanzigjährige Victoria Hattersley drei Jahre zuvor geheiratet hatte; weder ihre legale Trennung von ihm noch ihr Tod wurden jemals verzeichnet.

10. Januar 1884: Mit Hilfe einer Sondergenehmigung wird ein standesamtlicher Ehevertrag zwischen Archibald McBandless, Medizinalassistent im Glasgow Royal Infirmary, und Bella Baxter, ledig, aus der Baronie-Gemeinde, unterzeichnet. Die Zeugen sind Gotthard Baxter, Mitglied des Königlichen Chirurgen-College, und Ishbel Dinwiddie, Haushälterin. Die Braut, der Bräutigam und beide Zeugen sind wohnhaft im 18 Park Circus, wo die Eheschließung stattfindet.

16. April 1884: Gotthard Baxter stirbt im 18 Park Circus laut Dr. med. Archibald McBandless (der die Todesurkunde unterzeichnet) an »einem Gehirn- und Herzstillstand, hervorgerufen durch erbliche neurale, respiratorische und alimentäre Dysfunktion«. Der *Glasgow Herald* erwähnt in einem Bericht über die Trauerfeier auf der Nekropolis »den einzigartig geformten Sarg« sowie die Tatsache, daß der Verstorbene sein gesamtes Vermögen Dr. und Mrs. McBandless hinterlassen hat.

2. September 1886: Die Frau, die Dr. med. Archibald McBandless unter dem Namen Bella Baxter heiratete, immatrikuliert sich unter dem Namen *Victoria* McBandless am Medizinischen Sophia-Jex-Blake-Institut für Frauen.

Michael Donnelly hat mir mitgeteilt, daß er dieses Material für überzeugender halten würde, wenn es mir gelungen wäre, offizielle Abschriften der Heirats- und der Todesurkunde und Fotokopien der Zeitungsartikel zu besorgen, aber solange meine Leser mir vertrauen, läßt es mich kalt, was ein »Experte« denkt. Mr. Donnelly ist nicht mehr so liebenswürdig wie früher. Er macht mich für den Verlust des Originalbandes verantwortlich, was ungerecht ist. Ich hätte dem Verlag sehr gern eine Fotokopie geschickt und das Original zurückgegeben, aber dadurch wären die Herstellungskosten um mindestens dreihundert Pfund erhöht worden. Moderne Setzer können einen getippten Text in ihren Computer »scannen« lassen, aber eine Fotokopie macht es erforderlich, daß das Buch neu getippt wird; außerdem mußte das Buch einem spezialisierten Fotografen vorgelegt werden, der Reproaufnahmen herstellte, nach denen man Strangs Radierungen und Bellas Brief drucken konnte. Irgendwo zwischen dem Herausgeber, dem Setzer und dem Fotografen ging das einzige Exemplar der Erstausgabe verloren. Zu solchen Versehen kommt es in der Buchproduktion ständig, und niemand bedauert sie mehr als ich.

Ich werde diese Einführung mit einem kurzen Inhaltsverzeichnis beenden, in dem der leicht bearbeitete Neudruck von McBandless' Buch einen Ehrenplatz erhält.

Ich habe die Anmerkungen mit einigen Stichen aus dem 19. Jahrhundert verziert, aber es war McBandless, der die Lücken in seinem Buch mit Illustrationen aus der ersten Ausgabe von *Gray's Anatomy* füllte – wahrscheinlich, weil sein Freund Baxter und er die hehre Kunst des Heilens daraus erlernten. Die bizarre Zeichnung gegenüber stammt von Strang; sie war in Silber auf die Decken des Originalbandes geprägt.

Du liebe, teure Ärztin, weltbekannt,

Tribut Dir zollt ein liebend' Freund, verrannt

Als Gatte, Patient aus Ärztestand.

Mein letztes Buch nun küß und (fern vollends)

Gleich lies es, dann, wenn's Dir mißfällt, verbrenn's!

Dein treuer

Archie, Juni 1911.

Head
Artic. with Acetabulum
Neck
Shaft
CRUREUS
SUB-CRUREUS
TRAPEZIUS
DELTOID
STERNO-CLEIDO MASTOID
PECTORALIS MAJOR
Head
Neck
Lesser Tuberosity for SUBSCAPULARIS
Bicipital Ridge
TERES MAJOR
DELTOID
BRACHIALIS ANTICUS
Radial Head
W. S.

DER AUTOR

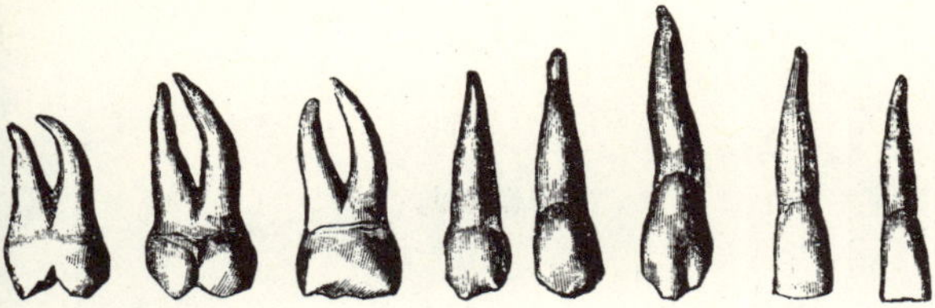

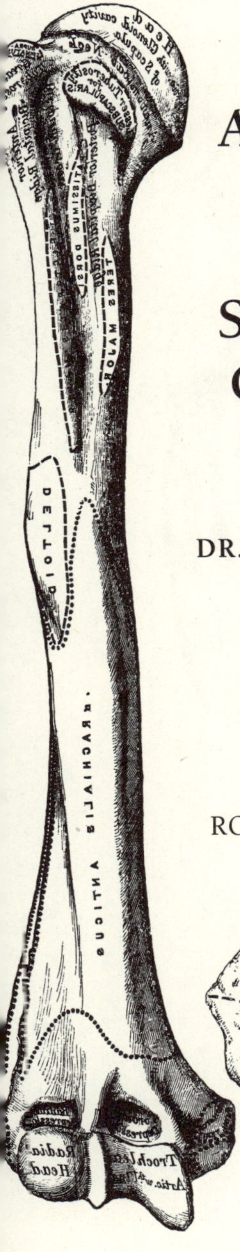

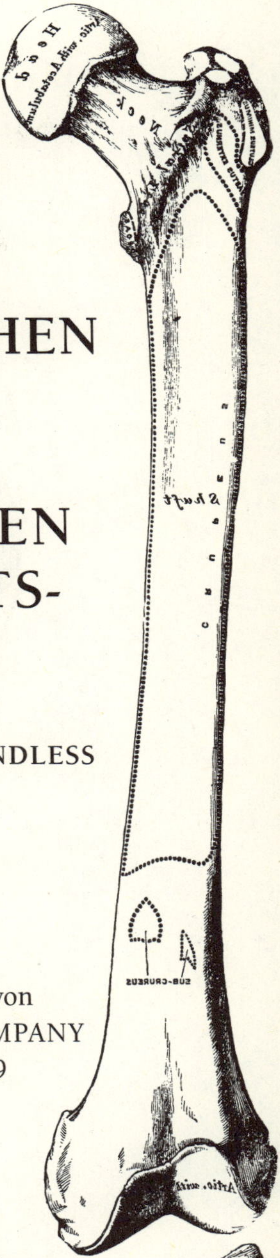

EPISODEN AUS DEN FRÜHEN JAHREN eines SCHOTTISCHEN GESUNDHEITS-BEAMTEN

DR. MED. ARCHIBALD McBANDLESS

RADIERUNGEN
von WILLIAM STRANG

GLASGOW:
Für den Autor veröffentlicht von
ROBERT MACLEHOSE & COMPANY
Universitätsdruckerei 1909

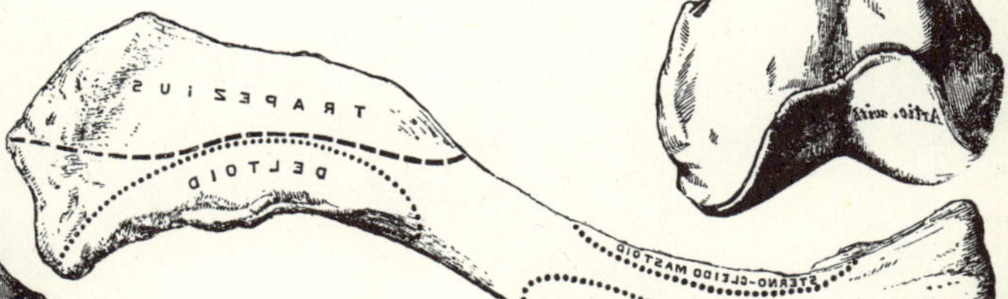

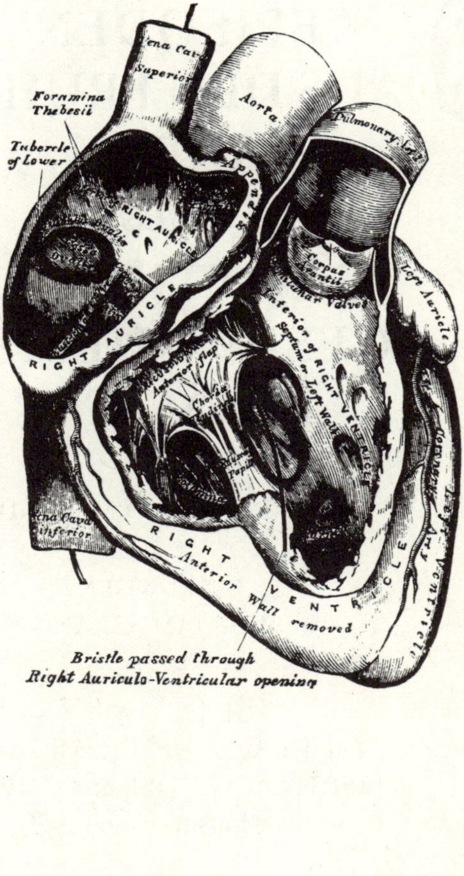
Superior
Foramina Thebesii
Tubercle of Lower
Aorta
Pulmonary
RIGHT AURICLE
Corpus Arantii
Left Auricle
Interior of RIGHT VENTRICLE
Septum or Left Wall
Anterior flap
inferior
RIGHT VENTRICLE
Anterior Wall removed
Left Ventricle
Bristle passed through Right Auriculo-Ventricular opening

Für Sie,
die mein Leben lebenswert
macht

INHALTSVERZEICHNIS

INHALTSVERZEICHNIS

ILLUSTRATIONEN

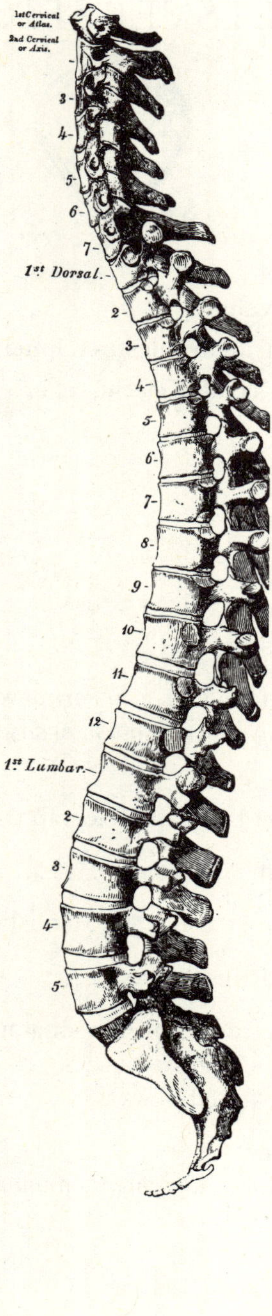

1st Cervical or Atlas.
2nd Cervical or Axis.
3
4
5
6
7
1st Dorsal.
2
3
4
5
6
7
8
9
10
11
12
1st Lumbar.
2
3
4
5

1
MEINE ERZEUGUNG

Wie die meisten Landarbeiter in jenen Tagen mißtraute meine Mutter den Banken. Als ihr Tod nahte, ließ sie mich wissen, daß die Ersparnisse ihres Lebens in einem Blechkasten unter dem Bett seien, und murmelte: »Nimm das Geld und zähle es.«

Das tat ich, und der Betrag war größer, als ich erwartet hatte. Sie sagte: »Mach was aus dir.«

Ich erwiderte, daß damit aus mir ein Arzt werden könnte, und ihr Mund verzog sich zu einer skeptischen Grimasse, die sie bei allen seltsamen Vorschlägen aufsetzte. Einen Moment später flüsterte sie eindringlich: »Gib keinen Penny für eine Beerdigung aus. Wenn Scraffles mich in ein Armengrab tut, dann soll ihn der Teufel holen! Versprich mir, daß du das ganze Geld für dich behältst.«

Scraffles war der örtliche Spitzname für meinen Vater und für eine Krankheit, die schlecht ernährtes Geflügel heimsucht. Scraffles bezahlte die Beerdigung, doch er erklärte: »Den Stein überlasse ich dir.«

Zwölf Jahre vergingen, bevor ich mir einen angemessenen Grabstein leisten konnte, aber mittlerweile konnte sich niemand mehr an den Platz des Grabes erinnern.

An der Universität kündeten meine Kleidung und mein Benehmen von meiner Landarbeiterherkunft, und da ich von niemandem deshalb verspottet werden wollte, blieb ich außerhalb der Vorlesungssäle und des Prüfungsraumes gewöhnlich für mich. Am Ende des ersten Trimesters rief mich ein Professor in sein Zimmer und sagte: »Mr. McBandless, in einer gerechten Welt könnte ich ihnen eine glänzende Zukunft vorhersagen, aber nicht in dieser, es sei denn, Sie nähmen einige Veränderungen vor. Sie könnten ein größerer Chirurg als Hunter werden, ein trefflicherer Geburtshelfer als Simpson, ein besserer Heiler als Lister, aber wenn Sie sich nicht einen Hauch eleganter Vornehmheit oder unbeschwerten Humors zulegen, wird kein Patient Ihnen vertrauen, und andere Ärzte werden Sie meiden. Verachten Sie eine adrette Erscheinung nicht deshalb, weil so etwas vielen Narren, Snobs und Schurken eigen ist. Wenn Sie sich kein gutes Jackett von einem guten Schneider leisten können, dann suchen Sie nach einem passenden unter den nicht ausgelösten Pfandgegenständen in den besseren Leihhäusern. Falten Sie Ihre Hose nachts säuberlich zwischen zwei Brettern unter Ihrer Matratze. Wenn Sie Ihre Wäsche nicht jeden Tag wechseln können, achten Sie wenigstens darauf, einen frisch gestärkten Kragen an Ihrem Hemd zu befestigen. Nehmen Sie teil an den Gesellschaftsabenden und Hauskonzerten der Schicht, der Sie sich durch Ihr Studium anschließen wollen – Sie werden merken, daß wir keine üble Gruppe sind, und allmählich werden Sie sich durch einen Prozeß instinktiver Nachahmung einfügen.«

Ich erwiderte, daß mein Geld nur für meine Gebühren, Bücher, Instrumente und Ernährung ausreiche.

»Ich *wußte*, daß das Ihr Problem ist!« rief er triumphierend. »Aber unser Senat verteilt Legate an verdienstvolle Personen wie Sie. Die meisten Stipendien gehen an Theologiestudenten, aber weshalb sollte die Naturwissenschaft ausgeschlossen werden? Ich glaube, daß wir Ihnen wenigstens die Summe für einen neuen Anzug zukommen lassen können, wenn Sie auf die richtige Art an uns herantreten und ich ein Wort für Sie einlege. Was meinen Sie? Wollen wir es versuchen?«

Hätte er gesagt: »Ich glaube, Sie haben Anspruch auf ein Stipendium, Sie müssen es folgendermaßen beantragen, und ich werde Ihnen eine Referenz geben« – hätte er das gesagt, dann hätte ich ihm danken können. Aber er rekelte sich auf seinem Stuhl, die Hände über der prallen Weste verschränkt, und blickte mit einem so süßlichen, gezierten und selbstgefälligen Lächeln zu mir auf (denn er hatte mich nicht aufgefordert, Platz zu nehmen), daß ich die Fäuste in die Taschen steckte, um ihm nicht die Zähne einzuschlagen. Statt dessen antwortete ich, daß ich aus einem Teil von Galloway stammte, in dem man das Betteln um Almosen verabscheue, aber da man meine Begabung so hoch einschätze, könnten wir einen für uns beide profitablen Ausweg finden. Ich schlug ihm vor, mir hundert Pfund zu leihen, für die ich ihm am Jahrestag des Kredits siebeneinhalb Prozent zurückzahlen würde, und zwar bis zu meinem fünften Jahr als praktischer Arzt oder meinem dritten Jahr als Facharzt; zu diesem Zeitpunkt würde ich ihm die ursprüngliche Summe zurückerstatten und eine Gratifikation von zwanzig Pfund hinzufügen. Er sperrte den Mund auf, deshalb setzte ich rasch hinzu: »Natürlich werde ich bankrott sein, wenn ich mein Studium nicht beende oder frühzeitig aus dem Register gestrichen werde, aber ich glaube, daß es sich um eine sichere Investition handelt. Was meinen Sie? Wollen wir es versuchen?«

»Sie machen Witze?«, murmelte er und musterte mich; seine Lippen zuckten unter dem Anflug eines Lächelns, das er mich nachzuahmen wünschte. Da ich zu wütend war, über den Witz zu grinsen, zuckte ich die Achseln, verabschiedete mich und ging hinaus.

Vielleicht gab es einen Zusammenhang zwischen diesem Gespräch und dem Umschlag, der in einer unbekannten Handschrift adressiert war und eine Woche später mit der Post eintraf. Er enthielt eine Fünfpfundnote, von der ich den Großteil für ein Mikroskop aus zweiter Hand und den Rest für Hemden und Kragen ausgab. Nun konnte ich mich wenigstens statt wie ein Ackerbauer wie ein bedürftiger Buchhändler kleiden. Meine Kommilitonen hielten dies für eine Verbesserung, denn sie begannen, mich fröhlich zu grüßen und mir den aktuellen Klatsch mitzuteilen, obwohl ich keine Neuigkeiten für sie hatte. Gotthard Baxter war der einzige, mit dem ich wie meinesgleichen sprach, denn wir waren (wie ich immer noch glaube) die beiden intelligentesten und ungeselligsten Personen an der Glasgower Medizinischen Fakultät.

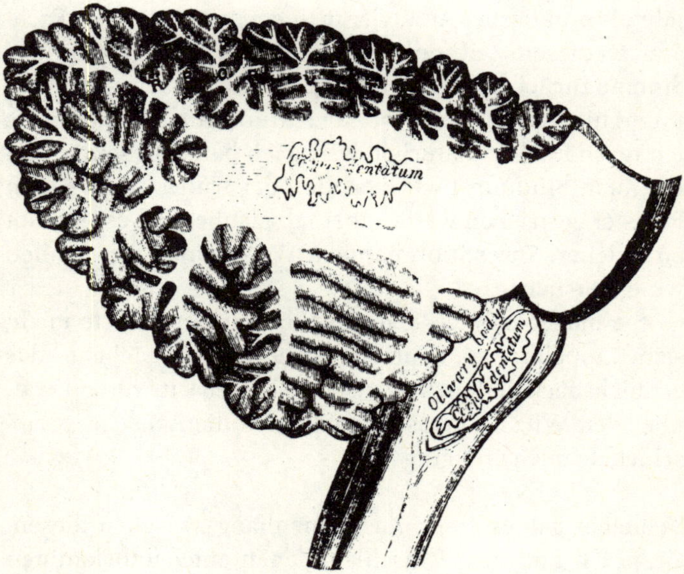

2
GOTTHARD BAXTERS ERZEUGUNG

Ich kannte ihn drei Trimester lang vom Sehen, bevor wir ein Wort wechselten.

Ein privater Arbeitsplatz war in einer Ecke des Sektionssaales geschaffen worden, indem man die Tür eines Schrankes entfernt und eine Bank hineingestellt hatte. Baxter saß gewöhnlich dort, präparierte und untersuchte Objektträger und machte sich rasche Notizen. Hier ließen sein großes Gesicht, sein stämmiger Körper und seine dicken Gliedmaßen ihn zwergenhaft wirken. Manchmal lief er hinaus, um den Desinfektionsbehälter zu plündern, in dem Gehirne wie Blumenkohl aufgehäuft waren, und wenn er an anderen Leuten vorbeiging, sah man, daß er die meisten um einen ganzen Kopf überragte, aber er hielt sich so fern wie möglich von allen, da er äußerst schüchtern war. Trotz seines riesigen Körpers hatte er die großen hoffnungsvollen Augen, die Stupsnase und den traurigen Mund eines ängstlichen Kleinkindes; seine Stirn war ständig von drei tiefen Falten zerfurcht. Morgens war sein stacheliges braunes Haar geölt und zu beiden Seiten eines Mittelscheitels glatt nach hinten gekämmt, aber im Laufe des Tages ragten spitze Büschel hinter seinen Ohren hervor, und am späten Nachmittag war sein Schädel so zottig wie ein Bärenfell. Seine Kleidung war aus teurem grauen Tuch, verhalten modisch und wunderbar geschneidert, damit seine seltsame Gestalt so konventionell wie möglich erschien; doch ich hatte den Eindruck, daß er in den Pluderhosen und dem Turban eines Bühnentürken natürlicher aussehen würde.

Er war der einzige Sohn Colin Baxters, des ersten Mediziners, der von Königin Victoria zum Ritter geschlagen wurde. Sir Colins Porträt hing neben dem Porträt John Hunters in unserem Prüfungsraum: ein glattrasierter, dünnlippiger Mann mit scharfen Zügen, der nicht die geringste Ähnlichkeit mit seinem Sohn hatte. »Sir Colins mangelndes Interesse an weiblicher Schönheit war legendär«, erzählte mir einer der Schwätzer, »aber seine Nachkommenschaft beweist, daß er einen erstaunlichen Drang zu weiblicher Häßlichkeit hatte.« Es hieß, daß Gotthard seinem Vater in dessen späten Jahren von einer Hausangestellten geschenkt worden sei, daß dieser seinen Sohn jedoch (im Unterschied zu meinem Vater) mit seinem eigenen Namen, einer Privatschulausbildung und einem kleinen Vermögen versehen habe. Nichts Bestimmtes war über Gotthards Mutter bekannt. Manche behaupteten, sie sei in einer Irrenanstalt, andere sagten, Sir Colin habe sie als seine Dienerin beschäftigt; mit einem schwarzen Kleid, einer Haube und Schürze angetan, habe sie schweigend am Eßtisch Teller herumgereicht, wenn er Kollegen und die Frauen von Kollegen bewirtete. Der große Chirurg starb ein Jahr bevor sich Gotthard an der Universität einschrieb. Er war ein brillanter Student, abgesehen von der Arbeit im Krankenhaus, wo seine seltsame Stimme und Erscheinung die Patienten erschreckten und das Personal verärgerten; deshalb schloß er sein Studium nicht ab, arbeitete jedoch als Forschungsassistent weiter. Niemand kannte sein Forschungsgebiet oder hatte allzu großes Interesse daran. Er durfte nach Belieben kommen und gehen, da er seine Gebühren regelmäßig bezahlte, niemanden störte und einen berühmten Vater hatte. Die meisten hielten ihn für einen wissenschaftlichen Dilettanten, aber ich erfuhr auch, daß er einer Klinik, die zu einer Gießerei im Ostteil von Glasgow gehörte, unentgeltliche Hilfe leistete und verbrannte Gliedmaßen und Rückgratbrüche ungewöhnlich gut behandelte.

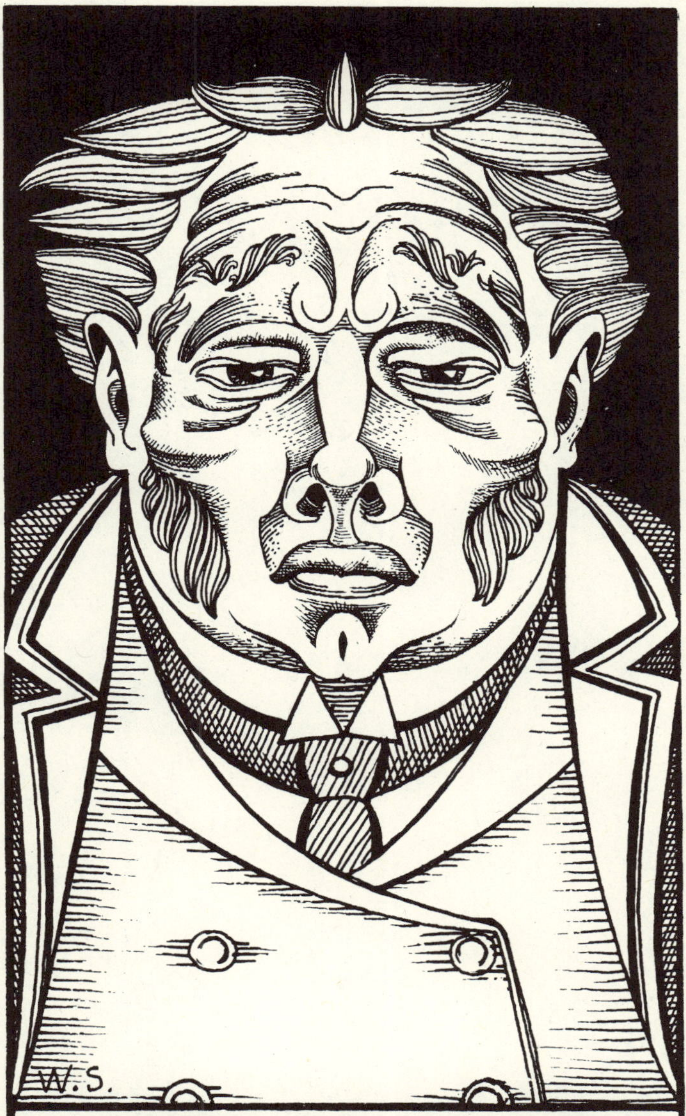
W.S.
GOTTHARD BAXTER

In meinem zweiten Jahr nahm ich an einer öffentlichen Diskussion über ein Thema teil, das mich interessierte, wenn auch nicht, weil es neu gewesen wäre: Entwickelt sich das Leben hauptsächlich durch kleine, schrittweise Änderungen oder durch große, katastrophale? In jenen Tagen galt das Thema sowohl als religiös wie als wissenschaftlich, weshalb die Hauptredner zwischen fanatischem Ernst und alberner Scherzhaftigkeit schwankten und den Standpunkt ihrer Argumentation verschoben, wann immer sie dadurch den geringsten Vorteil über ihre Gegner erhielten. Aus dem Auditorium legte ich faktische Grundlagen dar, über die wir alle uns einigen und auf denen wir ein Gebäude neuer Ideen aufbauen könnten. Ich wählte meine Worte sorgfältig, und man hörte mir zuerst schweigend zu, doch dann breitete sich ein Raunen aus, das zu Lachsalven anschwoll. Am nächsten Tag erklärte mir ein Bekannter: »Es tut mir leid, daß wir gelacht haben, McBandless, aber zu hören wie Sie ständig Comte und Huxley und Haeckel in Ihrem breiten schottischen Dialekt zitierten, war so, als hätte die Königin das Parlament mit der Stimme einer Cockney sprechenden Straßenhändlerin eröffnet.

Während meiner Ausführungen ahnte ich nicht, was die Leute so sehr belustigte, und warf einen besorgten Blick auf meine Kleidung, um zu sehen, ob vielleicht Knöpfe geöffnet waren. Das Gelächter wurde ohrenbetäubend. Ich sagte, was ich zu sagen hatte, und ging dann hinaus durch das Publikum, das nicht nur schallend lachte, sondern auch zu klatschen und zu trampeln anfing. Als ich die Tür erreichte, ließ mich ein durchdringendes Geräusch innehalten und alle anderen verstummen. Gotthard Baxter hatte auf der Galerie das Wort ergriffen. Mit schriller, schleppender Stimme (doch jedes Wort war deutlich) zeigte er auf, daß jeder der Podiumsredner Argumente benutzt hatte, die alles untergruben, was sie beweisen wollten. Er endete mit der Bemerkung: »Und jene auf dem Podium sind die wenigen Auserwählten! Die Reaktion auf die vernünftige Darlegung des letzten Sprechers läßt das geistige Niveau der Masse erkennen.«

Ich sagte: »Vielen Dank, Baxter«, und trat durch die Tür.

Zwei Wochen später machte ich einen Sonntagsspaziergang an den Cathkin Braes entlang, als ich ein zweijähriges Kind mit einem winzigen Hündchen - so schien es - erblickte, die aus der Richtung von Cambuslang herankamen. Aus der Nähe erkannte ich Baxter, der von einem riesigen Neufundländer begleitet wurde. Wir blieben stehen, um ein paar Worte auszutauschen, stellten fest, daß lange Wanderungen uns beiden gefielen, und ohne die Sache länger zu besprechen, bogen wir ab, stiegen zum Fluß hinunter und kehrten auf dem stillen Pfad am Ufer von Rutherglen nach Glasgow zurück.

Einen Tag zuvor waren wir die einzigen Angehörigen der Medizinischen Fakultät, die eine Vorlesung von Clerk Maxwell besuchten, und wir beide hielten es für sonderbar, daß sich Studenten, die eines Tages Augenkrankheiten diagnostizieren mußten, nicht um die physikalischen Eigenschaften des Lichtes kümmerten.

Gotthard sagte: »Die Medizin ist ebensosehr Kunst, wie sie Wissenschaft ist, aber unsere Wissenschaft sollte ein so breites Fundament wie möglich haben. Clerk Maxwell und Sir William Thompson entdecken den lebendigen Kern dessen, was unser Gehirn erleuchtet und an unseren Nerven entlang pulsiert. Die Medizinische Fakultät überschätzt die pathologische Anatomie.«

»Aber Sie verbringen Tage im Sektionssaal.«

»Ich verfeinere einige von Sir Colins Techniken.«

»Sir Colin?«

»Mein berühmter Erzeuger.«

»Haben Sie ihn nie Vater genannt?«

»Ich habe nie gehört, daß er etwas anderes als Sir Colin genannt wurde. Die pathologische Anatomie ist sehr wichtig für Ausbildung und Forschung, doch sie verleitet viele

Ärzte zu dem Gedanken, daß das Leben eine Bewegung in einer eigentlich toten Materie ist. Sie behandeln den Körper von Patienten, als seien der Geist und das *Leben* unwichtig. Der gewandte Umgang mit Kranken, den wir kultivieren, ist selten mehr als ein billiges Betäubungsmittel, um unsere Patienten so passiv zu machen wie die Leichen, an denen wir ausgebildet werden. Aber ein Porträtmaler erlernt seine Kunst nicht dadurch, daß er Firnisschichten von einem Rembrandt abkratzt, dann das Impasto abspachtelt, die Grundierung auflöst und schließlich die Fasern der Leinwand voneinander trennt.«

»Ich meine auch, daß die Medizin genauso eine Kunst wie eine Wissenschaft ist«, sagte ich. »Kommen wir denn nicht in unserem vierten Jahre zur Kunst, wenn wir in die Krankenhäuser gehen?«

»Unsinn!« erwiderte Baxter schroff. »Die öffentlichen Krankenhäuser sind Orte, wo die Ärzte an den Armen üben, um zu lernen, wie sie den Reichen Geld abnehmen können. Deshalb werden Krankenhäuser von armen Menschen gefürchtet und gehaßt, und deshalb lassen sich alle mit einem guten Einkommen privat oder bei sich zu Hause operieren. Sir Colin hatte nichts mit Krankenhäusern zu tun. Er operierte im Winter in unserem Stadthaus und im Sommer in unserem Landhaus. Ich habe ihm häufig assistiert. Er war ein wahrer Künstler – er kochte seine Instrumente und sterilisierte seinen Operationssaal, als Krankenhausbehörden die aseptische Medizin noch außer acht ließen oder sie als betrügerisch brandmarkten. Chirurgen, die im Lichte der Öffentlichkeit standen, wagten nicht zuzugeben, daß durch ihre schmutzigen Skalpelle und blutverkrusteten Fracks jährlich Aberdutzende von Patienten getötet wurden, deshalb benutzten sie sie weiterhin. Sie trieben den armen Semmelweis in den Wahnsinn, er beging Selbstmord, weil er vergeblich versucht hatte, die Wahrheit bekanntzumachen. Sir Colin war diskreter als Semmelweis. Er behielt unorthodoxe Entdeckungen für sich.«

»Bitte, bedenken Sie«, sagte ich, »daß unsere Krankenhäuser seitdem verbessert worden sind.«

»Das stimmt - dank guter Krankenpflege. Unsere Krankenschwestern sind nun die zuverlässigsten Praktikerinnen der Heilkunst. Wenn jeder schottische, walisische und englische Arzt und Chirurg plötzlich tot umfiele, würden achtzig Prozent derjenigen, die man in unsere Krankenhäuser einweist, trotzdem gesund werden, wenn die Krankenpflege unverändert bliebe.«

Ich erinnerte mich, daß Baxter nicht in Krankenhäusern praktizieren durfte, abgesehen von den ärmsten Wohlfahrtskliniken, was seine Bitterkeit dem Berufsstand gegenüber erklärte. Jedenfalls verabredeten wir uns zu einem Spaziergang für den folgenden Sonntag, bevor wir uns trennten.

Unsere Sonntagsspaziergänge wurden zu einer Gewohnheit, aber wir ignorierten einander im Sektionssaal weiterhin und vermieden es, durch belebte Gegenden zu wandern. Wir fürchteten beide, angestarrt zu werden, denn jeder Begleiter Baxters wurde ebenfalls zu einem Gegenstand der Neugier.

Häufig schwiegen wir bei unseren Wanderungen, da ich es manchmal nicht vermeiden konnte, beim Klang seiner Stimme zusammenzuschrecken. Er lächelte dann immer und verstummte. Eine halbe Stunde mochte vergehen, bevor ich ihn soweit hatte, daß er fortfuhr, aber ich ließ es nie unversucht. Seine Stimme war abstoßend, doch was er sagte, war hochinteressant.

Eines Tages stopfte ich mir Wattebäusche in die Ohren, bevor ich ihn traf, und merkte, daß ich ihm nun fast ohne Qual zuhören konnte. Ich erfuhr von seiner eigenartigen Erziehung an einem Herbstnachmittag, als wir uns in einem Netz kleiner Waldpfade zwischen Campsie und Torrance fast verirrt hätten.

Ich hatte das Thema angeschnitten, indem ich von meiner eigenen Kindheit sprach. Er sagte seufzend: »Ich kam durch Sir Colins Umgang mit einer Krankenschwester auf die Welt, lange bevor Miss Nightingale die Krankenpflege zum besten Teil der britischen Medizin machte. Damals mußte ein gewissenhafter Chirurg sein Pflegepersonal selbst ausbilden. Sir Colin lernte eine Krankenschwester als seine Anästhesistin an, und er arbeitete so eng mir ihr zusammen, daß sie es schafften, mich zu produzieren, bevor sie starb. Ich habe keine Erinnerung an sie. In unseren Häusern ist nichts, was ihr gehörte. Sir Colin sprach nie von ihr – oder nur einmal während meines Heranwachsens, als er sagte, sie sei die klügste, gelehrigste Frau gewesen, die er gekannt habe. Das muß ihn angezogen haben, denn er hatte kein Interesse an weiblicher Schönheit. Er hatte sehr wenig Interesse an *Menschen*, es sei denn, sie waren chirurgische Fälle. Da ich zu Hause erzogen wurde und keine anderen Familien sah und nie mit anderen Kindern spielte, war ich zwölf, bevor ich genau erfuhr, was Mütter tun. Ich kannte den Unterschied zwischen Ärzten und Krankenschwestern und hielt Mütter für untergeordnete Schwestern, die sich auf kleine Menschen spezialisieren. Ich glaubte, nie eine benötigt zu haben, da ich von Anfang an groß gewesen sei.«

»Aber Sie müssen doch das *Zeugung*skapitel im Buch Genesis gelesen haben?«

»Nein. Sir Colin unterrichtete mich nämlich selbst, und er brachte mir nur das bei, was ihn interessierte. Er war ein strenger Rationalist. Dichtung, Literatur, Geschichte, Philosophie und die Bibel waren für ihn Nonsens – ›unbeweisbares Geschwafel‹ nannte er es.«

»Was brachte er Ihnen bei?«

»Mathematik, Anatomie und Chemie. Jeden Morgen und Abend maß er meine Temperatur und meinen Puls, nahm mir Blut- und Urinproben ab und analysierte sie dann. Mit sechs Jahren tat ich diese Dinge ohne seine Hilfe. Wegen einer chemischen Gleichgewichtsstörung braucht mein

Körper abwechselnd Dosierungen von Jod und Zucker. Ich muß ihre Wirkung mit großer Präzision überwachen.«

»Aber haben Sie ihn nie gefragt, woher Sie ursprünglich kamen?«

»Doch, und er antwortete, indem er Diagramme, Modelle und Gewebsproben hervorholte und mich darüber unterrichtete, wie ich entstanden bin. Mir gefiel dieser Unterricht. Dadurch lernte ich, meinen inneren Aufbau zu bewundern. So bewahrte ich meine Selbstachtung, als ich bemerkte, was die meisten Menschen bei meinem Anblick empfinden.«

»Eine traurige Kindheit - schlimmer als meine.«

»Keineswegs. Niemand war grausam zu mir, und ich bekam all die animalische Wärme und Zuneigung, die ich benötigte, von Sir Colins Hunden. Er hatte immer mehrere davon.«

»Ich entdeckte die Fortpflanzung dadurch, daß ich Hähne und Hennen beobachtete. Haben die Hunde Ihres Vaters nie Junge geworfen?«

»Es waren Rüden - keine Hündinnen. Sir Colin wartete, bis ich dreizehn Jahre alt war, bevor er mir beibrachte, wie genau und weshalb sich der weibliche Körper vom männlichen unterscheidet. Wie gewöhnlich unterrichtete er mich mit Hilfe von Diagrammen, Modellen und Gewebsproben, aber er sagte, er wolle ein praktisches Experiment mit einem gesunden, lebendigen Exemplar arrangieren, wenn meine Neugier mich dazu trieb. Das war nicht der Fall.«

»Entschuldigen Sie die Frage, aber - die Hunde Ihres Vaters. War er ein Anhänger der Vivisektion?«

»Ja«, sagte Baxter, und seine Wangen wurden ein wenig bleicher.

Ich fragte: »Und Sie?«

Er blieb stehen und wandte mir sein trauriges, gewaltiges, kindliches Gesicht zu, wodurch ich mich wie ein noch kleineres Kind fühlte.

Seine Stimme wurde so winzig und schrill, daß ich trotz

der Wattebäusche eine Beschädigung meiner Trommelfelle fürchtete. »Ich habe nie in meinem Leben ein lebendiges Geschöpf getötet oder verletzt, und Sir Colin auch nicht.«
»Ich wünschte, daß ich das sagen könnte.«

Für den Rest des Spaziergangs
blieb er stumm.

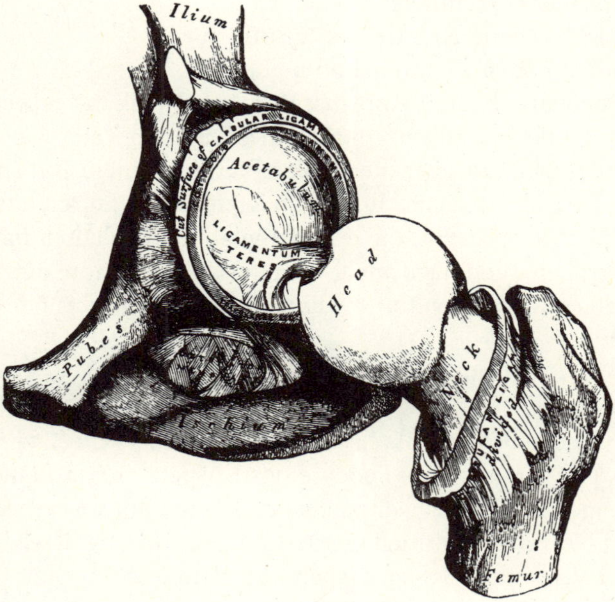

3
DER STREIT

Eines Tages fragte ich ihn nach dem genauen Charakter seiner Forschungen.

»Ich verfeinere Sir Colins Techniken.«

»Das haben Sie mir schon mal gesagt, Baxter, aber es ist keine befriedigende Antwort. Welchen Zweck hat es, veraltete Techniken zu verfeinern? Ihr berühmter Vater war ein großer Chirurg, aber die Medizin hat seit seinem Tod enorme Fortschritte gemacht. In den letzten zehn Jahren haben wir Dinge entdeckt, die er für unglaublich gehalten hätte: Mikroben und Phagozyten; wie man Gehirntumore diagnostiziert und entfernt und wie man Magendurchbrüche behebt.«

»Sir Colin entdeckte etwas noch Besseres.«

»Was?«

»Tja«, sagte Baxter langsam, offenbar widerwillig, »er entdeckte, wie man das Leben eines Körpers zum Stillstand bringt, ohne es zu beenden: so daß keine Botschaften von den Nerven übermittelt werden, so daß Atmung, Kreislauf und Verdauung völlig suspendiert sind, jedoch ohne die Vitalität der Zellen zu beeinträchtigen.«

»Sehr interessant, Baxter. Welchen Nutzen hat das, medizinisch gesprochen?«

»Oh, es hat seinen Nutzen!« antwortete er mit einem Lächeln, das mich sehr verärgerte.

»Ich hasse Geheimnisse, Baxter, besonders die künstlichen, denn dabei handelt es sich immer um Betrug. Wissen Sie, was die meisten Studenten in meinem Jahr von Ihnen halten? Die halten Sie für einen harmlosen, unbedeutenden

Verrückten, der mit Gehirnen und Mikroskopen hantiert, um gewichtig auszusehen.«

Mein armer Freund blieb stehen und starrte mich entgeistert an. Ich erwiderte seinen Blick steinern. Mit stockender Stimme erkundigte er sich, ob auch ich diese Meinung teilte. Ich sagte: »Wenn Sie meine Fragen nicht offen beantworten, was soll ich denn sonst denken?«

»Also schön«, seufzte er, »kommen Sie mit mir nach Hause, und ich werde Ihnen etwas zeigen.«

Ich war erfreut, denn er hatte mich noch nie zu sich nach Hause eingeladen.

Es war ein hohes, düsteres Haus in einer Reihe am Park Circus. In der Eingangshalle wurden sein Neufundländer und er lärmend von zwei Bernhardinern, einem Schäferhund und einem Afghanen begrüßt. Er führte mich schnurstracks an ihnen vorbei, eine Treppe hinunter ins Untergeschoß und hinaus in einen schmalen Garten zwischen hohen Mauern. Dicht am Haus war eine gepflasterte Fläche mit einem hölzernen Taubenschlag, dann kamen Gemüsebeete und ein kleiner, von einem niedrigen Zaun umgebener Rasen. Hier standen Ställe, zwischen denen ein paar Kaninchen grasten. Baxter stieg über den Zaun und forderte mich auf, das gleiche zu tun. Die Kaninchen waren völlig zahm. Baxter sagte: »Sehen Sie sich diese beiden an und lassen Sie mich wissen, was Sie davon halten.«

Er hob eines auf und reichte es mir; dann wiegte er ein anderes auf seinem Arm und streichelte es sanft, bis ich es ebenfalls untersuchte.

Die auffälligste Merkwürdigkeit des ersten war die Farbe des Felles: pechschwarz von der Nase bis zur Mitte, schneeweiß von der Mitte bis zum Schwanz. Hätte man an der schmalsten Stelle einen Faden um den Körper gebunden, wären alle Härchen auf der einen Seite schwarz, alle auf der anderen Seite weiß gewesen. In der Natur kommen so unverfälschte Trennungen nur in Kristallen und Basalten vor – der Meereshorizont kann an einem klaren Tag absolut gerade aussehen, aber er ist in Wirklichkeit gekrümmt. Für sich genommen erschien mir dieses Kaninchen als das, was auch jeder andere in ihm gesehen hätte: eine Mißbildung der Natur. Wenn das stimmte, war das andere Kaninchen eine Mißbildung von genau entgegengesetzter Art: weiß bis zu einer Mittellinie, *die so sauber und deutlich war, als wäre sie mit einem Skalpell gezogen worden*, und danach schwarz bis zum Schwanz. Keine selektive Züchtung hätte zwei so genau gleiche und entgegengesetzte Färbungen hervorbringen können; deshalb untersuchte ich die Tiere noch einmal mit der Fingerspitze, und dabei merkte ich, daß Baxter mich mit dem gleichen kühlen, aufmerksamen, neugierigen Blick beobachtete, den ich den Kaninchen widmete. Das eine hatte männliche Genitalien und weibliche Brustwarzen, das andere besaß weibliche Genitalien und kaum wahrnehmbare Brustwarzen. Unter dem Fell, wo sich die Farbe änderte, spürte ich an dem einen Körper eine kaum zu ertastende Erhöhung, an welcher der Körper ganz langsam, aber deutlich zum Schwanz hin schrumpfte; das andere Kaninchen besaß eine genauso winzige Erhöhung, nach der sich der Körper zum Hals hin ausdehnte. Die Tierchen waren keine Werke der Natur, sondern der Kunst. Was ich in Händen hielt, fühlte sich plötzlich unendlich kostbar an. Ich setzte es vorsichtig ins Gras und betrachtete Baxter mit einer Mischung aus Ehrfurcht, Bewunderung und einer Art Mitleid. Es ist schwer, diejenigen nicht zu bemitleiden, deren Kräfte sie von uns übrigen trennen, mit Ausnahme derjenigen (natürlich), die Herrscher sind und den üblichen Schaden anrichten. Ich glaube, ich hatte Tränen in den Augen, als ich fragte: »Wie haben Sie das fertiggebracht, Baxter?«

»Ich habe nichts Wunderbares getan«, sagte er finster und setzte das andere Kaninchen nieder. »Im Gegenteil, ich habe etwas ziemlich Schäbiges getan. Mopsy und Flopsy waren zwei gewöhnliche, glückliche kleine Kaninchen, bevor ich sie eines Tages einschläferte und sie in diesem Zustand aufwachten. Sie sind nicht mehr an der Fortpflanzung interessiert - eine Aktivität, die ihnen früher großen Spaß machte. Aber morgen werde ich sie wieder genauso zusammensetzen, wie sie damals waren.«

»Aber Baxter, wozu sind Ihre Hände *nicht* in der Lage, wenn sie so etwas tun können?«

»Oh, ich könnte die kranken Herzen von reichen Leuten durch die gesunden Herzen von ärmeren ersetzen und eine Menge Geld verdienen. Aber ich habe soviel Geld, wie ich benötige, und es wäre lieblos, Millionäre so sehr in Versuchung zu führen.«

»Das klingt wie nach einem Mord, Baxter, aber die Menschen in unseren Sektionssälen sind an Unfällen oder natürlichen Krankheiten gestorben. Wenn Sie deren unbeschädigte Organe und Glieder verwenden können, um die Körper anderer zu heilen, werden Sie ein größerer Erlöser sein als Pasteur und Lister - überall werden Chirurgen eine pathologische Wissenschaft in eine unmittelbare, lebendige Kunst verwandeln!«

»Wenn Mediziner Leben retten und nicht mehr nur Geld verdienen wollten«, entgegnete Baxter, »würden sie sich zusammenschließen, um Krankheiten zu verhindern, nicht separat arbeiten, um sie zu kurieren. Die Ursache der meisten Krankheiten ist seit spätestens dem sechsten Jahrhundert vor Christus bekannt, als die Griechen die Hygiene zu einer Gottheit machten. Sonne, Reinlichkeit und Bewegung. McBandless! Frische Luft, reines Wasser, eine gute Ernährung und saubere, geräumige Wohnungen für alle - und ein striktes Verbot der Regierung für sämtliche Arbeiten, die diese Dinge vergiften und verhindern.«

»Unmöglich, Baxter. Großbritannien ist die Industriewerkstatt der Welt geworden. Wenn eine Sozialgesetzgebung die Gewinne der britischen Industrie einschränkt, werden Deutschland und Amerika unsere Weltmärkte an sich reißen, und Tausende würden verhungern. Fast ein Drittel der

Lebensmittel Großbritanniens wird aus dem Ausland importiert.«

»Genau! Bis wir unsere Weltmärkte verlieren, wird die britische Medizin also dazu dienen, einer herzlosen Plutokratie die Maske der Wohltätigkeit aufzusetzen. Ich sorge durch freiwillige Arbeit in meiner Klinik in Ost-Glasgow dafür, daß die Maske nicht verrutscht. So beruhige ich mein Gewissen. Einfach nur einen Unterleib zu verpflanzen würde eine Operation von dreiunddreißig Stunden erfordern. Vorher müßte ich wenigstens vierzehn Tage darauf verwenden, einen Körper zu finden und vorzubereiten, der sich mit dem meines Patienten verträgt. In dieser Zeit würden mehrere meiner ärmeren Patienten sterben oder wegen des Mangels an herkömmlicher Chirurgie große Schmerzen leiden.«

»Weshalb verbringen Sie dann soviel Zeit damit, die Techniken Ihres Vaters zu verfeinern?«

»Aus einem persönlichen Grund, den ich Ihnen nicht enthüllen möchte, McBandless. Ich weiß, das ist nicht die freimütige Antwort eines Freundes, aber ich begreife nun, daß Sie nie mein Freund waren, sondern die Gesellschaft eines harmlosen, unbedeutenden Verrückten geduldet haben, weil andere gutgekleidete Studenten *Ihre* Gesellschaft nicht dulden würden. Aber haben Sie keine Angst vor der Zukunft, McBandless, Sie sind ein kluger Mann! Vielleicht nicht brillant, aber zuverlässig und berechenbar, was die Leute vorziehen. In ein paar Jahren werden Sie ein tüchtiger Krankenhauschirurg sein. Sie werden alles bekommen, wonach Sie dürsten: Wohlstand, Achtung, Gefährten und eine elegante Frau. Ich dagegen werde weiterhin auf einem einsameren Weg Zuneigung suchen.«

Während unseres Gesprächs waren wir ins Haus zurückgekehrt und wieder zu der trüben Eingangshalle hinaufgestiegen, wo die fünf Hunde auf Perserteppichen ausgestreckt lagen. Da sie die feindselige Stimmung ihres Herrn spürten, hoben sie den Kopf, spitzten die Ohren, richteten die Nase auf mich und wurden dann so starr wie hundeköpfige Sphinxe. Auf der Treppe über uns erahnte ich mehr, als daß ich ihn sah, einen Kopf mit einer weißen Haube, der auf einem Absatz über das Geländer schaute - vielleicht eine alte Haushälterin oder ein Dienstmädchen.

»Baxter!« flüsterte ich hastig. »Es war dumm von mir, meine Zunge nicht im Zaum zu halten. Ich versichere Ihnen, daß ich Sie nicht verletzen wollte.«

»Ich bin anderer Meinung. Sie wollten mich verletzen, und es ist Ihnen besser gelungen, als Sie beabsichtigt haben. Leben Sie wohl.«

Er öffnete mir die Haustür. In meiner Verzweiflung sagte ich: »Gotthard, da Sie keine Zeit haben, die Entdeckungen Ihres Vaters und Ihre eigenen Verfeinerungen zu verbreiten, sollten Sie mir die Notizen leihen! Ich werde es zu meiner Lebensaufgabe machen, Sie zu publizieren. Ich werde *alles* Ihnen zuschreiben - *alles*, ohne jemals ihre wertvolle Zeit zu beanspruchen. Und wenn die öffentliche Empörung ausbricht - denn es wird eine gewaltige Auseinandersetzung geben -, werde ich Sie verteidigen. Ich werde Ihre Bulldogge sein, wie Huxley Darwins Bulldogge war! McBandless wird Baxters Bulldogge sein!«

»Leben Sie wohl, McBandless«, wiederholte er ungerührt. Da die Hunde knurrten, ließ ich mich von ihm zur Türstufe begleiten, wo ich flehte: »Gestatten Sie mir *wenigstens*, Ihnen die Hand zu schütteln, Gotthard!«

»Warum nicht?« sagte er und streckte mir eine entgegen.

Wir hatten einander nie zuvor die Hände geschüttelt, und ich hatte mir seine nie genau angesehen, vielleicht weil er sie in Gegenwart anderer halb unter seinen Manschetten versteckte. Die Hand, die ich zu packen beabsichtigte, war weniger quadratisch als würfelförmig, fast so dick wie breit, mit riesigen, dicken ersten Knöcheln, von denen aus sich die Finger so jäh zu babyhaften Spitzen mit rosigen kleinen Nägeln verjüngten, daß sie zylindrisch wirkten. Ein kalter Schauer durchfuhr mich - ich war unfähig, eine

solche Hand zu berühren. Ich schüttelte wortlos den Kopf,
und er lächelte plötzlich, wie er es in früheren Tagen
getan hatte, wenn ich beim Klang seiner Stimme
zusammenschrak.
Dann hob er die Schultern
und sperrte mich
aus.

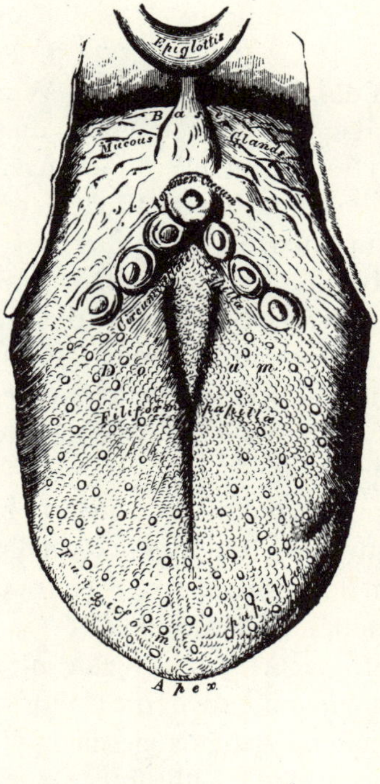

4
EINE FASZINIERENDE UNBEKANNTE

Nun folgten die einsamsten Monate, die ich erlebt habe. Baxter kam nicht mehr in die Universität. Man entfernte die Bank aus seinem alten Arbeitsplatz, der wieder zu einem Schrank wurde. Ich schlenderte wenigstens einmal alle vierzehn Tage um den Park Circus herum, sah jedoch niemanden, der durch die Haustür ein- oder heraustrat, und mir fehlte der Mut, die Stufen hinaufzusteigen und anzuklopfen. Aber saubere, nicht hinter Jalousien versteckte Fenster ließen erkennen, daß das Haus bewohnt war, und ich hätte merken sollen, daß Baxter, wenn er nicht mit einem Besucher zusammen war, lieber den Dienstboteneingang im Garten hinter dem Haus benutzte. Mein Verlangen nach seiner Gesellschaft war nicht selbstsüchtiger Art, denn ich hielt ihn nicht mehr für einen wissenschaftlichen Wundertäter. Mein Studium zeigte mir, daß wir nicht einmal das vordere Ende eines Wurmes oder einer Raupe mit dem hinteren Ende zusammenfügen konnten. Zwanzig Jahre würden vergehen, bevor Jannsky die Hauptblutgruppen identifizierte, deshalb waren wir nicht einmal fähig, Bluttransfusionen durchzuführen. Ich stufte mein Erlebnis mit den Kaninchen als eine Halluzination ein, die auf einer Zufälligkeit der Natur beruht haben und von etwas Hypnotischem in Baxters Stimme ausgelöst worden sein mußte. Doch an Wochenenden folgte ich den alten Pfaden durch Wald und Hochmoor, denn sie erinnerten mich an die Gespräche, die wir auf unseren gemeinsamen Spaziergängen geführt hatten.

Und natürlich hoffte ich, ihm wieder zu begegnen.

An einem kalten, klaren Samstag, als der Winter vom Frühling verdrängt wurde, schritt ich durch die Sauchiehall Street und hörte ein Geräusch wie das eines eisernen bereiften Kutschrades, das über einen Bordstein schrammte. Einen Moment später ertönte eine vertraute Stimme: »Bulldogge McBandless! Wie geht's meiner Bulldogge heute?«

»Sehr viel besser, nachdem ich Ihre häßliche Stimme gehört habe, Baxter«, antwortete ich. »Haben Sie nie daran gedacht, sich einen neuen Kehlkopf zuzulegen? Die Stimmbänder eines Schafes dürften melodischer klimpern als Ihre.«

Er stapfte wie gewohnt neben mir her, wobei er genauso rasch vorankam wie ich mit meinen schnellen Schritten. Er hatte einen Spazierstock wie einen Offiziersstab unter den Arm geklemmt und trug einen nach hinten geschobenen Zylinder mit krauser Krempe auf dem Kopf; sein Kinn war hoch erhoben, und ein übermütiges Lächeln zeigte, daß er sich nichts aus den Blicken anderer Passanten machte. Ich sagte mit einem Anflug von Neid: »Sie sehen glücklich aus, Baxter.«

»Ja, McBandless! Ich habe jetzt schmeichelhaftere Gesellschaft, als Sie sie mir je leisten konnten: eine schöne, schöne Frau, McBandless, die ihr Leben diesen Fingern hier verdankt – diesen gefeimten, gefeimten Fingern!«

Er wedelte damit in der Luft herum, als spiele er auf einer Tastatur. Ich war eifersüchtig. »Wovon haben Sie die Frau denn geheilt?«

»Vom Tod.«

»Sie meinen, daß Sie sie vor dem Tod *gerettet* haben?«

»Teilweise ja, aber der größte Teil war eine geschickt bewerkstelligte Auferstehung.«

»Sie reden unverständliches Zeug, Baxter.«

»Dann begleiten Sie mich, um sie kennenzulernen – ich wäre dankbar für eine zweite Meinung. Physisch ist sie vollkommen, aber ihr Verstand bildet sich erst noch heraus, ja, ihr Verstand muß wunderbare Entdeckungen machen. Sie weiß nur das, was sie in den letzten zehn Wochen gelernt hat, aber sie wird Ihnen interessanter erscheinen als Mopsy und Flopsy zusammen.«

»Ihre Patientin leidet also an Amnesie?«

»Das erzähle ich den Leuten, aber Sie brauchen mir nicht zu glauben! Urteilen Sie selbst.«

Daneben sagte er, bevor wir den Park Circus erreichten, nur noch, daß seine Patientin Bell - kurz für Bella - heiße und in großer Unordnung lebe, da er wolle, daß sie so viele Dinge wie möglich sehen, hören und anfassen könne.

Während Baxter seine Haustür aufschloß, glaubte ich ein Klavier zu hören; es spielte *The Bonnie Banks o' Loch Lomond* so laut und schnell, daß die Melodie überschäumend fröhlich klang. Er führte mich in einen Salon, wo ich entdeckte, daß die Musik von einer Frau erzeugt wurde, die an einem Pianola saß. Sie wandte uns den Rücken zu. Gelocktes schwarzes Haar verbarg ihren Körper bis zur Hüfte, ihre Füße traten auf die Pedale, die den Zylinder antrieben, und ihre Energie ließ erkennen, daß sie Bewegung genausosehr liebte wie Musik. Sie schlug mit den Armen wie eine Möwe mit den Flügeln, ohne auf den Rhythmus zu achten. Da sie ganz in ihre Beschäftigung vertieft war, bemerkte sie uns nicht. Ich hatte Zeit, das Zimmer zu mustern.

Es hatte hohe Fenster, die auf den Circus hinausblickten; ein helles Feuer brannte in einem Mamorkamin. Die großen Hunde - jeder hatte die Schnauze auf die Flanken eines anderen gebettet - ruhten auf einem Kaminvorleger. Drei Katzen saßen so weit wie möglich voneinander entfernt auf den Lehnen der höchsten Sessel; jede gab vor, die übrigen nicht zur Kenntnis zu nehmen, doch alle zuckten, wenn sich eine von ihnen rührte. Durch eine geöffnete Schwingtür sah ich einen Raum, der Ausblick auf den hinteren Garten gewährte; an dem Feuer in diesem Raum saß eine milde alte Dame beim Stricken, ein kleiner Junge spielte zu ihren Füßen mit

Bauklötzen, und zwei Kaninchen tranken Milch aus einer Untertasse. Baxter murmelte, daß die Dame seine Haushälterin und der Junge ihr Enkel sei. Das eine Kaninchen war pechschwarz, das andere schneeweiß, aber ich nahm mir vor, daraus keine phantastischen Schlüsse zu ziehen. Seltsam wurde das Ganze dadurch, daß eine Vielzahl von Dingen über die Teppiche, Tische, Tischchen und Sitze verstreut war: ein Dreifuß, der ein Teleskop stützte; ein Lichtbildprojektor vor einer stehenden Leinwand; Himmels- und Erdgloben von jeweils einem halben Meter Durchmesser; ein halb zusammengesetztes Puzzle, das die Britischen Inseln zeigte; ein vollständig eingerichtetes Puppenhaus ohne Fassade, so daß man sämtliche Personen darin erkennen konnte: von einem dünnen Dienstmädchen im Schlafzimmer unter dem Dach bis zu einer dicken Köchin, die in der Küche im Untergeschoß Teig rollte; ein Spielzeugbauernhof mit Hunderten präzise geschnitzter und bemalter Tiere; ein glänzender Schwarm von ausgestopften, echten Kolibris, mit Drähten an einem Silberständer befestigt, der wie ein Busch geformt war und Blätter und Früchte aus Buntglas trug; ein Xylophon, eine Harfe, eine Kesselpauke, ein aufrechtes menschliches Skelett und Glasgefäße, die eingelegte Gliedmaßen und Körperorgane enthielten. Diese Proben stammten wahrscheinlich aus Sir Colins' alter Sammlung, doch ihre braune Schauerlichkeit wurde gemildert durch die sie umgebenden Vasen mit Narzissen, durch Hyazinthentöpfe und eine große Kristallschüssel, in der winzige, juwelenartige Zierfische hin und her sausten und große goldene dahinschwebten. Viele Bücher waren auf Seiten mit lebhaften Illustrationen aufgeschlagen. Ich bemerkte eine *Madonna mit Kind*, *Burns, der sich zu einer Feldmaus beugt*, *Die letzte Fahrt der Téméraire* und *Kobolde, die das Skelett des Ichthyosaurus in einer Höhle unter dem Harz entdecken.*

Die Musik brach ab. Die Frau stand auf und wandte uns das Gesicht zu. Sie machte einen unsicheren Schritt vorwärts und hielt inne, als würde sie sonst das Gleichgewicht verlieren. Ihre hochgewachsene, schöne, volle Gestalt schien zwanzig bis dreißig Jahre alt zu sein, doch ihre Miene wirkte viel, viel jünger. Augen und Mund waren weit geöffnet, was bei einem Erwachsenen Angst ausdrückt, bei ihr jedoch wie reines, lebhaftes Entzücken und freudige Erwartung wirkte. Die Frau trug ein schwarzes Samtkleid mit einem schmalen Spitzenkragen und ebensolchen Aufschlägen. Sie sprach bedächtig, mit einem nordenglischen Akzent, und jede Silbe war so lieblich und klar, als werde sie auf einer Flöte gespielt: »Hall o Gott hard, hall o neu er Mann.«

Dann streckte sie mir beide Arme entgegen und blieb so stehen.

»Gib neuen Männern nur eine Hand, Bell«, sagte Baxter freundlich. Sie ließ die linke Hand fallen, rührte sich sonst jedoch nicht, auch ihr munteres, erwartungsvolles Lächeln blieb unverändert. Niemand hatte mich je so angesehen. Ich wurde verwirrt, denn die angebotene Hand war zu hoch, als daß ich sie auf die übliche Weise hätte schütteln können. Zu meiner eigenen Überraschung trat ich vor, stellte mich auf die Zehenspitzen, nahm Bells Finger und küßte sie. Bell hielt den Atem an, zog die Hand eine Sekunde später langsam zurück, betrachtete sie und rieb die Finger sanft mit dem Daumen, als wolle sie etwas prüfen, das meine Lippen dort hinterlassen hatte. Auch warf sie meinem faszinierten Gesicht mehrere erstaunte, doch frohe kurze Blicke zu, während Baxter uns beide stolz anstrahlte wie ein Pfarrer, der zwei Kinder bei einem Sonntagsschulpicknick miteinander bekannt macht. »Das ist Mr. McBandless, Bell.«

»Hall o Miss terr Bandel, neu er klein er Mann mit ro tem Haar, inter ess ihr tem Geh sicht, blau em Schlips, zerr knüll ter Wes tee, Jack eh, Hoh see aus braun em. Kord. Sand?«

»Kordsamt, meine Liebe«, korrigierte Baxter und lächelte sie so fröhlich an wie sie mich.

»Kord Samt, ein *gerripptes* Geh weh be aus Baum wol lee, Miss terr Mack Bandel.«

»Mac Band *less*, liebe Bell.«

»Mach Bandel los? Aber liebe Bell hat kein Bandel, also ist liebe Bell auch bandel-los, Gott hard. Bitte, sei Bells neues Bandel, du neuer kleiner Bandelmacher.«

»Sehr *vernünftig* gesagt, Bell«, antwortete Baxter, »aber du mußt noch lernen, daß die meisten Namen nichts mit Vernunft zu tun haben. Oh, Mrs. Dinwiddie! Bringen Sie Bell und Ihren Enkel hinunter in die Küche und geben Sie ihnen Brause und einen mit Zucker bestreuten Krapfen. McBandless und ich sind im Arbeitszimmer.«

Wir stiegen die Treppe hinauf, und Baxter fragte gespannt: »Also, was halten Sie von unserer Bella?«

»Ein schlimmer Fall von Hirnschaden, Baxter. Nur Idioten und Kleinkinder sprechen so und sind, wenn sie jemanden kennenlernen, zu so strahlendem Glück, so offener Freude und Freundschaftlichkeit fähig. Es ist fürchterlich, diese Dinge an einer reizenden jungen Frau zu beobachten. Sie sah nur einmal nachdenklich aus, als Ihre Haushälterin sie von mir - von uns, meine ich - wegführte.«

»Das ist Ihnen aufgefallen? Aber es ist ein Zeichen der Reife. Sie irren sich, was den Hirnschaden betrifft. Ihre geistigen Kräfte wachsen mit enormer Geschwindigkeit. Vor sechs Monaten hatte sie das Gehirn eines Babys.«

»Was hat sie in diesen Zustand zurückgeworfen?«

»Nichts hat sie darauf zurückgeworfen, sie hat sich daraus hervorgearbeitet. Es war ein völlig gesundes kleines Gehirn.«

Seine Stimme muß hypnotische Eigenschaften gehabt haben, denn ich wußte plötzlich, was er meinte, und ich glaubte ihm. Mir wurde sehr übel. Ich blieb stehen und packte das Geländer. Dann hörte ich meine Stimme die Frage stammeln, woher er die anderen Teile bekommen habe.

»Das ist es, was ich Ihnen erklären will, McBandless!« rief er, legte mir einen Arm um die Schulter und hob mich mühelos die Treppe hinauf. »Sie sind der einzige auf der Welt, mit dem ich darüber sprechen kann.«

Als meine Füße den Teppich verließen, hatte ich das Gefühl, von einem Ungeheuer umklammert zu werden, und begann zu strampeln. Ich versuchte auch zu schreien, aber er legte mir eine Hand über den Mund, trug mich in ein Badezimmer, hielt meinen Kopf unter eine kalte Dusche, trug mich in sein Arbeitszimmer, legte mich auf ein Sofa und gab mir ein Handtuch. Ich wurde ruhiger, während ich mich abtrocknete, doch ich geriet fast wieder in Panik, als er mir einen Becher mit grünem Schleim reichte. Er sagte, die Mischung sei aus Früchten und Gemüse zusammengebraut worden, sie stärke Nerven, Muskeln und Blut, ohne diese übermäßig zu stimulieren, und er trinke nichts anderes. Ich lehnte das Getränk ab, da kramte er in Schubladen unter etlichen Büchervitrinen, bis er eine Karaffe mit Portwein fand, von dem niemand seit dem Tod seines Vaters gekostet hatte. Während ich den rubinroten Sirup schlürfte, hatte ich plötzlich den Eindruck, daß Baxter, sein Haushalt, Miss Bell, ja und ich und Glasgow und das ländliche Galloway und ganz Schottland gleichermaßen unglaublich und absurd seien. Ich fing an zu lachen. Baxter hielt meine Hysterie irrtümlich für eine Rückkehr zur Vernunft und stieß einen Seufzer der Erleichterung aus, der sich wie das Geräusch einer Dampfpfeife im Nebenraum anhörte. Ich zuckte zusammen. Er holte Watte aus einer Schublade hervor. Damit verstopfte ich mir die Ohren. Er erzählte mir folgende Geschichte.

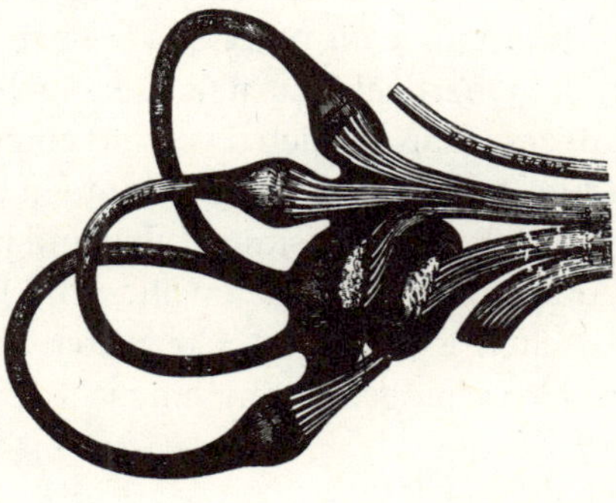

5
BELLA BAXTERS ERZEUGUNG

Geordie Geddes arbeitet für die Glasgower Humanitätsgesellschaft, die ihm eine mietfreie Wohnung im Glasgow Green zur Verfügung stellt. Er hat die Aufgabe, menschliche Körper aus dem Clyde zu fischen und, wenn möglich, ihr Leben zu retten. Wenn es nicht möglich ist, bringt er sie in ein kleines Leichenschauhaus neben seiner Unterkunft, wo ein Polizeichirurg Autopsien macht. Wenn dieser Beamte nicht greifbar ist, schickt man nach mir. Die meisten Leichen stammen natürlich von Selbstmördern, und wenn niemand Anspruch auf sie erhebt, werden sie in Sektionssäle und Laboratorien transportiert. Ich sorge manchmal für solche Transporte.

Kurz nach unserem Streit vor einem Jahr wurde ich aufgefordert, den Körper zu untersuchen, den Sie als Bella kennen. Geddes hatte gesehen, wie eine junge Frau auf die Brüstung der Hängebrücke in der Nähe seiner Wohnung kletterte. Sie sprang nicht mit den Füßen zuerst wie die meisten Selbstmörder, sondern sie tauchte elegant ins Wasser wie eine Schwimmerin, aber sie hatte nicht eingeatmet, sondern die Luft aus ihrer Lunge *ausgestoßen*, denn sie kehrte nicht lebendig an die Oberfläche zurück. Geddes barg den Körper und entdeckte, daß sie sich das Band eines mit Steinen gefüllten Ridiküls ans Handgelenk gebunden hatte. Ein ungewöhnlich kalkulierter Selbstmord also und begangen von jemandem, der vergessen werden wollte. Die Taschen ihrer dezent modischen Kleidungsstücke waren leer; dort, wo sich Frauen der vermögenderen Schicht ihre Namen oder ihre Initialen einsticken lassen, waren säuberliche Löcher ins Futter und in die Wäsche geschnitten. Die Leichenstarre hatte noch nicht eingesetzt, und der Körper war kaum abgekühlt, als ich eintraf. Ich stellte fest, daß sie schwanger war und Furchen am Finger hatte, wo der Ehe- und der Verlobungsring entfernt worden waren. Was schließen Sie daraus, McBandless?«

»Entweder trug sie das Kind eines Ehemannes, den sie haßte, oder das Kind eines Liebhabers, den sie ihrem Mann vorzog - eines Liebhabers, der sie verlassen hatte.«

»Das dachte ich auch. Ich entfernte das Wasser aus ihrer Lunge, den Fötus aus ihrem Leib, und ich hätte sie durch den behutsamen Einsatz elektrischer Stimuli ins bewußte Leben zurückrufen können. Aber ich wagte es nicht. Sie werden begreifen, warum, wenn Sie Bella schlafen sehen. Im Zustand der Ruhe ist Bellas Gesicht das der leidenschaftlichen, klugen, bekümmerten Frau, die auf dem Tisch im Leichenschauhaus vor mir lag. Ich wußte nichts über das Leben, das sie aufgegeben hatte, aber sie haßte es so sehr, daß sie sich entschlossen hatte, *nicht zu sein*, und zwar für immer! Was hätte sie empfunden, wenn sie aus ihrer sorgfältig gewählten, leeren Ewigkeit herausgezerrt und gezwungen worden wäre, hinter dicken Mauern in einem unserer personell unterbesetzten, schlechtausgestatteten Irrenhäuser, Gefängnisse oder einer unserer Besserungsanstalten *zu sein*? Denn in dieser christlichen Nation wird Selbstmord als Wahnsinn oder als Verbrechen betrachtet. Deshalb hielt ich den Körper auf einer rein zellulären Stufe am Leben. Man gab Anzeigen auf. Niemand meldete sich. Ich brachte ihn hierher in das Labor meines Vaters. Meine Kindheitshoffnungen und Jugendträume, meine Ausbildung und meine Forschungen als Erwachsener hatten mich auf diesen Moment vorbereitet.

Jedes Jahr ertränken sich Hunderte von jungen Frauen infolge der Armut oder der Vorurteile unserer verdammenswert ungerechten Gesellschaft. Und auch die Natur kann kleinlich sein. Sie wissen, wie oft es zu Geburten kommt, die wir *unnatürlich* nennen, weil die Neugeborenen nicht ohne künstliche Hilfe oder überhaupt nicht leben können: Anazephaliden, Bizephaliden, Zyklopen und einige so einzigartige Fälle, daß die Wissenschaft ihnen keinen Namen gibt. Durch gute ärztliche Maßnahmen wird dafür gesorgt, daß die Mütter solche Kinder nie sehen. Manche Mißbildungen sind weniger grotesk, aber genauso schrecklich: Babys ohne Verdauungstrakt, die verhungern müssen, sobald die Nabelschnur durchtrennt wird, wenn eine gütige Hand die Kinder nicht zuerst erstickt. Kein Arzt würde es wagen, so etwas zu tun oder es einer Krankenschwester zu befehlen, aber diese Dinge werden irgendwie erledigt, und im modernen Glasgow – der zweiten Stadt Großbritanniens, was die Größe angeht, und der führenden, was die Säuglingssterblichkeit betrifft – können sich nur wenige Eltern einen Sarg, eine Beerdigung und ein Grab für jeden toten kleinen Körper leisten, der ihnen gehört. Sogar die Katholiken liefern ihre Ungetauften der Vorhölle aus. In der Werkstatt der Welt ist die Vorhölle gewöhnlich gleichbedeutend mit der Schulmedizin. Seit Jahren hatte ich geplant, einen fortgeworfenen Körper und ein fortgeworfenes Gehirn aus unserem gesellschaftlichen Abfallhaufen zu holen und sie zu einem neuen Leben zu vereinen. Nun habe ich es getan, und hier ist Bella.«

Wie die meisten Menschen, die aufmerksam einer langsam vorgetragenen Geschichte lauschen, war auch ich ruhig geworden, was mir half, wieder klar zu denken.

»Bravo, Baxter!« rief ich und hob mein Glas wie zu einem Trinkspruch. »Wie erklären Sie ihren Dialekt? Hat Sie Yorkshire-Blut in den Adern, oder stammen die Eltern *ihres Gehirns* aus Nordengland?«

»Nur eine einzige Erklärung ist möglich«, sagte Baxter sinnend. »Die frühesten Gewohnheiten, die wir erlernen (und dazu gehört die Sprache), müssen für die Nerven und Muskeln des ganzen Körpers zu Instinkten werden. Wir wissen, daß Instinkte nicht ausschließlich im Gehirn angesiedelt sind, da ein kopfloses Huhn noch etliche Meter laufen kann, bevor es tot umfällt. Die Muskeln von Bellas Kehle, Zunge und Lippen bewegen sich immer noch so wie in den ersten fünfundzwanzig Jahren ihrer Existenz, die sie, glaube ich, näher bei Manchester als bei Leeds verbracht hat. Aber sämtliche Wörter, die sie benutzt, hat sie von mir gelernt oder von den alten Schottinnen, die meinen Haushalt führen, oder von Kindern, die hier mit ihr spielen.«

»Wie machen Sie denen Bellas Anwesenheit verständlich, Baxter? Oder sind Sie solch ein Haustyrann, daß Ihre Bediensteten es nicht wagen, Sie um Erklärungen zu bitten?«

Baxter zögerte und murmelte dann, daß all seine Angestellten ehemalige, von Sir Colin ausgebildete Krankenschwestern seien und kein Erstaunen empfänden, wenn sich fremde Leute nach komplizierten Operationen im Haus erholten.

»Aber wie erklären Sie der *Gesellschaft* ihre Existenz, Baxter? Erfahren Ihre Nachbarn im Park Circus - die Eltern der Kinder, die mit ihr spielen, der Polizist, der seine Runde macht -, erfahren *sie*, daß Bella ein chirurgisches Produkt ist? Wie wollen Sie die Frau bei der nächsten Volkszählung verzeichnen lassen?«

»Die Leute erfahren, daß sie Bella Baxter ist, eine ferne Nichte, deren Eltern bei einem Eisenbahnunglück in Südamerika umgekommen sind; bei dieser Katastrophe hat Bella eine Gehirnerschütterung und einen totalen Gedächtnisverlust erlitten. Ich habe sie Trauerkleidung anziehen lassen, um die Geschichte zu bekräftigen. Es ist eine gute Darstellung. Sir Colin hatte einen Cousin, mit dem er sich vor vielen Jahren zerstritt; der Cousin wanderte vor der Kartoffelhungersnot nach Argentinien aus, und man hat nie wieder von ihm gehört. Er könnte in einem Rassendurcheinander wie in Argentinien ohne weiteres die Tochter englischer Emigranten geheiratet haben. Und zum Glück ist Bellas Gesichtsfarbe (sie war anders, bevor ich den Zellzerfall aufhielt) nun so bläßlich wie meine eigene, was als Familienmerkmal gelten kann. Das ist die Geschichte, die Bella hören wird, wenn sie merkt, daß die meisten Menschen Eltern haben, und wenn sie sich selbst eine Mutter und einen Vater wünscht. Ein verstorbenes, achtbares Paar wird besser sein als gar keines. Es würde einen Schatten auf ihr Leben werfen, wenn sie erführe, daß sie ein chirurgisches Produkt ist. Nur Sie und ich kennen die Wahrheit, und ich bezweifle, daß Sie daran glauben.«

»Ehrlich gesagt, Baxter, die Geschichte von dem Eisenbahnunglück ist überzeugender.«

»Glauben Sie, was Sie wollen, McBandless, aber bitte gehen Sie etwas schonender mit dem Portwein um.«

Ich weigerte mich, schonend mit dem Portwein umzugehen. Während ich das Glas bedächtig zum zweitenmal füllte, sagte ich ebenso bedächtig: »Sie meinen also, daß Miss Baxters Gehirn eines Tages genauso erwachsen wie ihr Körper sein wird?«

»Ja, und sehr rasch. Für wie alt würden Sie Bella halten, nach ihrer Redeweise zu urteilen?«

»Sie quasselte wie eine Fünfjährige.«

»Ich schätze ihr geistiges Alter nach dem Alter der Kinder ein, mit denen sie spielen kann. Robbie Murdoch, der Enkel meiner Haushälterin, ist knapp zwei Jahre alt. Noch vor fünf Wochen krabbelten die beiden sehr vergnügt auf dem Fußboden herum, dann fand sie ihn langweilig und entwickelte eine leidenschaftliche Bewunderung für eine Nichte meiner Köchin. Diese Nichte ist eine aufgeweckte Sechsjährige, die, nachdem der Reiz des Neuen verflogen ist, *Bella* sehr langweilig findet. Ich glaube, Bellas geistiges Alter liegt bei fast vier Jahren, und wenn ich recht habe, dann hat ihr Körper das Wachstum ihres Gehirns zu einem wunderbaren Tempo angeregt. Das wird Probleme verursachen. Sie haben es nicht bemerkt, McBandless, aber Bella fühlt sich von Ihnen angezogen. Sie sind der erste männliche Erwachsene außer mir, dem sie begegnet ist, und ich sah, wie sie es mit den Fingerspitzen spürte. Ihre Reaktion zeigte, daß ihr Körper sinnliche Gefühle aus ihrem früheren Leben heraufbeschwor, und die Gefühle veranlaßten ihr Gehirn zu neuen Gedanken und Wortbildungen. Bella hat Sie gebeten, ihr Bandel und ihr Bandelmacher zu sein. Hier könnte man eine unzüchtige Auslegung finden.«

»Dummes Zeug!« rief ich entsetzt. »Wie können Sie es wagen, auf so gemeine Art von Ihrer reizenden Nichte zu sprechen. Hätten Sie als Junge mit Gleichaltrigen gespielt, dann wüßten Sie, daß solche Reden das übliche Kindergeschwätz sind. Kätzchen schlüpf zum Loch herein, der Hund muß draußen warten. Ein Männlein steht im Walde ganz still und stumm. Dudeldudeldu, mein Schatz verlor den Schuh, und ich verlor den Dudelsack und weiß nicht, was ich tu'. Aber wie wollen Sie Miss Baxter erziehen, wenn sie aus diesem angenehmen Zustand herausgewachsen ist?«

»Nicht, indem ich sie zur Schule schicke«, antwortete er entschieden. »Ich werde nicht zulassen, daß man sie als Kuriosum behandelt. Bald werde ich mit ihr eine sorgfältig geplante Reise um die Welt machen, und an den Orten, die ihr gefallen, werden wir uns am längsten aufhalten. Auf diese Weise wird sie viele Dinge sehen und lernen und mit Leuten sprechen, denen sie nicht viel seltsamer als die meisten britischen Reisenden – und verglichen mit ihrem plumpen Gefährten, sogar bezaubernd natürlich – vorkommen wird. Außerdem habe ich dadurch die Möglichkeit, sie rasch von Bindungen zu befreien, die auf unhygienische Art romantisch werden könnten.«

»Und selbstverständlich, Baxter«, sagte ich kühn, »wird sie Ihnen völlig ausgeliefert sein – ohne jeden Schutz durch die öffentliche Meinung, nicht einmal in der schwachen Gestalt Ihrer Hausangestellten. Bei unserem letzten Treffen prahlten Sie, Baxter, in der Hitze der Auseinandersetzung damit, daß Sie eine geheime Methode ausarbeiteten, um sich eine Frau nur für Sie allein zu verschaffen, und nun weiß ich, was Ihr Geheimnis ist: Entführung! Sie glauben, bald das besitzen zu können, wonach sich die Männer seit Jahrhunderten vergeblich gesehnt haben: die Seele eines unschuldigen, vertrauensvollen, abhängigen Kindes im reifen Körper einer strahlend schönen Frau. Ich werde es nicht zulassen, Baxter. Sie sind der reiche Erbe eines mächtigen Edelmannes, ich bin der uneheliche Sohn eines armen Bauern, aber zwischen den Elenden der Erde gibt es ein stärkeres Band, als die Reichen ahnen. Gleichgültig, ob Bella Baxter Ihre verwaiste Nichte oder Ihr zweimal verwaistes Produkt ist, *ich* bin ihr wahrhaft näher, als Sie es je sein können, und ich werde ihre Ehre bis zum letzten Blutstropfen in meinen Adern verteidigen, so sicher, wie es einen Gott im Himmel gibt, Baxter! ... einen Gott der ewigen Gnade und Vergeltung, vor dem der mächtigste Herrscher auf Erden schwächer ist als ein zu Boden stürzender Sperling.«

Baxter antwortete, indem er die Karaffe zurück zu der Schublade trug, in der er sie gefunden hatte, und den Schlüssel umdrehte.

Unterdessen beruhigte ich mich, denn mir fiel ein, daß ich nach der Lektüre der *Entstehung der Arten* aufgehört hatte, an Gott, den Himmel, ewige Gnade et cetera zu glauben. Ich staune immer noch bei der Erinnerung daran, daß ich nach der unerwarteten Begegnung mit meinem alten Freund, meiner künftigen Frau und meiner ersten Karaffe Portwein in der Sprache von Romanen wetterte, die, wie ich wußte, Schund waren und die ich, nur um mein Gehirn zu entspannen, vor dem Schlafengehen las.

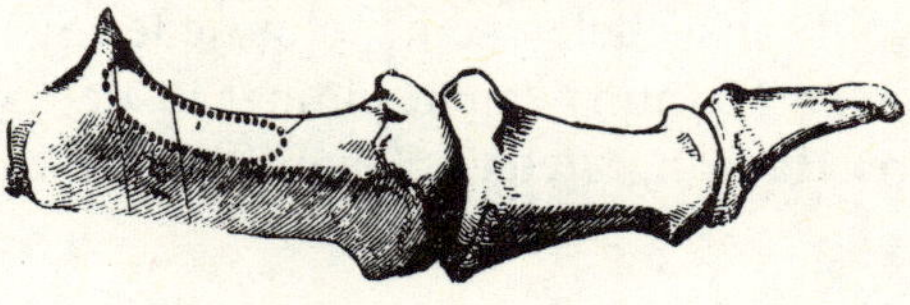

6
BAXTERS TRAUM

Baxter kam zurück, setzte sich und betrachtete mich mit zusammengekniffenen Lippen und erhobenen Augenbrauen. Vielleicht errötete ich. Jedenfalls fühlte sich mein Gesicht heiß an. Er sagte geduldig: »Bemühen Sie Ihr Gedächtnis, McBandless. Ich bin ein häßlicher Bursche, aber habe ich Ihres Wissens je etwas Häßliches getan?«

Ich überlegte und erwiderte dann mürrisch: »Und was war mit Mopsy und Flopsy?«

Er wirkte gekränkt, aber nicht sehr, und nach einer Weile sagte er nachdenklich, wie zu sich selbst: »Sir Colin, seine Krankenschwestern und Hunde widmeten mir mehr Aufmerksamkeit, als den meisten Neuankömmlingen auf diesem Globus zuteil wird, aber ich wollte noch mehr. Ich träumte von einer faszinierenden Fremden - einer Frau, die ich noch nicht kennengelernt hatte und die ich mir deshalb nur vorstellen konnte -, einer Freundin, die mich so sehr benötigen und bewundern würde, wie ich sie benötigte und bewunderte. Unzweifelhaft stillt eine Mutter dieses Bedürfnis bei den meisten jungen Geschöpfen, wenngleich reiche Familien häufig eine Dienerin beschäftigen, die den Platz der Mutter einnimmt. Ich entwickelte keine besondere Bindung zu denen, die mich aufzogen, vielleicht weil es so viele von ihnen gab. Ich war immer ein kräftiger, großer Bursche und scheine mich an wenigstens drei reife Krankenschwestern zu erinnern, die mich fütterten und wuschen und anzogen, bevor ich diese Dinge selbst erledigen konnte. Vielleicht waren es noch mehr, denn ich glaube, sie lösten einander bei der Arbeit ab. Mag sein, daß ich eine Besessenheit späterer Jahre in meine Kindheit verlagere, aber ich kann mich an keinen einzigen Tag entsinnen, an dem ich nicht in meinem Inneren eine frauenförmige Leere spürte. Ich brannte darauf, sie durch eine unbekannte Gestalt zu füllen – schöner als alle, die ich zu Hause kennengelernt hatte. Dieses Brennen verstärkte sich in der Pubertät, die mit katastrophaler Plötzlichkeit einsetzte. Meine Stimme brach leider nicht und ist bis zum heutigen Tag ein Mezzosopran geblieben, aber ich erwachte eines Morgens mit dem vergrößerten Penis und den schweren Hoden, die die meisten unseres Geschlechts heimsuchen.«

»Und dann, wie Sie mir erzählt haben, erklärte Ihr Vater Ihnen, wie sich die weibliche Anatomie von unserer unterscheidet, und bot an, Ihnen ein gesundes Exemplar mit voller Leistungsfähigkeit zu liefern. Sie hätten sofort zugreifen sollen.«

»Haben Sie mich nicht gehört, McBandless? Muß ich alles zweimal sagen? Es kam für mich darauf an, *eine Frau zu benötigen und zu bewundern, die mich ebensosehr benötigte und bewunderte.* Soll ich es anatomisch ausdrücken? Spermatische Ejakulation kann in mir nur dann Homöostase bewirken, wenn sie von einer ausgedehnten Stimulation der höheren Nervenzentren begleitet wird, deren Druck auf die endokrinen Drüsen meine Blutzusammensetzung nicht für ein paar krampfhafte Minuten, sondern für viele prikkelnde Tage ändert. Die Frau, die ich mir vorstellte, stimulierte mich auf diese Art. Ich fand ihr Bild in den *Shakespeare-Erzählungen* von Lamb. Einer von Sir Colins Patienten muß das Buch hier zurückgelassen haben – es war das einzige literarische Werk im ganzen Haus. Ophelia lauschte ihrem Bruder, einem jungen Mann, der trotz seines wilden Bärtchens langweilig aussah. Er sagte etwas, das sie nur scheinbar ernst nahm, denn ihr gespanntes Gesicht war etwas Wundervollem außerhalb des Bildes zugewandt, und ich wünschte mir, daß ich es wäre. Ihr Gesichtsausdruck erregte mich mehr als ihr schöner Körper im wallenden violetten

Kleid, denn ich glaubte, alles über Körper zu wissen. Ihr Ausdruck erregte mich mehr als ihr schönes Gesicht, denn ich war Frauen mit solchen Gesichtern im Park begegnet - wenn sie näher kamen, erstarrten ihre Züge, wurden blaß oder hellrot, und sie versuchten, durch mich hindurchzublicken. Ophelia konnte mich mit liebevollem Staunen betrachten, denn sie sah den Mann, der ich werden würde: den gütigsten, größten Arzt der Welt, der ihr Leben und das Leben von Millionen retten würde. Ich las die klägliche Geschichte des Theaterstücks, in dem sie die einzige wahrhaft liebende Seele war. Es beschrieb offensichtlich die Ausbreitung einer epidemischen Hirnhautentzündung, die - wie Typhus - vielleicht durch Sickerwasser aus dem Palastfriedhof in die Wasserversorgung von Elsinore verursacht wurde. Nach einem unauffälligen Beginn unter den Wachtposten auf den Zinnen griff die Infektion auf Prinz, König, Ministerpräsident und Höflinge über und rief Halluzinationen, Logorrhö und Paranoia hervor, die ihrerseits zu wahnsinnigen Verdächtigungen und mörderischen Impulsen führten. Ich malte mir aus, den Palast nicht lange nach dem Anfang des Stückes mit sämtlichen Befugnissen eines Gesundheitsbeamten zu betreten. Die Hauptträger der Krankheit (Claudius, Polonius und der offensichtlich unheilbare Hamlet) würden in getrennten Krankenzimmern unter Quarantäne gestellt werden. Eine neue Wasserversorgung und funktionstüchtige moderne Leitungen würden den dänischen Staat bald genesen lassen, und Ophelia, die miterlebte, wie dieser barsche schottische Arzt ihrem Volk den Weg in eine saubere und gesunde Zukunft wies, würde machtlos sein, ihm ihre Liebe zu versagen.

Solche Tagträume, McBandless, erhöhten meinen Herzschlag und änderten die Beschaffenheit meiner Haut stundenlang, wenn ich nicht von meinen Studien in Anspruch genommen war. Eine von Sir Colin herbeigeholte Prostituierte wäre wie eine seiner Vorrichtungen gewesen, eine von Geld, nicht von einer Feder angetriebene mechanische Puppe.«

»Aber ein warmer, lebendiger Körper, Baxter.«

»Ich mußte jene Miene sehen.«

»Im Dunkeln ...«, begann ich, aber er gebot mir, den Mund zu halten. Ich saß da und hatte das Gefühl, ein schlimmeres Ungeheuer zu sein als er.

Nach einer Weile stieß er einen Seufzer aus. »Mein Tagtraum, ein gütiger, beliebter und bewunderter Heiler zu werden, konnte sich nicht erfüllen. Ich war der glänzendste Medizinstudent, den die Universität je hatte – wie hätte es anders sein können? Als Sir Colins vertrautester Helfer hatte ich praktische Erfahrung mit dem, was viele Dozenten nur als Theorie lehrten. Aber in Sir Colins Operationssaal waren die einzigen Patienten, die ich berührte, anästhesiert. Schauen Sie sich diese Hand an, obwohl der Anblick Ihnen natürlich Qualen bereitet: diesen Würfel mit fünf oben herausragenden Zapfen, anstelle eines Bücklings mit fünf am Rand befestigten Würsten. Die einzigen Patienten, die ich berühren darf, sind bewußtlos oder zu arm, um eine Wahl treffen zu können. Mehrere berühmte Chirurgen lassen sich gern von mir helfen, wenn sie Prominente operieren, deren Tod ihrem ärztlichen Ruf schaden würde, denn meine häßlichen Finger und (um der Wahrheit die Ehre zu geben) mein häßlicher Kopf sind in einer Krisensituation fähiger als die ihren. Aber die Patienten sehen mich nie, deshalb war es unmöglich, das bewundernde Lächeln einer Ophelia zu erringen. Aber nun habe ich keinen Grund mehr, mich zu beklagen. Bellas Lächeln ist glücklicher als das Ophelias und macht auch mich glücklich.«

»Miss Baxter fürchtet sich also nicht vor Ihrer Hand?"

»Nein. Seit dem Moment, in dem sie hier die Augen öffnete, haben diese Hände ihr Essen, Getränke und Süßigkeiten serviert, haben Blumen vor sie hingestellt, ihr Spielzeug angeboten, ihr gezeigt, wie man es benutzt, und haben ihr die bunten Seiten ihrer Bilderbücher aufgeschlagen. Zuerst ließ ich die Dienerinnen, die sie wuschen und anzogen, in ihrer Gegenwart schwarze Wollfäustlinge tragen, aber ich merkte bald, daß es sinnlos war. Die Tatsache, daß andere unterschiedliche Hände haben, hindert sie nicht daran, mich und meine Hände für so normal und notwendig zu halten wie dieses Haus und unsere täglichen Mahlzeiten und die Morgensonne. Aber Sie sind ein Fremder, McBandless, deshalb entzücken Ihre Hände sie. Meine nicht.«

»Sie hoffen natürlich, daß sich das ändern wird.«

»Ja. O ja. Aber ich bin nicht ungeduldig. Nur schlechte Vormunde und Eltern erwarten Bewunderung von jungen Gehirnen. Ich bin froh, daß Bella mich als so selbstverständlich hinnimmt wie den Boden unter ihren Füßen: den Boden, auf dem sie sich mit der Musik des Pianolas vergnügt, sich danach sehnt, mit der Nichte der Köchin zu spielen und entzückt auf die Berührung Ihrer Hand reagiert, McBandless.«

»Darf ich sie bald wiedersehen?«

»Wie bald?«

»Jetzt ... oder heute abend ... Jedenfalls bevor Sie Ihre Weltreise antreten.«

»Nein, McBandless, Sie müssen warten bis wir zurückkehren. Ihre Wirkung auf Bella macht mir keine Sorgen. Was mir zur Zeit Sorgen macht, ist Bellas Wirkung auf Sie.«

Er geleitete mich so entschieden zur Haustür wie bei meinem letzten Besuch, aber bevor er die Tür schloß, klopfte er mir freundschaftlich auf die Schulter.

Ich zuckte nicht vor der Berührung zurück, sondern sagte jäh: »Einen Moment, Baxter! Die erwähnte Dame, die sich ertränkt hat – wie fortgeschritten war ihre Schwangerschaft?«

»Sie war wenigstens im neunten Monat.«

»Hätten Sie das Kind nicht retten können?«

»Natürlich habe ich es gerettet – seinen denkenden Teil jedenfalls. Habe ich das nicht erklärt? Wozu sollte ich anderswo nach einem verträglichen Gehirn suchen, da ihr Körper doch schon eines beherbergte? Aber Sie brauchen das nicht zu glauben, wenn es Sie beunruhigt.«

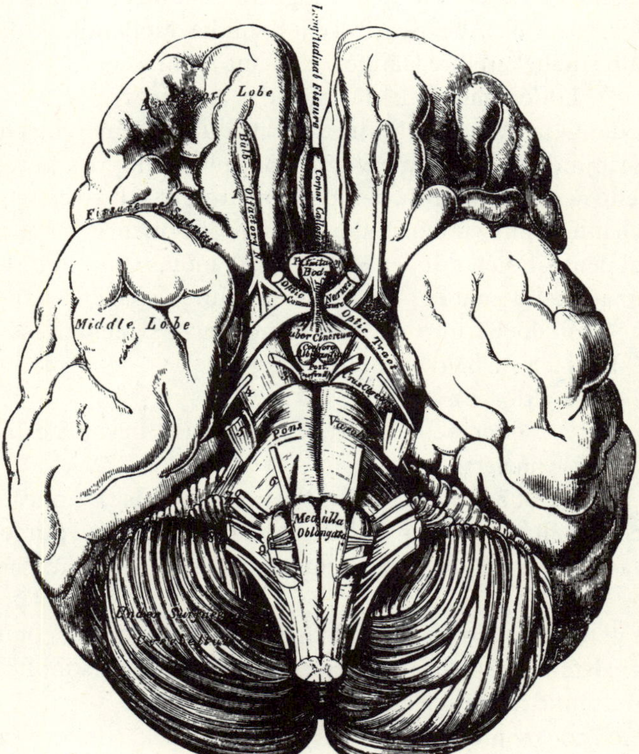

7
AM BRUNNEN

Fünfzehn Monate vergingen, bevor ich ihr wiederbegegnete, und diese Monate verliefen überraschend glücklich. Scraffles starb und verblüffte mich, indem er mir ein Viertel seines Geldes hinterließ – seine Witwe und sein ehelicher Sohn teilten sich den Rest. Ich wurde Medizinalassistent im Royal Infirmary mit einer Station voller Patienten, die mich zu brauchen schienen und von denen einige vorgaben, mich zu bewundern. Ich verbarg die Tatsache, wie sehr *ich* sie brauchte, unter einer glatten, gebieterischen Oberfläche, die von unerwarteten Momenten leutseligen Humors durchbrochen wurde. Ich flirtete mit den mir unterstehenden Krankenschwestern in der üblichen Weise – das heißt, mit allen gleichermaßen. Man lud mich zu Privatkonzerten ein, bei denen jeder etwas singen mußte. Meine Lieder im Dialekt von Galloway wurden belacht, wenn sie komisch, und beklatscht, wenn sie gefühlvoll waren. Am häufigsten dachte ich in unbeschäftigten Augenblicken an Bella, besonders in der halben Stunde, bevor ich mich ins Bett legte und einschlief. Damals versuchte ich, die Romane von Bulwer-Lytton zu lesen, doch seine Gestalten kamen mir vor wie gewöhnliche Marionetten, wenn ich mich an Bellas Arme erinnerte, die wie Rabenschwingen über dem Pianola flatterten, an ihr von ständigem Entzücken erfülltes Lächeln, an ihren unsicheren Gang, ihre schwankende Haltung und ihre ausgestreckten Arme, als wolle sie mich umfassen, wie es niemand anders je getan hatte. Ich träumte nicht von ihr, weil ich überhaupt nie träumte, aber als ich ihr wiederbegegnete, glaubte ich fast eine Minute lang, träumend im Bett zu liegen, obwohl ich mich hellwach in einem öffentlichen Park befand.

Vierzehn Tage heißen, ruhigen wolkenlosen Sommerwetters machten Glasgow unerträglich. Ohne Regen, der sie fortgewaschen und ohne Brise, die sie weggeblasen hätte, stauten sich Industrierauch und -gase in einem Dunst, der das Tal bis zur Höhe der umliegenden Hügel füllte - ein sandiger Dunst, der alles, sogar den Himmel, mit einem grauen Belag überzog und unter den Augenlidern juckte und Krusten in den Nasenlöchern verursachte. Die Luft schien im Hausinnern sauberer zu sein, aber eines Abends brauchte ich Bewegung und machte einen Spaziergang an einem trüben Uferstreifen des Kelvin.

An einer Stelle stürzte der Fluß über ein Wehr, durch das Abwässer aus einer stromaufwärts liegenden Papiermühle zu schmutziggrünen Schaumhaufen aufgerührt wurden; jeder hatte die Größe und Gestalt eines Damenhutes und war von dem nächstliegenden durch eine Vertiefung getrennt, an deren Grund sich trübe Blasen bildeten. Diese Masse (die aussah und stank wie der Inhalt eines Destillierkolbens) strömte durch den West End Park und verdeckte den darunter liegenden Fluß völlig. Ich stellte mir vor, was für eine Mischung zwischen Partick und Govan in den ölverschmutzten Clyde eintreten mußte, und fragte mich, ob Menschen die einzigen Landgeschöpfe sind, die ihre Ausscheidungen ins Wasser leiten. Da ich mich angenehmeren Gedanken hingeben wollte, schlenderte ich zum Loch-Katrine-Gedächtnisbrunnen, dessen nach oben gerichtete und dann nach unten tröpfelnde Strahlen der Luft etwas Frische verliehen. Gutgekleidete Menschen und ihre Kinder promenierten darum herum, und ich schob mich zwischen sie, wobei ich - wie gewöhnlich in einer Menge - zu Boden blickte. Ich versuchte, mich an die Farbe von Bellas Augen zu erinnern, aber statt dessen fiel mir ein, daß ihre Silben wie Perlen klangen, die eine nach der anderen in eine Schüssel fallen. Da sagte sie: »Bandel, wo ist deine Kord Sand *Hose*?«

Sie schillerte vor mir wie das Ende eines Regenbogens, doch sie war greifbar, hochgewachsen, elegant und stützte sich mit einem versonnenen Lächeln auf Baxters Arm. Ihre Augen waren goldbraun, sie trug ein Kleid aus scharlachroter Seide, eine Jacke aus himmelblauem Samt, einen purpurnen Hut und schneeweiße Handschuhe. Die Finger ihrer linken Hand drehten den bernsteinfarbenen Knauf eines Sonnenschirms, dessen schmaler Stiel, über ihre Schulter gelegt, hinter ihrem Kopf zu einer wirbelnden butterblumengelben Seidenkuppel mit einem grasgrünen Rand führte. Neben diesen Farben wirkten ihr schwarzes Haar und ihre schwarzen Augenbrauen, ihre blasse Haut und ihre hellen, goldbraunen Augen strahlend fremd und perfekt. Aber während sie einem herrlichen Traum glich, schien der neben ihr aufragende Baxter einem Alptraum zu entstammen. Wenn ich von Baxter getrennt war, verringerte mein Gedächtnis seinen gewaltigen Umfang und seinen zottigen, jungenhaften Kopf stets auf ein plausibleres Maß, deshalb war sein unerwarteter Anblick sogar nach einer Woche schockierend. Diesmal hatte ich ihn seit siebzig Wochen nicht gesehen. Er war in das dicke Cape und den Mantel eingehüllt, die er im Freien bei jedem Wetter trug, da sein Körper die Wärme schneller einbüßte als jener der meisten Menschen, doch sein Gesicht schockierte mich am meisten. Seine Miene wirkte fast immer unglücklich, aber nun schienen seine entgeisterten Augen einen Mangel von etwas so Wesentlichem wie Vernunft oder Sauerstoff widerzuspiegeln - einen Mangel, der ihn langsam umbrachte. Diese entschiedene Schwermut hatte nichts Feindseliges an sich - er bedachte mich mit einem trüben Nicken des Erkennens -, aber sie kam mir bedrohlich vor, denn einen Moment lang fürchtete ich, daß das, wonach er sich so innig sehnte, auch mir nicht gehören konnte, obwohl Bella mich nun so aufmerksam und erwartungsvoll anlächelte wie in ihren jüngeren Tagen. Sie hatte ihre rechte Hand von Baxters Arm gelöst und streckte sie mir ganz gerade hin. Wieder stellte ich mich auf die Zehenspitzen, um ihre Finger zu nehmen und sie mit den Lippen zu berühren.

»Haha!« lachte sie und riß die Hand über den Kopf, als wolle sie einen Schmetterling fangen. »Er ist immer noch mein kleiner Bandel, Gott! Du warst der erste Mann, den ich nach dem kleinen Robbie Murdoch geliebt habe, Bandel, und nun bin ich Bell Miss Baxter Bürgerin von Glasgow geborene Schottin Staatsangehörige des Britischen Reiches zu einer Frau von Welt geworden! Französische deutsche italienische spanische afrikanische asiatische amerikanische Männer und einige Frauen des Nordens *und* des Südens haben diese Hand und andere Stellen geküßt, aber ich träume immer noch vom ersten Mal, obwohl Ozeane tief haben zwischen uns getobt seit jener guten alten Zeit. Setz dich auf die Bank da, Gott. Bandel soll mich auf einem Spaziergang Streifzug Lustwandel Bummel Trab kurzen Galopp und einer Prome*nade* begleiten. Armer alter Gott. Ohne Bella wirst du bedrückt bedrückter am bedrücktesten werden, bis ich, gerade wenn du glaubst, daß ich für immer verloren bin, holterdiepolter hinter der Stechpalme dort auftauche. Bewacht ihn, Jungs.«

Baxter und sie hatten fünf Kinder im Gefolge, deren große Stiefel und grobe Kleidung verrieten, daß sie zur Bediensteten- oder Handwerkerschicht gehörten. Wenn ihre kleinen Gefährten immer noch einen Hinweis auf Bellas Intellekt lieferten, dann lag ihr geistiges Alter nun zwischen zwölf und dreizehn Jahren. Baxter plumpste gehorsam, ohne daß sich sein Gesichtsausdruck änderte, auf einen Platz zwischen mehreren auf der Bank sitzenden Personen. Von seiner einen Seite entfloh ein Armeeoffizier, von der anderen ein Kindermädchen mit einem Baby, das angefangen hatte zu schreien. Zwei der Jungen nahmen ihre Plätze ein. Die übrigen – mit dem Rücken zu ihm, die Beine gespreizt

W.S.
BELLA CALEDONIA

und die Arme verschränkt – stellten sich in einer Reihe vor ihm auf. »Gut!« sagte Bella zufrieden. »Wenn jemand Gott anstarrt, dann starrt zurück, bis er aufhört. Damit könnt ihr euch die Zeit vertreiben, solange ich weg bin.«

Aus einer Tüte in ihrer Tasche gab sie jedem Kind einen großen Dauerlutscher, zog dann meine Hand unter ihren Arm und führte mich, am Ententeich vorbei, rasch davon.

Bellas energische und gesprächige Art ließ mich eine Wortflut erwarten – nicht das, was dann geschah. Sie schritt voran, schaute hin und her, bis sie einen schmalen Pfad durch ein Gebüsch entdeckte und mich jäh dorthin steuerte. An einer Biegung des Pfades blieb sie stehen, klappte ihren Sonnenschirm zu, schleuderte ihn wie einen Speer in einen dichten Rhododendronbusch und zerrte mich hinein. Ich war zu überrascht, um Widerstand zu leisten. Als die Blätter über unsere Köpfe hinwegragten, ließ sie mich los, knöpfte sich den rechten Handschuh auf, lächelte, leckte sich die Lippen und flüsterte: »Also dann!«

Nachdem sie den Handschuh abgestreift hatte, klatschte sie mir die nackte Handfläche über den Mund und warf den linken Arm um meinen Hals. Ihre Handkante blockierte meine Nase, aber ich war immer noch zu erstaunt, um mich zu sträuben, und rang bald nach Atem. Genau wie sie. Ihre Augen waren geschlossen, sie wiegte den Kopf hin und her und stöhnte mit geröteten und gespitzten Lippen: »Ein Bandel o Bandel das Bandel des Bandels für Bandel durch Bandel von Bandel ich bandel du bandelst wir bandeln …«

Ich fühlte mich so hilflos wie eine Puppe, aber plötzlich wünschte ich mir nichts anderes. Ihr Druck auf meinen Mund und Hals wurde schrecklich süß, und ich sträubte mich nicht gegen das Ersticken, sondern gegen die Wonne, die so groß war, daß ich sie nicht ertragen konnte. Kurz darauf war ich wieder frei und sah benommen zu, wie sie den Handschuh von einem Zweig nahm und ihn sich wieder anzog.

»Weißt du, Bandel«, murmelte sie nach mehreren überaus befriedigten Seufzern, »daß ich dazu keine Möglichkeit gehabt habe, seit ich vor zwei Wochen von Bord des Schiffes aus Amerika gegangen bin? Baxter hat mich mit niemandem allein gelassen. Hat es dir Spaß gemacht?“

Ich nickte.

Sie sagte verschmitzt: »Es hat dir nicht soviel Spaß gemacht wie mir. Sonst hättest du dich nicht so schnell losgerissen und dich verrückter benommen. Aber Männer scheinen sich vor allem dann verrückt zu benehmen, wenn sie unglücklich sind.«

Sie hob ihren Sonnenschirm auf und winkte damit einigen Gaffern auf einer Hügelterrasse über uns fröhlich zu. Es verärgerte mich, daß wir beobachtet worden waren, doch dann begriff ich zu meiner Erleichterung, daß die Zuschauer zuerst gedacht haben mußten, Bella versuche, mich zu erwürgen; danach dürften sie aber wohl angenommen haben, daß Bella mein Nasenbluten zum Stillstand bringen wolle.

Nachdem wir den Pfad wieder erreicht hatten, streifte sie kleine Zweige, Blätter und Blüten von unserer Kleidung ab, zog meine Hand von neuem unter ihren Arm, ging weiter und fragte: »Worüber wollen wir reden?«

Ich war zu verwirrt, um zu antworten, bevor sie die Frage wiederholt hatte.

»Miss Baxter - Bella -, oh, liebe Bella, haben Sie das mit vielen Männern gemacht?«

»Ja, überall auf der Welt, aber am meisten auf dem Pazifik. Auf dem Schiff aus Nagasaki lernte ich zwei hübsche Offiziere kennen - sie waren einander sehr ergeben -, und manchmal machte ich es mit beiden sechsmal am Tag.«

»Haben Sie ... haben Sie noch *mehr* mit anderen Männern gemacht, Bella, als das, was wir beide gerade im Gebüsch getan haben?«

»Du frecher kleiner Bandel! Du klingst genauso unglücklich wie Gott!« Bella lachte herzlich. »Natürlich mache ich mit MÄNNERN nie mehr, als wir gerade getan haben. Mehr mit Männern gibt Babys. Ich möchte Spaß haben, nicht Babys. Ich mache nur mehr mit Frauen, wenn sie mir gefallen, aber viele Frauen sind schüchtern. Miss MacTavish ist mir in San Francisco davongelaufen, weil es sie erschreckte, mehr zu machen, als Hände und Gesichter zu küssen. Ich bin froh, daß wir offen über diese Dinge sprechen können, Bandel. Auch viele Männer sind schüchtern.«

Ich erklärte ihr, daß ich keine Angst vor freimütigen Gesprächen hätte, denn schließlich sei ich diplomierter Arzt und auf einem Bauernhof aufgewachsen. Außerdem erkundigte ich mich nach Miss MacTavish.

»Sie war das Hauptmitglied unserer Cortège unseres Gefolges unserer Ong-tu-rage Suite Begleitung Belegschaft oder unseres Hofstaates, als wir Glasgow verließen. Sie war meine Lehrerin Begleiterin Gouvernante Gefährtin Instrukteurin Anstandsdame Pädagogin Duenia Führerin Philosophin und Freundin bis San Francisco. Vor dem letztlichen Bruch brachte sie mir eine Menge Wörter und Verse bei. Du bist auf einem Bauernhof aufgewachsen! War dein Vater ein bescheid'ner Schäfer, der seine Herde auf den Grampian-Bergen hütete, oder ein Ackermann, der müde heimwärts stapfte? Schnell schnell schnell sag's der Bell Bell Bell. Ich sammle Kindheiten, da das Unglück all meine eigenen Erinnerungen zerstört hat.«

Dann erzählte ich ihr von meinen Eltern. Als sie hörte, daß ich nicht mehr wußte, wo meine Mutter beerdigt war, lächelte sie und nickte, obwohl Tränen über ihre Wangen flossen.

»Ich auch nicht!« sagte sie. »In Buenos Aires wollten wir das Grab meiner Eltern besuchen, aber Baxter fand heraus, daß sie von der Eisenbahngesellschaft, die die Beerdigung bezahlt hatte, auf einem Friedhof am Rand einer bodenlosen Schlucht beigesetzt worden waren. Und als der Chimborazo der Cotopaxi oder Popocatepetl ausbrach, rutschte der ganze Kladderadatsch in einer Lawine hinunter, wobei Grabsteine Särge Skelette zu einem Pulver aus al-ler-win-zig-sten Atomen zermahlen wurden. Wenn wir sie in diesem Zustand gesehen hätten, wäre es wie der Besuch an einem Haufen Kristallzucker gewesen, deshalb brachte mich Baxter statt dessen zu dem Haus, wo er, wie er sagte, mit ihnen gewohnt hatte. Es hatte einen verstaubten Hof mit einem geborstenen Wasserbehälter in einer Ecke und ein paar Hühner, die herumpickten, und einen alten Verwalter Hausmeister Pförtner Portier Concièrge (klingst zu hell, kleine Bell), einen alten Mann, der mich Bella Señorita nannte – also muß er sich wohl an mich erinnert haben, aber ich konnte mich nicht an ihn erinnern. Ich starrte und starrte und starrte und starrte auf die dürren Hühner und den geborstenen Behälter, dem eine Rebe aus der Seite wuchs, und ich RANG darum, mich zu erinnern, aber ich konnte es nicht. Gott kennt alle Sprachen, er befragte den alten Mann auf Spanisch, und ich erfuhr, daß ich nicht lange dort gewohnt hatte, denn mein Papa und meine Mama waren Wanderer gewesen, die über die Meere fuhren wie des Menschen Sohn, der nicht hat, da er den Fuß hinlege, wie Miss MacTavish zutreffend bemerkte. Mein Papa Ignatius Baxter vermarktete Gummi Kupfer Kaffee Bauxit Rindfleisch Teer Spartgras – alles Dinge, deren Märkte schwanken, deshalb mußten Mama und er genauso schwanken. Aber ich möchte wissen: Was TAT ICH, während sie schwankten? Ich habe Augen und einen Spiegel in meinem Schlafzimmer, Bandel, ICH SEHE, daß ICH eine Frau von Mitte Zwanzig, aber näher dreißig als zwanzig bin, die meisten Frauen sind in dem Alter verheiratet ...«

»Heiraten Sie *mich*, Bella!« rief ich.

»Wechsle nicht das Thema, Bandel, warum schleppten meine Eltern ein schönes Ding wie Bell Baxter immer noch mit sich herum? Das möchte ich gern wissen.«

Wir gingen schweigend weiter; sie sann offenkundig über die Geheimnisse ihrer Herkunft nach, während ich mich über ihre Mißachtung meines impulsiven, doch aufrichtigen Antrags ärgerte. Schließlich sagte ich: »Bell - Bella - Miss Baxter, ich akzeptiere die Tatsache, daß Sie das gleiche, was wir im Gebüsch taten, mit vielen Männern getan haben. Tun Sie es jemals mit Gotthard?«

»Nein. Mit Gott kann ich es nicht tun, und das macht ihn unglücklich. Er ist zu gewöhnlich, um mit ihm auf solche Art Spaß zu haben. Er ist so gewöhnlich wie ich.«

»Unsinn, Miss Baxter! Sie und Ihr Vormund sind das außergewöhnlichste Paar, das ich je ...«

»Halt den Mund, Bandel, du läßt dich zu sehr von Äußerlichkeiten beeindrucken. Ich habe weder *Die Schöne und das Biest* noch Ruskins *Steine von Venedig*, noch Dumas' *Glöckner von Notre Dame* - oder ist es von Hugo in der weichen englischen Tauchnitz-Ausgabe, die zwei Schilling und Sixpence kostet - von Anfang bis Ende gelesen, aber ich habe genug über diese mächtigen Epen unserer Rasse gehört, um zu wissen, daß die meisten Leute Gott und mich für ein sehr schauerliches Paar halten. Sie irren sich. Im Grunde sind wir gewöhnliche Bauern wie Cathy und Heathcliff in *Wutheringshöhe* von einer dieser Brontës.«

»Ich habe das Buch nicht gelesen.«

»Das mußt du, denn es ist über uns. Heathcliff und Cathy gehören zu einer Bauernfamilie, und er liebt sie, weil sie fast immer zusammen gewesen sind und zusammen gespielt haben, und sie mag ihn sehr gern, hält Edgar jedoch für liebenswerter und heiratet ihn, weil er außerhalb der Familie ist. Dann schnappt Heathcliff über. Ich hoffe, Baxter schnappt nicht über. Da ist er, ganz allein, wie überaus günstig. Ich bin froh, daß er die Jungs nach Hause geschickt hat.«

Als wir den Brunnen erreichten, bliesen die Parkhüter in ihre Trillerpfeifen, bevor sie die Tore abschlossen, und eine dunkelrote Sonne versank hinter purpurnen und goldenen Wolkenstreifen. Die einsame Masse des armen Baxter war noch genauso zusammengesackt, wie wir sie zurückgelassen hatten; seine Hände waren auf dem Knauf eines kräftigen Stockes verschränkt, den er sich aufrecht zwischen die Beine gepflanzt hatte, sein Kinn ruhte auf den Händen, seine entgeisterten Augen schienen ins Leere zu blicken. Als wir Arm in Arm vor ihm standen, waren unsere Köpfe auf derselben Höhe wie seiner, doch er schien uns immer noch nicht zu sehen.

»Buh!« machte Bella. »Fühlst du dich jetzt besser?«

»Ein wenig besser«, murmelte er mit einem gezwungenen Lächeln.

»Gut«, sagte Bella, »denn Bandel und ich werden heiraten, und darüber mußt du glücklich sein.«

Dann folgte die entsetzlichste Erfahrung meines Lebens. Der einzige Teil Baxters, der sich bewegte, war sein Mund. Er öffnete sich langsam und leise zu einem runden Loch, das größer war als sein Kopf, und wurde dann noch größer, bis sein Kopf dahinter verschwand. Sein Körper schien eine schwarze, sich erweiternde, von Zähnen umrahmte Höhle in dem scharlachroten Sonnenuntergang hinter Baxter zu stützen. Als der Schrei kam, schien der ganze Himmel zu schreien. Ich hatte mir die Hände vor die Ohren geschlagen, bevor dies geschah, deshalb wurde ich nicht ohnmächtig wie Bella, aber die einzelne schrille Note erklang überall und durchdrang das Gehirn wie ein Bohrer, der ohne Betäubung in einen Zahn eindringt. Ich verlor die meisten Sinne während des Schreies. Sie kehrten so langsam zurück, daß ich nicht wahrnahm, wie sich Baxter plötzlich neben Bellas Körper hingekniet hatte. Er hieb sich mit den Fäusten an die Schläfen und stöhnte unter bebenden, menschlich klingenden Schluchzern mit einem heiseren Bariton: »Vergib mir, Bella, vergib mir, daß ich dich so gemacht habe.«

Sie öffnete die Augen und sagte schwach: »Was soll das heißen? Du bist nicht unser Vater, der da ist im Himmel, Gott. Was für ein albernes Getue um nichts. Immerhin, deine Stimme ist gebrochen, dafür können wir dankbar sein. Helft mir auf, ihr beide.«

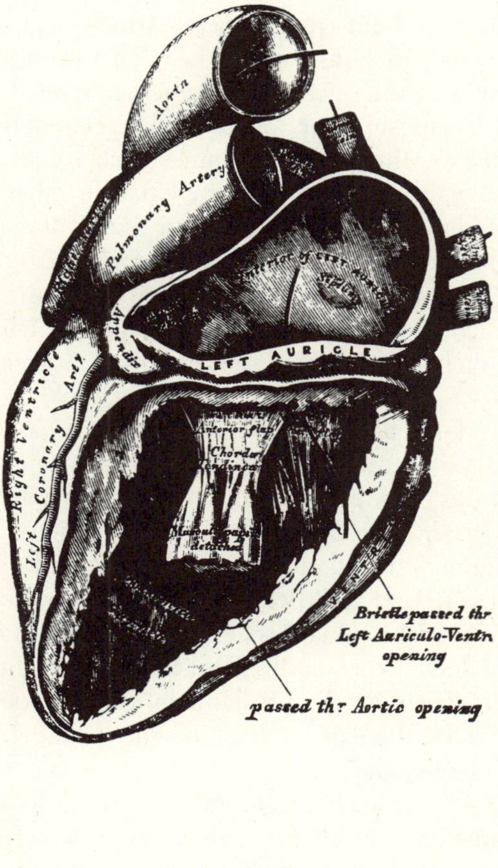

8
DIE VERLOBUNG

Sie schritt forsch zwischen uns aus dem Park hinaus, je eine Hand auf einen unserer Arme gelegt, und mir war klar, daß ihre rasche Rückkehr zu Gesundheit und guter Launer Baxter gefühllos erscheinen mußte. Obwohl er der aufrichtigste Mann war, den ich je gekannt habe, ließ mich seine gewöhnliche neue Stimme glauben, daß er schauspielerte, als er sagte: »Es ist eine Qual für mich, daß du mich wie ein sinkendes Schiff und McBandless wie ein Rettungsboot behandelst, Bell. Deine Liebesabenteuer auf der Weltreise konnte ich ertragen, weil ich wußte, daß sie vergänglich waren. Fast drei Jahre lang habe ich mit dir und für dich gelebt und mir gewünscht, daß es nie enden würde.«

»Ich verlasse dich nicht, Gott«, erwiderte sie tröstend, »oder jedenfalls nicht sofort. Bandel ist sehr arm, deshalb ist es für uns beide günstig, noch sehr lange bei dir zu wohnen. Mach den alten Operationssaal deines Vaters zu einem Wohnzimmer für uns, und du wirst immer ein willkommener Gast sein. Und natürlich werden wir mit dir essen. Aber ich bin eine sehr romantische Frau, die eine Menge Sex benötigt, doch nicht von dir, denn du kannst nicht anders, als mich wie ein Kind zu behandeln, und ich kann nicht KANN NICHT das gleiche tun. Ich heirate Bandel, weil ich ihn behandeln kann, wie ich will.«

Baxter schaute mich fragend an. Mit einer etwas beschämten Stimme erklärte ich ihm, daß ich zwar immer versucht hätte, ein eigensinniger, unabhängiger Mann zu sein, doch daß Bella recht habe: Ich hätte sie seit dem Moment, da er uns miteinander bekannt machte, angebetet und begehrt – alles an ihr erscheine mir als der Höhepunkt weiblicher Vollkommenheit –, und ich würde freudig die gräßlichsten Qualen auf mich nehmen, um sie vor der kleinsten Unannehmlichkeit zu bewahren. Bella werde stets mit mir tun können, was immer sie wolle.

Bella sagte: »Und Bandels Küsse sind fast so stark wie deine Schreie, Gott, und würden mich auch ohnmächtig werden lassen, wenn ich keine erwachsene Frau wäre.«

Baxter nickte mehrere Sekunden lang heftig. »Ich werde euch beiden bei allem helfen, was ihr wollt, aber bitte tut mir zuerst einen einzigen Gefallen – einen Gefallen, der mir das Leben retten könnte. Haltet euch zwei Wochen lang voneinander fern. Gebt mir vierzehn Tage, damit ich mich für deinen Verlust kräftigen kann, Bell. Ich weiß, du hast vor, mich als einen bequemen Freund zu behalten, aber du kannst nicht vorhersehen, wie die Ehe dich verändern wird, Bell – niemand kann das. Bitte, tu mir diesen Gefallen. Bitte!«

Seine Lippen zitterten, sein Mund schien sich zu einem neuen Brüllen zu formen, deshalb stimmten wir hastig zu. Ich bezweifelte, daß er ein zweites Mal so laut hätte schreien können, aber ich fürchtete, daß noch so eine plötzliche Vergrößerung der Mundhöhle das Rückgrat vom Schädel trennen würde.

Baxter wandte uns den Rücken zu, während wir uns unter einer Straßenlaterne voneinander verabschiedeten. Bell flüsterte: »Zwei Wochen sind für mich Jahre und Jahre und Jahre.«

Ich versprach, ihr jeden Tag zu schreiben, zog eine winzige Nadel mit einer Perle aus meiner Krawatte, erklärte ihr, dies sei das einzige hübsche – und das teuerste – Ding, das ich besäße, und bat sie, es immer und ewig bei sich zu tragen und stets an mich zu denken, wenn sie es sah oder berührte. Sie nickte sieben- oder achtmal heftig. Und ich steckte die Nadel an ihr Revers und sagte, dies bedeute, wir seien miteinander verlobt. Dann bat ich sie, mir ihren Handschuh oder ihren Schal oder ihr Taschentuch zu geben - irgendein Symbol, das ihrem Leib nahe gewesen sei, wodurch es zu einer heiligen Reliquie des Bundes zwischen uns werde. Sie runzelte nachdenklich die Stirn und reichte mir die Tüte mit den Dauerlutschern. »Du kannst alle behalten.«

Ich begriff, daß es für ihren sich immer noch entwickelnden Verstand ein edles Opfer war, und ich hatte Tränen in den Augen, als ich die Lippen auf die Glacélederhülle an ihren Fingerspitzen drückte. Fast hätte ich meine Lippen an ihre gelegt, doch dann fiel mir ein, daß es, wenn mein Mund auf ihren nackten Fingern sie nahezu das Bewußtsein verlieren ließ, klüger wäre, auf völlige Zweisamkeit zu warten, bevor ich leidenschaftlicher wurde. Dann eilte ich entzückt über das wunderbare Abenteuer des Lebens davon. Wenn Baxters Schrei die entsetzlichste Erfahrung meines Lebens gewesen war, so erschien mir dieser Moment als die schönste. Ich überlegte mir bereits Wendungen für den Liebesbrief, den ich schreiben würde, sobald ich in meiner Wohnung ankam. Baxter hoffte - daran hatte ich keinen Zweifel -, daß vierzehn Tage der Trennung von mir ihre Pläne ändern würden, aber ich fürchtete nicht, sie zu verlieren, weil ich wußte, daß er keinen rücksichtslosen Druck auf sie ausüben und nichts Hinterlistiges oder Unehrliches tun würde. Außerdem glaubte ich, daß er sie vor anderen Männern schützen könne.

Beinahe eine Woche lang erfüllte ich meine Krankenhauspflichten recht geistesabwesend. Meine Phantasie war geweckt worden. Die Phantasie ist - wie der Blinddarm - aus einer primitiven Epoche ererbt worden, als sie zum Überleben des Menschengeschlechts beitrug, aber in den modernen, wissenschaftlich ausgerichteten Industrienationen ist sie vor allem eine Quelle von Krankheiten. Ich war stolz auf meinen Mangel an Phantasie gewesen, aber sie hatte nur geruht. Nun tat ich, was man von mir erwartete, doch ohne Präzision oder Begeisterung, denn ich verfaßte im Kopf ständig Liebesbriefe, wenn ich sie nicht niederschrieb oder hinausrannte, um sie mit der Post abzuschicken. All meine Erinnerungen und Hoffnungen, in deren Mittelpunkt Bella stand, wurden so mühelos zu sich reimenden Sätzen, daß ich oft das Gefühl hatte, sie gar nicht selbst zu verfassen, sondern mich aus einer früheren Existenz an sie zu erinnern. Hier ist ein Beispiel:

O Bella, unvergleichlich schön,
Mein Träumen süß entbrannt'
Am Kelvin traut (Du meine Braut!),
Wo Du küßtest meine Hand.
Ich hab' gespaßt mit Kameraden,
Ich habe froh diniert,
Ich habe heiter G'schirr geladen,
Ich habe gern sinniert.
Ich kannte Glück an Bergesrück,
An Fluten ohn' Verstummen,
Doch nie ein Glück (Braut, mich entzück!)
Und Freud' so groß (Gefährtin, los!)
Wie am Gedächtnisbrunnen.

Die vielen anderen Gedichte, die ich ihr sandte, waren genauso spontan und genauso gut und endeten mit immer drängenderen Bitten, mir zu antworten. Die einzige Antwort, die ich endlich erhielt, gebe ich wörtlich wieder. Ich war überglücklich über die Dicke des Umschlags, der fast ein Dutzend Seiten Briefpapier enthielt. Ihre Handschrift war jedoch so riesig, daß jede Seite nur für ein paar Wörter ausreichte. Allerdings hatte sie wie die alten Hebräer und Babylonier dadurch Platz gespart, daß sie mehr oder weniger auf Vokale verzichtete:

LBR BNDL,

DU WRST AUF DSE WSE NCHT VL VN MR BKMMEN. WRTE SCHNEN MR NCHT WRKLCH WNN SI NCHT GSPRCHN ODR GHRT WRDN. DNE BRFE SND SHR WI DI LBSBRFE ANDR MNR, BSNDRS WI DI VN DNCN TRBRN.

DNE RGBNE

BLL BXTR.

Indem ich diese Konsonanten laut vor mich hinmurmelte, verstand ich allmählich alles, abgesehen von *BSNDRS WI DI VN DNCN TRBRN*, und was ich verstand, beunruhigte und verstörte mich, denn die einzigen Worte, die meine Hoffnungen nährten, waren die beiden letzten vor ihrem Namen, die besagten, daß sie mir ergeben sei. Das ist eine konventionelle Formel, doch Bella war weder konventionell noch formell. Trotzdem beschloß ich, mein Baxter gegebenes Wort zu brechen und sie so bald wie möglich zu besuchen. Als ich mich nach meinem Dienst im Royal Infirmary an jenem Abend zu ihr aufmachen wollte, wurde ich von Mrs. Dinwiddie, Baxters Haushälterin, begrüßt, die am Tor in einer Kutsche auf mich wartete. Sie reichte mir den folgenden Brief und bat mich, ihn sofort zu lesen:

Lieber McBandless,

es war verrückt von mir, Sie und Bella voneinander zu trennen. Kommen Sie sogleich hierher. Ich habe uns dreien aus Versehen schrecklichen Schaden zugefügt. Nur Sie können uns vielleicht retten, wenn Sie rasch, heute abend, vor Sonnenuntergang, so bald wie möglich hierherkommen.

Ihr unglücklicher und, glauben Sie mir, aufrichtig reumütiger Freund

Gotthard Bysshe Baxter

Ich sprang in die Kutsche, wurde zum Park Circus gefahren, eilte in den Salon im Erdgeschoß und rief: »Was ist los? Wo ist sie?«

»Oben in ihrem Schlafzimmer«, sagte Baxter, »und nicht krank, sondern nur allzu glücklich. Versuchen Sie, ruhig zu sein, McBandless. Lassen Sie mich Ihnen die ganze fürchterliche Geschichte erzählen, bevor Sie sich bemühen, ihr die Sache auszureden. Wenn Sie etwas zu trinken möchten, kann ich Ihnen ein Glas Gemüsesaft anbieten. Portwein kommt nicht in Frage.«

Ich setzte mich hin und schaute ihn an. Er sagte: »Sie wartet darauf, mit Duncan Trauburn durchzubrennen.«

»Mit wem?«

»Mit dem schlimmsten Mann der Welt: ein glatter, gutaussehender, gepflegter, geschickter, skrupelloser, geiler Anwalt, der sich - bis letzte Woche - darauf spezialisiert hatte, Frauen aus der Dienstbotenschicht zu verführen. Er ist zu faul, um sich von ehrlicher Arbeit zu ernähren. Außerdem hat das Vermächtnis einer in ihn vernarrten alten Tante Arbeit unnötig gemacht. Er bezahlt seine Verluste im Glücksspiel und seine schmutzigen Amouren dadurch, daß er unanständig hohe Honorare für etwas schlüpfrige Tätigkeiten im Zwielicht der Gesetze verlangt. Bella liebt nun ihn, nicht Sie, McBandless.«

»Wie haben sie einander kennengelernt?«

»Am Morgen nachdem sie sich mit ihnen verlobt hatte, beschloß ich, ein Testament zu machen und ihr meinen gesamten Besitz zu hinterlassen. Ich besuchte einen sehr achtbaren bejahrten Anwalt, einen alten Freund meines Vaters. Als er sich nach Bells genauer Beziehung zu mir erkundigte, antwortete ich auf verworrene Art, denn ich argwöhnte plötzlich - ohne absolut sicher zu sein -, daß er zuviel über die Familie Baxter wußte, um die Geschichte zu glauben, die ich meinen Bediensteten erzählt habe. Ich errötete, stotterte, täuschte dann Zorn vor und erklärte, daß ich ihn schließlich für seine Dienste bezahlte und deshalb keinen Grund sähe, unverschämte Fragen zu beantworten, die meine Ehrlichkeit in Zweifel zögen. Ich wünschte, daß ich so etwas nicht gesagt hätte! Aber ich war durcheinander. Er entgegnete sehr kühl, er habe mir nur deshalb Fragen gestellt, um sicherzustellen, daß mein Testament nicht von irgendeinem anderen Verwandten Sir Colins angefochten werden könne; er habe der Familie Baxter seit fast drei Generationen gedient, und wenn ich nicht auf seine Diskretion bauen könne, solle ich mich an einen anderen wenden. Nichts wäre mir lieber gewesen, als dem guten alten Mann die ganze Wahrheit zu sagen, McBandless, aber er hätte mich für geistesgestört gehalten. Ich entschuldigte mich und ging hinaus.

Ich merkte, daß der Sekretär, der mich hinausbegleitete, am Schlüsselloch seines Arbeitgebers gelauscht haben mußte, denn er war viel weniger unterwürfig als bei meiner Ankunft. Ich hielt ihn im Korridor zur Haustür zurück, holte einen Sovereign hervor und drehte die Münze zerstreut in den Fingern. Dann sagte ich, sein Dienstherr habe zuviel zu tun, um einen Auftrag für mich zu übernehmen - ob er mir jemanden empfehlen könne? Er flüsterte mir den Namen und die Adresse eines Anwalts zu, der seine Kanzlei in einem Privathaus im Süden der Stadt betreibt. Ich gab dem Gauner das Trinkgeld und fuhr mit einer Droschke dorthin. Leider war Trauburn zu Hause. Ich erklärte ihm mein Anliegen und bot ihm ein zusätzliches Honorar an, wenn er meinen Wunsch so schnell wie möglich erfüllen könne. Er begehrte keine weiteren Auskünfte. Dafür war ich ihm dankbar. Ich bewunderte sein gutes Aussehen und seine Verbindlichkeit, ohne etwas von der finsteren Niedertracht seiner Seele zu ahnen.

Am nächsten Tag sprach er hier vor, um mir Abschriften des Testaments zur Unterzeichnung vorzulegen. Bella war bei mir, hier in diesem Zimmer, und begrüßte ihn mit ihrer gewohnten Überschwenglichkeit. Er reagierte so abweisend, distanziert und herablassend, daß sie offensichtlich gekränkt war. Das verärgerte mich, aber ich ließ mir nichts anmerken.

Ich läutete nach Mrs. Dinwiddie, die wir als Zeugin benötigten; die Dokumente wurden unterzeichnet und versiegelt, während Bell in einer Ecke schmollte. Danach überreichte Trauburn mir seine Rechnung. Ich verließ das Zimmer, um die Guineen aus meiner Geldkassette zu holen, und ich versichere Ihnen, McBandless, daß ich innerhalb von vier Minuten oder noch rascher zurückkehrte. Zu meiner Freude bemerkte ich, daß zwar Mrs. Dinwiddie inzwischen ebenfalls das Zimmer verlassen hatte und Trauburn unverändert abweisend wirkte, daß Bella jedoch so munter wie gewöhnlich plauderte. Und damit glaubte ich, Duncan Trauburn nie wiedersehen zu müssen. Aber heute morgen teilte sie mir am Frühstückstisch fröhlich mit, daß er seit drei Nächten, nachdem sich die Angestellten zurückgezogen haben, ihr Schlafzimmer besucht. Ein nachgeahmter Eulenschrei ist sein Mitternachtssignal, eine angezündete Kerze im Zimmer ist ihres, dann wird eine Leiter aufgestellt, und er klettert nach oben! Und heute abend, in zwei Stunden, wird sie mit ihm durchbrennen, es sei denn, Sie können sie davon abbringen. Versuchen Sie, *ruhig* zu sein, McBandless.«

Ich hatte mein Haar mit beiden Händen gepackt, zerrte daran und rief: »Oh, was haben sie zusammen GETAN?«

»Nichts, dessen Folgen sie zu fürchten brauchen, McBandless. Ich bin mir über ihre romantische Natur recht früh auf unserer Weltreise klar geworden und habe in Wien eine hochqualifizierte Frau dafür bezahlt, ihr die Kunst der Empfängnisverhütung beizubringen. Bell hat mir gesagt, daß auch Trauburn darin versiert ist.«

»Haben Sie ihr nicht erklärt, wie böse und heimtückisch er ist?«

»Nein, McBandless. Das habe ich erst heute morgen entdeckt, als sie *mir* sagte, wie böse und heimtückisch er ist. Der listige Unhold hat sie verführt, indem er ihr seine Ausschweifungen mit all den Frauen beschrieb, die er betrogen und verraten hat, und nicht nur mit Frauen, McBandless! Er hat in einer Orgie von Geständnissen geschwelgt – sie sagt, es sei so gut wie ein Buch gewesen –, und natürlich behauptet er, daß die Liebe zu ihr sein Leben geläutert und ihn zu einem neuen Menschen gemacht habe und daß er *sie niemals* verlassen werde. Ich habe sie gefragt, ob sie ihm Glauben schenkt. Sie antwortete, eigentlich nicht, aber sie sei noch nie verlassen worden, und diese Neuerung werde vielleicht von Nutzen für sie sein. Außerdem sagte sie, daß schlechte Menschen genausoviel Liebe benötigten wie gute und viel mehr davon verstünden. Gehen Sie zu ihr, McBandless, und beweisen Sie ihr, daß sie unrecht hat.«

»Ich gehe«, sagte ich und stand auf, »und wenn Trauburn eintrifft, Baxter, hetzen Sie Ihre Hunde auf ihn. Er ist ein Einbrecher, der hier keine legalen Rechte besitzt.«

Baxter starrte mich mit soviel Widerwillen und Erstaunen an, als hätte ich ihn aufgefordert, Trauburn am Turm der Glasgow Cathedral zu kreuzigen. Er entgegnete vorwurfsvoll: »Ich darf Bells Pläne nicht vereiteln, McBandless.«

»Aber Baxter, sie hat ein geistiges Alter von zehn Jahren! Sie ist ein Kind!«

»Deshalb muß ich auf den Einsatz von Gewalt verzichten. Wenn ich jemandem weh tue, den sie liebt, wird sich ihre Zuneigung zu mir in Furcht und Mißtrauen verwandeln, und dann hätte mein Leben keinen Sinn mehr. Es wird weiterhin einen Sinn haben, wenn ich ein Haus für sie bereithalte, in das sie zurückkehren kann, nachdem sie Trauburns müde wird oder umgekehrt. Aber vielleicht können Sie verhindern, daß es soweit kommt. Gehen Sie zu ihr. Machen Sie ihr den Hof. Sagen Sie ihr, daß Sie es mit meinem Segen tun.«

9
AM FENSTER

Ich rannte wütend die Treppe hinauf, doch meine Wut wurde bei Bellas Anblick zu Kummer, denn ihre Gedanken galten nicht mir. Durch eine offene Tür auf dem ersten Treppenabsatz sah ich sie an einem offenen Fenster sitzen; ihr Ellbogen war auf das Sims gestützt, und ihre Wange ruhte auf der Hand. Sie trug Reisekleidung; zu ihren Füßen stand ein verschnürter Handkoffer, und darauf lag ein breitrandiger Hut mit einem Schleier. Dadurch, daß sie in den Garten hinausschaute, erschien sie mir im Profil, und an ihrem Gesichtsausdruck und ihrer Haltung las ich etwas ab, das ich nie zuvor gesehen hatte: Zufriedenheit und Heiterkeit, gemischt mit Melancholie über einen der Vergangenheit oder Zukunft gewidmeten Gedanken. Sie war nicht mehr heftig, lebhaft mit der Gegenwart verbunden. Ich kam mir vor wie ein kleiner Junge, der einer reifen Frau nachspioniert, und hustete, um sie auf mich aufmerksam zu machen. Sie blickte sich um und begrüßte mich mit einem lieblichen Lächeln. »Wie nett von dir, Bandel, mir in meinen letzten Minuten in dem alten, alten Haus Gesellschaft zu leisten. Ich wünschte, daß Gott hier wäre, aber er ist so betrübt, daß ich ihn im Moment nicht ertragen kann.«

»Auch ich bin betrübt, Bella. Ich dachte, wir beide würden heiraten.«

»Ich weiß. Das haben wir vor Jahren verabredet.«

»Vor sechs Tagen – vor weniger als einer Woche.«

»Alles, was länger ist als ein Tag, ist eine Ewigkeit für mich. Duncan Trauburn hat mich plötzlich an Stellen berührt, die du nie erreicht hast, und nun bin ich verrückt nach ihm. Er wird mit der Dämmerung kommen, leise aus der Gasse durch die Tür in der fernen Wand treten und den Riegel in ein Tuch einhüllen, damit er nicht klickt. Dann auf Zehenspitzen Zehenspitzen Zehenspitzen wird er den Pfad heraufkommen und verstohlen die Leiter aufheben, die in jenem Krauskohlbeet verborgen ist - nicht gut verborgen, denn du kannst sie mühelos sehen -, und oh, wie zart, wie fachmännisch wird er sie aufrecht hinstellen, wie langsam die Spitze zu mir neigen, bis ich sie packen und mit meinen eigenen Händen an mein Fensterbrett lehnen kann. Das hast du nie mit mir gemacht. Dann werden wir davoneilen zum Leben, zur Liebe, nach Italien, zur Koromandelküste, wo sich Afrikas sonnige Quellen über den goldenen Sand ergießen. Wo wird unsere Reise wohl enden? Dem armen, lieben Duncan macht es soviel Spaß, böse zu sein. Wahrscheinlich würde er mich nicht haben wollen, wenn er wüßte, daß Gott uns am hellichten Tag gemeinsam durch die Vordertür hinausgehen ließe. Und Bandel, außer unserer Verlobung werde ich nie vergessen, wie oft du mich in alten Zeiten besucht und mir zugehört hast, wenn ich dir auf dem Pianola vorspielte, und wie du mir immer das Gefühl gegeben hast, eine wundervolle Frau zu sein, wenn du mir danach die Hand küßtest.«

»Bella, ich bin dir nur dreimal im Leben begegnet, und dies ist das dritte Mal.«

»Eben!« rief Bella mit einem erschreckenden Wutausbruch. »Ich bin nur eine halbe Frau, Bandel, weniger als eine halbe, denn ich habe keine Kindheit gehabt, das Stück des Lebens, das wir, wie Miss McTavish sagt, mit Ruhmeswolken füllen, keine kuschelige-wuschelige-nichts-als-süße Mädchenzeit, keine Erwachsenenzeit voll junger Träume und erster Liebe. Ein ganzes Vierteljahrhundert meines Lebens ist holterdiepolter verschwunden. Und die wenigen kleinen Erinnerungen in diesem hohlen Schädel klirren klingen klatschen klimpern rasseln schallen poltern läuten bammeln bimmeln tönen hallen explodieren vibrieren pulsieren echoen Bell-en herum in Form von Worten Worten Worten Worten Worten Worten Worten Worten Worten Worten Worten Worten Worten Worten, die vergeblich versuchen, viel aus wenig zu machen. Ich brauche mehr Vergangenheit. Auf unserem Schiff den Nil hinauf reiste eine schöne Dame allein, und jemand sagte mir, *sie sei eine Frau mit Vergangenheit*. Oh, wie ich sie beneidete. Aber Duncan wird mir rasch eine Menge Vergangenheit geben. Duncan ist schnell.«

»Bell!« flehte ich, »du wirst NICHT davonlaufen und diesen Mann heiraten! Du wirst NICHT seine Kinder haben!«

»Ich weiß!« sagte Bella und schaute mich verblüfft an. »Ich bin mit dir verlobt.«

Sie zeigte auf den Aufschlag ihres Reisemantels, auf dem ich die winzige Perle meiner Krawattennadel entdeckte. Dann meinte sie schelmisch: »Ich wette, du hast all meine Dauerlutscher aufgegessen.«

Ich erwiderte, daß ich die Dauerlutscher in ein Glas mit einem Deckel darauf gelegt hätte, das nun auf einer Anrichte in meiner Wohnung stand, denn meine Körperwärme würde sie allmählich zu einem formlosen Klumpen verschmelzen lassen, wenn ich sie in meiner Tasche herumtrüge. Außerdem sagte ich, da Baxter sich weigerte, Bella vor diesem schlechten und nichtswürdigen Mann zu schützen, und da sie sich nicht selbst schützen wolle, würde ich hinuntergehen und in der Gasse auf ihn warten; wenn meine Worte ihn nicht zum Umkehren bewegen könnten, würde ich ihn niederschlagen. Sie blickte mich finster an - ich hatte sie noch nie finster blicken sehen -, ihre Unterlippe wurde größer und schob sich vor wie die eines zornigen Babys, und einen Moment lang fürchtete ich, sie werde wie ein Baby losheulen.

Statt dessen geschah etwas Wunderbares. Ihre Züge lösten sich zu einem Lächeln, das so freudig war wie bei unserer ersten Begegnung, sie stand auf und streckte mir die Arme genauso gerade entgegen wie damals, doch nun trat ich zwischen sie, und wir umarmten einander. Ich konnte mich nicht erinnern, einer anderen Person jemals so nahe gewesen zu sein; sie zog mein Gesicht so fest an ihren Busen, daß ich weniger Luft bekam als bei der Umarmung im Park. Ich wagte nicht, bei ihr zu bleiben, bis ich ohnmächtig wurde, deshalb riß ich mich wieder los. Sie stand da, hielt meine Hände und sagte sanft: »Mein lieber kleiner Bandel, wenn ich versuche, dir Genuß zu bereiten, hältst du das nicht aus und machst dich los. Also wie kannst du mir viel Genuß verschaffen?«

»Du bist die einzige Frau, die ich je geliebt habe, Bella, ich bin nicht wie Duncan Trauburn, der sein ganzes Leben lang mit Dienstmädchen geübt hat, wenn man die Amme mitzählt, die bezahlt wurde, ihn zu stillen. Meine Mutter diente auf einem Bauernhof. Ihr Chef übte mit ihr und machte mich, und ich hatte Glück, daß er uns beide danach nicht hinauswarf. In unserem Leben gab es keine Zeit für Liebe - dafür war der Lohn zu gering und die Arbeit zu schwer. Ich habe gelernt, mit kleinen Mengen davon zu überleben, Bell. Ich kann nicht plötzlich anfangen, mit beiden Händen danach zu greifen.«

»Aber ich kann und werde es, Bandel. O ja!« Bella lächelte immer noch, aber sie nickte sehr energisch. »Und du hast einmal gesagt, daß ich mit dir tun könne, was ich will.«

Ich erwiderte ihr Lächeln und ihr Nicken, denn nun war ich sicher, daß ich sie erobern würde. Dann erklärte ich, sie könne immer noch mit mir tun, was sie wolle, aber nicht mit anderen Männern. Sie runzelte die Stirn, seufzte gereizt, lachte laut und rief: »Aber Duncan wartet noch Stunden und Stunden und Stunden, also komm nach oben und laß dich von mir überraschen!«

Sie zog meine rechte Hand unter ihren Arm und führte mich zur Tür. Glücklich wie ich war, erkundigte ich mich nach der Überraschung; sie bat mich, keine Fragen zu stellen, bevor es soweit sei.

Während wir zum obersten Geschoß hinaufstiegen, sagte sie nachdenklich: »Duncan ist Amateurboxmeister.«

Ich erwiderte, daß ich ebenfalls eine Kämpfernatur sei; manch ein großer Junge auf dem Hof der Schule Whauphill habe mich wegen meines stillen Wesens und meiner kleineren Gestalt für ein leichtes Opfer gehalten, doch ich hätte sie, obwohl ich nicht immer siegte, stets eines Besseren belehrt. Bella drückte meine Hand. Dann bemerkte ich etwas seltsam Vertrautes: das gemischte Aroma von Karbol und Wundbenzin, das zu Krankenhäusern gehört. Ich wußte, daß Sir Colins alter Operationssaal - wie alle derartigen Räume - in der obersten Etage gewesen sein dürfte, aber ich hatte nicht gedacht, daß der Saal noch benutzt wurde. Wir waren zur Helligkeit hinaufgeklommen. Bis zum Sonnenuntergang blieb noch eine Stunde. Eine Brise hatte den Himmel saubergefegt, und um die Sonnenwende ist stets Licht am schottischen Himmel, wie dunkel es auch auf den Straßen und Feldern sein mag. Der höchste Absatz lag direkt unter einer großen Kuppel, die das Treppenhaus erhellte. Bella legte die Hand auf einen Türknauf und sagte: »Du mußt draußen warten und nicht reingucken, bevor ich dich rufe, Bandel, dann wirst du deine Überraschung erleben.«

Sie schob sich seitlich durch die Tür und schloß sie sehr rasch hinter sich, so daß ich nicht einmal einen flüchtigen Blick auf das Innere des Zimmers werfen konnte.

Während ich wartete, gingen mir ein paar sehr eigenartige Ideen durch den Kopf. Könnte Trauburn sie so verdorben haben, daß ich sie nackt vorfinden würde, wenn sie mich rief? Die Vorstellung ließ mich unter der Qual widersprüchlicher Gefühle zittern, aber während die Momente verstrichen, wurde ich von einem anderen, noch schlimmeren Verdacht gepeinigt. Die meisten großen Häuser haben schmale Hintertreppen für das Personal. War Bella dort hinuntergeschlichen? Schritt sie vielleicht schon forsch auf Charing Cross zu, wo sie eine Droschke zu Trauburns Behausung nehmen würde? Dieser Gedanke kristallisierte sich so deutlich heraus, daß ich bereits die Tür öffnen wollte, doch da schwang sie nach innen, und ich wußte, daß Bella dahinter stand, denn das Zimmer vor mir war offensichtlich menschenleer. Ich hörte sie sagen: »Tritt ein und schließ die Augen.«

Ich trat ein, aber ich schloß die Augen nicht sofort.

Dies war tatsächlich Sir Colins alter Operationssaal, nach seinen Anweisungen eingerichtet, als man den Park Circus in den Tagen des Crystal Palace und der Weltausstellung von 1851 gebaut hatte. Das Mobiliar war karg und streng, doch in ein warmes Abendsonnenlicht getaucht. Das Licht flutete durch hohe Fenster und durch eine Decke herein, die aus vier Luken bestand; sie neigten sich schräg nach oben zu einem Reflektor in der Mitte, der einen Pegel von größerer Helligkeit auf den Operationstisch warf. Ich sah Bänke, auf denen verriegelte Kästen und Käfige zu stehen schienen, und nahm einen Hauch von Tieren in dem Krankenhausgeruch wahr. Die Tür schnappte hinter mit zu, und ich spürte, wie Bella an meinem Nacken atmete. Plötzlich sicher, daß sie nackt war, schloß ich halb die Augen und fing an zu beben. Von hinten schob sie einen Arm über meine Brust, und ich sah erleichtert, daß er in den Ärmel ihres Reisemantels gehüllt war. Sie drückte mich an ihren Körper, und ich wurde ruhig; allerdings fiel mir eine Sekunde lang auf, daß der chemische Geruch in dem Raum ungewöhnlich kräftig war. Dann hörte – oder fühlte – ich, wie sie mir ins Ohr flüsterte: »Bell wird *niemandem* erlauben, ihrem kleinen Bandel weh zu tun.«

Sie legte mir die Hand über Mund und Nase, und als ich
zu atmen versuchte, wurde ich
ohnmächtig.

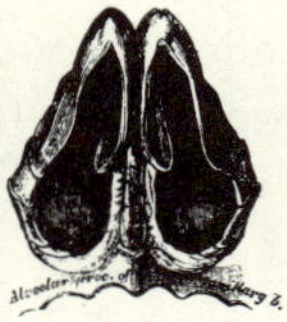

10
OHNE BELLA

Ich hörte das schwache, stetige Zischen eines Gaskronleuchters. Weil ich Kopfschmerzen hatte, öffnete ich die Augen nicht, da das Licht ihnen Schmerzen bereiten würde. Ich wußte, daß etwas Gräßliches geschehen, daß mir etwas ganz Wichtiges geraubt worden war, aber ich wollte nicht daran denken. In der Nähe seufzte jemand und sagte leise: »Schlecht. Ich bin ein schlechter Mensch.«

Bella fiel mir ein. Ich setzte mich auf, und eine Decke glitt von meinem Körper.

Ich saß (hatte gelegen) auf dem Sofa in Baxters Arbeitszimmer. Jemand hatte mir die Jacke ausgezogen, die Weste aufgeknöpft, Kragen und Schuhe entfernt. Das Sofa war ein massives Mahagonimöbel mit schwarzem Roßhaarpolster. Baxter saß am anderen Ende und betrachtete mich finster. Durch die Fenster (deren Vorhänge nicht zugezogen waren) bemerkte ich einen großen Halbmond an einem klaren Nachthimmel - einem Himmel, der von tiefblauem Licht erfüllt und deshalb sternenlos war. Ich fragte: »Wie spät?«

»Längst nach zwei.«

»Bell?«

»Durchgebrannt.«

Nach einer Weile fragte ich, wie er mich gefunden habe. Er reichte mir ein Bündel Blätter, die mit Bellas riesiger Kurzschrift vollgekritzelt waren. Ich gab sie ihm mit den Worten zurück, daß mir der Kopf zu sehr schmerze, um den Text zu entziffern. Er las ihn laut vor.

»Lieber Gott, ich habe Bandel im Operationssaal chloroformiert. Bitte ihn, zu Dir zu ziehen, wenn er aufwacht, dann könnt Ihr beide Euch oft unterhalten über Eure treue, vielgeliebte Bell Baxter. *PS:* Ich werde Dir telegraphieren, wo ich bin, sobald ich dort eintreffe.«

Ich begann zu weinen. Baxter sagte: »Kommen Sie mit nach unten in die Küche, und essen Sie etwas.«

Unten setzte ich mich hin und stützte die Ellbogen auf den Küchentisch, während Baxter in der Speisekammer herumstöberte und dann einen Krug Milch, einen Becher, einen Teller, ein Messer, ein Brot, Käse, Pickles und die kalten Reste eines Brathuhns vor mich hinstellte. Die letzteren servierte er mir mit einem Abscheu, den er vergeblich zu verbergen suchte, denn er war Vegetarier und kaufte Fleisch nur für sein Personal ein. Während ich mich dem Essen widmete, trank er langsam mehrere Liter des grauen Sirups, der den Hauptbestandteil seiner Ernährung ausmachte. Zunächst schöpfte er die Flüssigkeit aus einem Glasballon nach Art derer, mit denen Industriesäure transportiert wird, in einen Humpen. Als er einmal das Zimmer verließ, um einem natürlichen Bedürfnis nachzugehen, nahm ich aus Neugier einen kleinen Schluck: Der Sirup war so salzig wie Meerwasser.

Wir blieben bis zum Morgengrauen in einem melancholischen Schweigen sitzen, das hin und wieder von kurzen Gesprächen durchbrochen wurde. Ich fragte ihn, wo Bella gelernt habe, Chloroform zu benutzen. Baxter antwortete: »Als wir aus dem Ausland zurückkehrten, wußte ich, daß sie mehr als Spielzeug benötigen würde, um sich die Zeit zu vertreiben. Deshalb richtete ich eine kleine Tierarztpraxis ein. Ich ließ verbreiten, daß man kranke Tiere an unsere Hintertür bringen könne, um sie kostenlos behandeln zu lassen. Bella war meine Sprechstundenhilfe und Assistentin und vorzüglich auf beiden Gebieten. Es machte ihr Spaß, fremde Menschen kennenzulernen und Tiere zu versorgen.

Ich brachte ihr bei, Wunden zu nähen, und sie tat es mit der geschickten, leidenschaftlichen Stetigkeit, mit der Frauen der Arbeiterklasse Hemden flicken und mit der sich Frauen des Mittelstandes frivolen Stickereien widmen. Viele Leben und Gliedmaßen sind dadurch verlorengegangen, daß man Frauen von den komplizierteren medizinischen Künsten ausschließt.«

Ich fühlte mich zu erschöpft und krank, um ihm zu widersprechen.

Kurz danach fragte ich ihn, weshalb er an dem Tag nach meiner Verlobung mit Bella plötzlich ein Testament gemacht habe. Er sagte: »Damit sie nach meinem Tod versorgt ist. Sie werden noch viele Jahre lang keine Reichtümer erwerben, McBandless, wie schwer Sie auch arbeiten.«

Ich warf ihm vor, daß er geplant habe, sich nach unserer Heirat umzubringen. Er zuckte die Achseln und gab zurück, daß er danach keinen Grund mehr gehabt hätte weiterzuleben.

»Sie egoistischer Dummkopf, Baxter!« rief ich wütend. »Wie könnten Bell und ich Ihres Geldes froh werden, wenn wir es durch Ihren Selbstmord bekämen? Wir hätten es natürlich behalten, aber es hätte uns unglücklich gemacht. Diese Flucht ist keine völlig schlechte Sache, wenn sie uns drei davor bewahrt hat.«

Baxter wandte mir jäh den Rücken zu und murmelte, daß sein Tod nicht wie ein Selbstmord ausgesehen hätte. Ich dankte ihm für die Warnung, erklärte, daß ich ihn in Zukunft aufmerksam beobachten und angemessene Schritte unternehmen würde, falls er je unter verdächtigen Umständen sterben sollte. Er blickte sich erstaunt zu mir um und fragte: »Was für Schritte? Werden Sie mich auf ungeweihtem Boden beisetzen lassen?«

Ich erwiderte mürrisch, daß ich ihn auf Eis legen würde, bis ich eine Möglichkeit gefunden hätte, ihn wiederzubeleben. Eine Sekunde lang schien er loslachen zu wollen, aber er beherrschte sich. Ich sagte: »Sie dürfen jetzt nicht sterben. Sonst geht Ihr gesamtes Eigentum an Duncan Trauburn über.«

Er wies darauf hin, daß das Unterhaus gerade über einen Gesetzentwurf debattiere, der verheirateten Frauen gestatten würde, ihren persönlichen Besitz nicht aufzugeben. Ich antwortete, man werde diesen Entwurf niemals annehmen. Ein solches Gesetz würde die Institution der Ehe untergraben, und die meisten Abgeordneten seien verheiratet. Er seufzte. »Ich verdiene den Tod genausosehr wie jeder andere Mörder.«

»Unsinn! Warum nennen sie sich so?«

»Behaupten Sie nicht, es vergessen zu haben. Durch eine direkte Frage haben Sie meine Schuld am ersten Tag aufgedeckt, als ich Ihnen Bella zeigte. Einen Moment bitte.«

An dieser Stelle ging er hinaus, um seine Blase oder seinen Darm zu entleeren. Diese Tätigkeit dauerte fast eine Stunde, und als er zurückkehrte, sagte ich: »Verzeihung, Baxter, ich habe nicht die geringste Ahnung, weshalb Sie sich einen Mörder nennen.«

»Der kleine, beinahe neun Monate alte Fötus, den ich dem Körper der ertrunkenen Frau entnahm, hätte als mein Adoptivkind umhegt werden müssen. Indem ich sein Gehirn in den Körper der Mutter verpflanzte, habe ich sein Leben so vorsätzlich verkürzt, als hätte ich es im Alter von vierzig oder fünfzig Jahren erstochen, aber ich raubte ihm die Jahre am Anfang, nicht am Ende seines Lebens – was viel verwerflicher ist. Und ich tat es aus demselben Grund wie ein alter Wüstling, der ein Kind von einer Kupplerin kauft. Egoistische Gier und Ungeduld trieben mich dazu, und DESHALB!« brüllte er und schlug so heftig mit der Faust auf den Tisch, daß die schwersten Dinge darauf wenigstens zwei oder drei Zentimeter in die Luft hüpften. »DESHALB können unsere Künste und Wissenschaften die Welt nicht verbessern – trotz allem, was liberale Philanthropen behaupten. Unsere ungeheuren neuen naturwissenschaftlichen Kenntnisse werden zuerst von dem verdammenswert gierigen egoistischen ungeduldigen Teil unseres Wesens und unserer Nation benutzt, der behutsame gütige soziale Teil kommt immer an zweiter Stelle. Ohne Sir Colins Techniken wäre Bell nun ein normales zweieinhalbjähriges Kleinkind. Ich könnte mich noch sechzehn oder achtzehn Jahre lang an ihrer Gesellschaft erfreuen, bevor sie unabhängig von mir wäre. Aber meine verdammten sexuellen Begierden haben mich verleitet, sie mit Hilfe meines wissenschaftlichen Geschicks zu einem Leckerbissen für Duncan Trauburn zu verfälschen! DUNCAN TRAUBURN!«

Er weinte, und ich brütete vor mich hin.

Ich brütete sehr lange und sagte dann: »Ihre letzten Worte treffen weitgehend zu, abgesehen von Ihrer Bemerkung, daß es unmöglich sei, die Dinge auf wissenschaftlichem Weg zu verbessern. Als Mitglied der Liberalen Partei muß ich Ihnen hier widersprechen. Und was die Verkürzung von Bells Leben betrifft, sollten Sie bedenken, daß wir nur eines ganz sicher über den Prozeß des Alterns wissen: Kummer und Schmerz lassen die Menschen schneller altern als Glück. Deshalb könnte Bellas entschieden glückliches junges Gehirn ihren Körper weit über die übliche Spanne hinaus am Leben erhalten. Wenn es ein Verbrechen sein sollte, daß Sie Bell so gemacht haben, wie sie ist, dann bin ich Ihnen für das Verbrechen dankbar, denn ich liebe sie so, wie sie ist, ob sie Trauburn heiratet oder nicht. Außerdem bezweifle ich, daß die Frau, die mich chloroformiert hat, irgend jemandem als hilfloses Spielzeug dienen wird. Vielleicht sollten wir Trauburn bemitleiden.«

Baxter starrte mich an und ergriff über den Tisch hinweg meine rechte Hand, so daß die Knöchel krachten. Ich schrie auf vor Schmerz und erlitt Quetschungen, die erst nach einem Monat heilten.

Er entschuldigte sich und meinte, er habe nur innige

Dankbarkeit ausdrücken wollen. Ich bat ihn, seine Dankbarkeit in Zukunft für sich zu behalten.

Danach hob sich unsere Stimmung ein wenig. Baxter spazierte in der Küche hin und her und lächelte, wie er es nur dann tat, wenn er selbstvergessen an Bell dachte.

»Ja«, sagte er, »nicht viele Zweieinhalbjährige sind so sicher auf den Beinen, haben so ruhige Hände und einen so lebhaften Geist. Sie prägt sich alles ein, was mit ihr geschieht, und jedes Wort, das sie hört, so daß ihr die Bedeutung, selbst wenn es zunächst keinen Sinn ergibt, später klar wird. Und ich habe sie vor einem vernichtenden Nachteil bewahrt, den auch ich nie gekannt habe: Sie ist nie klein gewesen und hat deshalb nie Furcht durchgemacht. Erinnern Sie sich an all die Knirpsgrößen, die Sie hatten, bevor Sie ihre jetzige Statur erreichten, McBandless? An den sechzig Zentimeter großen Gnom? Den meterhohen Kobold? Den einen Meter zwanzig großen Zwerg? Ließen die Riesen, denen die Welt gehörte, als Sie klein waren, etwa zu, daß Sie sich genauso bedeutsam fühlen konnten wie die Erwachsenen?«

Mir lief ein Schauder über den Rücken, aber ich erwiderte, daß nicht alle Kindheiten so wie meine gewesen seien.

»Vielleicht nicht, aber sogar in den Häusern der Reichen findet man nicht selten schreiende Babys, verängstigte Kleinkinder und trübselige Halbwüchsige, wie ich höre. Die Natur verleiht Kindern große emotionale Widerstandskraft, damit sie die Bedrängnis der Kleinheit überleben, aber diese Bedrängnis läßt sie trotzdem zu etwas verrückten Erwachsenen werden – entweder versessen darauf, sich all die Macht anzueignen, die ihnen früher gefehlt hat, oder (was üblicher ist) versessen darauf, ihr aus dem Weg zu gehen. Bella dagegen (deshalb könnten Sie recht haben, daß Trauburn zu bemitleiden ist), Bella besitzt die gesamte Widerstandskraft der Kindheit, doch auch die Gestalt und Stärke einer schönen erwachsenen Frau. Ihr Menstruationszyklus war seit dem Tag im Gange, als sie zuerst die Augen öffnete, deshalb hat sie nie gelernt, ihren Körper für abstoßend zu halten oder sich vor ihren Begierden zu fürchten. Da sie nie klein und bedrängt war und keine Feigheit erworben hat, benutzt sie die Sprache nur, um ihre Gedanken und Gefühle auszudrücken, nicht um diese zu tarnen. Folglich ist sie unfähig zu jeder Schlechtigkeit, die mit Heuchelei und Lügen zu tun hat - also zu fast jeder Art Schlechtigkeit. Ihr fehlt es einzig und allein an Erfahrung, besonders an der Erfahrung, Entscheidungen zu treffen. Trauburn ist ihre erste wichtige Entscheidung, aber sie macht sich keine Illusionen über seinen Charakter. Mrs. Dinwiddie hat genug Geld in das Futter ihres Mantels eingenäht, um sicherzustellen, daß es ihr nicht an Kapital mangelt, falls Trauburn und sie sich plötzlich voneinander trennen. Meine Hauptsorge ist, daß jemand, der Bella stärker interessiert, sie zu einem unvorstellbaren Abenteurer verleitet. Aber schließlich weiß sie, wie man Telegramme schickt.«

»Ihr schlimmster Fehler«, sagte ich (Baxter wirkte sofort empört), »ist ihr infantiles Gefühl für Zeit und Raum. Sie hält kurze Zeitspannen für endlos, meint jedoch, all die Dinge, die sie sich wünscht, sofort an sich bringen zu können - gleichgültig, wie weit sie von ihr und voneinander entfernt sind. Sie sprach so, als seien ihre Verlobung mit mir und ihre Flucht mit Trauburn gleichzeitige Ereignisse. Ich hatte nicht das Herz, ihr zu sagen, daß Zeit und Raum so etwas nicht zulassen. Ich erklärte ihr nicht einmal, daß das moralische Gesetz es nicht zuläßt.«

Baxter begann darzulegen, daß unsere Vorstellungen von Zeit und Raum und Moral auf praktische Gewohnheiten, nicht auf Naturgesetzen beruhe, als ich ihm ins Gesicht gähnte.

Vor dem Fenster sahen wir Tageslicht und hörten Vogelgesang. Klägliche Sirenen riefen Arbeiter in Werften und Fabriken. Baxter teilte mir mit, daß im Gästezimmer ein Bett für mich bereitet sei. Ich antwortete, daß mein Dienst in zwei Stunden beginne und daß ich nichts außer einem Waschbecken, einem Rasiermesser und einem Kamm von ihm benötigte. Er führte mich nach oben und sagte: »Wir haben uns genauso über Bella unterhalten, wie sie in ihrem Brief prophezeit hat. Deshalb sollten Sie am besten auch hier wohnen. Sie täten mir einen Gefallen, McBandless. Die Gesellschaft alter Frauen genügt mir jetzt nicht mehr.«

»Der Park Circus ist sehr weit vom Royal Infirmary entfernt, verglichen mit meinem Quartier am Trongate. Was wären Ihre Bedingungen?«

»Ein mietfreies Zimmer mit kostenloser Gasbeleuchtung, einem kostenlosen Kohlenfeuer und kostenloser Bettwäsche. Kostenlose Reinigung Ihrer Unterwäsche und Ihrer Hemden, kostenlose Stärkung Ihrer Kragen, kostenloses Putzen Ihrer Stiefel. Kostenlose heiße Bäder. Kostenlose Mahlzeiten, wenn Sie bereit sind, mit mir zu essen.«

»Ihre Speisen würden mir Übelkeit verursachen, Baxter.«

»Sie würden die gleichen Mahlzeiten erhalten wie Mrs. Dinwiddie und die Köchin und das Hausmädchen: einfache Kost, vorzüglich zubereitet. Sie hätten freien Zugang zu einer guten Bibliothek, die seit Sir Colins Zeit beträchtlich erweitert worden ist.«

»Und als Gegenleistung?«

»Wenn Sie dann und wann einen Moment übrighaben, könnten Sie mir in der Klinik helfen. Von Hunden, Katzen, Kaninchen und Papageien werden Sie vielleicht einiges lernen, das Ihnen helfen könnte, ungefiederte, zweifüßige Patienten zu kurieren.«

»Hm! Ich werde mir's überlegen.«

Er lächelte, als halte er meine Bemerkung für eine nichtige Demonstration männlicher Unabhängigkeit. Er hatte recht.

An jenem Abend borgte ich mir einen großen Koffer, packte ihn, bezahlte meinem Hauswirt am Trongate zwei Wochenmieten für die Kündigung und fuhr mit meinen Siebensachen in einer Droschke zum Park Circus. Baxter empfing mich ohne Kommentar, zeigte mir mein neues Zimmer und reichte mir ein Telegramm, das ein paar Stunden zuvor aus London abgeschickt worden war. Darin stand BN HR (Bin hier) ohne Namensnennung am Ende.

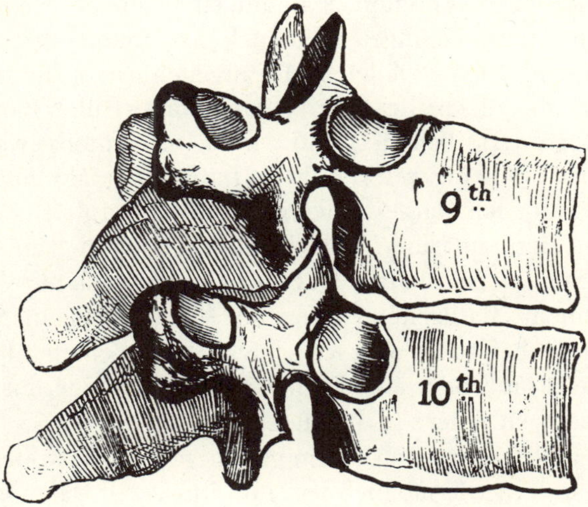

11
18 PARK CIRCUS

Wenn harte, lohnende Arbeit, eine interessante, anspruchslose Freundschaft und ein bequemes Heim die besten Voraussetzungen für Glück sind, dann waren die folgenden Monate vielleicht die angenehmsten, die ich je erlebt habe. Alle Bediensteten Baxters waren früher Bauernmädchen derselben Herkunft wie meine Mutter gewesen, und obwohl keine weit von ihrem fünfzigsten Jahr entfernt war, glaube ich, daß es ihnen gefiel, einen vergleichsweise jungen Mann im Haus zu haben, der die von ihnen zubereiteten Speisen zu schätzen wußte. Sie sahen mich nie essen, denn meine Mahlzeiten wurden mit einem Aufzug ins Speisezimmer befördert, aber ich schickte häufig einen billigen Blumenstrauß oder eine Dankesnotiz zusammen mit den schmutzigen Tellern in die Küche.

Ich aß mit Baxter an einem gewaltigen Tisch, wobei ich mich so fern wie möglich von ihm hinsetzte. Da er keine oder fast keine Bauchspeicheldrüse besaß, stellte er seine Verdauungssäfte mit der Hand her und rührte sie in seine Speisen, bevor er kaute und schluckte. Als ich mich nach den Ingredienzien erkundigte, wich er der Frage so schamhaft aus, daß ich annahm, er gewinne einige aus seinen Körperausscheidungen. Der Geruch an seinem Tischende bestätigte die Vermutung. Hinter seinem Stuhl war eine Anrichte, voll von Glasballons, zugestöpselten Phiolen, Meßgläsern, Pipetten, Lackmuspapier, Thermometern und einem Barometer; daneben standen der Bunsenbrenner, die Kolben und Röhren einer Destillieranlage. Die letztere blubberte den ganzen Tag hindurch auf einer niedrigen Gasflamme.

In unvorhersehbaren Momenten jeder Mahlzeit hörte er auf zu kauen und blieb absolut ruhig, als lausche er einem fernen, doch in seinem Inneren zu hörenden Geräusch. Nach solchen Sekunden stand er immer langsam auf, brachte seinen Teller vorsichtig zur Anrichte und rührte minutenlang einen neuen Mischmasch an. Auf der Anrichte lag eine Tafel, auf der er alle vier Stunden seinen Puls, seine Atmung und Temperatur verzeichnete, dazu chemische Veränderungen in seinem Blut- und Lymphgefäßsystem. Eines Morgens vor dem Frühstück studierte ich die Tabelle und war so verstört, daß ich nie wieder darauf blickte. Sie zeigte tägliche Fluktuationen, die zu unregelmäßig, zu unvermittelt und steil waren, als daß sogar der kräftigste und gesündeste Körper sie hätte überleben können. Zeiten und Daten (notiert in Baxters klarer, winziger, kindlicher, doch energischer Schrift) machten deutlich, daß sein Nervensystem, als er am Tag zuvor mit mir sprach, so etwas wie einen epileptischen Anfall durchlitten hatte, doch mir war keine Abweichung in seinem Benehmen aufgefallen. All diese Apparate und Verzeichnisse dienten doch gewiß als Vorwände, als Tricks, mit denen ein häßlicher Hypochonder seine Krankheiten übertrieb, um sich übermenschlich zu fühlen?

Außerhalb des Eßzimmers war das Leben im 18 Park Circus von prächtiger Alltäglichkeit. Nach dem Abendessen versorgten wir die kranken Tiere im Operationssaal, zogen uns dann ins Arbeitszimmer zurück, wo wir lasen oder Schach spielten (wobei Baxter immer gewann) oder Dame (wobei fast immer ich gewann) oder Cribbage (wo der Gewinner nicht kalkulierbar war). Wir nahmen unsere langen Wochenendspaziergänge wieder auf und sprachen dauernd von Bella. Sie ließ nicht zu, daß wir sie vergaßen. Alle drei oder vier Tage traf ein Telegramm mit der Nachricht »BN HR« aus Amsterdam, Frankfurt am Main, Marienbad, Genf, Mailand, Triest, Athen, Konstantinopel, Odessa, Alexandria, Malta, Marokko, Gibraltar und Marseille ein.

An einem nebligen Novembernachmittag kam ein Telegramm aus Paris mit der Botschaft »KNE SRGE«. Baxter war außer sich. Er schrieb: »Es muß einen schrecklichen Grund zur Sorge geben, wenn sie mich auffordert, mir keine Sorgen zu machen. Ich werde nach Paris fahren. Ich werde Detektive anheuern. Ich werde sie finden.«

Ich sagte: »Warten Sie, bis sie Sie ruft, Baxter. Vertrauen Sie ihrer Ehrlichkeit. Die Nachricht bedeutet, daß sie nicht über ein Ereignis beunruhigt ist, das Sie oder mich aus der Fassung bringen würde. Sie haben sie lieber Duncan Trauburn anvertraut, als ihre Pläne zu durchkreuzen. Nun sollten Sie am besten zulassen, daß sie sich selbst vertraut.«

Dies überzeugte ihn, aber es besänftigte ihn nicht. Als aus Paris genau eine Woche später die gleiche Botschaft eintraf, brachen seine guten Vorsätze zusammen. Ich ging eines Morgens mit der Gewißheit zur Arbeit, daß er bei meiner Rückkehr nach Frankreich abgereist sein würde, aber als ich durch die Haustür trat, begrüßte er mich mit energischer Stimme vom Treppenabsatz neben dem Arbeitszimmer: »Neuigkeiten über Bella, McBandless! Zwei Briefe! Einer von einem Wahnsinnigen in Glasgow und einer von ihrem Wohnsitz in Paris!«

»Was für Neuigkeiten?« rief ich, warf meinen Mantel ab und rannte nach oben. »Gute? Schlechte? Wie geht es ihr? Wer hat diese Briefe geschrieben?«

»Die Neuigkeiten sind jedenfalls nicht völlig *schlecht*«, sagte er behutsam. »Ich glaube, daß sie sich im Grunde erstaunlich gut durchschlägt, obwohl herkömmliche Moralisten anderer Meinung sein dürften. Kommen Sie mit ins Arbeitszimmer, und ich werde Ihnen die Briefe vorlesen, den besten zuletzt. Der andere trägt einen Poststempel aus Süd-Glasgow, und ein Wahnsinniger hat ihn geschrieben.«

Wir machten es uns auf dem Sofa bequem.
Er las das Folgende laut vor.

TRAUBURNS BRIEF: DIE ERZEUGUNG EINES WAHNSINNIGEN

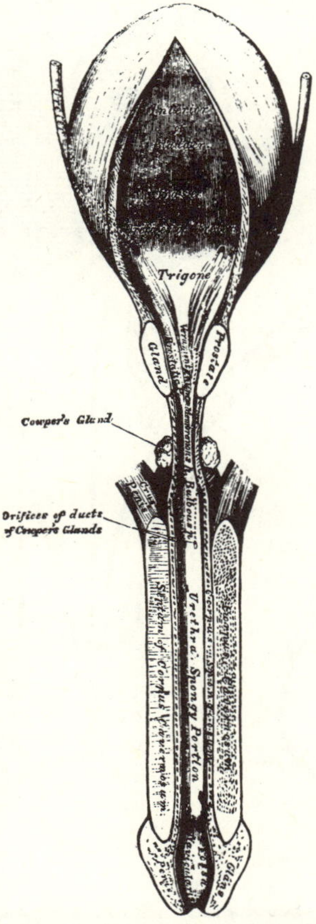

DUNCAN TRAUBURN

41 Aytoun Street,
Pollokshields,
den 14. November

Mr. Baxter,

vor einer Woche hätte ich mich geschämt, Ihnen zu schreiben, Sir. Damals dachte ich, meine Unterschrift unter einem Brief werde Sie mit solchem Abscheu erfüllen, daß Sie ihn ungelesen verbrennen würden. Sie ließen mich in einer geschäftlichen Angelegenheit in Ihr Haus kommen. Ich sah Ihre »Nichte«, verliebte mich in sie, schmiedete ein Komplott mit ihr und brannte mit ihr durch. Obwohl unverheiratet, reisten wir als Mann und Frau durch Europa und umfuhren das Mittelmeer. Vor einer Woche ließ ich sie in Paris zurück und machte mich zur Wohnung meiner Mutter in Glasgow auf. Sollten diese Tatsachen veröffentlicht werden, würde DIE ÖFFENTLICHKEIT mich für einen Schurken der übelsten Sorte halten, und genauso schätzte ich mich selbst bis vor einer Woche ein: als einen schuldigen, rücksichtslosen Lüstling, der eine schöne junge Frau aus ihrem achtbaren Heim und aus der Obhut ihres liebevollen Vormundes entführt hatte. Nun aber habe ich eine viel bessere Meinung von Duncan Trauburn und eine viel, viel schlechtere von Ihnen, Sir. Haben Sie Goethes Faust, inszeniert von dem großen Henry Irving, im Glasgow Theatre Royal gesehen? Ich war tiefbewegt, denn ich erkannte mich selbst in dem gepeinigten Helden, jenem achtbaren Angehörigen der höheren Berufsstände, der den Herrscher der Hölle um Hilfe bei der Verführung eines Mädchens aus der Dienstbotenschicht bittet. Ja, Goethe und Irving wußten, daß der Heutige Mann - jener Duncan Trauburn - in hohem Maße eine Doppelgestalt ist: eine erhabene Seele, bestens geschult in allen weisen und gesetzlichen Dingen, aber auch ein Unhold, der Schönheit nur liebt, um sie in den Schmutz zu ziehen und zu entehren. So sah ich mich selbst bis vor einer Woche. Ich war ein Narr, Mr. Baxter! Ein blinder, irregeleiteter Narr! Mein Verhältnis mit Bella war *von Beginn an faustisch, der berauschende Duft des Bösen erfüllte meine Nüstern seit dem Moment, da Sie mich Ihrer »Nichte« aufhalsten. Ich konnte schwerlich ahnen, daß in DIESEM Melodrama ich die Rolle des unschuldigen, vertrauensvollen Gretchens spielen würde, daß Ihre unwiderstehliche Nichte den Faust verkörperte und daß SIE! JA, SIE, Gotthard Bysshe Baxter Mephisto persönlich sind!*

»Ihnen entgeht nicht, McBandless«, sagte Baxter an dieser Stelle, »daß der Mann so schreibt, wie Sie reden, wenn Sie betrunken sind?«

Ich muß versuchen, ruhig zu schreiben. Vor genau einer Woche kauerte ich in der Ecke einer stehenden Droschke, während Bella draußen auf dem Trittbrett stand und durch das Fenster auf mich einredete. Sie war munter und schön wie immer, und sie besaß eine frische, erwartungsvolle Jugendlichkeit, die mir ganz neu, doch quälend vertraut vorkam. WARUM war sie vertraut? Dann fiel mir ein, daß Bella genauso ausgesehen hatte, als wir ein Liebespaar wurden. Und nun - mit einem Anschein von Güte (schließlich hatte ich vorgeschlagen, uns voneinander zu trennen) - warf sie mich zur Seite wie einen abgetragenen Schuh oder ein zerbrochenes Spielzeug, denn sie war von jemandem ERNEUERT worden, den ich nie gesehen hatte. Es mußte jemand sein, von dem sie selbst an jenem Morgen nur einen flüchtigen Blick erhascht hatte, denn wir waren erst sechs Stunden zuvor aus Marseille in Paris eingetroffen. In diesen sechs Stunden hatte sie niemanden getroffen und mit niemandem außer mir und der Geschäftsführerin unseres Hotels gesprochen - ich war ständig an ihrer Seite, abgesehen von meinem Besuch der nahegelegenen Kathedrale, der dreißig Minuten oder weniger in Anspruch nahm -, doch in dieser Zeit hatte sie sich von neuem verliebt! Für eine Hexe ist alles möglich. Plötzlich sagte sie: »Versprich mir, Gott in Glasgow auszurichten, daß ich bald den Bandel haben möchte.« Ich versprach es, obwohl ich die Nachricht für Kauderwelsch hielt -

oder für weitere Hexerei. Mit diesem Brief erfülle ich mein Versprechen.

Warum werde ich, nachdem ich es erfüllt habe, von einem Drang gepackt, Ihnen mehr, Ihnen alles zu berichten? Woher diese Sehnsucht, IHNEN, Mephisto Baxter, die innersten Geheimnisse meines schuldigen und gemarterten Herzens zu enthüllen? Ist es deshalb, weil ich glaube, daß Sie meine Geheimnisse bereits kennen?

»Der Katholizismus könnte ihn vielleicht wieder zur Vernunft bringen«, murmelte Baxter. »Solange er auf den Beichtstuhl verzichten muß, wird er jeden Vorwand ergreifen, um überall seine zweitklassigen Gefühle aus zweiter Hand loszuwerden.«

Haben Sie vor zwei Jahren im Theatre Royal Beerbohm-Trees Inszenierung von Die Irrtümer einer Nacht *gesehen, dem Werk jenes größten aller Iren, Oliver Goldsmith? Der Held ist ein kluger, gescheiter stattlicher Gentleman, beliebt bei seinen Gefährten, geschätzt von der älteren Generation, anziehend für Frauen. Er hat bloß einen Mangel: Nur mit Frauen der Dienstbotenschicht kann er ungezwungen umgehen. Anständige Frauen seiner eigenen Einkommensgruppe lassen ihn kühl und förmlich werden, und je schöner und reizender sie sind, desto gehemmter und unfähiger, sie zu lieben, fühlt er sich. Mir geht es genauso! Als Kind hielt ich es für selbstverständlich, daß nur Frauen, die mit den Händen arbeiteten, den natürlichen Duncan Trauburn nicht als ein ekelhaftes Geschöpf betrachten würden, und die Folge ist, daß arbeitende Frauen die einzigen sind, von denen ich angezogen werde. Als Heranwachsender dachte ich, dies mache mich zu einer Art Ungeheuer. Werden Sie mir glauben, wenn ich Ihnen sage, daß ZWEI DRITTEL der Studenten, wie ich bei meinem Eintritt in die Universität entdeckte, die gleichen Gefühle hatten wie ich? Die meisten unterdrückten diesen Instinkt in dem Maße, daß sie achtbare Frauen heirateten und Kinder mit ihnen hatten, aber ich bezweifle, daß sie wahrhaft glücklich sind. Mein Instinkt war dafür zu starr, oder vielleicht war ich zu ehrlich, um eine Lüge zu leben. Goldsmith' Held wird schließlich von einer schönen reichen Erbin aus seiner eigenen Gesellschaftsklasse gerettet, die ihn für sich gewinnt, indem sie sich wie eine Zofe kleidet und ebenso spricht. Leider ist ein solches glückliches Ende für einen Glasgower Anwalt im neunzehnten Jahrhundert nicht möglich. Mein Liebesleben spielte sich unter der Treppe und hinter den Kulissen meines professionellen Lebens ab, und in dieser beengten Umgebung genoß ich den Taumel und gehorchte dem Sittenkodex, die von Rabbie Burns, dem Nationalbarden Schottlands, genossen, gepredigt und praktiziert wurden. Wenn ich einer japsenden Schönen nach der anderen versicherte, daß ich sie ewig lieben würde, dann meinte ich es absolut ehrlich, und in der Tat hätte ich jede von ihnen geheiratet, wenn es nicht durch die gesellschaftliche Kluft zwischen uns verhindert worden wäre. Meine wenigen armen Bankerts (entschuldigen Sie den Ausdruck, aber für meine Ohren hört sich das Wort* Bankert *zutreffender an als* Babys *oder* Kinder*), meine wenigen armen Bankerts (weniger als die Zahl ihrer Finger, Mr. Baxter, denn durch meine Vorsichtsmaßnahmen verhütete ich eine ganze Menge), meine wenigen armen Bankerts waren nie unversorgt. Jedes wurde von dem Wohltätigkeitsverein meines Freundes Quarrier aufgenommen. Sie wissen (wenn Sie den* Glasgow Herald *lesen), daß jener große Philanthrop solche zarten, bedauernswerten Wesen heranzieht und sie dann nach Kanada verschifft, wo sie an der vorrückenden Grenze unseres Imperiums im Norden zu guter häuslicher und landwirtschaftlicher Arbeit eingesetzt werden. Auch ihre Mütter hatten nichts zu leiden. Kein köstliches Küchenmädchen, keine wundervolle Wäscherin, keine lüsterne Latrinenschrubberin verlor je einen einzigen Arbeitstag durch die Schäkerei mit Duncan Trauburn; allerdings war ihre Freizeit so kurz und unregelmäßig, daß ich mehrere gleichzeitig umwerben mußte. Im Grunde unschuldig trotz seines üblen Benehmens, prinzipiell ehrlich unter seiner oberflächlichen*

Heuchelei - das war der Mann, den Sie Ihrer sogenannten »Nichte« vorstellten, Mr. Baxter.

AUF DEN ERSTEN BLICK wußte ich, daß dies eine Frau war, für die Klassenunterschiede keine Bedeutung hatten. Sie war elegant, nach dem letzten Schrei der Mode gekleidet, doch sie schaute mich so freudig und offen an wie ein Hausmädchen, das hinter dem Rücken seiner Herrin eine halbe Krone Trinkgeld eingesteckt hat und zärtlich unters Kinn gefaßt worden ist. Ich wußte, daß sie den natürlichen Trauburn im Inneren des Anwalts sah und willkommen hieß. Ich verbarg meine Verwirrung hinter einer abweisenden Maske, die Ihrer Meinung nach vielleicht schlechte Manieren anzeigte, aber mein Herz pochte so kräftig, daß ich fürchtete, Sie könnten das Dröhnen hören. In Fragen des Herzens ist es am besten, ohne Umschweife vorzugehen. Als ich mit ihr allein war, fragte ich: »Darf ich Sie bald wiedersehen, ohne daß irgend jemand davon erfährt?«

Sie schien verblüfft, nickte jedoch.

Ich fragte: »Ist Ihr Schlafzimmer im hinteren Teil des Hauses?«

Sie lächelte und nickte.

»Werden Sie heute abend, wenn alle anderen im Bett sind, eine angezündete Kerze auf die Fensterbank stellen? Ich bringe eine Leiter mit.«

Sie lachte und nickte.

»Ich liebe Sie.«

Sie sagte: »Ich habe noch einen Mann, der das tut«, und schwatzte über ihren Verlobten, als Sie zurückkehrten, Mr. Baxter. Ihre List überraschte und erregte mich. Bis zum heutigen Tag kann ich es kaum für möglich halten.

Aber obwohl ich närrischerweise glaubte, Sie getäuscht zu haben, machte ich nie den Versuch, Bella zu täuschen. Ich enthüllte ihr all meine vergangenen Frevel freimütiger und gründlicher, als es mein Mut und der verfügbare Platz hier zulassen,

»Dem Himmel sei Dank!« brummte Gotthard überaus erleichtert.

denn (blinder Narr, der ich war) ich glaubte, daß wir bald Mann und Frau sein würden! Ich hatte nie zuvor von einer männerliebenden, mittelständischen Frau in den Zwanzigern gehört, die KEINE Heirat gewollt hätte, noch dazu mit einem Mann, mit dem sie durchgebrannt war. Da ich so sicher war, daß Bella bald meine Braut sein würde, besorgte ich mir durch eine harmlose List einen Paß, in dem wir als Ehepaar verzeichnet waren. Dadurch sollte der Beginn unserer Flitterwochen auf dem Kontinent beschleunigt werden, die ich anzutreten beabsichtigte, sobald die Eheurkunde unterzeichnet war. Und ich schwöre aus tiefstem Herzen, daß finanzielle Vorteile nichts mit meiner Entschlossenheit zu tun hatten, Bella Baxter in Bella Trauburn zu verwandeln. Ich gestehe, Ihr Verhalten, als Sie Ihr Testament aufsetzen ließen, bewog mich zu der Vermutung, daß Sie vielleicht nicht mehr lange auf dieser Welt verweilen würden, aber ich war überzeugt, daß Sie wenigstens noch unsere Rückkehr aus den Flitterwochen miterleben würden. Alles, was ich von Ihnen, Sir, in wirtschaftlicher Hinsicht erwartete, war ein kleiner, ständiger Zuschuß, der mich befähigt hätte, Bella auf dem Niveau, an das sie sich bei Ihnen gewöhnt hatte, zu versorgen. Ein paar tausend pro Jahr hätten mühelos ausgereicht, und die Art, wie Bella von Ihnen sprach, ließ mich annehmen, daß Ihre Großzügigkeit keine Grenze kannte, was sie - die Frau, die Sie als Ihre Nichte ausgeben - betrifft. Sie beide lachen bestimmt herzlich darüber, wie schlau Sie mich düpiert haben! Denn bevor wir an jenem milden Sommerabend in den Zug nach London stiegen, hatte ich eine Unterbrechung unserer Reise in Kilmarnock arrangiert. Dort würde ein örtlicher Standesbeamter aufbleiben, uns in seinem Haus empfangen und die Eheschließung vornehmen. Stellen Sie sich meine Bestürzung vor, als Bella noch vor Crossmyloof erklärte, sie KÖNNE MICH NICHT HEIRATEN, WEIL SIE MIT EINEM ANDEREN VERLOBT SEI!!! Ich fragte: »Aber das liegt doch in der Vergangenheit?«

Sie sagte: »Nein, in der Zukunft.«

Ich fragte: »Und wo bleibe ich?«

Sie sagte: »Hier und jetzt, Trauer«, und umarmte mich. Sie war eine Huri, die mich in Mohammeds Paradies versetzte. Ich bestach den Schaffner, ein ganzes Erster-Klasse-Abteil uns allein zu überlassen. Es war kein Expreßzug, also MUSS er in Kilmarnock, Dumfries, Carlisle, Leeds und an allen Bahnhöfen nördlich von Watford angehalten haben, aber ich war mir nur der Bewegung und der kurzen Pausen in unserer Pilgerfahrt bewußt. Ich war Manns genug, aber sie hatte ein erschreckendes Tempo.

»Bereiten Ihnen diese Worte Schmerzen, McBandless?« fragte Baxter.

»Weiter!« antwortete ich und vergrub das Gesicht in den Händen. »Weiter!«

»Einverstanden, aber denken Sie daran, daß er übertreibt.«

Endlich zeigten das Rattern von Weichen, das Kreischen von Dampfpfeifen und der langsamer werdende Rhythmus der Räder an, daß unser von Kohle getriebenes Roß im südlichen Endbahnhof der Midland-Linie schnaufend zum Halten kam. Während wir unsere Kleidung richteten, sagte sie: »Ich kann's kaum abwarten, das alles noch einmal in einem ordentlichen Bett zu tun.« Überzeugt, daß unsere Akte der Vereinigung jegliches Gefühl für den anderen Mann ausgelöscht hatten, bat ich sie noch einmal, mich zu heiraten. Sie gab überrascht zurück: »Erinnerst du dich nicht an meine frühere Antwort? Laß uns ins Bahnhofshotel gehen und ein Riesenfrühstück bestellen. Ich möchte Porridge und Schinken und Eier und Würste und Bücklinge und stapelweise Buttertoast und viele Liter süßen, heißen Milchtee. Und auch du mußt eine Menge essen!«

Ich brauchte das Hotel. Der Vortag war anstrengend gewesen, und ich hatte nun seit vierundzwanzig Stunden nicht mehr geschlafen. Bella wirkte so frisch wie bei unserer Abreise aus Glasgow. Als wir uns der Rezeption näherten, stolperte ich, griff haltsuchend nach ihrem Arm und hörte sie sagen: »Mein armer Mann ist todmüde. Wir werden das Frühstück in unserem Zimmer einnehmen müssen.«

Und so geschah es, daß ich, während Bella ihr Riesenfrühstück vertilgte, Jackett, Schuhe und Kragen ablegte und mich zu einem Nickerchen aufs Bett sinken ließ. Ich hatte viele Träume, aber der einzige, der mir im Gedächtnis geblieben ist, handelt davon, daß ich einen Friseurladen betrat, um von Maria Stuart rasiert zu werden. Sie seifte mein Gesicht und meine Kehle mit warmem Schaum ein und hatte gerade begonnen, ihn zu entfernen, als ich aufwachte und begriff, daß ich in Wirklichkeit von Bella rasiert wurde. Ich lag nackt im Bett, meine Schultern und mein Kopf wurden von Kissen gestützt, über die ein Handtuch gebreitet war. Bella, die ein seidenes Negligé trug, strich mit der geschärften Klinge meines Rasiermessers über meine Wangen. Sie lachte laut, als sie sah, wie weit ich die Augen aufriß.

Sie sagte: »Ich entferne deine Borsten, damit du so glatt und süß und hübsch aussiehst wie gestern nacht, Trauer, denn es ist schon fast wieder Nacht. Schau nicht so entsetzt drein, ich werde dich nicht verletzen! Ich habe eine Menge Haar um die Wunden und Eiterungen von Hunden, Katzen und eines alten Mungos abrasiert. Wie fest du schlafen kannst! Du hast heute morgen überhaupt nicht die Augen geöffnet, als ich dich auszog und unter die Decken schob. Rate mal, wo ich heute gewesen bin! Westminster Abbey und Madame Tussaud's und eine Nachmittagsvorstellung von Hamlet. *Wie wunderbar, gewöhnliche Soldaten und Prinzen und Totengräber in Versen reden zu hören! Ich wünschte, daß ich selbst ständig in Versen redete. Außerdem habe ich eine Menge zerlumpter kleiner Kinder gesehen und ihnen etwas von dem Geld gegeben, das ich aus deinen Taschen holte, bevor ich ausging. Nun werde ich dein Gesicht mit diesen weichen, warmen Tüchern abreiben und dir in deinen schönen, gefütterten Morgenmantel helfen, und du kannst dich eine halbe Stunde vor dem Schlafengehen hinsetzen und das schmackhafte Abendbrot essen, das ich für dich bestellt habe, denn wir müssen deine Kräfte bewahren, Trauer.«*

Ich stand in jenem benommenen Zustand auf, den alle

spüren, die aus Erschöpfung zu lange geschlafen haben und zu dem Zeitpunkt, da sie sich gewöhnlich hinlegen, erwachen. Das Abendessen bestand aus kaltem Aufschnitt, Pickles und Salat mit einem Apfelkuchen und zwei Flaschen India Export Ale. Es gab Kaffe aus einer Kanne, die auf einem Dreifuß neben dem Feuer warmgehalten wurde. Lebhafter und wachsamer geworden, betrachtete ich mein Schicksal, das sich schlangenartig auf dem Sessel am Tisch mir gegenüber zusammengekrümmt hatte. Sie blickte mich mit einem Lächeln von so merkwürdiger Bedeutsamkeit an, daß ich vor Ehrfurcht, Angst und heftigem Begehren erbebte. Ihre nackten Schultern waren weiß unter dem zerzausten schwarzen Mantel ihrer Haare, ihre sanft wogenden ...

»Hier werde ich mehrere Sätze auslassen, McBandless«, sagte Baxter, »denn sie sind gräßlich überladen, sogar nach Trauburns Maßstäben. Sie teilen uns nichts anderes mit, als daß Bella und er die Nacht so verbrachten wie vorher im Zug, abgesehen davon, daß er sie kurz vor sieben Uhr morgens bat, ihn schlafen zu lassen. Ich werde von dieser Stelle an weiterlesen.«

»Warum?« fragte sie. »Du kannst nach dem Frühstück so lange schlafen, wie du willst. Ich habe die hiesige Geschäftsführung wissen lassen, daß du gebrechlich bist, und dafür hat man großes Verständnis.«

»Ich möchte nicht meine ganzen Flitterwochen im Endbahnhofshotel der Midland-Linie verbringen«, schluchzte ich, wobei ich vor Kummer vergaß, daß wir gar nicht geheiratet hatten. »Ich hatte geplant, mit dir ins Ausland zu fahren.«

»Juhu!« machte sie. »Ich liebe das Ausland. Welchen Teil zuerst?«

In Glasgow (das nun Jahre zurückzuliegen schien) hatte ich beabsichtigt, mich mit ihr in irgendeinem stillen, kleinen Gasthof eines einsamen bretonischen Fischerdorfes zu vergnügen, aber nun ließ mich der Gedanke, mit Bella zusammen an einem einsamen Ort zu sein, bis ins Mark frösteln. Ich flüsterte: »Amsterdam« und schlief ein.

Sie weckte mich um zehn, nachdem sie mit meiner Brieftasche zum Thomas-Cook-Reisebüro gegangen war, Plätze für uns auf der Nachmittagsfähre nach Den Haag gebucht, unsere Hotelrechnung bezahlt, unsere Koffer gepackt und sie ins Foyer gebracht hatte. Nur mein Morgenmantel und ein frischer Anzug waren im Zimmer zurückgeblieben.

»Ich bin hungrig und müde! Ich möchte mein Frühstück im Bett!« rief ich.

»Keine Sorge, armer Junge«, sagte sie tröstend. »Das Frühstück wird in zehn Minuten unten für uns bereit sein, dann kannst du nach Herzenslust in der Droschke, dem Zug, der Fähre, im anderen Zug und der anderen Droschke schlafen.«

Nun kennen Sie die Art meiner Existenz, während wir durch Europa und um das Mittelmeer herum flohen. Meine anstrengenden wachen Stunden vergingen sämtlich nachts im Bett mit einer Frau, die nie schlief, deshalb döste ich tagsüber entweder oder wurde benommen herumgeführt. Ich hatte diese Möglichkeit vorhergesehen, bevor wir London verließen, und auf der Fähre nach Den Haag beschloß ich, so etwas zu verhindern, indem ich Bella ERMÜDETE! Ich kann fast das Röcheln teuflischen Gelächters hören, das über die Tollheit dieses Gedankens aus Ihrer scheußlichen Kehle aufsteigt. Durch eine eiserne Anspannung meiner Willenskraft und mit Hilfe fortwährender Tassen starken schwarzen Kaffees hetzte ich sie täglich mit Zug, Flußdampfer und Droschke durch die tosenden Hotels, Theater, Museen, Rennbahnen und - leider, leider! - Spielkasinos auf dem Kontinent, wobei wir vier Nationen in einer einzigen Woche bereisten, Sie genoß jede Minute und versprach mit strahlenden Blicken und sanften Schmeicheleien, daß ihre Dankbarkeit bald durch intime Akte der Liebe bewiesen würde. Meine einzige Hoffnung war folgende: daß die Hast mit öffentlichen Verkehrsmitteln und der schwindelerregende Trubel des Tages zwar nicht sie das Bewußtsein verlieren lassen, wenn sie sich ins Bett legte, doch wenigstens auf mich eine solche Wirkung haben würden. Eitle Hoffnung! Zwischen Bella und dem natürlichen Trauburn - dem niedrigsten Teil Trauburns - bestand eine Gefühlsverbindung, die mein armes, gepeinigtes Hirn NICHT betäuben oder überwinden konnte. Wieder und wieder fiel ich ins Bett wie ein Toter und erwachte kurz darauf, um festzustellen, daß ich ihr Genuß verschaffte. Wie das Opfer eines Schwindelanfalls, das sich VORWÄRTS in einen Abgrund stürzt, statt vor ihm zurückzuweichen, gab ich mich BEWUSST dem Tanz der Liebe mit einem Ächzen der Ekstase und der Verzweiflung hin, bis durch die Jalousien fallende Lichtschimmer verkündeten, daß ich in das Fegefeuer eines weiteren Tages eintrat. In Venedig brach ich zusammen, rollte die Stufen von San Giorgio Maggiore hinunter in die Lagune, glaubte zu ertrinken und dankte Gott dafür. Ich wachte wieder zusammen mit Bella im Bett auf. Ich war seekrank. Wir waren in einer Kabine erster Klasse auf einem Schiff, das durchs Mittelmeer kreuzte.

»Armer Trauer, du hast dich zu sehr abgehetzt!« sagte sie. »Keine Kasinos und Cafés-dansants mehr für dich! Ich bin nun deine Ärztin, und ich verordne dir völlige Ruhe, außer wenn wir gemütlich beisammen sind, so wie jetzt.«

Von da an bis zu dem Tag, an dem ich entkam, war ich ein Mann ohne Willen und ihr hilfloses Spielzeug. Aber dadurch, daß ich tagsüber, wann immer möglich, hingestreckt blieb, fing ich endlich an, ein wenig Kraft zurückzugewinnen.

Und trotzdem hielt ich sie immer noch für gutherzig! HAHA! HAHA!! HAHA!!! Ja, Sie verdammter Baxter, möge die Gewalt Ihres verdammten Gelächters Sie zerreißen! Ich hielt meinen engelhaften Dämon immer noch für gutherzig! Wenn sie meinen Kopf mit dem Arm anhob, um mir Gabeln voll Essen in den Mund zu schieben, strömten mir Tränen der Dankbarkeit über die Wangen. Wenn sie mich in den Häfen, die wir anliefen, in britische Banken steuerte, den Schalterangestellten erklärte, daß es ihrem armen Mann nicht sehr gutgehe, und meine Hand lenkte, um einen Scheck oder eine Zahlungsanweisung zu unterzeichnen, strömten mir Tränen der Dankbarkeit über die Wangen. Eines strahlend blauen Tages lagen wir beide Seite an Seite und Hand in Hand auf Klappstühlen und dampften den Bosporus hinunter - ganz Asien war backbords und Europa steuerbords oder umgekehrt.

»Es gibt nur eines, wofür du gut bist, Trauer«, sagte sie nachdenklich, »aber darin bist du wirklich sehr gut, ein wahrer Grande Monarch Magnifikus Gouverneur Kaiser Lordkanzler Präsident Direktor Bürgermeister Tausendsassa und Chef auf diesem Gebiet.«

Tränen der Dankbarkeit strömten mir über die Wangen. Ich war so abhängig und gebrochen, daß ich sie immer noch hoffnungsvoll anflehte, mich zu heiraten. Nicht einmal durch die Ereignisse in Gibraltar wurden mir die Augen geöffnet.

Wir gingen von Bord und blieben eine Zeitlang in Gibraltar, während ich den Verkauf meiner Scottish-Widows-and-Orphans-Aktien in die Wege leitete - ein Geschäft, daß sich nicht überstürzen ließ. Ich erinnere mich an einen Bankdirektor, der mich hartnäckig fragte, so daß mir der Kopf schmerzte: »Sind Sie sicher, daß sie wissen, was Sie tun, Mr. Trauburn?« Also warf ich Bella einen Blick zu, und sie erklärte schlicht: »Wir brauchen Geld, Trauer, und wir sind nicht die einzigen.« Ich unterzeichnete ein Dokument. Sie führte mich aus der Bank hinaus und durch die Alameda Gardens zur Verteidigungsmauer, wo wir uns einquartiert hatten. Plötzlich trat Bella eine untersetzte, vornehme, gutgekleidete Dame gegenüber; sie sagte: »Welch eine Überraschung, Sie zu sehen, Lady Blessington. Wann sind Sie eingetroffen? Warum haben Sie uns nicht Ihre Aufwartung gemacht? Erinnern Sie sich nicht an mich? Wir wurden einander doch vor vier Jahren vorgestellt, in Cowes, an Bord der Jacht des Prinzen von Wales!«

»Wie wunderbar!« rief Bella. »Aber die meisten Leute nennen mich Bell Baxter, wenn ich nicht mit meinem Trauburn zusammen bin.«

»Aber sind Sie - sind Sie denn nicht die Gattin von General Blessington, den ich in Cowes kennenlernte?«

»Oh, das hoffe ich! Obwohl Gott immer sagt, daß ich viele

Jahre in Südamerika war. Was für ein Mann ist mein Gatte? Stattlicher als der schlaffe alte Trauer hier? Größer? Kräftiger? Reicher?«

»Es handelt sich offenbar um einen Irrtum«, erwiderte die Dame kühl, »aber Ihr Äußeres und Ihre Stimme sind bemerkenswert ähnlich.«

Sie verbeugte sich und ging davon.

»Gestern habe ich gesehen, wie diese Frau in einer offenen Kutsche vorbeirollte«, meinte Bella sinnend, »und jemand sagte, sie sei die Gattin eines alten Admirals, der diesen riesigen Felsen regiert. Sie hat keine meiner Fragen beantwortet. Ob ich bei ihr hineinplatzen und meine Frage wiederholen kann? Warum sollte ich nicht irgendwo einen militärischen Ehemann in Reserve haben und mehr als meine paar Namen besitzen und mit königlichen Jachten fahren?«

So erfuhr ich, daß meine Schreckliche Gebieterin keine Erinnerung an ihr Leben vor dem Schock hatte, der zu dem seltsam regelmäßigen Riß, vom Haar verborgen, an ihrem Schädel führte - WENN ES EIN RISS IST, Mr. Baxter! Aber Sie wissen, und JETZT WEISS ICH, WAS ES WIRKLICH ist ...

»Baxter«, stöhnte ich, »hat Trauburn etwa alles entdeckt?«

»Trauburn hat nichts Vernünftiges entdeckt, McBandless. Sein kümmerliches Gehirn hat sich nie von seinem Kollaps in Venedig erholt. Hören Sie zu.«

SIE WISSEN und ICH WEISS JETZT, WAS es wirklich ist: ein Hexenmal. Ja! Das weibliche Gegenstück des Kainsmals, das seine Besitzerin als eine Lemure, einen Vampir, einen Sukkubus und ein unreines Ding brandmarkt.

»Ich werde jetzt sechs Seiten mit abergläubischem Gefasel auslassen und auf einer der letzten Seiten weiterlesen, wo er beschreibt, wie Bella ihn mit dem Nachtzug nach Paris brachte. Das Geld ist wieder knapper geworden, und sie wollen die Kosten für eine Droschke sparen. Deshalb spazieren sie durch die noch leeren Straßen, auf denen nur die gewaltigen Wagen der nächtlichen Müllabfuhr unterwegs sind. Der Himmel ist milchig grau, die Luft frisch, Spatzen sind zu hören. Bell betrachtet alles mit neugieriger Freude, obwohl sie das Gepäck der beiden in zwei schweren Koffern - einen auf jeder Schulter - trägt. Trauburn trägt nichts. Er hat den größten Teil seiner Körperkraft zurückgewonnen, wagt jedoch nicht, es zuzugeben, damit Bella (ich zitiere) *mich nicht wieder all meiner Männlichkeit beraubt.* Hören Sie zu.«

Die Rue de la Huchette ist eine sehr schmale Straße unweit der Seine. Hier fanden wir ein kleines und - die frühe Stunde bedacht - recht lautes Hotel. Der Kellner eines nahegelegenen Cafés stellte Tische und Stühle auf den Pflastersteinen auf, und ich setzte mich hin, während Bella Erkundigungen einzog.

Bald kehrte sie hochgestimmt und ohne Gepäck zurück. In einer Stunde werde ein Zimmer für uns bereit sein; die Geschäftsführerin, die Witwe eines Franzosen, sei in London geboren worden und beherrsche den Cockneydialekt fließend. Sie habe Bella eingeladen, in ihrem Büro zu warten, und da es sehr klein sei, könne ich hier sitzen bleiben. Wenn ich wolle, könne ich im Foyer warten, aber es sei ebenfalls sehr klein, viele Gäste brächen gerade auf und würden vielleicht über mich stolpern. Mit kummervoller Stimme entgegnete ich, daß ich draußen warten würde, und verbarg mein Entzücken über die erste Gelegenheit seit unserer Flucht, mich ohne Bella an der frischen Luft aufzuhalten. Sie lächelte so strahlend, als sei genauso froh, sich meiner entledigt zu haben.

Beim Kellner bestellte ich Kaffee, ein Croissant und einen Cognac. Diese Dinge verliehen mir Mut. Endlich fühlte ich mich stark genug, den Brief zu öffnen und zu lesen, den ich in Gibraltar zusammen mit der Geldanweisung von der Clydesdale and North of Scotland Bank erhalten hatte. Ich wußte, daß der Brief, mit der Handschrift meiner Mutter an mich adressiert, voll von bitteren und gerechtfertigten Vorwürfen sein würde -

Vorwürfe, die ich nicht ohne Cognac im Leib und nur OHNE BELLA verkraften konnte, denn Bella hätte mir niemals den Frieden gegönnt, in der Reue und dem Elend zu schmoren, die ich so vollauf verdiente. Fast genußvoll riß ich den Umschlag auf und fuhr bei der Lektüre zusammen.

Die Nachrichten waren noch entsetzlicher, als ich befürchtet hatte. Mutter war so gut wie verarmt. Sie konnte sich nur noch zwei Dienstboten leisten: die alte Jessy und die Köchin. Diese beiden hatten mich in die Freuden der Liebe eingeweiht, aber nun waren ihre besten Zeiten längst vorbei. Die alte Jessy war so tatterig geworden, daß wir geplant hatten, sie nach Weihnachten in ein Armenhaus zu schicken. Die Köchin war nun Dipsomanin. Die beiden dienten meiner Mutter ohne Bezahlung, weil niemand anders ihnen Unterkunft gewährte. Weniger tragisch, doch bitterer war die Tatsache, daß meine gebrechliche Mutter, eine einsame Witwe von sechsundvierzig Jahren, keine Kleidung mehr aus London und Edinburgh ordern konnte, sondern nun persönlich in Glasgow einkaufen mußte. Schuldbewußtsein und Wut ließen mich keuchend aufspringen – hauptsächlich Wut auf Bella, denn was hatte sie mit all meinem Geld gemacht? Ohne nachzudenken, schritt ich vorwärts durch ein Gasse, die schmal wie ein Korridor war, knirschte mit den Zähnen beim Gedanken an das Leid, das jenes prachtvolle Ungeheuer mir zugefügt hatte.

War es die Hand Gottes, die mich über jene geschäftige Brücke lenkte und mich dann vor der offenen Tür der großen Kathedrale anhalten ließ? Ich glaube, ja. Ich hatte nie zuvor ein katholisches Gebäude betreten. Welch bebende Hoffnung trieb mich in dieses hinein?

Ich sah zurückweichende mächtige Säulengänge aus titanischen Steinpfeilern, die eine sich darüber wölbende Dunkelheit stützten; ich hörte glorreiches Schmettern von »Also wirklich, McBandless, sein Stil ist so ekelhaft aus zweiter Hand übernommen, daß ich das Folgende zusammenfassen werde. Duncan Trauerkloß hat nie vorher zu Gott gebetet, aber er beschließt, einen Versuch zu machen, weil andere es hier gleichfalls tun. Er läßt einen Centime durch einen Schlitz im Deckel in einen Kasten fallen, zündet eine Kerze an, steckt sie auf einen Stift vor einem Altar, kniet mit festgeschlossenen Augen nieder und teilt dem Erschaffer Aller Dinge mit, daß Duncan Trauerkloß schlecht verrucht gemein und im Irrtum sei, hauptsächlich wegen der Bösen Bell Baxter, deshalb sei Hilfe vonnöten! Plötzlich scheint die Welt heller zu werden. Trauburn öffnet die Augen und sieht, wie Sonnenlicht durch das Buntglasfenster hinter dem Altar auf ihn einströmt; durch eine herzförmige, scharlachrote Scheibe fallende Strahlen werfen einen hellroten Schatten auf die Brust von Duncan Trauerkloß' modischer weißer Seidenweste. Ein persönliches Telegramm an Duncan Trauerkloß vom Weltenlenker? DT reagiert zunächst protestantisch. Er möchte sich an einen privaten Ort zurückziehen, um sich die Sache zu überlegen, an einen kleinen, intimen Ort mit einem Sitz und einem Schloß an der Tür, wo er von Störungen verschont wird. Er sieht eine Reihe von Kabinen, gewöhnliche Leute gehen ein und aus, und an jeder Tür steht, ob die Kabine leer oder besetzt ist. Er verriegelt sich in einem leeren Raum, in dem sich natürlich ein Beichtstuhl befindet. Wenn ich Ihnen sage, daß der Padre hinter dem Gitter Englisch sprach, können Sie dann erraten, was anschließend geschah, McBandless?«

»Eigentlich nicht.«

»Trauburn möchte all seine Sünden beichten, beginnend im Alter von fünf Jahren (als Jessy ihn masturbieren lehrte) bis zu einer halben Stunde vorher, als Bella ihm ein Zimmer in einem Hotel besorgte, das ein Bordell zu sein schien. Außerdem möchte er professionellen Rat darüber, was das Telegramm des Heiligen Herzens bedeutet, das er gerade von Gott erhalten hat. Der Priester sagt, daß alle, die vor jenem Schrein beten, ein solches Telegramm bekämen, wenn die Sonne aus einer bestimmten Richtung scheint, und die Botschaft sei stets gut, wenn man sie angemessen deutet. Der Priester sagt, er könne Monsieur Trauerkloß nicht die

Absolution erteilen, denn Monsieur sei ein Ketzer oder Heide, aber wenn Monsieur Trauerkloß eine fünfminütige Übersicht über die Sünden geben wolle, die ihn so sehr plagten, werde der Priester freimütig seine Ansicht äußern. Die Geschichte ergießt sich. Der Priester empfiehlt Monsieur Trauerkloß, Bella zu heiraten und zu seiner Mutter zurückzukehren oder Bella zu verlassen und zu seiner Mutter zurückzukehren oder in der Hölle zu vermodern. Der Priester rät Monsieur Trauerkloß, sich im katholischen Glauben unterweisen zu lassen, wenn er nach Glasgow zurückkehrt, und nun Adieu Monsieur, ich werde für Ihre Seele beten. Trauburn tritt hinaus auf die Straße, *wo das Sonnenlicht auf mich schien wie eine Segnung, denn ich spürte, daß eine gräßliche Last von meinen Schultern gefallen war* et cetera.

Mit anderen Worten, ihm wird endlich klar, daß er Bella gründlich satt hat. Also zurück ins Hotel! Bella packt gerade im Schlafzimmer aus. ›Aufhören!‹ ruft Trauburn, denn er müsse nach Glasgow zurückkehren und ARBEITEN, aber er könne sie nicht mitnehmen, wenn sie nicht seine Frau werde. Sie sagt fröhlich: ›Das ist in Ordnung, Trauer, ich möchte ein bißchen mehr von Paris sehen‹, packt seine Sachen in einen der Koffer und gibt ihm Geld für die Heimfahrt. Er fragt: ›Ist das alles?‹ Bella antwortet: ›Es ist alles, was von deinem Geld übriggeblieben ist, aber wenn du mehr brauchst, kannst du haben, was Gott mir gegeben hat.‹ Sie holt ihre Nähschere hervor, trennt das Futter ihres Reisemantels auf, nimmt £500 in Noten der Bank von England heraus und reicht sie ihm mit den Worten: ›Das ist für all den Spaß, den du mir verschafft hast. Du verdienst viel mehr, aber es ist alles, was ich habe. Immerhin, es ist eine ganze Menge, und Gott hat es mir gegeben, weil er wußte, daß etwas Ähnliches mit dir geschehen würde.‹

Ich kehre jetzt zu dem Brief zurück, McBandless. Trauburns Beschreibung dessen, wie er sich verhielt, als er erfuhr, daß ich im voraus von seiner Flucht mit Bella wußte, ist von großem klinischem Interesse.«

Während mein Gehirn versuchte, die fürchterliche Bedeutung ihrer Worte gleichzeitig zu begreifen und zurückzuweisen, wurde mir klar, was Wahnsinn ist. Ich verdrehte den Kopf von einer Schulter zu anderen und öffnete den Mund wie jemand, der in die Luft beißt oder stumm vor sich hinschreit. Dann zog ich mich in eine Ecke zurück und sank langsam zu Boden, wobei ich heftig ins Leere schlug, als müsse ich mich gegen abscheuliche, um mich herumschwärmende Gegner wie Riesenwespen oder fleischfressende Fledermäuse verteidigen; doch ich wußte, daß dieses Geschmeiß nicht wirklich außerhalb, sondern INNERHALB meines Gehirns war und an ihm nagte, nagte. Es nagt dort immer noch. Bella muß ihre neue Freundin, die Geschäftsführerin, herbeigerufen haben, doch mein Wahnsinn ließ diese beiden zu einer plappernden Menge schlampiger Frauen jeden Alters und jeder Gestalt werden. Ihre spärliche Kleidung ließ ihre sexuellen Reize unverhüllt hervortreten, während sie rachsüchtig auf mich einstürmten wie all die Dienstmädchen, die ich je verführt habe. Und Bella schien eine von ihnen zu sein! Mit ihren kräftigen, weichen Armen verschnürten sie meine Gliedmaßen und meinen Körper so fest, als sei ich ein in Windeln gehülltes Baby. Sie gossen mir Cognac in die Kehle. Ich wurde dumpf und passiv. Bella brachte mich mit der Droschke zum Gare du Nord, kaufte eine Fahrkarte, steckte sie in meine Westentasche, sagte mir, in welchen Taschen sich Geld und mein Paß befänden, beförderte mich und mein Gepäck in einen Zug und berieselte mich dabei dauernd mit einem rasend machenden Schwall tröstenden Geschnatters: »... armer Trauer, armer alter Junge, ich bin schlecht für dich gewesen, ich habe dich zu sehr ermüdet, ich wette, du bist froh, ins Haus deiner Mutter zu einer schönen, langen Erholungspause zurückzukehren, denk an all das Geld, das du sparen wirst, aber wir hatten viel Vergnügen miteinander, ich bedaure keinen Moment davon, ich bin sicher, daß es keinen besseren

Athleten und Sportsfreund als Duncan Trauburn auf der ganzen weiten Welt gibt, aber sag Gott unbedingt, daß ich Bandel bald haben möchte, erinnerst du dich an unsere erste Nacht im Zug?« et cetera, und als der Zug aus dem Bahnhof hinausfuhr, rannte sie auf dem Bahnsteig neben ihm her und rief durch das Fenster: »GRÜSS MIR DAS GUTE ALTE SCHOTTLAND!«

Nun weiß ich also, wer ihre Nichte ist, Mr. Baxter. Die Juden nannten sie Eva und Delila, die Griechen Helena, die Römer Kleopatra, die Christen Salome. Sie ist der Weiße Dämon, der in jedem Zeitalter die Ehre und die Manneskraft der edelsten und potentesten Männer vernichtet. Zu mir kam sie in Gestalt von Bella Baxter. Für König Ludwig war sie Madame de Maintenon, für Prinz Charlie war sie Clementina Walkinshaw, für Robert Burns war sie Jean Armour et cetera, und für General Blessington war sie Victoria Hattersley. Läßt dieser Name Sie erzittern, Luzifer Baxter? Die Zeitungen machten keinen Lärm um die eheliche Katastrophe des Generals, aber wir Anwälte haben andere Quellen des Wissens, und durch sie habe ich Ihr Geheimnis aufgedeckt. DENN DER WEISSE DÄMON IST IN JEDEM ZEITALTER UND JEDER NATION DIE MARIONETTE UND DAS WERKZEUG EINES GRÖSSEREN, DUNKLEREN DÄMONS!!!!! Eva wurde von der Schlange beherrscht, Delila von der Philister Fürsten, Madame de Maintenon von Kardinal Dingsbums und Bella Baxter von IHNEN, Gotthard Bysshe Baxter, Erzteufel und Manipulator dieser Zeit der Materiellen Wissenschaft! Nur im Modernen Glasgow - dem BABYLON der Materiellen Wissenschaft - konnten Sie Reichtum, Macht und Respekt erwerben, indem Sie menschliche Gehirne zerlegten, durch Leichenhallen streiften und das Totenbett der Armen heimsuchten. Dafür wären Sie als Hexenmeister verbrannt worden, als Schottland noch eine Religiöse Nation war, GOTT-SCHWART BURSCH BACKS-TOR, TIER AUS DEM HÖLLENSCHLUND!!!!!

Wahrscheinlich wissen Sie nicht, daß Sie der Antichrist sind, denn niemand ist so irregeleitet wie die Verdammten, deshalb ist der Vater Aller Lügen dazu verurteilt, sich selbst am wenigsten zu kennen. Aber Sie sind Wissenschaftler. Untersuchen Sie die Beweise, die ich Ihnen nun nüchtern und logisch vorlegen werde, ohne eine Menge Großbuchstaben zu benutzen, außer am Anfang.

DAS KOMMEN DES TIERES

BIBELPROPHEZEIUNGEN	MODERNE TATSACHEN
1. Die Zahl des Tieres ist 666.	*Sie wohnen im 18 Park Circus, welche Zahl die Summe von 6+6+6 ist.*
2. Auf dem Tier sitzt ein mit Purpur und Scharlach bekleidetes Weib.	*Bella hat eine Vorliebe für Rot.*
3. Das Tier heißt Babylon, denn jene Stadt beherrschte das größte materielle Reich *in der Antiken Welt und verfolgte die Kinder Gottes, das religiöse Volk jener Tage. (Nehmen Sie zur Kenntnis, daß protestantische Fanatiker behaupten, Rom sei das moderne Babylon und der Wohnsitz des Tieres, aber denken Sie daran, daß der römische Katholizismus – mit all seinen Fehlern – heutzutage ein ganz und gar religiöses Reich ist.)*	*Das Britische Reich ist das größte Reich, das die Welt je gesehen hat. Es ist völlig* materiell, *denn es beruht auf Industrie, Handel und Militärmacht. Es wurde in Glasgow erfunden. Hier ersann James Watt die Dampfmaschinen, welche die britischen Züge und die Handelsmarine und die Kriegsmarine antreiben, und hier werden die besten Lokomotiven und Schiffe gebaut. Hier erfand Adam Smith den modernen Kapitalismus. Hier entwickelte Sir William Thomson die Telegraphenkabel, die das Reich auf dem Meeresboden zusammenhalten, sowie die elektrischen Dieselmotoren der Zukunft.*

BIBELPROPHEZEIUNGEN	*MODERNE TATSACHEN*
4. *Das Tier (und das Weib, das auf ihm sitzt) heißen auch* Geheimnis.	*Chemie, Elektrizität, Anatomie et cetera sind Geheimnisse für fast jeden –* außer für Sie!
5. *Das Tier wird von allen Königen dieser Erde angebetet.*	*Zwar hat Königin Viktoria Edinburgh lieber als Glasgow und Balmoral lieber als das übrige Schottland, doch Großfürst Alexei, der Sohn des Zaren von Rußland, nannte Glasgow letztes Jahr »das Zentrum der Intelligenz von England«: in seiner Rede zum Stapellauf der* Livadia, *die in der Elder-Werft für seinen Vater gebaut worden war.*
6. *Das Tier hat sieben Häupter, also sieben Erhöhungen. (Protestantische Fanatiker behaupten, deshalb müsse es römischer Herkunft sein, da Rom bekanntlich auf sieben Hügeln errichtet wurde.)*	*Aber Glasgow steht auf sieben Hügeln! Golf Hill, Balmano Brae, Blythswood Hill, Garnet Hill, Partick Hill, Gilmore Hill, gekrönt von der Universität, Woodlands Hill, gekrönt vom Park Circus, wo Sie mich der scharlachroten Hure des Modernen Babylon opferten!*
7. *Das Scharlachrote Weib auf dem Rücken des Tieres hält einen goldenen Becher voll von Greueln in der Hand.*	*Ich weiß nicht genau, was der Becher heutzutage darstellt, denn Bella konnte Wein und Spirituosen nicht leiden, aber wenn Sie und ich zusammenkommen und die Sache in aller Ruhe besprechen, werden wir doch bestimmt eine Erklärung finden?*

Ich bin schrecklich allein. Mutter rät mir dauernd, mich zusammenzureißen. Ich sehne mich danach, dicht neben ihr zu sitzen, aber wenn ich es tue, wird sie zappelig und fragt, weshalb ich nicht ins Musiktheater oder in den Sportverein gehe oder mich anderen »DINGEN« widme, mit denen ich mir vor meiner Auslandsreise die Zeit vertrieb. Doch nun graut mir vor solchen »DINGEN«. Als ich klein war, kümmerte sich die alte Jessy um mich, wenn Mutter zappelig wurde. Und jetzt tue ich so, als sei ich auf dem Weg in die Stadt, um »einen draufzumachen«, aber in Wirklichkeit schleiche ich hinten durch den Lieferanteneingang in die Küche, um mit der alten Jessy und der Köchin zu picheln. In meinen Casanova-Tagen habe ich nie Alkohol getrunken, denn ein Anhänger der Venus muß Bacchus abschwören. Es ist kalt in der Küche. Ich habe soviel von dem Vermögen der Trauburns verschwendet, daß Mutter sich nicht leisten kann, das Personal Kohle verbrennen zu lassen. Die alte Jessy und die Köchin schlafen zusammen, um sich zu wärmen, und nun schlafe ich zwischen ihnen. Ich kann nicht allein schlafen. Komm bitte zurück, wärme mich, Bella.

Morgen werde ich ein neues Leben beginnen und drei Dinge gleichzeitig tun: Ich werde Mutter durch unbeirrbare Hingabe an die Wissenschaft und Kunst der Eigentumsübertragung wieder reich machen. Ich werde meine Bella vor Baxter dem Biest retten, indem ich an Straßenecken, auf dem offenen Forum das Glasgow Green und durch Briefe an die Presse mit dem Modernen Babylon boxe. Ich werde den einzig wahren katholischen Glauben annehmen, ein Gelübde ewiger Keuschheit ablegen und meine Tage im Frieden eines Klosters beschließen. Ich brauche Ruhe.

Für immer mit freundlichen Grüßen
Bellas Verworrene Trauerweide
mit auf der Weste Blutendem Herzen
Ihr
Duncan McNab Trau Trau Trauer
(Anwalt des Rechtes und des Riesenwanstes der Alten Jessy)

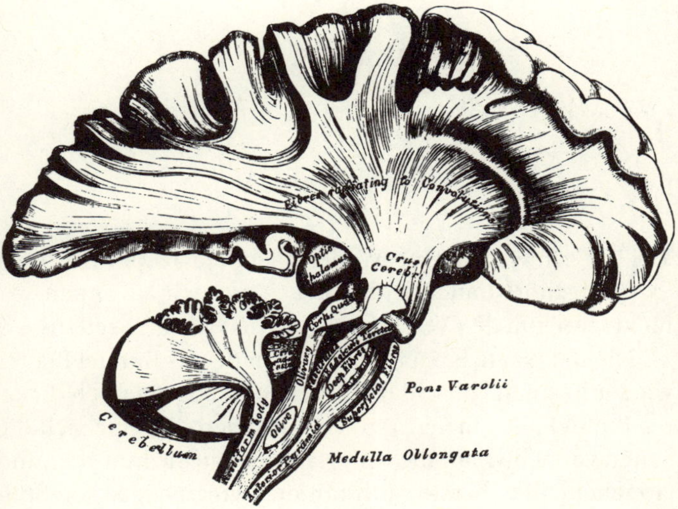
Optic thalamus
Crus Cerebri
Corp. Quad.
Olive
Anterior Pyramid
Deep Fibres
Superficial Fibres
Pons Varolii
Cerebellum
Medulla Oblongata

13
PAUSE

Wir schwiegen eine Weile, nachdem Baxter zu lesen aufgehört hatte. Schließlich fragte ich: »Können wir nichts tun, um den Verstand des armen Kerls zu retten?«

»Nichts«, sagte Baxter knapp. Er hatte das Bündel Blätter wieder in einen Umschlag gesteckt und zog ein noch dickeres Bündel aus einem braunen Päckchen. Er legte sich die Seiten vorsichtig auf die Knie, lächelte auf sie hinunter und streichelte die oberste sanft mit den winzigen, zarten Spitzen seiner zylinderförmigen Daumen.

»Ein Brief von Bell?«

Er nickte. »Warum machen Sie sich Sorgen um Trauburn, McBandless? Er ist ein Mann aus dem Mittelstand in voller Blüte, hat eine juristische Ausbildung, ein sicheres Heim und drei weibliche Stützen. Denken Sie an Ihre Verlobte, die attraktive Frau mit dem dreijährigen Gehirn, die er ohne einen Heller in Paris zurückgelassen hat. Haben Sie nicht Angst um sie?«

»Nein. Trotz all seiner Vorteile ist Trauburn ein armes Geschöpf. Bell nicht.«

»Wahrhaftig. Richtig. Korrekt. Genau. In der Tat!« stimmte er mir ekstatisch zu.

Ich sagte grimmig: »Bells Gebrauch von Synonymen scheint ansteckend zu sein. Hat sie viele in dem Brief dort?«

Er lächelte mich an wie ein weiser alter Lehrer, dessen Lieblingsschüler eine schwierige Frage beantwortet hat. »Entschuldigen Sie meine Erregung, McBandless, Sie können das Gefühl nicht mit mir teilen, denn Sie sind nie Vater gewesen, haben nie etwas Neues und Prächtiges gemacht.

Es ist wunderbar für einen Schöpfer zu sehen, wie seine Nachkommenschaft unabhängig lebt, fühlt und handelt. Ich habe das Buch Genesis vor drei Jahren gelesen und konnte Gottes Mißvergnügen nicht begreifen, als Eva und Adam beschlossen, daß sie fähig sein wollten, Gut und Böse auseinanderzuhalten - daß sie gottähnlich sein wollten. Das hätte seine stolzeste Stunde sein müssen.«

»Sie verweigerten ihm bewußt den Gehorsam!« sagte ich, *Die Entstehung der Arten* vergessend, mit der Stimme des *Kürzeren Katechismus.* »Er hatte ihnen Leben gegeben und alles, woran sie sich erfreuen konnten, alles auf Erden, außer zwei verbotenen Bäumen. Es waren heilige Geheimnisse, deren Frucht Schaden anrichtete. Nichts als widernatürliche Gier veranlaßte die beiden, die Frucht zu essen.«

Baxter schüttelte den Kopf. »Nur schlechte Religionen verlassen sich auf Geheimnisse, genauso wie sich schlechte Regierungen auf die Geheimpolizei verlassen. Wahrheit, Schönheit und Güte sind nicht geheimnisvoll, sondern sie sind die gewöhnlichsten, offenkundigsten, wichtigsten Tatsachen des Lebens - wie Sonnenlicht, Luft und Brot. Nur Leute, die durch eine teure Erziehung durcheinandergebracht worden sind, halten Wahrheit, Schönheit und Güte für seltene Privatbesitztümer. Die Natur ist freizügiger. Das Universum verweigert uns nichts Wesentliches - alles ist da, alles ist ein Geschenk. Gott ist das Universum plus Verstand. Menschen, die behaupten, Gott oder das Universum oder die Natur seien geheimnisvoll, sind so wie jene, die diese Dinge eifersüchtig oder wütend nennen. Sie verkünden den Zustand ihres einsamen, verworrenen Geistes.«

»Völliger Blödsinn, Baxter!« rief ich. »Unser ganzes Leben ist ein Ringen mit Geheimnissen. Geheimnisse gefährden uns, stützen uns, vernichten uns. Unsere großen Naturwissenschaftler haben diese Geheimnisse auf manchen Gebieten beseitigt und dadurch auf anderen vertieft. Der zweite Hauptsatz der Thermodynamik beweist, daß das Universum enden wird, indem es sich in kalten Brei verwandelt, aber niemand weiß, wie es begann oder ob es begann. Unsere Wissenschaft rührt her von Keplers Entdeckung der Schwerkraft, aber obwohl wir beschreiben können, wie sich die gewaltigsten Galaxien fortbewegen, wissen wir nicht, was Schwerkraft ist oder wie sie funktioniert. Kepler mutmaßte, sie sei eine Form der anorganischen Intelligenz. Moderne Physiker mutmaßen nicht einmal, sondern verbergen ihre Unkenntnis hinter Formeln. Wir wissen, wie die Arten begannen, können jedoch nicht die kleinste lebende Zelle hervorbringen. Sie haben das Gehirn eines Babys in den Schädel einer Mutter verpflanzt. Sehr schlau. Aber dadurch werden Sie nicht zu einem allwissenden Gott.«

»Ich lehne Ihre Ausdrucksweise ab, nicht Ihre Fakten, McBandless«, sagte Baxter mit einem weiteren aufreizend großmütigen Lächeln. »Natürlich kann ein einzelner Verstand nicht mehr wissen als einen Bruchteil der vergangenen, der gegenwärtigen und der zukünftigen Existenz. Aber was Sie *Geheimnisse* nennen, nenne ich *Unkenntnis*, und nichts, was wir nicht wissen (wie wir es auch nennen mögen), ist heiliger, erhabener und wunderbarer als die Dinge, die wir wissen - die Dinge, die wir sind! Es ist die liebevolle Freundlichkeit von Menschen, die uns erschafft und unterstützt, die unsere Gesellschaft in Gang hält und erlaubt, daß wir uns frei in ihr bewegen.«

»Wollust, Angst vor Hunger und der Polizei spielen auch eine Rolle. Lesen Sie mir Bells Brief vor.«

»Sofort, aber zuerst möchte ich Sie in Erstaunen setzen. Dieser Brief ist ein Tagebuch, das über einen Zeitraum von drei Monaten hinweg geschrieben wurde. Vergleichen Sie die erste Seite mit der letzten.« Er reichte mir zwei Seiten.

Sie setzten mich tatsächlich in Erstaunen, obwohl die erste, wie ich erwartet hatte, von riesigen, rätselhaft angeordneten Großbuchstaben bedeckt war:

MN GTT CH HTT KNE RHE DR
ZU SCHRBN VR DR RSE AF DM MR

Die letzte Seite enthielt vierzig Zeilen enggeschriebener Wörter, und ein Satz fiel mir ins Auge:

Sag meinem lieben Bandel, daß seine Bell nicht mehr meint, er müsse alles tun, was sie will.

»Gut für eine Dreijährige?« fragte Baxter.

»Sie lernt noch immer«, sagte ich und gab ihm die beiden Seiten zurück.

»Lernt noch immer! Erwirbt noch immer Weisheit und Lebensklugheit, während sie dem entgegenstrebt, was gut im Leben ist. Dieser Brief rechtfertigt mich, McBandless. Stellen Sie sich vor, ich sei Shakespeares alter Schulmeister, der ihn Schreiben lehrte. Stellen Sie sich vor, dieser Brief sei ein Geschenk von meinem ehemaligen Schüler, das Originalmanuskript des *Hamlet* von seiner eigenen Hand. Die Seele, die das geschrieben hat, schwingt sich so weit über meine eigene Seele empor, wie sich meine Seele ...«

Er hielt inne, wandte den Blick von mir ab und fuhr fort: »... wenigstens über Duncan Trauburn emporschwingt. Mein Vergleich mit Shakespeare ist nicht weithergeholt, McBandless. Die straffe Bedeutung ihrer Sätze, ihre Wortspiele, sogar ihr Rhythmus sind Shakespeare nachempfunden.“

»Dann lesen Sie mir den Brief vor.«

»Gleich! Er ist nicht datiert, doch er begann offensichtlich an Bord eines Schiffes, kurz nachdem Trauburn greinend in einer Gosse in Triest kniete oder (wenn Sie seine aufgeblasene Darstellung des Ereignisses vorziehen) vom Canal Grande durchnäßt wurde. Außer jener Einzelheit bestätigt Bellas Brief den Hauptteil des seinen: sogar eine Tatsache, die er als eine Halluzination bezeichnete. Aber ihre Epistel übertrifft Trauburns so deutlich, wie das Matthäusevangelium (das die Bergpredigt Christi enthält) das Johannesevangelium (das sie nicht enthält) übertrifft. Oder täusche ich mich da, McBandless? Ihnen ist die Bibel in der Schule eingepaukt worden. War es der heilige Markus oder der heilige Lukas, der ...«

Ich drohte, den Schrank aufzubrechen, in dem sein Vater

den Portwein verwahrte, wenn er nicht mit der Lektüre beginne. Er sagte: »Sofort, sofort! Aber bevor ich lese, lassen Sie mich Ihnen einen *Titel* für Bells Brief geben, einen Titel, der nicht von ihr stammt, Sie aber auf die Weite, Tiefe und Höhe ihres Briefes vorbereiten wird: DIE ERZEUGUNG EINES GEWISSENS. Hören Sie zu.«

Er räusperte sich und las mit einem klaren Tonfall und einem würdevollen Stolz, die ich für theatralisch hielt. Später wurde sein Vortrag von ein paar inbrünstigen Schluchzern unterbrochen, die er vergeblich zu unterdrücken suchte. Der folgende Brief wird nicht so wiedergegeben, wie Bella ihn buchstabierte, sondern wie Baxter ihn verlas.

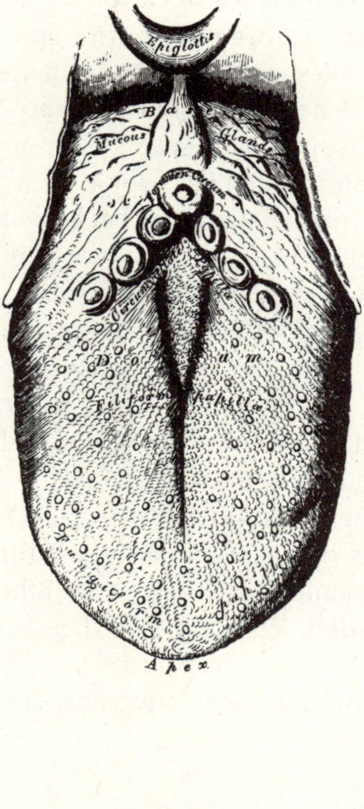

BELLA BAXTERS BRIEF: DIE ERZEUGUNG EINES GEWISSENS

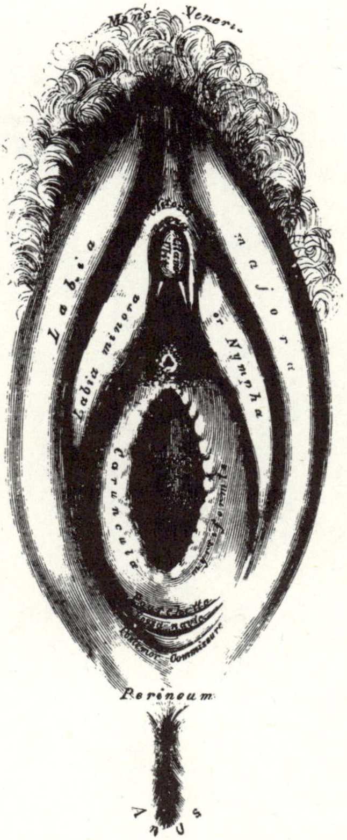

14
VON GLASGOW NACH ODESSA: DIE SPIELER

Mein Gott,
ich hatte keine Ruhe, Dir
zu schreiben vor der Reise auf dem Meer.
Trauer liegt in der Koje, endlich froh,
es nicht mehr dau dau dauernd tun zu müssen -
der dumme Kerl tut manche dumme Dinge.
Wie lange her scheint jener warme Abend,
als ich von Dir ging, chlor'formierter Bandel,
dann sprang mit Leiter in des Trauers Arme.
Schnell wie der Wind per Kutsch' wir fuhrn zum Zug
und in verhängts Abteil, wo wir trau trau trauten,
trauten uns bis ganz nach London hin
und wohnten dann im Saint Pancras Hotel.
Doch armer Duncan wollte Ehe auch!
Bekam sie aber nicht. Das sag dem Bandel.
Hast nie getraut, mein Gott, und weißt wohl nicht,
acht Stunden davon sind soviel für Männer,
daß sie ganz lange Ruhe danach brauchen.
Der nächste Tag war mein. Ich sah die Stadt,
dann weckte Trauer mit 'nem guten Essen.
»Wo warst du denn?«
Ich sagt's.
»Wen trafst du dort?«
»Niemand.«
»Soll ich dir etwa glauben, daß
du gingst spaziern und sahst nicht einen Mann?«
»Nein - ich sah sehr viele, sprach mit keinem,
nur mit 'nem Polizisten im Regents Park,

befragt' ihn nach dem Weg zum Drury Lane.«
»Natürlich mußt' es sein ein Polizist!
Sie sind sehr groß und stattlich, oder nicht?
Auch Gardisten sind sehr stark und stattlich.
Sie schauen in den Parks nach leichten Mädchen.
Vielleicht gehört' dein Polizist zur Garde.
Die Uniformen sind ja doch sehr ähnlich.«
»Bist du verrückt?« ich fragte. »Was ist los?«
»Bin nicht der einz'ge Mann, den du je liebtest -
gib's zu, du hattest hundert längst vor mir!«
»Nicht hundert - nein. Nie hab' ich sie gezählt,
ein halbes Hundert könnte jedoch stimmen.«
Er keucht', starrt', stöhnt', zuckt', schluchzt', das Haar sich rauft',
dann fragt' mich aus. Dadurch erfuhr ich nun,
daß Händeküssen er nicht für Liebe hält.
Liebe (Trauer meint) den Namen nur verdient,
wenn der Mann sein Mittelbein hineinsteckt.
»Dann, lieber Trauer, magst ganz sicher sein,
bist du der einz'ge Mann, den ich je liebte.«
»Du lügst, du Hure!« schrie er. »Ich bin kein Narr!«
Warst keine Jungfrau. Wer hat dich entjungfert?«
Ich brauchte eine Weile, ihn zu verstehen.
Es scheint, daß Frauen, die noch nicht getraut
durch Trauer wie den meinen, haben stets
ein Häutchen, das bedeckt die Liebesgrotte,
die birgt von Trauern die Peninsula.
Dies Häutchen hat er nie an mir gefunden.
»Und wie erklärst du mir die Narbe?« fragt' er
und meint' die dünne, weiße Linie,
die anfängt in der Liebesgrotte Locken
und, ähnlich wie der Greenwich-Meridian,
spaltet einen Leib, den Salomon
mit 'nem Weizenhaufen hat verglichen.
»Doch alle Frauen haben diese Linie.«
»Nein, nein!« sagt' Trauer. »Schwangre nur, bei denen
man den Bauch aufschlitzt 'nes Babys wegen.«

»Dann war's B.K.B.K.«, erklärte ich,
»Bevor sie Knackten armer Bellas Kopf.«
Ich ließ ihn fühlen jenen Riß an meinem
Schädel unterm Haar. Er seufzt' und meinte:
»Ich sagt' dir alles über mich - die innersten
Gedanken, Kindheit, dunkles Sehnen. Warum
verschwiegst du dein Vergangnes? Seinen Mangel?«
»Früher hast du mir nie Zeit gegeben
zu erzähln, hast selbst soviel geredet.
Ich dacht', du wolltest nichts von meinem Denken,
meiner Hoffnung oder sonst'gem wissen,
das unbedeutend war, wenn wir uns trauten.«
»Mit Recht - ein Teufel bin ich! Sollte sterben!«
brüllt' er, brach in Tränen aus, die Hose
riß herunter, traute dann mich schnell.
Ich Trost ihm spendet' wie 'nem Baby und
ließ ihn trauen mit dem richt'gen Tempo.
Ja, trauen kann er, aber kleiner Bandel,
wenn Du dies liest, so spar Dir Deinen Kummer.
Frauen brauchen Trauburns, doch viel mehr
lieben einen treuen Mann zu Hause.

Ich hatt' einmal ein Baby. Gott, ist's wahr?
Wenn's wirklich stimmt, was ist aus ihr geworden?
Denn ich bin sicher, daß es ist ein Mädchen.
Der Gedanke ist zu groß für Bell.
Ich muß ganz langsam mich daran gewöhnen.

Gott, siehst Du den Wandel, der mich plagt?
Ich bin nicht ganz so herzlos, wie ich war.
Ich fühlt' für Bandel, der doch gar nicht hier,
und wollt' ihn trösten. Das Gefühl nun fürcht' ich,
das wohl wachsen muß, wenn ich jetzt grüble
über mein verlornes kleines Töchterchen.
Seltsam, wie der babyhafte Trauer
geborstne, hohle Bella hat gelehrt,

mehr Mitgefühl mit andren zu empfinden.
Denn er mich macht' zu seiner Krankenschwester,
als wir die Schweiz erreichten. So geschah's:

Die Eifersucht, die er gezeigt in London,
verschwand auch nicht, als wir in Amsterdam.
Arm in Arm warn wir nur dann nicht, wenn
er mich zurückließ in 'nem Warteraum,
da einen Arzt verlangt' die Lethargie *-*
so nannte er die Schlaffheit, die er spürte,
was ganz natürlich. Alle brauchen Ruhe
und Zeit, zu sitzen, schauen, träumen, denken.
Des Arztes Pillen sparen ihm die Ruh.
Wir durcheilten Rennbahn, Boxclubs, Dome,
dazu noch Music-Halls, Cafés-dansants.
Weiß sein Gesicht, die Augen groß und glänzend.
»Ich bin kein Schwächling, Bell!« rief er. »Los! Los!«

Dank Dir, Gott, daß Du mich schlafen lehrtest,
wenn ich nur sitze und die Augen schließ'.
In Bussen, Zügen, Droschken, Trams und Schiffen
war das sehr nützlich, aber nicht genug -
mußt' 'ne andre Art zu schlafen finden.
Am zweiten Tag im Ausland sahen wir
von Wagners Opern eine. Lang war sie,
und Trauer, wenn ich schloß einmal die Augen,
mich stupst' und zischt': »Bleib wach und paß doch auf!«
Das lehrte mich zu schlafen offnen Auges.
Bald konnte ich es auch im Stehen oder
eilend Arm in Arm von Ort zu Ort.
Ich glaub', ich hörte Fragen oft im Schlaf -
was ihm genügt' als Antwort, war: »Ja, Schatz.«
Ich wachte immer auf in den Hotels,
den Telegraphenämtern auch (wo Trauer
seiner Mama Telegramme schickte
und ich Dir) sowie in Restaurants,

denn ich genieß' mein Essen, ansonsten aber
nur im Zoo von Frankfurt und in jenem
deutschen Wettgeschäft, das ich gleich schildre.

Vermutlich der Geruch war's, der mich weckte.
Hier (ganz wie im Zoo) nach Kummer stank's
und Hoffnung, außerdem nach schalem Wahn,
worin sich erstre Düfte mischten, scheint's.
Mein edles Näschen mochte übertreiben -
ich blickte in ein blendend' Saalgefunkel.
Du weißt, wie Du mich mitnahmst in die Börse
von Glasgow eines Tags? So war's auch dort.
Um mich geriefte Säulen, creme und golden,
gewölbte Decken stützten blau und weiß,
daran kristallne Leuchter funkelnd hingen,
erhellten alles, was darunter vorging:
sechs Tische - schickes Volk Roulett dort spielte.
An den Wänden Sofas, scharlachplüsch,
wo noch mehr schickes Volk, auch ich, nun saß.
Und Trauburn stand dabei an meiner Seite
und schaute auf den nächsten Tisch gebannt
und murmelt' stets: »Ach so. Ach so. Ach so.«
Ich dachte, daß er sprach im Schlaf genau
wie ich mit offnen Augen. Drum empfahl ich
sanft, doch fest: »Wir sollten ins Hotel nun,
lieber Duncan. Werd' zu Bett dich bringen.«
Er starrt' mich an, den Kopf dann langsam schüttelt'.
»Noch nicht. Noch nicht. Ich hab' noch was zu tun.
Ich weiß, mein Hirn verachtest du im stillen,
hältst es für 'nen Fortsatz meines Schwanzes,
für wen'ger tüchtig als von mir die Hoden.
Ich sag' dir, Bella, daß dies Hirn nun sieht,
'nen mächt'gen FAKT, den andre GLÜCK wohl nennen,
da sie ihn nicht erkennen. Mir ist klar,
daß GOTT, GESCHICK, genau wie GLÜCK und ZUFALL
nur Wörter sind, die preisen IGNORANZ

unterm Schutze eines würd'gen Namens.
Auf, Frau, und begleite mich zum Spiel!«
Am Tisch die Leute drehten zu uns sich
bei unsrem Kommen, boten ihm 'nen Stuhl.
Er dankte leise, ließ sich darauf nieder.
Ich sah von hinten zu, wie er geheißen.

Lieber Gott ich bin müde. Es ist spät. Wie Shakespeare zu schreiben ist mühsam für eine Frau mit einem geborstenen Schädel, die nicht viel von Orthographie versteht (allerdings merke ich, daß meine Schrift kleiner wird). Morgen laufen wir in Athen ein. Erinnerst Du Dich, daß Du vor einer Ewigkeit über Zagreb und Sarajewo mit mir dorthin gereist bist? Ich hoffe, man hat den Parthenon in Ordnung gebracht. Nun werde ich neben Trauer schlüpfen und Dir an einem anderen Tag berichten, was zu seinem Kollaps führte; diesen Eintrag beende ich mit einer Reihe Sternchen.

* * * * * * * * * * * * *

Am Morgen unser Schiff - von Rußland ist's -
aus Konstantinetcetera lief aus.
Nun fahrn wir gen Odessa aus dem Bosporus.
Die Luft ist frisch und still, der Himmel blau.
Ich hüllte meinen Mann warm ein und ließ
ihn eine Stunde auf dem Deck dann ruhn.
Sonst hätt' er nur gehockt in seiner Koje
und die Bibel pausenlos studiert.
Davor er bat mich wieder in den »heilen
Ehebund« mit ihm. Oje, oje.
Der Ehe Freuden nicht zu binden sind,
noch kann sein Fidibus sich dran erinnern,
daß ich versprach die Ehe einem andern.

Die Leute, die sich ums Roulett dort scharten,
schienen nicht mehr schick, als wir bei ihnen.
Manche waren reich und reich gekleidet,

mit Seidenwesten, Offiziersanzügen
und tief ausgeschnitt'nen Samtgewändern.
Andre schienen recht bemittelt mir
wie Händler, Eigentümer kleiner Güter
oder Pfarrer, nüchtern angetan,
und ein'ge in Begleitung ihrer Frauen.
Zuerst bemerkt' ich keine wirklich Armen
(wer danach aussah, ward nicht eingelassen),
doch dann entdeckt' ich nicht ganz saubre Sachen,
zerfranste Ärmel und straffe Knöpfe,
die der Unterwäsche Farb' verhüllten.
Die Reichen legten Gold und Scheine hin;
die Mittlern setzten Silber ein, nicht Gold,
und dachten vor der Wette lange nach.
Die Ärmsten setzten allerkleinste Münzen
und starrten hin, die Miene weiß wie Trauers.
Wer Geld bewegt', konnt' reich sein oder arm
oder eins vom andern sehr schnell werden.
Reiche, Arme, Mittlere - rasend, fröhlich,
jung, in bestem Alter und bejahrt,
Franzosen, Spanier, Russen, Schweden, Deutsche,
ein paar aus England, die nur selten setzten
und überlegen in die Runde schauten -,
bei allen stimmte etwas nicht. Ich merkte,
was es war, doch leider erst zu spät.

Das Rad, auf dem die kleine Kugel rasselt',
zermalmt' was in den Spielern und Betrachtern.
Und sie freuten sich, daß dies geschah,
denn es war so kostbar, daß sie's haßten
und es zerstört sehn wollten auch bei andern?
Dies hab' ich mit 'nem klugen Mann besprochen,
der sagt', die Kostbarkeit hat viele Namen.
Für Arme heißt sie Geld, für Priester Seele,
für Deutsche Willen und für Dichter Liebe.
Er nannt' sie Freiheit, denn durch sie der Mann

ist schuld an seinen Taten. Männer drum
hassen sie und wünschen ihren Tod.
Ich bin kein Mann. Mir stank's nach römisch' Spielen,
wo nicht Körper, sondern Geister leiden.
Man war gekommen, um den Menschengeist,
der durch Ewigkeiten wandern kann,
geknüpft zu sehn an eine Zufallskugel.
Der arme Trauer nun begann zu wetten.

Die meisten Spieler schoben ihren Einsatz
von schwarz' auf rote Felder und zurück.
Doch Trauburn nutzte nur ein einz'ges Feld
mit einer Null: 'ne goldne Münze drauf.
Verlor, legt' zwei, verlor, dann setzte vier,
acht und sechzehn, zweiunddreißig gar.
Ein Mann schob zwölf zurück mit einem Rechen -
der höchste Einsatz im Geschäft war zwanzig.
Deshalb Trauburn zwanzig ließ nun liegen.
Die Kugel rattert', Trauburn hatt' gewonnen.
Eine Menge. Kleine goldne Stapel
erhielt er in Kuverts, die blau und schmal.
Er wandte zu mir um sich mit 'nem Lächeln,
dem ersten, seit wir beide warn entlaufen.
Das Gold er steckte ein und flüstert': »Na?
Du dachtest nicht, daß ich es schaffe, Bell!«
Ich hatte solches Mitleid mit dem Wirrkopf,
daß ich nicht merkte, welche Freud' verspürt' er,
weil er dachte, mich verblüfft zu haben.
Hätt' sagen müssen: »Duncan, das war toll!
Vor Staunen einer Ohnmacht war ich nah -
nun laß mit einer Mahlzeit uns das feiern.«
Das hätt' ich sagen sollen. Doch ich sagt':
»O Duncan, bitte führ mich fort von hier!
Laß uns Billard spieln - das braucht Geschick.
Komm, laß uns sehen, wie die weißen Kugeln
gleiten und klicken auf dem grünen Tuch.«

Sein bleiches Antlitz ward nun rot. Erschreckend.
»Haßt du's, wenn ich gewinn'? Haßt du Roulett?«
er zischt'. »Dann wisse, daß auch ich es hasse!
Es hasse und verachte! Werd's beweisen,
ich werde nun VERBLÜFFEN UND BESCHÄMEN
DIE GROUPIERS, DIE'S SPIEL UND ALLE NARREN
LENKEN, DIE ES UNBEIRRBAR SPIELEN!«

Erhob sich, schritt an einen andren Tisch,
setzt' sich und begann zu spielen wieder.
Ich wär' hinaus in das Hotel gegangen,
doch kannt' ich nicht den Weg, auch nicht den Namen.
Das hatte ich von all dem Schlafgewandel -
wußte gar nicht mehr, wo wir nun waren.
Ich setzt' mich auf ein Sofa an der Wand,
während Trauer siegreich sich bewegt'
von einem Tisch zum andern. Viele folgten.
Ich hörte Wispern, Stimmen »Bravo!« rufen,
dann Krach, Gewirr und einen Höllenlärm.
Die andern Spieler sahen ihn als Helden.
Man lobte seinen Mut. Halbnackte Damen
ihm schenkten Blicke, meinend: »Trau mich rasch!«
Ein jüd'scher Makler, aufgelöst in Tränen,
fleht' aufzuhören, eh' sein Glück zu Ende.
Er spielt', bis das Geschäft man schloß zur Nacht.
Sie brauchten lange, ihm das Geld zu packen.
Derweil der arme Trauer ward umworben,
gepriesen und umschmeichelt, nicht jedoch
von mir. Ich hört' ein Hüsteln und die Worte:
»Madame, vergeben Sie die Störung, bitte?«
Zur Seite blickte - dingdong, Gott, hurra!
Die Essensglocke! Ich bin hungrig, darbend,
ausgemergelt, gierig, dürst' nach Borschtsch,
'ner Rote-Bete-Suppe. Insgeheim
jedoch möcht' ich hier enden mit 'nem Reim.

* * * * * * * * * * * * *

Ich werde nicht mehr wie Shakespeare schreiben. Es macht mich langsamer, besonders nun, da ich versuche, Wörter lang auszuschreiben wie die meisten Menschen. Wieder ein warmer Tag in Odessa. Der Himmel ist eine hohe Fläche aus völlig glatten, hellgrauen Wolken, die nicht einmal den Horizont verbirgt. Ich sitze, mein kleines Schreibetui geöffnet auf den Knien, auf der höchsten Stufe einer gigantischen Treppe, die zum Hafen hinunterführt. Sie ist so breit, daß eine Armee darauf hinabmarschieren könnte, aber sonst gleicht sie der Treppe hinunter zum West End Park nicht weit von unserem Haus, Gott. Auch hier promenieren alle möglichen Menschen, aber wenn ich auf den Glasgower Stufen säße und einen Brief schriebe, würden mich viele voller Ärger oder Erstaunen betrachten, und wenn ich elend gekleidet wäre, würde die Polizei mich davontreiben. Die Russen ignorieren mich ganz und gar oder lächeln freundlich. Von all den Nationen, die ich besucht habe, gefallen mir die USA und Rußland am besten. Die Menschen scheinen eher bereit zu sein, sich ohne Formalität oder Mißbilligung mit Fremden zu unterhalten. Ob es daran liegt, daß sie, wie ich, nur eine sehr kurze Vergangenheit haben? Der Mann, mit dem ich mich im Wettgeschäft anfreundete und der mit mir über Roulett und Freiheit und die Seele sprach, ist Russe. Er sagte, Rußland sei ein so junges Land wie die USA, denn eine Nation könne nicht älter sein als ihre Literatur.

»Unsere Literatur begann mit Puschkin, einem Zeitgenossen Ihres Walter Scott«, erklärte er. »Vor Puschkin war Rußland keine wahre Nation, sondern ein Verwaltungsgebiet. Unsere Aristokratie sprach Französisch, unsere Bürokratie kam aus Preußen, und die einzigen wirklichen Russen - die Bauern - wurden von den Herrschern und der Bürokratie gleichermaßen verachtet. Dann lernte Puschkin die Volksmärchen von seinem Kindermädchen, einer einfachen Frau. Seine Romane und Gedichte sorgten dafür, daß wir Stolz auf unsere Sprache empfanden und uns unserer tragischen Vergangenheit, unserer seltsamen Gegenwart und unserer rätselhaften Zukunft bewußt wurden. Er ließ Rußland zu einem Geisteszustand werden,

und es wurde real. Seitdem haben wir Gogol gehabt, der so groß war wie Ihr Dickens, und Turgenjew, der größer als Ihre George Eliot, und Tolstoi, der so groß ist wie Ihr Shakespeare. Aber Sie hatten Shakespeare Jahrhunderte vor Walter Scott.«

Nicht seit Miss MacTavish in San Francisco vor meinen Umarmungen geflohen war, hatte ich gehört, daß so viele Schriftsteller in so wenigen Sätzen erwähnt wurden, und ich hatte keinen von ihnen gelesen! Damit er Bell Baxter nicht für eine völlige Ignorantin hielt, antwortete ich, Burns sei ein großer schottischer Dichter, der vor Scott gelebt habe, und Shakespeare und Dickens et cetera seien alle Engländer gewesen. Aber er konnte den Unterschied zwischen Schottland und England nicht begreifen, obwohl er auf anderen Gebieten so klug ist. Dann fuhr ich fort, daß die meisten Menschen Romane und Dichtung für einen müßigen Zeitvertreib hielten – nehme er sie nicht zu ernst?

»Menschen, die sich nichts aus den Geschichten und Liedern ihres Landes machen, haben keine Vergangenheit, kein Gedächtnis – das sind halbe Menschen.«

Stell Dir vor, wie ich mich nach diesen Worten fühlte! Aber vielleicht versuche ich wie Rußland, meinen Rückstand aufzuholen.

Das war der Fremde, der im Wettgeschäft mit mir sprach, während sich der Mob um Trauer drängte. Er war ein gepflegter kleiner Mann wie Bandel, aber (es ist schwer zu erklären) bescheidener als Bandel und gleichzeitig stolzer. Seine Kleidung zeigte mir, daß er arm, und sein Gesicht, daß er gescheit war. Er schien mir ein liebenswerter Mann zu sein, wenn vielleicht auch kein rascher Trauer, und ich war entzückt. Niemand außer Trauburn hatte nach dem Polizisten in Regents Park mit mir gesprochen. Ich sagte: »Na, Sie sehen interessant aus! Was haben Sie mir mitzuteilen?«

Seine Miene hellte sich auf, und er schien überrascht zu sein. »Sie sind doch bestimmt eine große Dame – die Tochter eines englischen Lords oder Barons?«

»Nein. Wie kommen Sie darauf?«

»Sie sprechen so, wie es große Damen in Rußland tun. Auch sie sagen sofort, ohne Rücksicht auf die Gepflogenheit, was sie empfinden. Da Sie von solcher Art sind, werde ich schnell reden, ohne mich vorzustellen. Sie brauchen nur zu wissen, daß ich ein unverbesserlicher Spieler bin - eine ganz überflüssige Person, die Ihnen Rat geben möchte. Mein Rat wird mich nichts kosten, aber er könnte Sie vor einem schrecklichen Verlust bewahren.«

Das war aufregend. Ich ermunterte ihn: »Nur weiter.«

»Der Engländer, der solchen Erfolg hat, ist er Ihr ...?« Er suchte an den Fingern meiner linken Hand nach einem Trauring. Ich sagte: »Er und ich sind getraut.«

Damit täuschte ich ihn ein wenig, denn die meisten Menschen halten Trauung und Hochzeit für das gleiche, aber es war leichter als eine komplizierte Erklärung. Er fragte: »Und Ihr Mann hat nie zuvor Roulett gespielt?«

»Nicht Roulett.«

»Deshalb also spielte er so systematisch. Sein System war das offensichtlichste der Welt - alle denkenden Spieler entdecken es im Laufe ihres ersten Spieles und geben es vor dem Ende auf. Aber heute abend hatte Ihr Mann das größte Glück der Welt - oder das schlimmste, je nachdem, welche Folgen es für ihn hat. Das Muster des Spieles stimmte durch reinen Zufall immer wieder mit seinem kindlichen System überein! Erstaunlich! So etwas geschieht ganz selten, aber wenn es geschieht, widerfährt es einem Anfänger, der (verzeihen Sie, dies könnte ich keiner konventionellen Engländerin sagen) sehr verliebt und daher selbstbewußter oder verzweifelter ist als üblich. Ja, Amor und Amortisation fallen ein einziges Mal im Leben zusammen, um uns zu schmeicheln. Mir stieß das gleiche zu. Zwar gewann ich ein Vermögen, aber ich verlor die Frau, die ich liebte, und dann natürlich auch das Vermögen, denn die Spielleidenschaft hatte mich gepackt. Sie machte mich zu dem, was ich bin: eine verlorene Seele, eine gescheiterte Existenz. Wenn Sie Ihren Mann nicht überreden können, dieses teuflische Städtchen morgen zu verlassen, wird er ins Kasino zurückkehren, alles verlieren, was

er gewonnen hat, und dann alles übrige bei dem Versuch verschleudern, es wiederzugewinnen. Die Einkünfte der Gemeinde hängen ausschließlich von den Kasinos ab, deshalb verfügen die Banken über die modernsten Methoden, Besitz sehr rasch mit Hilfe niederträchtiger Wechselkurse in Bargeld zu verwandeln. Ich habe gesehen, wie eine Großherzogin - eine Frau von achtzig Jahren, aber immer noch scharfsinnig und vernünftig -, ich habe gesehen, wie sie vom Anfängerglück verleitet wurde, fast alles bis auf das Leben ihrer Diener zu vergeuden, bevor sie wieder zu Verstand kam.«

Ich hätte den kleinen Fremden zum Dank für seine Klugheit und seine Absicht küssen mögen. Statt dessen konnte ich nur seufzen und erklären, daß mein armer Mann leider meinem Rat nicht folgen werde, denn er fühle sich schwach, wenn er es tue, und stark, wenn er mir zuwiderhandele. »Aber vielleicht hört er auf einen anderen Mann. Bitte, sagen Sie ihm, was Sie mir gerade erzählt haben. Da kommt er.«

Trauer, der bemerkt hatte, daß ich plötzlich mit einem Fremden sprach, löste sich aus der Menge und eilte auf uns zu; sein Haar stand wirr vom Kopf ab wie die Borsten einer abgenutzten Scheuerbürste. Sein Gesicht schien eher blau als weiß zu sein, und seine Augen waren blutunterlaufen. Neben ihm hastete ein Diener in der Livree des Wettgeschäfts dahin; er trug den Gewinn in einem Beutel.

»Duncan«, sagte ich. »Bitte, hör diesem Gentleman zu. Er hat dir etwas Wichtiges mitzuteilen.«

Trauer verschränkte die Arme, blieb sehr steif stehen und schaute auf meinen neuen Freund hinunter. Der Fremde hatte erst ein paar Sätze vorgebracht, als Trauburn ihn brüsk unterbrach: »Warum erzählen Sie mir das?«

»Wenn ich zwei Kinder, die nichts von Schnellzügen wissen, beim Picknick an einem Eisenbahngleis sehe, ist es nur natürlich, sie vor der Gefahr zu warnen«, erwiderte der Fremde. »Aber wenn Sie einen persönlicheren Grund hören wollen: Ein englischer Freund (Mr. Astley von Lovel & Co., einer berühmten Londoner Firma) hat mir einmal einen Gefallen getan, für den ich mich

nie revanchieren konnte. Da ich den Engländern etwas schulde, möchte ich ihnen durch Sie einen kleinen Teil zurückzahlen.«

»Ich bin Schotte«, sagte Trauburn und warf mir einen Blick zu. Seine Augen hatten etwas Flehendes.

»Das braucht mich nicht abzuschrecken«, gab mein neuer Freund zurück. »Mr. Astley ist ein Cousin von Lord Pibroch.«

»Wir müssen gehen, Bell«, sagte Trauburn tonlos, und ich erkannte, daß er die Arme so fest verschränkt hatte, um nicht zu zittern. Schlaflosigkeit und Erregung hatten ihn so erschöpft, daß er kaum etwas hören oder sehen konnte; seine ganze Kraft und Konzentration richteten sich nur darauf, auf den Beinen zu bleiben und seine Worte vernünftig klingen zu lassen. Statt ihn für seine Grobheit zu tadeln, schob ich den Arm in seinen, und er hielt sich an mir fest.

»Mein armer Mann braucht jetzt Ruhe, aber ich werde an Ihre Worte denken. Vielen Dank. Gute Nacht«, sagte ich.

Als wir uns, von dem Diener begleitet, der Tür näherten, sah ich, daß Trauburn schlafwandelte wie ich zuvor.

In der Eingangshalle kniff ich ihn, bis er erwachte, und fragte nach dem Namen unseres Hotels. Er kam zu sich und antwortete, er müsse zuerst die Toilette aufsuchen. Dann wankte er davon mit dem Diener, der seinen Gewinn trug, denn er wollte das Geld nicht aus den Augen lassen. Einen Moment später war mein neuer Freund wieder an meiner Seite. Er sprach so rasch und leise, daß ich ihm den Kopf zuneigen mußte.

»Ihr Mann scheint so aufgewühlt zu sein, daß er seinen Gewinn heute abend nicht mehr zählen wird. Nehmen und verwahren Sie soviel von dem Geld, wie Sie können, ohne daß er etwas merkt. Das ist kein Diebstahl. Wenn er von neuem spielt, wird es Ihnen die einzige Möglichkeit bieten, diese Stadt mit Würde zu verlassen.« Ich nickte, schüttelte ihm beide Hände und sagte, daß ich wünschte, ihm irgendwie helfen zu können. Sein Gesicht lief rosig an, er lächelte, antwortete: »Zu spät!«, verbeugte sich und ging hinaus.

Kurz darauf kam Trauer munterer wirkend zurück. Sein Gesicht hatte immer noch dieselbe scheußliche Farbe, aber nun gab es kein Zeichen von Zittern und Ermüdung mehr. Ich wußte, daß er eine seiner Antilethargiepillen genommen hatte und daß uns eine weitere Trauungsnacht bevorstand. Er griff gebieterisch nach meinem Arm, und ich dachte: »Wie lange kann der arme Kerl das noch durchhalten?«

An der Tür sagte ein sehr vornehm aussehender Mann in mühevollem Englisch: »Gute Nacht, mein Herr! Ihren Besuch wir werden morgen empfangen, ich hoffe mächtig?«

»Natürlich«, antwortete Trauer mit einem verbissenen Lächeln, »wenn Ihre Goldmine noch nicht erschöpft ist.«

»Nicht von mir, sondern von Ihren Mitspielern Sie haben gewonnen«, sagte der Mann liebenswürdig, und ich begriff, daß er der Geschäftsinhaber war.

Draußen stellte ich fest, daß das Geschäft, unser Hotel, eine Bank und der Bahnhof alle am selben Platz lagen. Wir brauchten also nicht weit zu gehen. Sobald wir unser Zimmer erreichten, riß Trauer dem Diener den Beutel aus der Hand, schlug ihm die Tür vor der Nase zu, ohne sich zu bedanken oder ihm ein Trinkgeld zu geben, rannte zu unserem Bett (einem riesigen mit einem Himmel) und leerte das Geld mit einer Art klingelndem Krachen - denn einige Umschläge waren geplatzt - darauf aus. Er schleuderte diese Umschläge zu Boden und begann, andere Kuverts aufzureißen und Münzen auszuschütten. Anscheinend war er besessen von der Idee, auf der seidenen Bettdecke eine große Goldpfütze anzulegen. Mir wurde klar, daß er, wie ein kleines Kind in einer Schlammpfütze, darin herumplätschern würde, bevor er das Geld zählte. Das konnte die ganze Nacht dauern. Ich mußte ihn irgendwie ablenken.

»An dieser Stelle werde ich zwei Seiten auslassen«, erklärte Baxter. »Sie werfen ein starkes Licht in jene Zone, in der sich Anatomie und Psychologie überschneiden, aber Ihre künftige Frau wird Ihnen solche Dinge eines Tages persönlich beibringen. Also weshalb sollen wir sie hier vorwegnehmen? In einer keuschen und präzisen Sprache schildert Bell, wie sie Trauburn für ein paar Stunden von seiner infantilen

Goldmanie fortlockte und ihm zu einem tiefen und natürlichen Schlummer auf einem Kaminvorleger aus Bärenfell verhalf. Sie berichtet, wie sie vierhundert Friedrichsdor von dem Haufen auf dem Bett entfernte und versteckte. Trauburn vermißte die Münzen nicht als er erwachte, den Rest zählte und ihn zu säuberlichen Stapeln aufschichtete. Dort werde ich fortfahren.«

»Heute abend wird dies verzehnfacht oder verhundertfacht sein«, sagte er mit einem frohlockenden Grinsen.

Ich entgegnete, er sei ein Narr.

»Bella!« rief er, »den ganzen letzten Abend hindurch warnten mich Leute, mit dem Spielen aufzuhören, bevor mir das Glück ausgehe. Ich spielte bis ans Ende und gewann, weil ich mich auf die VERNUNFT verließ, nicht auf das Glück. Wenigstens du solltest Vertrauen zu mir haben, denn in Gottes Augen bist du meine mir gesetzlich angetraute Frau!«

»Gott wird mir erlauben, dich zu verlassen, wann immer ich möchte«, sagte ich, »und ich werde nie wieder einen Fuß in das Wettgeschäft setzen. Ich wette, du wirst alles *verlieren, wenn du wieder hingehst -* alles.*«*

»Was wettest du?« fragte er mit einem seltsamen Blick.

Dann lächelte ich, denn ich hatte einen sehr klugen Einfall. »Gib mir fünfhundert von dem Geld. Wenn du reicher zurückkommst, werde ich dir die fünfhundert zurückgeben und dich heiraten. Wenn du das übrige verlierst, werden wir sie benötigen, um von hier abzureisen.«

Er küßte mich weinend und meinte, dies sei der glücklichste Moment seines Lebens, denn nun wisse er, daß er alles haben werde, was er sich je wünschen könne. Ich weinte aus Mitleid mit ihm - was sonst hätte ich tun können? Dann gab er mir die fünfhundert Friedrichsdor, wir frühstückten, und er brach auf. Ich bat das Hotelpersonal, mir das Mittagessen in meinem Zimmer zu servieren, kehrte dorthin zurück und legte mich schlafen.

Wie herrlich es ist, Gott, allein zu erwachen, allein zu baden und sich anzuziehen und allein zu essen. Wenn wir verheiratet sind, Bandel, müssen wir eine Zeit getrennt voneinander verbringen, damit wir nicht abstumpfen. Am Nachmittag ging ich in einem Park in der Mitte des Platzes spazieren. Ich hoffte, meinen neuen Freund zu sehen, und ich winkte mit einem Sonnenschirm, als ich ihn tatsächlich in der Ferne erblickte. Aus entgegengesetzten Richtungen näherten wir uns einer leeren Bank und nahmen darauf Platz. Er fragte diskret: »Haben Sie's getan?«

Ich nickte lächelnd. »Wie kommt mein Mann zurecht?«

»Oh, er hat früh angefangen und alles in einer Stunde verloren. Seine ungewöhnliche Gelassenheit verblüfft uns alle. Er ist seitdem zweimal auf der Bank und viermal im Telegraphenamt gewesen - wenn man den Gerüchten glauben darf. Großbritannien hat den bedeutendsten und emsigsten Finanzmarkt der Welt. Wir rechnen damit, daß er in ein oder zwei Stunden zurückkehrt und noch einmal die gleiche Summe - oder mehr - verliert.«

»Lassen Sie uns von angenehmeren Dingen sprechen«, sagte ich. »Kennen Sie welche?«

»Tja«, antwortete er mit einem wehmütigen Lächeln, »wir könnten uns über die glänzende Zukunft des Menschengeschlechts in einem Jahrhundert unterhalten, wenn Wissenschaft, Handel und brüderliche Demokratie dafür gesorgt haben werden, daß Krankheit, Krieg und Armut beseitigt sind, und wenn jeder in einem hygienischen Wohnblock - mit einer kostenlosen Klinik, betrieben von einem guten deutschen Zahnarzt, im Untergeschoß - leben wird. Aber ich würde mir in einer solchen Zukunft verloren vorkommen. Wenn Gott meine Wünsche berücksichtigt hat (und er mag es getan haben), würde er mich zu einem in Ungnade gefallenen utschitel *- einem arbeitslosen Bediensteten - machen, einem Liebhaber Rußlands, der es vorzieht, in einem deutschen öffentlichen Park mit einer tapferen Schottin zu plaudern, statt für die Erneuerung seines Heimatlandes zu kämpfen. Das ist vermutlich nicht viel, aber mir genügt es, und es ist besser, als eine Wanze zu sein. Aber auch Wanzen haben bestimmt eine einzigartige Weltsicht.«*

Also sprachen wir über das, was sich die Menschen am meisten wünschen, und über die Freiheit, die Seele, die russische Literatur, darüber, daß er die Polen haßte, weil sie erwarteten, wie Gentlemen behandelt zu werden, obwohl sie ärmer seien als er, und darüber, daß er die Franzosen haßte, weil sie nur über äußere Formen, nicht aber über Substanz verfügten und mit den Polen sympathisierten, und darüber, daß er die Engländer wegen Mr. Astley mochte, und darüber, daß er den Kindern eines reichen Generals Privatunterricht als utschitel *erteilt habe, und über die traurigen Abenteuer, die ihn zu einem Glücksspieler gemacht hätten. Er war so freimütig und offen, daß ich ihm ein wenig von meinen Problemen mit Trauer erzählte. Nach einiger Überlegung sagte er, es sei am besten, mit Trauer eine Mittelmeerkreuzfahrt anzutreten, bis er gesund genug für die Rückreise sei. Das Schiff dürfte kein Passagierdampfer sein, sondern wir benötigten einen Frachter, der auch Passagiere befördere.*

»Auf einem solchen Schiff wird es wenig Gelegenheiten zum Glücksspiel geben«, fuhr mein Gesprächspartner fort, »und kaum gesellschaftliche Anregungen. Wenn er soviel Ruhe braucht, wie Sie sagen, könnte ein russisches Schiff geeigneter sein als ein englisches oder ... schottisches, denn dort werden die anderen Passagiere weniger Neugier an den Tag legen und nicht soviel Anlaß zum Klatschen haben.«

Zum Dank für diesen guten Rat gab ich ihm einen Abschiedskuß. Ich glaube, mein Kuß munterte ihn auf.

Den Rest werde ich schnell erzählen. Trauer kommt ohne einen roten Heller aus dem Hotel zurück, Shakespeares »Sein oder nicht sein« et cetera. Ich erkläre, die fünfhundert, um die er mit mir gewettet hat, reichten aus, um unsere Trauungsreise fortzusetzen, und ich würde sie ihm zurückgeben. Am nächsten Tag begleicht er die Hotelrechnung, wir gehen zum Bahnhof, er kauft Fahrkarten in die Schweiz. Da wir bis zur Ankunft des Zuges noch eine halbe Stunde Zeit haben, bringt er mich mit dem Gepäck in den Damenwartesaal und geht hinaus, um draußen eine Zigarre zu rauchen. Natürlich schleicht er sich sofort ins Wettgeschäft zu einem letzten raschen Versuch, mit dem er vielleicht alles zurückgewinnen könnte, verliert den Rest und rennt dann zu mir, wobei er tobt wie Hamlet vor Ophelias Sarg. Ich merke, daß ich ihn nur beruhigen kann, indem ich selbst ein wenig schauspielere oder »dick auftrage«, wie es im Theater heißt. Ich schreite mit erstarrtem Gesicht auf und ab und stöhne mit einer hohlen, monotonen Stimme: »Kein Geld? Ich werde uns Geld besorgen?«

»Wie? Wie?«

»Keine Fragen. Warte hier. Ich werde für zwei Stunden fort sein. Wir nehmen den späteren Zug.«

Ich gehe hinaus, suche mir ein gemütliches kleines Café und lasse mir vier köstliche Tassen Schokolade und acht Stücke Wiener Gebäck schmecken. Dann kehre ich mit tragischer Miene gerade rechtzeitig für den Zug auf den Bahnhof zurück. Unser Abteil ist überfüllt. Ich achte nicht auf seine leisen Konversationsversuche und schlafe mit offenen Augen. In den nächsten vier Tagen sage ich nichts außer: »Keine Fragen!«, sogar wenn er Auskunft darüber begehrt, wohin ich ihn bringe. Meine unheilvolle Miene und meine hohle Stimme lassen ihn heftige Qualen der Schuld empfinden, die den armen Kerl beschäftigen, wenn er nicht am ganzen Körper zittert und von heißem oder kaltem Schweiß bedeckt ist, denn er hat die letzte seiner Antilethargiepillen verbraucht und hat ein starkes Verlangen nach weiteren. Das wäre ein Verhängnis! Zum Glück ist er so krank, daß er nirgendwohin gehen kann, wenn ich ihn nicht am Arm führe. Er ist so sehr von mir abhängig, daß ich ihn stundenlang in einem Hotelzimmer zurücklassen kann, während ich Vorbereitungen treffe. Bei einer Reederei in Triest buche ich unsere Passage auf genau so einem Schiff, wie es der utschitel *empfahl. Ich kann den Namen des Schiffes nicht schreiben, denn das russische Alphabet ist für mich ein Buch mit sieben Siegeln, aber er klingt wie Kuh-tu-soff.*

Auf dem Weg zu den Docks, eine breite, doch öde Straße hinunter (es regnet), bleibt er plötzlich vor dem Tabakladen stehen und fragt in einem verzweifelten Tonfall, den ich nie zu-

vor gehört habe: »O Bella, sag mir die Wahrheit! Machen wir eine lange Reise mit einem Schiff?«

»Ja.«

»Bitte, Bella!« Er sinkt in der triefenden Gosse auf die Knie. »Bitte, gibt mir etwas Geld für Zigarren! Bitte! Ich habe überhaupt keine mehr.«

Mir wird klar, daß es an der Zeit ist, die tragische Maske fallenzulassen.

»Du armer, betrübter Trauer«, sage ich und helfe ihm freundlich auf die Beine, »du sollst all die Zigarren haben, die du möchtest. Ich kann sie mir leisten.«

»Bella«, flüstert er mit dem Gesicht dicht vor meinem, »ich weiß, woher du das Geld hast. Du hast dich dem dreckigen, kleinen russischen Spieler verkauft, der dich am Abend meines glorreichen Sieges verführen wollte.«

»Keine Fragen.«

»Ja, du hast es für mich getan. Warum? Ich bin ein stinkender Abfallberg, ein modernder Misthaufen, der Inbegriff der Scheiße. Du bist Venus, Magdalena, Minerva und Unsere Jungfrau alles in einem - wie kannst du es ertragen, mich zu berühren?«

Vier Minuten später, als er sich eine Zigarre zwischen die Beißer geklemmt hatte, sah er allerdings ganz fröhlich aus.

Nun weißt du also, wie die russische Handelsmarine uns nach Odessa gebracht hat. Wir verbringen hier drei Tage, während das Schiff Rote Bete lädt, von der es in dieser Gegend wimmelt. Trauer ist nicht mehr eifersüchtig. Es macht ihm nichts mehr aus, wenn ich allein an Land gehe, doch er bittet mich, so rasch wie möglich zu ihm zurückzukehren. Da ich diesen Brief endlich auf den laufenden Stand gebracht habe, werde ich es vielleicht heute tun.

* * * * * * * * * * * * *

* * * * * * * * *

* * * * *

*

15
VON ODESSA NACH ALEXANDRIA: DIE MISSIONARE

Früher dachte ich immer, dies sei eine sehr große Welt, aber gestern ließ mich etwas daran zweifeln. Es war wieder ein schöner Morgen.

Das Schiff lief am Mittag aus Odessa aus. Ich saß mit Trauer an dem einzigen Platz außerhalb unserer Kabine, den er nach gutem Zureden aufsucht: in einer Nische zwischen zwei Ventilatoren.

Er las eine französische Bibel, da alle anderen Bücher im Passagiersalon in russischer Sprache geschrieben sind. Glücklicherweise kann er Französisch, und die Bibel und er sind unzertrennlich. Manche Teile liest er immer wieder, starrt dann lange ins Leere, runzelt die Stirn und flüstert: »Ich verstehe.« Ich las Punch *oder* The London Charivari, *eine englische Zeitschrift über Kunst und Komödien. Die Bilder zeigen viele Arten von Menschen. Die häßlichsten und lächerlichsten sind Schotten, Iren, Ausländer, Arme, Diener, Reiche, die bis vor kurzem arm gewesen sind, kleine Männer, alte unverheiratete Frauen und Sozialisten. Die Sozialisten sind am häßlichsten, sehr schmutzig und behaart mit fliehendem Kinn, und sie scheinen ihre Zeit damit zu verbringen, daß sie an Straßenecken murrend auf andere Leute einreden.*

»Was sind Sozialisten, Duncan?« fragte ich.

»Narren, die glauben, daß die Welt verbessert werden sollte.«

»Warum? Stimmt etwas nicht mit ihr?«

»Was nicht mit ihr stimmt, sind die Sozialisten - und mein teuflisches Pech.«

»Du hast mir einmal gesagt, daß Pech eine feierliche Bezeichnung für Unwissen sei.«

»Quäle mich nicht, Bell.«

Das sagt er immer, wenn er will, daß ich den Mund halte. Ich beobachtete die Möwen, die an einem blauen Himmel voll großer, langsam dahinziehender Wolken kreisten. Ich sah den riesigen Hafen voller Schiffe mit hellen Flaggen und Schornsteinen, Masten und Segel. Dann betrachtete ich den sonnenerleuchteten Kai mit seinen Kränen, Ballen, emsigen muskulösen Werftarbeitern und uniformierten Offizieren. Ich fragte mich, wie das alles verbessert werden könne, aber es schien in Ordnung zu sein. Darauf studierte ich wieder den Punch *und überlegte, weshalb die gutgekleideten Engländer auf den Bildern - es sei denn, sie waren neureich - besser und weniger komisch als alle anderen aussahen. Laute Rufe und Hufgetrappel unterbrachen diese Gedanken. Drei galoppierende Pferde zogen eine seltsame, wankende Kutsche am Kai entlang und wurden am Ende unseres Reeps zum Stehen gebracht. Heraus kletterte einer der gutgekleideten, ansehnlichen Männer, die mir im* Punch *Kopfzerbrechen gemacht hatten. Während er, vorbei an den russischen Matrosen und Offizieren, an Bord kam, hätte ich fast laut aufgelacht - seine hagere, steife Gestalt, sein steifes Gesicht, sein glänzender Zylinder und sein eleganter Frack wirkten auf so komische Weise englisch.*

Bell Baxter lernt gern neue Menschen kennen. Trauer weigert sich, außerhalb seiner Kabine zu essen, deshalb band ich meinem armen Mann gestern abend eine saubere Serviette um den Hals, sorgte dafür, daß er sich bequem mit seinem Essenstablett hinsetzte, und machte mich in den Speisesalon auf. Ich bin eine bekannte Person auf diesem Schiff, und Passagiere, die Englisch sprechen, werden immer an meinen Tisch geschickt. Diesmal hatte ich nur zwei Gefährten. Beide waren in Odessa an Bord gekommen. Der eine war ein kräftiger, braungesichtiger amerikanischer Arzt namens Dr. Hooker, der andere war der offensichtliche Engländer - Mr. Astley! In meiner Aufregung fragte ich: »Arbeiten Sie für eine Londoner Firma, Lovel & Co?«

»Ich bin im Vorstand.«

»Sind Sie ein Cousin von Lord Pibroch?«

»Ja.«

»Wie wunderbar! Ich bin mit einem sehr engen Freund von Ihnen befreundet, einem liebenswürdigen kleinen russischen Glücksspieler, der sich auf sehr ärmliche Weise von einem deutschen Wettgeschäft zum anderen treiben läßt - er ist sogar im Gefängnis gewesen, aber wegen keiner sehr üblen Sache. Das Merkwürdige ist, ich kenne nicht einmal seinen Namen, aber er hält Sie für seinen besten Freund, weil Sie so gut zu ihm gewesen sind.«

Nach einer langen Pause sagte Mr. Astley schleppend: »Ich kann nicht behaupten, ein Freund der Person zu sein, die Sie beschreiben.«

Er griff nach seinem Suppenlöffel, und die verwirrte Bell Baxter tat das gleiche. Wir wären bei der Mahlzeit stumm geblieben, wenn mich Dr. Hooker nicht mit Geschichten über seine Missionarsarbeit in China aufgemuntert hätte. Kurz vor dem Ende des Essens meinte Dr. Astley, der nachdenklich seinen Kaffee umrührte: »Allerdings kenne ich den Mann, den Sie erwähnt haben. Meine Frau ist Russin, die Tochter eines russischen Generals. Ich habe einmal einem Diener im Haushalt ihres Vaters Beistand geleistet, er war so etwas wie ein männliches Kindermädchen und kümmerte sich um die jüngeren Sprößlinge. Das ist Jahre her.«

Ich erwiderte vorwurfsvoll: »Er ist eine sehr gute, kluge, freundliche Seele! Er hat mir sehr geholfen, ohne jeden Vorteil für sich selbst, und er hat Ihretwegen eine hohe Meinung von allen Engländern!«

»Ah.«

Ich hätte ihn nicht gehaßt, wenn er »Oh!« oder »Eh?« gesagt hätte, aber er machte »Ah«, als wisse er mehr als jeder andere auf der Welt, wisse soviel, daß sich jedes Wort erübrige. Der utschitel nannte ihn schüchtern, doch ich halte ihn für dumm und gefühllos. Ich war froh, als ich zu meinem warmen, warmen Trauer zurückeilte, der so angefeuert werden kann, daß er einer

Frau all die Hitze gibt, die sie sich wünscht. Aber mach dir keine Sorgen, Bandel. Deine Krawattennadel glänzt immer noch am Aufschlag von Bellas Reisemantel.

* * * * * * * * * * * * *

Dr. H. scheint sich bei meinem Anblick stets zu freuen, im Gegensatz zu Mr. Astley. Er ist nicht nur Doktor der Theologie, sondern auch der Medizin, deshalb bat ich ihn heute, einen Blick auf Trauer zu werfen, der sich immer noch wie ein kranker Mann benimmt, obwohl er nicht mehr bleich ist und nicht mehr zittert. Ich wartete während der Untersuchung vor der Kabine, doch nahe genug, um die freundliche, polternde Stimme von Dr. H. zu hören, unterbrochen von kurzen Antworten (nehme ich an) Trauers, der schließlich zu brüllen anfing. Als Dr. H. herauskam, erklärte er, Trauers Krankheit sei nicht körperlicher Art.

»Wir hatten eine Meinungsverschiedenheit über die Doktrin der Sühne«, teilte er mir mit, »und über die Unvermeidlichkeit der Hölle - er hält mich für zu liberal. Aber Religion ist nicht sein Hauptproblem. Er benutzt sie, um sich von einer sehr schmerzlichen, nicht lange zurückliegenden Erinnerung abzulenken, über die er nicht sprechen will. Wissen Sie, worum es sich handelt?«

Ich erzählte ihm, daß sich der arme Mann in einem deutschen Wettgeschäft lächerlich gemacht hatte.

»Wenn das alles ist«, sagte Dr. H., »dann lassen Sie ihn so lange schmollen, bis es ihm besser geht. Zeigen Sie ihm Zuneigung, aber verderben Sie Ihr eigenes liebliches Wesen nicht dadurch, daß Sie auf amüsanten gesellschaftlichen Umgang verzichten. Spielen Sie Dame? Nein? Erlauben Sie mir, es Ihnen beizubringen?«

Er ist ein großartiger Mann.

* * * * * * * * * * * * *

Lieber Gott, wir fahren wieder zwischen den Griechischen Inseln hindurch, wo der leidenschaftliche Byron liebte und sang, und ich bin sehr erleichtert, daß die Brüste der Mädchen hier keine Sklaven mehr stillen, und ich habe gerade ein prächtiges Frühstück beendet, bei dem sich Dr. H. und Mr. A. gewaltig stritten, und Mr. Astley hat angefangen! Wir waren erstaunt. In den beiden letzten Tagen hat er mit uns gegessen und nichts gesagt außer »Guten Morgen«, »Guten Tag« und »Guten Abend«, deshalb waren wir daran gewöhnt, miteinander zu plaudern, als existiere er nicht. Heute morgen schilderte mir mein amerikanischer Freund, daß es den Chinesen wegen ihres kleineren Schädels schwerfalle, Englisch zu lernen, als Mr. Astley fragte: »War es leicht für Sie, Chinesisch zu lernen, Dr. Hooker?«

»Sir«, sagte Dr. H. und drehte ihm den Kopf zu, »ich habe China nicht besucht, um die Sprache von Konfuzius und Laotse zu lernen. Fünfzehn Jahre lang diente ich einer Vereinigung amerikanischer Bibelgesellschaften, die mich - mit einiger Unterstützung durch unsere Handelskammer und die Regierung der Vereinigten Staaten - beschäftigte, um den Bewohnern von Peking die Sprache und den Glauben der christlichen Bibel beizubringen. Bei dieser Aufgabe fand ich den einfachen Jargon der ärmsten Kulis (Sie nennen es Pidgin-Englisch) nützlicher als die Komplikationen des Mandarin.«

Mr. Astley sagte leise: »Die Spanier, die Ihren Kontinent als erste kolonisierten, halten Latein für die Sprache des christlichen Glaubens und der Bibel.«

»Die Form der Religion, die ich predige und zu praktizieren versuche«, antwortete Dr. H., »wurde von Moses und Jesus gepredigt, lange bevor die römischen Kaiser sie übernahmen und sie mit dem überflüssigen Pomp irdischer Monarchien ausstatteten.«

»Ah.«

»Mr. Astley, Sir!« sagte Dr. H. streng, »durch eine einfache Frage und einen indirekten Kommentar haben Sie mir ein Glaubensbekenntnis entlockt. Lassen Sie mich Ihnen dieselbe Frage stellen. Haben Sie Jesus als Ihren persönlichen Erlöser in

Ihr Herz gerufen? Oder sind Sie Katholik? Oder unterstützen Sie die englische Staatskirche, deren Papst Königin Viktoria ist?«

»Wenn ich in England bin«, erwiderte Mr. Astley langsam, »unterstütze ich die anglikanische Kirche. Sie sorgt dafür, daß England stabil bleibt. Aus demselben Grund unterstütze ich die schottische Staatskirche in Schottland, den Hinduismus in Indien, den Islam in Ägypten. Das Britische Reich würde nicht ein Viertel der Erdkugel regieren, wenn wir die örtlichen Religionen bekämpften. Hätte unsere Regierung den Katholizismus zur offiziellen Religion Irlands gemacht, würde sie diese lästige Kolonie nun mühelos mit Hilfe der päpstlichen Priester kontrollieren, obwohl die Bewohner von Ulster natürlich ein eigenes Eckchen haben müßten.«

»Mr. Astley, Sie sind schlimmer als ein Atheist«, sagte Dr. H. gemessen. »Ein Atheist hat wenigstens eine überzeugte Einstellung zu dem, was er nicht glaubt. Sie aber glauben an nichts Bestimmtes oder Festgelegtes. Sie sind ein Opportunist - ein Ungläubiger.«

»Nicht ganz ungläubig«, murmelte Mr. Astley. »Ich bin Malthusianer - ich glaube an das Evangelium nach Malthus.«

»Ich dachte, Malthus sei ein Geistlicher der anglikanischen Kirche mit Schnapsideen über das Bevölkerungswachstum gewesen. Wollen Sie behaupten, daß er eine neue Religion gegründet hat?«

»Nein, einen neuen Glauben. Religionen haben mit Gemeinden, Predigern, Gebeten, Hymnen, speziellen Gebäuden oder Kodices oder Ritualen zu tun. Das gilt nicht für meine Form des Malthusianismus.«

»Ihre Form, Mr. Astley? Gibt es viele?«

»Ja. Alle Systeme beweisen ihre Vitalität durch Unterteilung: das Christentum zum Beispiel.«

»Touché!« lachte Dr. H. »Es ist ein Vergnügen, mit Ihnen die Klinge zu kreuzen. Und nun, Sir, erklären Sie Ihre Sekte des Malthusianismus. Bekehren Sie mich!«

»Machen Sie lieber so weiter wie bisher, Dr. Hooker. Mein Glaube hat den Armen, den Kranken, den Mißbrauchten und

den Todgeweihten keinen Trost zu bieten. Ich möchte keineswegs, daß meine Überzeugung um sich greift.«

»Ein Glaube ohne Hoffnung und Barmherzigkeit?« rief Dr. H. »Dann werfen Sie ihn von sich, Mr. Astley, denn er hat Ihnen anscheinend das Blut in den Adern gefrieren lassen! Weg damit. Binden Sie ein Gewicht an ihm fest und schleudern Sie ihn über Bord. Legen Sie sich einen Glauben zu, der das Herz erwärmt, Sie mit Ihren Mitmenschen verknüpft und uns allen den Weg in eine goldene Zukunft weist.«

»Ich verabscheue berauschende Getränke. Die bittere Wahrheit ist mir lieber.«

»Mr. Astley, Sie sind offenbar eine jener traurigen modernen Seelen, die die materielle Welt für eine brutale Maschine halten - eine Maschine, in der das mitfühlende Herz und der sehende Geist aller Ankömmlinge zerstört werden. Stellen Sie sich vor, beim Blut Christi, daß Sie unrecht haben könnten! Unser wunderbar vielfältiges Universum hätte nicht Hirne und Herzen wie unsere hervorbringen können, wenn der Schöpfer Aller Dinge sie nicht für diesen Planeten, den Planeten für sie und alles für Sich Selbst entworfen hätte!«

»Ihre Sicht der Welt - ein Ort, an dem Gott menschliches Gemüse für seinen eigenen Gebrauch anbaut - könnte einem Handelsgärtner vielleicht gefallen«, sagte Mr. Astley, »aber ich bin Geschäftsmann. Haben Sie einen Glauben, Mrs. Trauburn?«

»Hat das etwas mit Gott zu tun?« Ich freute mich, von ihm in das Gespräch mit einbezogen zu werden.

»Das hat es allerdings, Mrs. Trauburn«, rief Dr. H., »jedenfalls für die meisten Menschen, wenn auch nicht für Mr. Astley. Auch er ist ein Kind Gottes, obwohl er es nicht eingestehen will - aber Sie sind es in ganz besonderer Weise. Dafür bürgen der Glaube, die Hoffnung und Barmherzigkeit, die aus Ihren klaren Augen hervorleuchten. Bitte, sagen Sie uns, welche Auffassung Sie haben von Unserem Vater, der da ist im Himmel.«

Seit meinem Plausch mit dem utschitel *in dem deutschen Park hatte ich keine Gelegenheit gehabt, über die großen wichtigen gewöhnlichen seltsamen Dinge zu sprechen, denn für Trauer ist es eine Tortur, und nun wollten diese beiden klugen Männer, daß ich über ALLES redete! Die Worte sprudelten hervor.*

»Alles, was ich über Gott weiß, habe ich von meinem eigenen Gott - meinem Vormund Gotthard Baxter - gelernt. Er sagt, Gott sei ein nützlicher Name für alles mögliche: für Ihren Zylinder und Ihre Träume, Mr. Astley, für Himmel Stiefel Schöne Ufer von Loch Lomond Borschtsch mich geschmolzene Lava Zeit Ideen Keuchhusten Taumel der ehelichen Freuden mein weißes Kaninchen Flopsy UND den Stall, in dem es lebt - alles, was in jedem Lexikon und Buch der Vergangenheit und Zukunft genannt wird, macht Gott aus. Aber der heil-heiligste Teil von Gott ist die Bewegung, da sie Dinge aufrührt, um neue zu schaffen. Die Bewegung läßt tote Hunde zu Maden und Gänseblümchen werden, Mehl Butter Zucker ein Ei und einen Löffel voll Milch zu Abernethy-Keksen, Spermatozoen und Eierstöcke zu fischähnlichen kleinen Pflanzen, die babywärts wachsen, wenn wir vergessen, sie aufzuhalten. Und Bewegung verursacht Schmerz, wenn harte Körper gegen lebendige oder lebendige aneinanderstoßen; damit wir nicht totgestoßen werden, bevor das Leben uns ermattet, haben wir Augen und Hirne hervorgebracht entwickelt entfaltet erworben erfunden ausreifen und wachsen lassen, die uns gestatten, Stöße wahrzunehmen und ihnen auszuweichen. Und wie prächtig das ganze göttliche Gewimmel funktioniert! Ich dachte vor drei Tagen daran, den Hafen von Odessa zu verbessern, aber ich wußte nicht, wo ich anfangen sollte. Mir ist klar, daß es früher schlechter um die Dinge stand. Ich habe Die letzten Tage von Pompeji *und* Onkel Toms Hütte *und* Wutheringshöhe *gelesen und weiß, daß die Geschichte voll von Widerwärtigkeit ist, aber die Geschichte gehört in die Vergangenheit, und heutzutage sind die Leute nicht mehr grausam zueinander, höchstens manchmal dumm, wenn sie in Wettgeschäfte geraten. Im* Punch *steht, daß nur faule Menschen arbeitslos seien, also muß es den Allerärmsten Spaß machen, arm zu sein. Außerdem können sie sich damit trösten, daß sie komisch sind. Natürlich weiß ich, daß es hin und wieder zu schlimmen Unglücksfällen kommt, aber das Leben geht*

weiter. Meine Eltern starben bei einem Zugunglück, doch ich kann mich nicht an sie erinnern, deshalb weine ich kaum. Außerdem müssen sie alt, also fast ermattet, gewesen sein. Ich soll irgendwo anders ein Baby verloren haben, aber ich weiß, das mein Töchterchen gut versorgt wird. Mein Vormund kümmert sich ohne Bezahlung um kranke Hunde und Katzen, also muß ein verlorenes kleines Mädchen bestimmt auch in Sicherheit sein. Von welcher bitteren Wahrheit haben Sie geredet, Mr. Astley?«

Während ich sprach, geschah etwas Seltsames. Beide Männer musterten mein Gesicht gespannt gespannter am gespanntesten, aber Mr. Astley neigte sich immer mehr zu mir, während Dr. H. sich immer weiter zurücklehnte. Doch als ich verstummte, antwortete Mr. Astley nicht, und Dr. H. fragte mit leiser Stimme: »Mein Kind, haben Sie nie Gottes Heilige Schrift gelesen?«

»Ich bin niemandes Kind!« erwiderte ich schroff, aber dann mußte ich natürlich die Sache mit der Amnesie erklären.

Danach sagte Dr. H.: »Aber ts, Mrs. Trauburn! Ihr Mann scheint doch ein frommer Christ zu sein. Hat er Ihnen keine religiöse Unterweisung erteilt?«

Ich erwiderte, daß ich dem armen Trauer, seit er sich der Bibel zugewandt habe, kaum ein Wort entlocken könne. Dr. H. blickte mich schweigend an, bis Mr. Astley mit einer eigenartigen Stimme sagte: »Dr. Hooker, planen Sie, Mrs. Trauburn in den Doktrinen der Erbsünde und der ewigen Bestrafung für weltliche Verfehlungen zu unterweisen?«

»Nein, Sir«, knurrte Dr. Hooker.

»Mrs. Trauburn«, fuhr Mr. Astley fort, »keiner von uns beiden hat Einwände gegen die Beschreibung des Universums durch Ihren Vormund. Die bittere Wahrheit, von der ich sprach, ist eine statistische Angelegenheit - ein Detail der Volkswirtschaft. Ich scherzte nur, als ich sie einen Glauben nannte - damit wollte ich Dr. Hooker ärgern. Ich bin ein phlegmatischer Bursche, und sein amerikanischer Überschwang irritierte mich. Aber wir hören beide sehr gern, daß Sie die Welt für gut und glücklich halten.«

»Schlagen Sie ein«, bat Dr. H. ruhig, streckte die Hand aus, und Mr. Astley schüttelte sie.

»Es gefällt mir, daß Sie, meine Herren, Freunde geworden sind«, sagte ich, »aber mir scheint, daß Sie sich verschworen haben, mir etwas zu verschweigen, und ich werde herausfinden, was es ist. Wollen wir einen Spaziergang auf dem Deck machen?«

Also bummelte ich mit ihnen übers Deck. Ein herrlicher Morgen. Nun werde ich in unserer Kabine mit meinem Trauer Mittag essen, und dann folgt ein Nachmittag der Schmuserei. Worüber Dr. H. und Mr. A. wohl heute beim Abendessen sprechen werden?

* * * * * * * * * * * * * *

»Was führte Sie nach Odessa, Astley?«

»Rüben, Dr. Hooker. Meine Firma raffiniert und verkauft Rohzucker, doch deutscher Rübenzucker könnte den Preis nach unten treiben, wenn wir nicht mit dem deutschen Erzeugnis in Wettbewerb treten. Aber britische Bauern weigern sich, Zuckerrüben anzubauen – sie bekommen mehr für andere Rübenarten. Um die Deutschen zu unterbieten, brauchen wir Zuckerrüben von Bauern, die für asiatische, nicht für europäische Löhne arbeiten, deshalb mein Besuch in Rußland. Wir benötigen auch einen Hafen, der an die internationalen Schiffahrtsrouten angeschlossen ist, daher mein Besuch in Odessa.«

»Der Britische Löwe stellt also Handelsverbindungen mit dem Russischen Bären her?«

»Das können wir noch nicht sagen, Dr. Hooker. Die Russen bieten uns Land und Arbeitskräfte an, um eine Zuckerraffinerie zu sehr guten Bedingungen zu errichten, aber der Boden und das Klima sind vielleicht nicht die besten für Zuckerrüben. Was führte Sie nach Odessa? Plant Ihre Vereinigung von Bibelgesellschaften, die Anhänger der russisch-orthodoxen Kirche zu bekehren?«

»Nein. Eigentlich habe ich mich aus der Missionarsarbeit

zurückgezogen. Ich kam vor fünfzehn Jahren über die direkte Pazifikroute nach China, und nun kehre ich auf der angenehmsten und längsten Route, die ich finden konnte, ins Land der Freiheit zurück.«

»Siam, Indien, Afghanistan?«

»Nicht ganz.«

»Der Weg über die Äußere Mongolei und Turkestan oder über Sibirien ist auch nicht gerade eine Vergnügungsreise, Dr. Hooker. Sie müssen für einen großen Teil der Fahrt eine bewaffnete Eskorte benötigt haben. Hat die Regierung der Vereinigten Staaten oder die amerikanische Handelskammer die Kosten getragen?«

»Sie sind ein tiefsinniger und gefährlicher Mann, Astley!« sagte Dr. Hooker mit einem Kichern. »Ich würde mich lieber mit zehn gerissenen orientalischen Kriegsherren auseinandersetzen als mit einem einzigen Engländer Ihrer Machart. Ja, ein paar weitsichtige amerikanische Bürger haben mich gebeten, über einige Aspekte Zentralasiens - schließlich ist es der größte Pfuhl des unbekehrten Heidentums auf der Welt - Bericht zu erstatten. Können Sie uns das verübeln? Großbritannien hat den Rest des Planeten für sich aufgeteilt. Vor weniger als zwei Jahren haben Sie sich Ägypten von den Franzosen - und von den Ägyptern - geschnappt.«

»Wir brauchten ihren Kanal. Und wir haben sie dafür bezahlt.«

»Außerdem haben Sie Alexandria, unseren nächsten Anlaufhafen, mit Granaten beschossen.«

»Sie rüsteten die Stadt gegen uns auf, und wir brauchten ihren Kanal.«

»Und nun kämpfen britische Regimenter gegen die Derwische im Sudan.«

»Wir können Religionen nicht dulden, die die Eingeborenen zur Autonomie aufstacheln. Das würde den Handel und unseren zügigen Betrieb des Kanals stören.«

Bell Baxter mischte sich ein. »Was sind Eingeborene, Mr. Astley?«

Ich hatte in der Hoffnung geschwiegen, einiges zu lernen, aber »unterbieten«, »Bericht über Aspekte«, »unbekehrtes Heiden-

tum«, »den Planeten für sich aufgeteilt«, »schnappten sich Ägypten«, »Selbstregierung«, »den Handel stören« schienen keinen Sinn zu haben. »Eingeborene« klangen jedoch wie Menschen.

»Eingeborene«, sagte Mr. Astley vorsichtig, »sind Menschen, die auf dem Boden leben, wo sie geboren wurden, und ihn nicht verlassen wollen. Nicht viele Engländer können als Eingeborene betrachtet werden, da wir eine romantische Vorliebe für den Boden anderer Menschen haben. Allerdings sind wir sehr loyal gegenüber unseren alten Schulen und Schulfreunden, unseren Regimentern und Unternehmen. Manche fühlen sich sogar loyal der Königin gegenüber, die eine sehr egoistische alte Dame ist.«

»Gibt es keine britischen Eingeborenen?«

»Vielleicht in Wales, Irland und Schottland. In England haben wir noch eine Schicht von Bauern, Landarbeitern, Gutsangestellten et cetera, aber die Grundbesitzer und Stadtbewohner halten sie für nützliche Tiere, wie Pferde und Hunde.«

»Aber warum kämpfen britische Soldaten gegen ägyptische Eingeborene? Das ist mir unverständlich.«

»Ich bin froh, daß es Ihnen unverständlich ist, Mrs. Trauburn. Politik, wie das Füllen und Leeren von Jauchengruben, ist schmutzige Arbeit, und Frauen sollten davor geschützt werden. Lassen Sie uns von saubereren Dingen sprechen, Dr. Hooker.«

»Gemach, Astley!« sagte Dr. Hooker streng. »In den Staaten haben wir eine hohe Meinung, was Intelligenz und Ausbildung des schöneren Geschlechts angeht. Mit ein paar Worten kann ich Mrs. Trauburn den ganzen politischen Zustand des Planeten Erde erklären, und zwar ohne ihre weiblichen und Ihre patriotischen Instinkte auch nur einen Moment lang zu verletzen. Darf ich fortfahren?«

»Wenn Mrs. Trauburn Interesse hat und mir gestattet, eine Zigarre zu meinem Kaffee zu rauchen, dann bin ich auch interessiert.«

Natürlich sagte ich »ja« zu beiden. Dann bot Mr. A. sein Zigarrenetui Dr. H. an, der ihm dankte, eine Zigarre wählte, daran roch, sie für ausgezeichnet befand, das Ende abbiß, sie anzündete und sie danach völlig vergaß, weil seine Rede so faszinierend war.

»Heute morgen beim Frühstück sprach Mrs. Trauburn davon, wieviel besser die Welt sei als in der schlechten alten Zeit. Sie hatte recht, und warum? Weil die angelsächsische Rasse, der sie und ich und Mr. Astley angehören, begonnen hat, die Welt zu kontrollieren, und wir sind das klügste und gütigste und abenteuerlichste und wahrhaft christlichste und freieste und demokratischste Volk, das je existiert hat. Wir sollten nicht stolz auf unsere überlegenen Tugenden sein. Gott hat uns mit größeren Gehirnen als alle anderen ausgestattet, deshalb fällt es uns leichter, unsere bösen animalischen Instinkte zu beherrschen. Das bedeutet, daß wir, verglichen mit den Chinesen, Hindus, Negern und amerikanischen Indianern - ja, sogar verglichen mit den Romanen und Semiten -, wie Lehrer auf einem Spielplatz voller Kinder sind, die nicht wissen wollen, daß die Schule existiert. Weshalb ist es unsere Pflicht, sie zu unterrichten? Ich werde es Ihnen sagen.

Wenn Kinder oder kindliche Personen sich selbst überlassen werden, überwältigen die stärksten alle anderen und gehen rücksichtslos mit ihnen um. In China ist gerichtliche Folter ein Straßenvergnügen, Hindu-Witwen werden lebendig neben den Leichen ihrer Ehemänner verbrannt. Schwarze Menschen essen einander. Araber und Juden stellen unaussprechliche Dinge mit den Geschlechtsteilen ihrer Kinder an. Die gesprächigen Franzosen haben eine Vorliebe für blutige Revolutionen, die sorglosen Italiener schließen sich mörderischen Geheimgesellschaften an, und wir alle wissen von der Spanischen Inquisition. Sogar die Deutschen, die uns in rassischer Hinsicht am nächsten sind, haben eine Neigung zu brutaler Orchestermusik und Säbelduellen. Gott hat die angelsächsische Rasse geschaffen, um all dem Einhalt zu gebieten, und das werden wir tun.

Aber wir können die Menschheit nicht plötzlich überall verbessern. Den tyrannischen Herrschern der minderwertigen Rassen ist es verhaßt, von uns abgelöst zu werden, deshalb müssen wir ihnen Vernunft beibringen, indem wir sie zuerst verdreschen. Unsere Gewehre und Maschinengewehre und gepanzerten Kriegsschiffe und unsere überlegene Militärdisziplin garantieren, daß wir sie unweigerlich verdreschen, aber der Prozeß braucht Zeit. Von ihrer Zentrale auf der winzigen Insel Britannien aus haben die Angelsachsen mehr als ein Viertel des Planeten in wenig mehr als zwei Jahrhunderten erobert. Aber westlich des Atlantischen Ozeans beginnt eine andere, gewaltigere angelsächsische Nation, ihre Kraft zu fühlen und ihre Muskeln anzuspannen: die Vereinigten Staaten! Wer kann bezweifeln, daß die Vereinigten Staaten vor dem Ende des zwanzigsten Jahrhunderts den Rest des Planeten dominieren werden? Bezweifeln Sie es, Astley?«

»Was Sie vorhersagen, ist möglich«, gab Mr. A. bedächtig zurück, »wenn die Untertanenrassen nichts von uns lernen. Aber die Japaner scheinen tüchtige kleine Schüler zu sein, und die industrielle Leistungskraft Deutschlands hat die von Großbritannien fast überholt.«

»Kümmern Sie sich um die Preußen, und überlassen Sie uns die Japs, denn in unserer Schule können die Schüler nie Lehrer werden - ihre kleineren Schädel verhindern es. Ich gebe zu, daß das deutsche Cranium Ihrem und meinem gleichwertig ist, aber ihm fehlt es an Flexibilität. Worauf ich hinaus will, Mrs. Trauburn, ist folgendes: Ein weiteres Jahrhundert der Kämpfe wird verstreichen, bis die Welt endgültig zivilisiert ist, aber man sollte die Kämpfe nicht als Kriege betrachten. Wenn die Briten in Ägypten einmarschieren, wenn die Staaten nach Mexiko oder Kuba vordringen, dann überwachen und zivilisieren sie die Eingeborenen, ohne ihnen weh zu tun. Ja, die angelsächsischen Polizeikräfte mögen ein Jahrhundert brauchen, um die Welt von Tyrannen zu befreien, aber wir werden es schaffen. Im Jahre 2000 werden der chinesische Teetassenhersteller, der indische Perlentaucher, der persische Teppichweber, der jüdische Schneider, der italienische Opernsänger et cetera ihrer Beschäftigung in Frieden und Wohlstand nachgehen, denn das angelsächsische Gesetz wird den Armen endlich erlauben, das Reich Gottes zu empfangen.«

Eine lange Pause entstand, in der Dr. H. mich und Mr. Astley gespannt anschaute, hauptsächlich aber Mr. Astley, der schließlich »Ah« sagte.

Dr. H. fragte schroff: »Sir, haben Sie Einwände gegen meine Voraussage?«

»Nicht, wenn sie Mrs. Trauburn gefällt.«

Diese beiden klugen Männer musterten mich eindringlich. Mit einemmal wurde mir sehr warm, und ich sah meinen Händen an, daß ich errötete. Verlegen erwiderte ich: »Sie haben etwas gesagt, das mich überrascht, Dr. Hooker: Gescheiten Menschen falle es leichter, ihre bösen tierischen Instinkte zu beherrschen. Ich habe eine Menge Tiere gesehen und mit ihnen gespielt, und keines war je böse zu mir. Eine Hündin mit einem gebrochenen Lauf knurrte und schnappte, während ich das Bein schiente, aber nur weil ich ihr weh tat. Als sie sich besser fühlte, behandelte sie mich wie eine Gefährtin. Gibt es viele böse Tiere?«

»Es gibt KEINE bösen Tiere«, sagte Dr. Hooker freundlich, »und Sie haben recht, mich in diesem Punkt zu korrigieren. Lassen Sie es mich auf eine andere Weise erklären. Menschen besitzen zwei Wesensarten, eine höhere und eine niedrigere. Die höhere Wesensart liebt reine, schöne Dinge, die niedrigere liebt schmutzige, häßliche. Sie sind eine wohlerzogene junge Dame und haben deshalb keine niedrigen Impulse. Sie haben eine angelsächsische Ausbildung erhalten, die Ihrem Geschlecht und Ihrer Herkunft angemessen war, und die Sie vor dem entwürdigenden Schauspiel des menschlichen Drecks und Elends beschützt. Sie stammen aus Großbritannien, wo vorzügliche Polizeikräfte die Kriminellen, die Arbeitslosen und andere unheilbar schmutzige Kreaturen von Orten fernhalten, an denen die edleren Wesen, die angelsächsischen Wesen, wohnen. Wie ich höre, besteht die Unterschicht in Großbritannien vorwiegend aus Iren.«

Ich widersprach empört: »Ich bin eine erfahrene Frau, Dr. Hooker. Mein Vormund reiste mit mir um die ganze Welt, während ich mich von meinem Unfall erholte. Ich sah alle möglichen

Menschen, und manche trugen kaputte Stiefel und geflickte Mäntel und schäbige Unterwäsche, genau wie die armen Leute, über die wir im Punch lachen. Aber keiner war so gräßlich, wie Sie behaupten.«

»Sind Sie in China und Afrika gewesen?«

»In Teilen davon. Ich war in Kairo, in Ägypten.«

»Und haben Sie die Fellachen gesehen, die um Bakschisch winseln?«

»Wechseln Sie das Thema, Hooker!« empfahl Mr. Astley nachdrücklich, aber ich ließ es nicht zu.

Ich sagte: »Als Gott mit mir die Pyramiden besuchte, verließen wir das Hotel mitten in einer Menschenmenge. Einige Leute riefen so etwas wie ›Aaa-ii, aaa-ii‹ am Rande der Menge, aber ich konnte sie nicht sehen. Was bedeutet Bakschisch, Dr. Hooker? Damals habe ich mich nicht danach erkundigt.«

»Wenn Sie morgen mit mir in Alexandria an Land gehen, werde ich Ihnen innerhalb von höchstens fünfzehn Minuten zeigen, was es bedeutet. Der Anblick wird schockierend, aber lehrreich für Sie sein. Danach werden Sie drei Dinge begreifen: die angeborene Verderbtheit des unerlösten menschlichen Tieres; weshalb Christus für unsere Sünden starb; weshalb Gott die angelsächsische Rasse ausgeschickt hat, um den Globus mit Feuer und Schwert zu säubern.«

»Sie haben Ihr Wort gebrochen, Hooker«, sagte Mr. Astley abweisend. »Sie haben unsere Abmachung nicht eingehalten.«

»Es tut mir leid, aber ich bin froh darüber, Astley!« rief Dr. H. (und ich hatte keinen Mann in solcher Aufregung gesehen, seit Bandel mir seinen Heiratsantrag machte und seit Trauer beim Roulett gewann). »Mrs. Trauburns Redeweise zeigt, daß sie die schlimmsten Folgen ihres Zugunglücks überwunden hat. Zwar ist sie noch nicht wieder im Besitz ihrer frühesten Erinnerungen, doch ihre Redeweise läßt einen Geist erkennen, der so klar und logisch ist wie Ihrer und meiner. Aber wenn wir ihr nicht die Informationen liefern, die sie begehrt, wird es der Geist eines frühreifen Kindes bleiben. Ihr Engländer zieht es vielleicht vor, eure Frauen in diesem Zustand zu lassen, aber *im amerikanischen Westen wollen wir, daß unsere Frauen ebenbürtige Partnerinnen sind. Nehmen Sie meine Einladung an, Ihnen die miesere Seite von Alexandria zu zeigen, Mrs. Trauburn? Vielleicht könnten Sie Ihren Mann überreden mitzukommen.«*

»Einverstanden, ob mein armer Mann mitkommt oder nicht.« Ich war schrecklich aufgeregt.

»Und Sie auch, Astley«, sagte Dr. H. »Geben wir unserer schönen Gefährtin eine anglo-amerikanische Eskorte.«

Mr. A. blies nachdenklich einen Rauchschwall aus und zuckte die Achseln. »In Ordnung.«

Danach verließ ich sofort den Tisch. Ich brauchte Ruhe, um über all die neuen, seltsamen Dinge nachzudenken, die ich gehört hatte. Vielleicht ist mein geborstener Kopf schuld, aber ich fühle mich weniger glücklich, seit Dr. H. erklärt hat, daß die Angelsachsen bereitstünden, alle Leiden der Welt zu heilen – mit Feuer und Schwert. Früher dachte ich, alle, denen ich begegnete, gehörten zu derselben freundlichen Familie, auch wenn sich ein Gekränkter mal benahm wie unsere bissige Hündin. Warum hast Du mir nicht Politik beigebracht, Gott?

* * * * * * * * * * * * *

An dieser Stelle geriet Baxter ins Stocken, verstummte, und ich sah, daß er sich bemühte, eine sehr heftige Gemütsbewegung zu unterdrücken.

»Lesen Sie selbst die nächsten sechs Seiten«, sagte er plötzlich und reichte mir den Brief. Ich gebe diese Blätter auf den folgenden Seiten so wieder, wie ich sie erhielt: ☛

Sie sind mit Hilfe eines fotomechanischen Verfahrens gedruckt worden, das die Tränenflecke exakt nachbildet, jedoch nicht die Kraft von Federstrichen zeigt, die häufig Löcher in das Papier rissen.

»Ein katastrophaler Rückfall in eine frühere Phase mit einer raschen Besserung am Ende«, sagte ich. »Was bedeutet das

Gekritzel, Baxter? Hier - nehmen Sie die Blätter zurück. Nur Sie können es entziffern.«

Baxter seufzte und erwiderte mit fester, monotoner Stimme: »Da steht: ›Nein nein nein nein nein nein nein nein nein, hilf blindem Baby, armem kleinem Mädchen, hilf beiden, zertrampelt nein nein nein nein nein nein nein nein nein nein nein nein nein nein nein nein nein nein nein, nein wo meine Tochter, keine Hilfe für blinde Babys, arme kleine Mädchen. Ich bin froh, daß ich Mr. Astley gebissen habe.‹«

Dann legte Baxter den Brief nieder, zog ein Taschentuch hervor, faltete es zu einem Kissen (seine Taschentücher hatten ein Viertel der Größe eines Bettlakens) und vergrub sein Gesicht darin. Einen Moment lang fürchtete ich, daß er sich ersticken wolle, doch gedämpfte Eruptionen zeigten, daß er das Tuch zur Aufnahme von Drüsenentleerungen benutzte. Als er es entfernte, glänzten seine Augen besonders hell.

»Und dann?« fragte ich ungeduldig. »Was dann? Erklärt die nächste Eintragung alles?«

»Nein, aber nach und nach wird deutlich, was sich abspielte. Die übrigen Eintragungen wurden Wochen oder Monate nach ihrer Romanze mit Harry Astley zu Papier gebracht ...«

»ROMANZE!« schrie ich.

»Beruhigen Sie sich, McBandless. Für Bella war es ein platonisches Verhältnis. Es half ihrer geistigen Entwicklung, wie an der Schrift abzulesen ist, die plötzlich klein, regelmäßig und gerade wird; an ihrer Orthographie, die sich rasch an das Muster der Standardlexika anpaßt; an der Trennungslinie zwischen ihren Eintragungen, denn nun löst ein horizontaler Strich die spielerische Sternchenreihe ab. Aber ihre Entwicklung kommt am klarsten in der Reife ihrer Gedanken zum Ausdruck. Von nun an vermischen sich darin die geistigen Einsichten eines orientalischen Weisen mit der analytischen Schärfe von David Hume und Adam Smith. Hören Sie zu.«

hailen mit Feuher und
Schwend. Früer dachde ich,
alle denen ich begeknete
gehörtten zu der selben freundlichen
Famillie, auch wen sich ein
Gekrengter mal benam wie unsere
bisige Hündin. Warum hast du
mir nichd Politick baigebracht
Gott?

* * * * * * * *

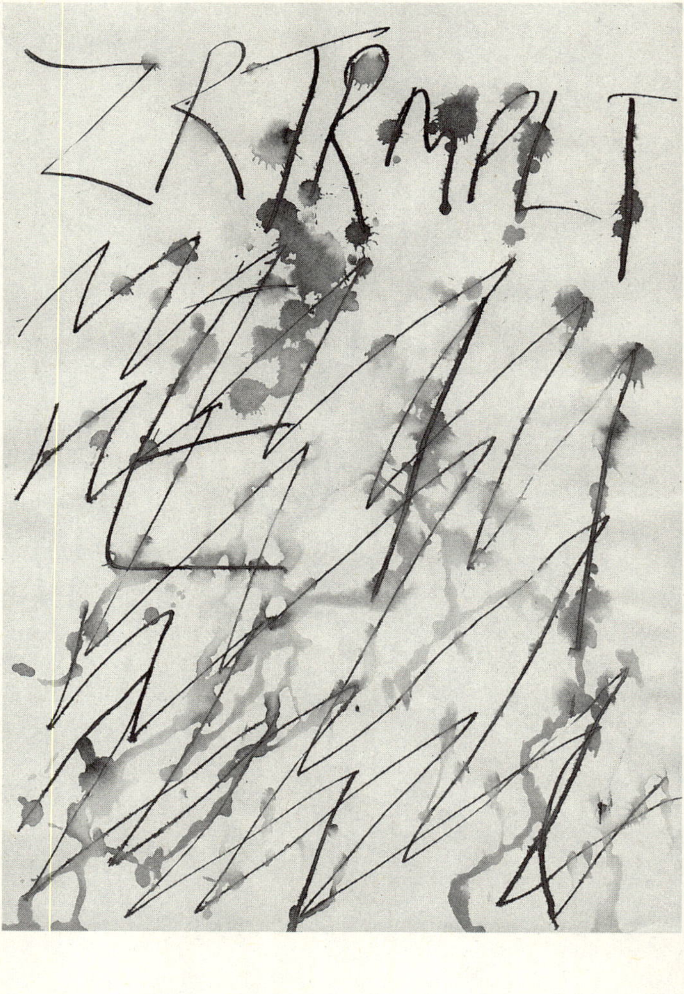

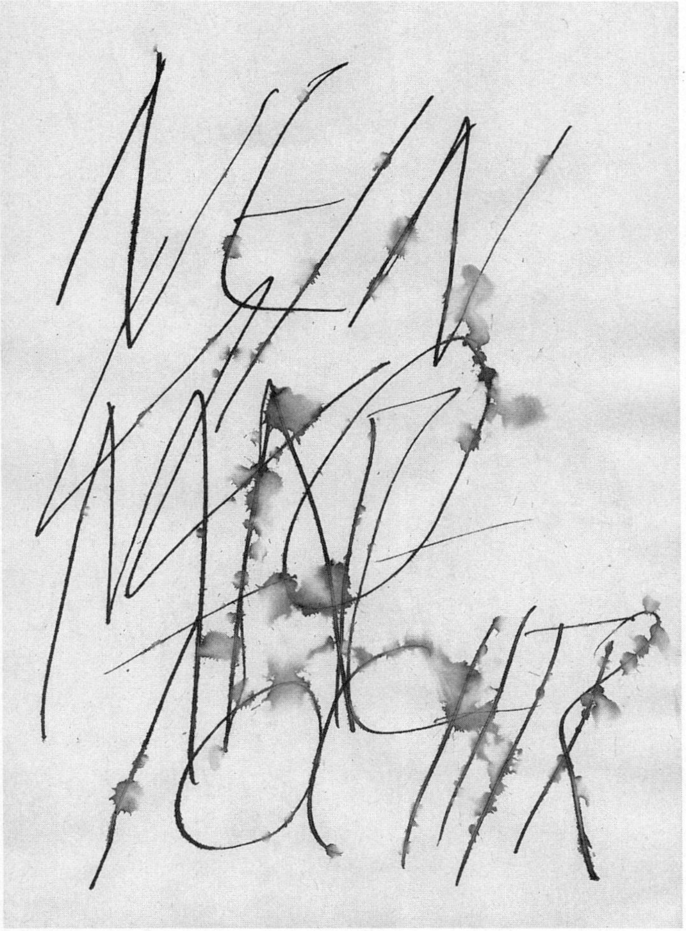

Ich bin froh
daß ich Mister
Astlay gebissen
habe

16

VON ALEXANDRIA NACH GIBRALTAR: ASTLEYS BITTERE WEISHEIT

Das Denken macht mich seit Wochen verrückt. Meine einzige Erleichterung ist der Streit mit Harry Astley. Er sagt, ich könne nur dann Frieden finden, wenn ich mich seiner bitteren Weisheit - und ihm - zuwende. Ich möchte beide nicht - oder höchstens als Feinde. Er meint, die Grausamkeit den Hilflosen gegenüber werde nie enden, weil die Gesunden davon leben, daß sie die Hilflosen niedertrampeln. Ich erwidere, wenn das wahr sei, dürften wir nicht so weiterleben. Er hat mir Bücher geliehen, die seiner Ansicht nach beweisen, daß ein solcher Wandel unmöglich ist. Malthus' Über die Bedingungen und Folgen der Volksvermehrung, *Darwins* Über die Entstehung der Arten *und Winwood Reades* Märtyrertum des Menschen. *Sie bereiten mir Kopfschmerzen. Als ich heute die Bandage an seiner Hand wechselte, teilte er mir mit, daß seine Frau vor einem Jahr gestorben sei. Dann fragte er: »Sie sind doch nicht legal mit Trauburn verheiratet?«*

»Wie schlau, daß Sie das erraten haben, Mr. Astley.«

»Bitte, nennen Sie mich Harry.«

Seine Hand ist fast ausgeheilt, doch der Daumen ist sehr steif. Meine Zähne haben eine kreisförmige Narbe an der Stelle hinterlassen, wo sie sich fast im Ballen trafen. Er sagte nachdenklich: »Dieses Zeichen wird mir immer erhalten bleiben.«

»Leider ja, Harry.«

»Darf ich das als einen Verlobungsring betrachten? Würden Sie mich heiraten?«

»Nein, Harry. Ich bin mit einem anderen verlobt.«

Er erkundigte sich nach meinem Verlobten, und ich erzählte ihm von Bandel. Als ich den neuen Verband angelegt hatte, sagte er, er kenne viele Frauen von Rang und Namen, darunter die Herzogin von Sutherland und Prinzessin Louise von Connaught, aber ich sei die reinste Aristokratin, die er je kennengelernt habe.

Dr. Hooker hat das Schiff in Marokko verlassen, ohne sich zu verabschieden oder sein Neues Testament zurückzuverlangen. Er hatte es mir geliehen, damit ich Frieden in Jesus finden könne, aber es gibt keinen. Jesus wurde von der umfassenden Grausamkeit und Kälte genauso verrückt gemacht wie ich. Auch ihm muß es mißfallen haben, als er entdeckte, daß er ganz allein die Menschen bessern sollte. Aber er hatte einen Vorteil mir gegenüber - er konnte Wunder wirken. Ich fragte Dr. Hooker, wie Jesus meine hungernde kleine Tochter mit dem blinden Baby behandelt hätte.

»Jesus machte die Blinden sehend«, sagte der arme Dr. Hooker mit unbehaglicher Miene.

»Was hätte Jesus für sie getan, wenn er NICHT fähig gewesen wäre, sie sehend zu machen? Wäre er vorübergegangen wie ein schlechter Samariter?«

Ich glaube, das war der Grund, weshalb er die Kuh-tu-soff heute nachmittag verlassen hat. Er möchte nicht leben wie Jesus, aber im Gegensatz zu Harry Astley wagt er nicht, es laut zu sagen.

Astley, Hooker, Trauer - alle sind unglücklich wegen einer einzigen verbeulten Bell. Trauer wurde der Schaden zugefügt, nachdem ich aus Alexandria zurückgekehrt war. Ich rannte in unsere Kabine und trau trau trau traute ihn, traute und traute und traute, bis er mich anflehte aufzuhören, denn er könne nicht mehr, aber er konnte es doch - es war das einzige, was mich daran hinderte, an meine Erlebnisse zu denken. Ich sorgte dafür, daß Trauungen ihn anwiderten und mich auch, und am Ende kehrten die Gedanken trotzdem zurück. Tagelang grübelte ich, ohne ein Wort zu sagen. Gestern abend brach mein alberner Mann in Tränen aus und bat mich, ihm zu verzeihen.

»Was denn?« fragte ich. Anscheinend glaubte er nicht, daß meine Tränen und mein Grübeln durch den Anblick der Bettler in Alexandria ausgelöst wurden - er meinte, daß ich schmollte, weil er mich in Deutschland zur Prostitution getrieben habe. Ich lachte laut und sagte, daß ich nichts dergleichen getan hätte; das Geld, das ich besorgt hätte, sei sein eigenes, in jener Nacht von mir sichergestellt, als er so viel gewonnen habe und eingeschlafen sei. Zuerst wollte er mir nicht glauben, dann starrte er lange finster vor sich hin und murmelte: »MEIN GELD! MEIN GELD!« Ich versuchte ihn aufzuheitern, indem ich wieder mit der Trauung anfing, doch er brüllte: »ICH WERDE NICHT DIENEN!« Danach legte er sich verkehrt herum hin, so daß seine Füße auf dem Kissen ruhten, und drehte mir den Rücken zu. Die ganze Nacht hindurch hörte ich das leise Flüstern: »Mein Geld. Mein Geld«, das vom unteren Ende der Koje kam.

Harry ist schlecht, weil es ihm Spaß macht, wenn Menschen grausam handeln und leiden; er will mich davon überzeugen, daß das Schlechte notwendig ist. Wenn ihm das gelingt, werde auch ich schlecht sein. Ich höre ihm zu, weil ich alles wissen muß, was er weiß. Er ist so ehrlich wie Gott und lehrt Tatsachen, die Gott nie gelehrt hat - all die Dinge, die ich ändern muß, deshalb sollte ich mir Notizen machen.

MÜSSIGE FRAUEN - »Napoleon meinte, Frauen seien zur Erholung des Kriegers da; in England werden Ehefrauen behandelt wie die öffentlichen Ornamente und die privaten Vergnügungsparks von reichen Großgrundbesitzern, Industriellen und Geschäftsherren. Die Freuden der Mutterschaft sind ihnen verwehrt, denn nach den Schmerzen der Geburt werden ihre

Nachkommen von Dienstboten gestreichelt und versorgt. Sie stehen angeblich über der animalischen Lust des Stillens - angeblich über dem Geschlechtsakt selbst -, doch gleichzeitig sind sie so sehr Parasiten, Gefangene und Spielzeug wie die Odalisken in einem türkischen Harem. Wenn eine intelligente Frau dieser Schicht keinen ungewöhnlich sensiblen Ehemann findet, kann ihr Leben so qualvoll sein wie das der Frauen, die jahrelang einen langsamen Erstickungstod sterben, während sie sich in den Webereien von Lancashire abmühen. Und deshalb sollten Sie mich heiraten, Bella. Sie werden dem Gesetz nach meine Sklavin sein, aber nicht in Wirklichkeit.«

ERZIEHUNG - »Sehr arme Kinder lernen von ihren Eltern zu betteln und zu lügen und zu stehlen - sonst würden sie schwerlich überleben. Wohlhabende Eltern erklären ihren Kindern, daß niemand lügen, stehlen oder töten solle, daß Müßiggang und Glücksspiel Laster seien. Dann schicken sie die Kinder auf Schulen, wo sie leiden müssen, wenn sie ihre Gedanken und Gefühle nicht verbergen, und wo man ihnen beibringt, Mörder und Diebe wie Achilles und Odysseus, Wilhelm den Eroberer und Heinrich VIII. zu bewundern. Dadurch werden sie auf das Leben in einem Land vorbereitet, wo reiche Leute die Gesetze nutzen, um die Armen ihrer Wohnungen und ihres Lebensunterhalts zu berauben, wo Kapitaleinkommen durch das Glücksspiel an der Börse vergrößert werden, wo diejenigen, die am meisten an Eigentum besitzen, am wenigsten arbeiten und sich amüsieren, indem sie auf die Jagd gehen, Pferderennen besuchen und ihr Land in die Schlacht führen. Sie finden die Welt entsetzlich, Bell, weil man Sie nicht durch eine ordentliche Erziehung verbogen und ihr angepaßt hat.«

ARTEN VON MENSCHEN - »Es gibt drei Arten von Menschen. Am glücklichsten sind die Unschuldigen, die alles und jeden für fundamental gut halten. Viele Kinder sind so, und Sie waren es, bis Hooker Sie (sehr gegen meinen Willen) eines Besseren belehrt hat. Die zweite und größte Art sind halbgare Optimisten:

Menschen, die durch einen geistigen Zaubertrick in der Lage sind, Hunger und Verstümmelung ohne Unbehagen zu betrachten. Sie glauben, daß die Elenden ihr Leid verdient haben oder daß ihre Nation diesen Jammer behebt - nicht verursacht - oder daß Gott, die Natur, die Geschichte eines Tages alles ins Lot bringen werden. Doktor Hooker gehört zu jener Sorte, und ich bin froh, daß seine Rhetorik Ihnen den Blick auf die Tatsachen nicht verstellt hat. Die dritte und seltenste Art weiß, daß das menschliche Leben eine im wesentlichen schmerzhafte Krankheit ist, die nur der Tod heilen kann. Wir haben die Kraft, bewußt unter denen zu leben, die von Blindheit geschlagen sind. Wir sind die Zyniker.«

»Es muß noch eine vierte Art geben«, sagte ich, »denn ich bin nicht mehr unschuldig, und ich hasse das, was Doktor Hooker denkt, genausosehr wie das, was Sie denken.«

»Weil Sie nach einem Weg suchen, der nicht existiert.«

»Ich werde lieber suchen, solange ich lebe, als eine kindische Närrin oder eine egoistische Optimistin oder eine genauso egoistische Zynikerin zu sein«, erwiderte ich, »und ich werde meinen Mann ebenfalls zu einem Suchenden machen.«

»Sie werden ein langweiliges Paar sein.«

GESCHICHTE - »Große Nationen werden durch erfolgreiche Raubüberfälle geschaffen, und da die Geschichte zumeist von Freunden der Eroberer geschrieben wird, vermittelt sie gewöhnlich den Eindruck, daß die Beraubten durch ihren Verlust besser geworden seien und dankbar dafür sein sollten. Raubüberfälle spielen sich auch innerhalb von Ländern ab. König Heinrich VIII. raubte die englischen Klöster aus, die einzigen Institutionen jener Tage, die den Armen Krankenhäuser, Schulen und Unterkunft boten. Englische Historiker sind sich darin einig, daß König Heinrich habgierig, übereilt und brutal gehandelt, aber trotzdem eine Menge Gutes bewirkt habe. Sie gehören zu einer Schicht, die durch den Kirchenbesitz reicher wurde.«

DIE VORZÜGE DES KRIEGES - »Napoleon verschaffte Britannien die Vorteile einer Industrienation. Um überall in Europa gegen ihn kämpfen zu können, führte die Regierung höhere Steuern ein, die hauptsächlich die Armen niederdrückten, und verwendete eines großen Teil des Geldes darauf, einen ständigen Vorrat an Uniformen, Stiefeln, Waffen und Schiffen zu kaufen. Alle möglichen Fabriken wurden gebaut. Viele gesunde Männer waren mit der Armee im Ausland, doch neue Maschinen machten es möglich, Fabriken mit Hilfe der billigen Arbeit von Frauen und Kindern zu betreiben. Dadurch erhöhten sich die Profite so sehr, daß wir in Züge, Panzerschiffe und ein großes neues Imperium investieren konnten. Wir haben Boney eine Menge zu verdanken.«

ARBEITSLOSIGKEIT - »Als der Napoleonische Krieg endete, waren so viele Menschen arbeitslos und hungrig, daß ein Parlamentsausschuß zusammentrat, um das Problem zu diskutieren - die Regierung fürchtete eine Revolution. Ein sozialistischer Fabrikbesitzer namens Robert Owen schlug vor, jede Firma oder jedes Unternehmen, deren Gewinnspanne fünf Prozent überstieg, solle den zusätzlichen Betrag für die bessere Ernährung, Behausung und Ausbildung der Beschäftigten ausgeben statt für die Unterbietung der Konkurrenz. Die Malthusianer bewiesen jedoch, daß die Armen sich um so stärker vermehren, je besser man sie ernährt. Armut, Hunger und Krankheit mögen manche Menschen dazu treiben, Brot aus Bäckereien zu stehlen und von Revolutionen zu träumen, aber durch solche Umstände werden Revolutionen weniger wahrscheinlich, da sie die hoffnungslos Armen schwächen und ihre Zahl durch Kindersterblichkeit niedrig halten. Was schaudern Sie, Bell. Britannien benötigte - und bekam! - Kasernen neben jeder Industriestadt, eine starke Polizeitruppe, riesige neue Gefängnisse; dazu Armenhäuser, in denen die Kinder von ihren Eltern und Ehemänner von ihren Frauen getrennt werden - Stätten, die so vorsätzlich grauenhaft sind, daß Menschen mit einem Funken Selbstachtung lieber ihre letzten Pennies für billigen Gin ausgeben und in Straßengräben durch Erfrieren sterben, als diese Häuser zu betreten. So haben wir die reichste Industrienation der Welt organisiert, und sie funktioniert sehr gut.«

FREIHEIT - *»Ich bin sicher, daß es kein Wort für Freiheit gab, bevor die Sklaverei erfunden wurde. Die alten Griechen hatten alle möglichen Regierungen - Monarchien, Aristokratien, Plutokratien, Demokratien - und stritten sich heftig darüber, welches System den Menschen am meisten Freiheit bietet, aber sie alle hielten Sklaven. Genau wie die antike Römische Republik. Genau wie die wackeren Junker, die die USA gründeten. Ja, die einzig sichere Definition von Freiheit ist Nichtsklaverei. Vielleicht haben Sie das populäre Lied gehört:*

Rule, Britannia! Britannia rule the waves!
Britons never never never will be slaves!

In den Tagen der Guten Königin Elizabeth waren die Engländer so angeekelt von der Brutalität, mit der die Spanier die amerikanischen Indianer versklavten, daß wir ihre Schatzschiffe plünderten, ob wir im Krieg mit ihnen lagen oder nicht. Im Jahre 1562 begann Sir John Hawkyns (der zum Zahlmeister der Marine und zum Helden der Armada-Schlacht wurde) den britischen Sklavenhandel, indem er den Portugiesen in Afrika schwarze Sklaven stahl und sie an die Spanier in der Neuen Welt verkaufte. Das Parlament erklärte diesen Handel im Jahre 1811 zu einem Verbrechen.«

»Gut!« sagte ich, *»und nun haben die Amerikaner ihn ebenfalls abgeschafft.«*

»Ja. Er machte sich nur für ihre südlichen Farmer bezahlt. Für die moderne Industrie ist es billiger, Arbeitskräfte für Tage oder Wochen anzuheuern - wenn sie nicht benötigt werden, haben sie die Freiheit, ihre Herren um Arbeit anzubetteln. Wenn viele freie Menschen um Arbeit betteln, haben ihre Herren die Freiheit, die Löhne zu senken.

FREIHANDEL - *»Ja, unser Parlament definiert Freiheit als unser Vermögen, überall mit Hilfe unserer Armee und unserer*

Marine so billig wie möglich einzukaufen und so teuer wie möglich zu verkaufen. Dies ermöglicht uns, Länder durch Hungersnöte so glatt aufzuteilen, wie ein Tischler Holz mit einer Säge durchtrennt. Hören Sie genau zu, Bell.

Indische Weber stellten früher den besten Baumwollstoff und den besten Musselin der Welt her, und nur britische Händler hatten die Freiheit, sie zu verkaufen - die Franzosen versuchten es ebenfalls, deshalb vertrieben wir sie aus Indien. Dann lernten wir Briten, Stoff mit Maschinen in unseren eigenen Fabriken billiger herzustellen, deshalb benötigten wir ungesponnene indische Baumwolle und Angorawolle und hinderten alle anderen daran, indisches Tuch zu kaufen. Kurz darauf meldete einer der Gouverneure, die wir nach Indien geschickt hatten, daß die Ebenen von Dakka mit den Knochen der Weber übersät seien.

Wußten Sie, daß acht von zehn Iren von Kartoffeln lebten? Sie waren Bauern, auf deren kargem Boden kaum etwas anderes wuchs, und Geld, das sie auf andere Weise verdienten, diente dazu, die Pacht der Grundeigentümer zu bezahlen. Die Grundeigentümer stammten von englischen Invasoren und Eroberern ab, deshalb gehörte ihnen der fruchtbare Boden, auf dem Getreide angebaut wurde. Vor fünfunddreißig Jahren tötete eine plötzliche Krankheit die Kartoffeln ab, und die Bauern begannen zu hungern. Aber im Laufe von Hungersnöten exportieren diejenigen, denen große Lebensmittelbestände gehören, ihre Vorräte, denn hungernde Menschen sind so arm, daß sie keinen guten Preis zahlen können. Das britische Parlament debattierte über einen Vorschlag, die irischen Häfen zu schließen, bis das irische Getreide vom irischen Volk verbraucht war. Der Vorschlag wurde niedergestimmt, denn er hätte den Freihandel beeinträchtigt - aber wir entsandten Soldaten, um sicherzustellen, daß das Getreide die Schiffe erreichte. Fast eine Million Menschen verhungerten, anderthalb Millionen verließen das Land. Jene, die in Britannien eintrafen, arbeiteten für so niedrige Löhne, daß man die Löhne der britischen Arbeiter drücken konnte, und unsere Industrien verdienen nun mehr Geld denn je. Gehen wir für eine Weile zum Heck.«

Er weiß, daß ich zum Ende des Schiffes laufe, wenn ich es nicht mehr ertragen kann und mich über die Reling beuge, damit der Wind mein Geschrei und Geheul aufs Meer hinausbläst. Diesmal musterte ich ihn und fragte, ob er gegen die Schließung der Häfen gestimmt hätte, wenn er im Parlament gewesen wäre. Bei einem Ja hätte ich ihn nicht gebissen, sondern ihm ins Gesicht gespuckt. Harry sagte leise: »Ich wäre nicht kühn genug gewesen, dagegen zu stimmen, wenn ich danach Ihnen hätte gegenübertreten müssen, Bell.«

Fast hätte ich ihn einen abgefeimten Schurken genannt, aber so spricht Trauer. Ich schluckte meinen Speichel hinunter und ging davon.

IMPERIUM - »Jede dichtbevölkerte Gegend hat irgendwann ein Imperium gehabt - Persien, Griechenland, Italien, die Mongolei, Arabien, Dänemark, Spanien und Frankreich sind alle an der Reihe gewesen. Das am wenigsten kriegerische und größte und dauerhafteste war das chinesische. Wir haben es vor fünfundzwanzig Jahren zerstört, weil seine Regierung nicht wollte, daß wir dort Opium verkauften. Das Britische Imperium ist rasch gewachsen, aber in zwei oder drei Jahrhunderten könnten die halbnackten Nachfahren Disraelis und Gladstones von einem baufälligen Pfeiler der London Bridge in die Themse springen, um Münzen heraufzuholen, die tibetische Touristen des amüsanten Schauspiels wegen ins Wasser geworfen haben.«

SELBSTREGIERUNG - Ich fragte, ob es irgendwelche Länder mit frohen, wohlhabenden Menschen gebe, die sich selbst regierten.

»Ja. In der Schweiz leben mehrere kleine Republiken mit unterschiedlichen Sprachen und Religionen seit Jahrhunderten friedlich Seite an Seite, aber sie werden durch hohe Berge voneinander und von den umgebenden Nationen getrennt. Um die Welt zu verbessern, Bella, brauchen Sie nur einen hohen Berg

zwischen alle Nachbarstädte zu bauen oder die Kontinente in viele Inseln von gleicher Größe zu zerhacken.«

WELTVERBESSERER - »Ja, ich sehe voraus, daß Sie, Bell, sich trotz meiner Lehren der modernsten Art halbgarer Optimisten anschließen werden, der Sorte, die Reichtum und Armut abschaffen will, indem sie den Besitz der Welt gleichmäßig verteilt.«

»Das ist doch nur vernünftig!« rief ich

»Es gibt vier Sekten, die mit Ihnen übereinstimmen, aber unterschiedliche Pläne zur Verwirklichung des Ziels haben.

Die SOZIALISTEN möchten, daß die Armen sie ins Parlament wählen, wo sie den Überschuß der Reichen besteuern und Gesetze erlassen wollen, die jedem produktive Arbeit unter guten Bedingungen - dazu gute Nahrung, Unterkünfte, ein gutes Ausbildungs- und Gesundheitswesen - verschaffen.«

»Eine herrliche Idee!«

»Ja. Wunderbar. Die anderen Weltverbesserer weisen darauf hin, daß das Parlament von einer Allianz aus Monarchen, Lords, Bischöfen, Anwälten, Kaufleuten, Bankiers, Maklern, Industriellen, Militärs, Großgrundbesitzern und Beamten geleitet werde, die ihren Wohlstand schützen wollten und sonst KEIN ANDERES MOTIV HÄTTEN. Ins Parlament gewählte Sozialisten würden deshalb von diesen Leuten entweder reingelegt oder bestochen oder durch Kompromisse bis auf Null gebracht werden. Ich stimme dieser Vorhersage zu.

Deshalb bilden die KOMMUNISTEN eine Partei aus Angehörigen jeder Gesellschaftsschicht, die geduldig auf einen Tag hinarbeiten, an dem ihr Land in ernste finanzielle Schwierigkeiten gerät. Dann werden sie eine Revolution durchführen und selbst die Regierung übernehmen - für kurze Zeit. Wenn sie das Land so lange regiert haben, bis jeder hat, was er benötigt, und es behalten kann, wollen die Kommunisten ihre Partei auflösen, da man weder sie noch irgendeine andere Regierung brauchen werde.«

»Hurra!«

»Ja, hurra. Die anderen Weltverbesserer sagen, daß Gruppen, die durch Gewalt an die Macht kämen, sich stets durch mehr Gewalt behaupten und eine neue Tyrannei gründen würden. Dem stimme ich zu.

Die GEWALTTÄTIGEN ANARCHISTEN oder TERRORISTEN verabscheuen diejenigen, die Macht wollen, genausosehr wie diejenigen, die Macht besitzen. Da jede andere Klasse von denen abhängt, die den Boden bestellen, die Bergwerke, die Fabriken und das Transportwesen betreiben, meinen die gewalttätigen Anarchisten, daß solche Arbeiter das, was sie produzieren, für sich behalten sollten. Sie könnten auf Geld verzichten und vom Tauschhandel leben. Außerdem sollten sie Sprengstoff benutzen, um Leute zu verscheuchen, die sich ihnen nicht anschließen, sondern sie nur herumkommandieren wollen.«

»Ganz richtig!« rief ich.

»Ich stimme zu. Aber ich stimme auch denen zu, die sagen, daß die Polizei und die Armee die besten Terroristen von allen seien. Davon abgesehen besitzt die Mittelschicht die Schlüssel zu den Lagerhäusern mit Lebensmitteln und Treibstoff, gleichgültig wer diese Dinge produziert.

Ihre einzige Hoffnung liegt also bei den PAZIFISTEN oder FRIEDLICHEN Anarchisten. Sie sagen, wir könnten die Welt nur verbessern, indem wir uns selbst verbessern und hoffen, daß uns andere nachahmen. Dies bedeutet, daß man mit niemandem kämpft, sein Geld verschenkt und entweder von den Almosen andere oder der eigenen Hände Arbeit lebt. Buddha, Jesus und der heilige Franz von Assisi schlugen diesen Weg ein, ebenso wie in diesem Jahrhundert Fürst Kropotkin, Graf Leo Tolstoi und ein unverheirateter Farmer und Schriftsteller namens Thoreau. Die Bewegung zieht eine Menge harmloser Aristokraten und Autoren an. Sie verärgern Regierungen, indem sie sich weigern, Steuern zu zahlen, die sie für schlecht halten - also die meisten, denn Steuern dienen hauptsächlich der Finanzierung von Armeen und Waffen. Allerdings sind es nur gewöhnliche Pazifisten, die von der Polizei verhaftet und ausgepeitscht werden. Die Bewunderer der berühmten Sorte schützen diese vor ernsten Problemen. Wenn Sie in die Politik gehen, Bell, sollten Sie unbedingt eine friedliche Anarchistin werden. Man wird Sie lieben.«

Ich weinte und fragte: »Oh, was kann ich tun?«

»Lassen Sie uns zum Heck gehen, Bell, und ich werde es Ihnen erklären.«

ASTLEYS LÖSUNG - *Also lehnten wir uns über eine Reling und beobachteten, wie das Kielwasser des Schiffes schäumend davonglitt und in den langsamen, funkelnden, vom Mond beleuchteten Wellen verschwand. Er sagte: »Die tränenvolle Mütterlichkeit, die Sie den Erniedrigten dieser Erde gegenüber empfinden, ist ein animalischer Instinkt, dem das geeignete Ziel fehlt. Heiraten Sie und bringen Sie Kinder zur Welt. Heiraten Sie mich. Ich habe ein Landgut mit einer Farm und einem ganzen Dorf darauf - stellen Sie sich vor, welche Macht Sie haben werden. Sie würden nicht nur meine Kinder versorgen (die keine Public School besuchen werden), sondern Sie könnten mich auch dazu zwingen, die Kanalisation zu verbessern und die Pacht für eine ganze Gemeinde zu senken. Ich biete Ihnen die Chance, so glücklich und so gut zu sein, wie es einer intelligenten Frau auf diesem schmutzigen Planeten möglich ist.«*

Ich antwortete: »Ihr Angebot verlockt mich nicht, Harry Astley, weil ich Sie nicht liebe. Aber es ist der geschickteste Anreiz, ein egoistisches Leben zu führen, den Sie einer Frau bieten könnten. Vielen Dank, doch nein.«

»Dann halten Sie bitte meine Hand für einen Moment.«

Ich tat es und spürte zum erstenmal, wer er wirklich ist: ein gequälter kleiner Junge, der Grausamkeit genausosehr haßt wie ich, aber sich für einen starken Mann hält, weil er vorgeben kann, Grausamkeit zu lieben. Er ist so arm und verzweifelt wie meine verlorene Tochter, aber nur im Innern. Sein Äußeres macht einen völlig unbeschwerten Eindruck. Jeder sollte eine bequeme Hülle um den Körper haben, einen guten Mantel mit Geld in den Taschen. Ich muß Sozialistin werden.

Der Kummer hat mich davon abgehalten, an gute Dinge zu denken, Gott, deshalb bist Du mir erst heute morgen wieder eingefallen. Ich wurde durch ein Geräusch wie von heftigem Regen geweckt, lag da und stellte mir vor, wie er den Salat für Mopsy und Flopsy auffrischen würde, wie ich bald mein Frühstück aus pochierten Eiern und Nieren und Bücklingen essen würde, während Du deinen brodelnden Brei verzehrst, wie wir dann die kranken Tiere in unserem Lazarett besuchen und kurieren würden. Nachdem ich mich viele Minuten lang der Freude und dem Frieden hingegeben hatte, öffnete ich die Augen und sah Trauburns Füße neben mir und Sonnenlicht zwischen den Jalousiestäben des zugezogenen Fensters. Ich erinnerte mich daran, daß das Regengeräusch von einem Eukalyptusbaum vor dem Hotel kam, einem Baum, dessen harte glänzende Blätter im Wind rasseln und zischen. Aber die friedliche Freude schwand nicht. Der Gedanke an Dich verbannte Schrecken und Tränen, denn Du bist klüger und besser als Dr. Hooker und Harry Astley zusammen. Du hast nie gesagt, daß Grausamkeit den Hilflosen gegenüber gut oder unvermeidlich sei. Eines Tages wirst Du mir sagen, wie das zu ändern ist, was ich jetzt noch nicht beschreiben kann, ohne daß meine Wörter GEWALTIG anschwellen, Vokale verschwinden und Tränen die Tinte fortschwemmen.

Jemand klopfte an die Schlafzimmertür und rief, daß man draußen einen dampfenden Kanister mit heißem Wasser hingestellt habe. Ich hatte Trauer seit dem Tag, als wir in Alexandria eingelaufen waren, nicht rasiert und beschloß, es jetzt zu tun. Ich sprang auf, wusch und zog mich schnell an, schob ein Handtuch zwischen seinen Kopf und das Kissen und seifte sein ganzes Gesicht ein. Das war viel leichter, da sein Kopf am Fuß des Bettes lag. Er sagte kein Wort und öffnete nicht einmal die Augen, aber ich wußte, daß er sich freute, denn er haßt es, sich selbst zu rasieren. Während ich die Borsten entfernte, erinnerte ich ihn daran, daß heute ein Schiff nach Glasgow - über Lissabon und Liverpool - in See stechen würde, daß Mr. Astley eine Passage gebucht und angeboten habe, die Fahrt auch für uns zu bezahlen. Trauer öffnete die Augen immer noch nicht, als er antwortete: »Wir fahren über Marseille nach Paris.«

»Aber warum, Duncan?«

»Da sich sogar ein diebisches Flittchen wie du weigert, mich zu heiraten, bleibt nur noch Paris. Bring mich dorthin. Übergib mich den Midinetten und der kleinen grünen Fee, dann heirate, wen du willst - Engländer, Amerikaner oder dreckigen Russen, haha haha haha.«

Trauer ist sehr viel munterer, seit er entschieden hat, daß er kein Unhold ist, während ich wahrscheinlich eine Unholdin bin. Ich sagte: »Aber Duncan, wir können uns nicht leisten, in Paris zu wohnen. Ich habe nur genug Geld für unsere Heimfahrt.«

Das traf nicht zu. Dein Geld ist noch im Saum meines Reisemantels, Gott, aber ich glaubte, die gütigste Art, Trauer loszuwerden (der mich jetzt kaum einmal trauen möchte), bestehe darin, ihn zu seiner Mutter zurückzuschicken. Er entgegnete: »Dann muß ich in Gibraltar bleiben, bis ich es schaffe, die letzten konsolidierten Staatsanleihen meines Erbes einzulösen. Und du, Weib, wirst mir nie wieder einen einzigen Penny stehlen oder abluchsen - ich werde den ganzen Betrag behalten. Da du dir soviel aus Geld machst, solltest du mich heute am besten verlassen und mit deinem lieben Astley nach Britannien zurückkehren.«

Die Idee gefiel mir, aber ich konnte Trauer nicht so weit von zu Hause allein lassen. Ich weiß nichts von den Midinetten und der kleinen grünen Fee, aber wenn sie freundlich zu ihm sind, kann er bei ihnen in Paris bleiben, und ich werde ohne ihn nach Glasgow fahren.

Wie gewöhnlich wollte er sich Tee und Toast im Bett servieren lassen. Ich ging ins Speisezimmer, ließ beides nach oben schicken und frühstückte zum letztenmal mit Harry Astley. Habe ich Dir gesagt, daß er Witwer ist und schon vor langer Zeit erraten hat, daß ich nicht verheiratet bin? Bei Ham and Eggs (dies ist ein britisches Hotel, nur das Personal besteht aus Spaniern) merkte ich, daß er mir wieder einen Heiratsantrag machen wollte, doch ich kam ihm zuvor, indem ich sagte, daß ich nur einen Weltverbesserer heiraten würde. Er seufzte, trommelte mit den Fingern auf der Tischdecke und warnte mich vor Männern, die behaupteten, die Welt verbessern zu wollen - viele würden solche Sprüche benutzen, um Frauen meiner Art zu verführen.

»Was für eine Art ist das?« fragte ich interessiert.

Er wandte die Augen ab und sagte kühl: »Die mutige und freundliche Art, die sich großzügig gegenüber den Elenden jeder Schicht und jedes Landes fühlt - großzügig auch gegenüber den Kalten, Reichen und Selbstsüchtigen.«

Fast wäre ich geschmolzen. »Stehen Sie auf, Harry.«

Man mußte ihm als Kind Gehorsam beigebracht haben, denn obwohl er verblüfft aussah und viele Gäste im Speiseraum waren, stand er sofort auf mit geradem Kreuz wie ein Soldat. Ich sprang auf ihn zu, hielt seine Arme mit meinen eigenen an seinen Seiten fest und küßte ihn, bis er zitterte. Dann flüsterte ich: »Leben Sie wohl, Harry«, und eilte nach oben zu meinem matten alten Trauer.

Harry und er sind sich sehr ähnlich, allerdings hat Harry stärkere Nerven. Im Gang, der aus dem Speisezimmer führte, schaute ich mich im letztmöglichen Moment um. Die ausländischen Gäste starrten mich an, während die Briten so taten, als wäre nichts Seltsames geschehen. Harry Astley, offenkundig ein Brite, konzentrierte sich auf sein Frühstück.

Bandel braucht nicht eifersüchtig zu sein. Das war der einzige Kuß, den Harry von mir bekam, und keine eitlen Redner werden Bell Baxter verführen. Wenn ich heimkehre, Gott, wirst Du uns erklären, wie die Welt verbessert werden kann, und dann werden Du, Bandel, und ich heiraten und damit anfangen.

17
VON GIBRALTAR NACH PARIS: TRAUBURNS LETZTE FLUCHT

Endlich kein Trauer mehr! Und ich habe ein eigenes kleines Zimmer in einer schmalen Straße im Herzen des schönen, vernünftigen Paris! Erinnerst Du Dich, wie Du mich vor langer Zeit hierhergebracht hast? Wie wir die riesigen Bilder im Louvre bestaunten? Und Professor Charcot in der Salpêtrière besuchten, und wie er sich abmühte, mich zu hypnotisieren? Am Ende tat ich so, als wäre es ihm gelungen, denn ich wollte nicht, daß er sich vor dem vielköpfigen Publikum seiner ihn bewundernden Studenten albern vorkam. Ich glaube, er merkte, daß ich mich verstellte - weshalb er so weise lächelte und verkündete, ich sei die vernünftigste Engländerin, die er je medizinisch untersucht habe. Laß mich erzählen, wie ich wieder hierhergekommen bin.

In Gibraltar ließ Trauer mich vor der Bank warten, während er sein Geld abholte. Er kam mit dem unbekümmerten, großspurigen Gang heraus, den ich so bewunderte, obwohl ich nun wußte, daß sich nicht viel dahinter verbirgt. Auf dem Schiff nach Marseille bestellte er Flaschenwein zu unserer Mahlzeit. Das war neu. Ich trank keinen, weil ein Schluck davon mich benommen macht, aber er sagte, daß ein Essen ohne Wein überhaupt kein Essen sei, und betonte, daß alle Franzosen ihn tränken. Dieses Schiff war, anders als die Kuh-tu-soff, *vor allem für Passagiere bestimmt. Nachmittags und abends spielte Trauer in einer Ecke des Hauptsalons mit anderen Männern Karten, und er fuhr fort, noch lange nachdem ich zu Bett gegangen war. In der Nacht bevor wir Marseille anliefen, kam er pfeifend und trällernd in die Kabine zurück: »Mein Hühnchen meine Henne mein Kolibri, mein hübsches Rebhuhn Bell mein schottisches Glockenblümchen, du hast damals recht gehabt! Geschicklichkeitsspiele, nicht Glücksspiele sind das Metier dieses Mannes.«*

Er zählte seinen Gewinn und stieg dann zum erstenmal seit Wochen richtig herum ins Bett. Ich fing gerade an, Spaß an »unseren zweiten Flitterwochen« zu haben, wie er es nannte, als er plötzlich einschlief. Ich jedoch nicht, denn ich wußte, was geschehen würde, und daß ich es nicht verhindern konnte.

Statt direkt von Marseille nach Paris zu fahren, nahmen wir ein Zimmer in einem Hotel, das einer der Kartenspieler auf dem Schiff empfohlen hatte. Derselbe Freund führte ihn in ein Café oder einen Club oder in eine Kartenspielrunde ein, wo er jeden Nachmittag und Abend verbrachte, während ich im Hotel wartete, eine Tasse Schokolade nach der anderen trank und mich mit Malthus' Über die Bedingungen und Folgen der Volksvermehrung *beschäftigte. Trauer brauchte fünf Tage, um alles, was er hatte, zu verspielen. Er fand sich besser damit ab, als ich erwartet hatte, denn er kam am Nachmittag in unser Zimmer und sagte: »Jetzt bin ich dir wieder ausgeliefert, Bell. Ich hoffe, du hast genug, um das Hotel zu bezahlen - ich bin völlig blank. Aber so bin ich dir lieber.«*

Ich hatte nicht die Absicht, vor dem letztmöglichen Moment zu Deinem Geld zu greifen, Gott. Ich packte ein paar wichtige Sachen in einen Handkoffer, zog mich ordentlich an, zog Trauer ordentlich an und machte dann mit ihm einen Spaziergang zum Bahnhof, wo wir auf den Nachtzug nach Paris warteten. Er versuchte ein- oder zweimal, sich fortzustehlen, denn er müsse unbedingt ins Hotel zurück, um eine Kulturtasche mit silberbeschlagenen Bürsten zu holen, die seinem Vater gehört hatten. Ich sagte: »Nein, Trauer, du hast das Zimmer für uns gemietet. Sei froh, daß das Hotel zum Ausgleich etwas Wertvolles bekommt.«

Ich war so erleichtert darüber, Marseille problemlos verlassen zu haben, daß ich fest schlief, obwohl ich aufrecht auf der Holzbank in einem französischen Abteil dritter Klasse saß.

Bei unserer Ankunft in Paris merkte ich, daß Trauer kein Auge zugetan hatte und einem Zusammenbruch nahe war. Ich schleppte ihn in die verwinkelten Straßen an dem weniger eleganten Ufer des Flusses, wo die Hotels vermutlich billiger waren, aber sie hatten noch nicht geöffnet. Auf einer mit Kopfsteinen gepflasterten Fläche, wo sich drei schmale Gassen trafen, drückte ich ihn auf einen Caféstuhl und sagte: »Ruh dich hier aus, Trauer. Ich gehe zu dem Bahnhof, von dem die Züge nach Calais abfahren, und kaufe uns Karten. Wir könnten in drei Tagen in Glasgow sein.«

»Unmöglich - das wäre der gesellschaftliche Ruin. Wir sind nicht Mann und Frau.«

»Dann, lieber Duncan, laß uns getrennt nach Glasgow zurückkehren.«

»Unholdin! Dämonin! Habe ich nicht bewiesen, daß ich dich liebe und dich brauche? Daß es mir das Herz an der Wurzel ausreißen würde, wenn ich mich von dir trennte?« Et cetera.

»Aber du hast doch gesagt, daß es Leute gibt, bei denen du in Paris wohnen möchtest. Vielleicht kann ich das arrangieren.«

»Was für Leute?«

»Die Midinetten und die kleine grüne Fee.«

»Mit der eignen Sprengung aufgeflogen haha haha ha.«

Wenn Trauer seine komischen Wörter nicht erklären will, zieht er sich aus der Schlinge, indem er andere benutzt. In diesem Moment fragte ein Kellner, der das Café für die Kunden vorbereitete, ob wir etwas bestellen wollten, und Trauer sagte: »Uhn absongth.«

Der Kellner entfernte sich und kam mit einem kleinen langstieligen Glas, das Wasser zu enthalten schien, und mit noch einem Becher Wasser zurück. Trauer goß ein paar Tropfen aus dem Becher in das kleine Glas und hielt es hoch. Die Farbe der Flüssigkeit darin verwandelte sich in ein hübsches Milchgrün. »Ich möchte dir die kleine grüne Fee vorstellen!« erklärte er und trank den Inhalt mit einem einzigen Schluck aus. Dann rief er dem Kellner zu: »Uhn otre!«, verschränkte die Arme auf der Tischplatte und verbarg das Gesicht darin. In diesem

Augenblick sah ich, wie ein gutgekleideter Mann in der Nähe aus einer Tür trat, über der die Aufschrift »Hôtel de Notre-Dame« stand.

»Entschuldige, Duncan«, sagte ich und ging hinein.

Das Foyer war so klein, daß ein schwerer Mahagonitisch in der Mitte es fast spaltete. Wer eintrat oder herauskam, mußte sich an den Seiten vorbeiquetschen. An dem Tisch saß eine Frau, die wie Königin Victoria aussah, doch jünger und freundlicher - eine adrette dralle wachsame kleine Frau in dem schwarzen Seidenkleid einer Witwe.

»Sprechen sie Englisch, Madame?« fragte ich.

»Klar doch, is meine Muttersprache, Kindchen«, antwortete sie mit einer Londoner Stimme. »Und was kann ich für Sie tun?«

Ich erklärte ihr, daß ich einen armen Mann draußen hätte, der dringend Ruhe benötige. Wir hätten nicht viel Geld und kaum Gepäck, deshalb seien wir an ihrem kleinsten und billigsten Zimmer interessiert. Sie sagte, ich sei an der richtigen Adresse - eine Kabine hier koste nur zwanzig Francs für die erste Stunde, im voraus zu zahlen, und zwanzig für jede zusätzliche Stunde oder jeden Teil einer Stunde, zu zahlen, bevor die Gäste das Hotel verließen. Eine Kabine sei gerade frei geworden und werde in zehn oder fünfzehn Minuten zur Verfügung stehen - wo sei mein Freund? Ich antwortete, er trinke grüne Feen im Café nebenan. Sie fragte, ob er vielleicht davonlaufen wolle. Ich lachte und sagte: »Nein, wenn er es nur täte!«

Sie lachte auch und lud mich zu einer Tasse Kaffee ein, während wir warteten. »Nach Ihrer Stimme zu schließen, kommen sie aus Manchester, und es ist Jahre her, seit ich eine offene Aussprache mit einer vernünftigen, praktischen Engländerin gehabt habe.«

Ich lief nach draußen und gab Trauer Bescheid. Er schaute mich mit trüben Augen an und goß sich die zweite grüne Fee hinunter. Ich kehrte zurück ins Hotel.

Die Frau teilte mir mit, sie sei früher Millicent Moon von Seven Dials gewesen und habe ins Hotelgewerbe einsteigen wollen, aber da die Londoner Hotelstatuten Anfängern das

Leben schwermachten, sei sie nach Paris gekommen, wo man neue Hoteliers fördere. Im Notre-Dame habe sie zuerst eine sehr untergeordnete Stellung gehabt, sich dann jedoch so unentbehrlich gemacht, daß der Geschäftsführer sie geheiratet habe - nun heiße sie Madame Cronquebil, aber ich solle sie Millie nennen. Nach dem Französisch-Deutschen Krieg sei sie selbst Geschäftsführerin geworden, denn die Kommunarden hätten Cronquebil wegen dessen Sympathien für das Ausland an einem Laternenpfahl aufgehängt. Sie bedauere sein Dahinscheiden, doch sie gehe ihrer Berufung mit einer Geschicklichkeit und einem Scharfsinn nach, die man an den richtigen Orten zu schätzen wisse. Französische Männer ließen sich viel leichter lenken als britische. Die Briten gäben vor, ehrlich und praktisch zu sein, aber im Grunde stellten sie eine Rasse von Exzentrikern dar. Nur die Franzosen seien vernünftig, was die wichtigen Dinge betreffe - ob ich das nicht auch fände?

Ich antwortete: »Das kann ich nicht sagen, Millie. Was sind die wichtigen Dinge?«

»Geld und Liebe. Was gibt es denn sonst noch?«

»Grausamkeit.«

Sie lachte, denn dies sei ein sehr englischer Gedanke, aber wer Grausamkeit liebe, müsse dafür bezahlen; folglich kämen Liebe und Geld an erster Stelle. Ich fragte sie, was sie meine. Sie betrachtete mich und fragte ihrerseits, was ich meinte. Ich sagte, ich hätte Angst, es ihr zu erklären. Plötzlich war sie gar nicht mehr so mütterlich und vergnügt, sondern erkundigte sich mit leiser Stimme, ob ein Mann mir weh getan habe.

»O nein, Millie - niemand hat mir je weh getan. Ich rede von viel schlimmeren Dingen.«

Ich zitterte und begann zu weinen, aber sie hielt meine Hände. Dadurch wurde ich so gekräftigt, daß ich ihr schilderte, was in Alexandria geschehen war. Und nun habe ich die Kraft, auch Dir davon zu erzählen, Gott, aber ich muß diesen Teil unbedingt durch eine weitere Linie von meinem übrigen Brief trennen.

Mr. Astley und Dr. Hooker führten mich in ein Hotel, wo wir unter anderen gutgekleideten Menschen an einem Tisch auf einer Veranda saßen plauderten aßen tranken und eine Menge von fast nackten Leuten hauptsächlich Kinder beobachtete uns alle über einen Zwischenraum hinweg an dem zwei Männer mit Peitschen auf und ab gingen und zuerst dachte ich es sei ein lustiges Spiel denn viele in der Menge unterhielten die Gäste auf der Veranda indem sie sich vor ihnen verbeugten und flehende Handbewegungen machten und den Körper verkrümmten und komisch grinsten bis jemand auf der Veranda eine Münze oder eine Handvoll Münzen auf den staubigen Boden schleuderte dann rannten ein oder zwei oder eine Horde hervor und warfen sich scharrend und kreischend auf die Münzen während das Publikum an den Tischen lachte oder angewidert fortschaute oder sich abwandte dann rannten die Männer mit Peitschen die mit verschränkten Armen dagestanden hatten als sähen sie nichts plötzlich in die Menge und prügelten sie auseinander und zurück was ebenfalls Gelächter auslöste und Mr. Astley sagte Nachfahren der Rasse die die Sphinx gebaut hat und Dr. Hooker sagte die scheint Hilfe verdient zu haben und zeigte auf ein mageres kleines Mädchen das auf einem Auge blind war sie trug ein Baby mit einem großen Kopf das auf beiden Augen blind war sie hielt es fest in einem Arm streckte den anderen gerade vor und schwenkte die leere gekrallte Hand mechanisch von Seite zu Seite wie in Trance in Trance ich stand auf und ging auf sie zu ich glaube die Männer brüllten und folgten mir ich überquerte den Zwischenraum schob mich in die Menge der Bettler und zog das Portemonnaie aus der Handtasche um es ihr in die Finger zu drücken aber bevor ich es tun konnte riß jemand das Geld an sich es hätte ohnehin nicht ausgereicht vielleicht war sie meine Tochter ich kniete mich auf den Boden umarmte sie und das Baby hob sie hoch watete stolperte zurück zwischen verkrüppelten blinden Kindern alten Männern mit Eitergeschwüren hindurch sie alle scharrten schrien trampelten einander auf die Finger um Münzen aus dem aufgeschlitzten Portemonnaie an sich zu bringen ich kletterte auf die Veranda ein Hotelmann sagte Sie können die nicht hierherbringen und ich sagte sie fahren mit mir nach Hause und Mr. Astley sagte Mrs. Trauburn weder die Hafenverwaltung noch der Kapitän werden zulassen daß Sie die beiden auf das Schiff mitnehmen und das Baby heulte und pinkelte aber das kleine Mädchen klammerte sich mit dem anderen Arm an mich ich bin sicher sie wußte daß sie ihre Mutter gefunden hatte aber man zerrte uns auseinander SIE KÖNNEN NICHTS GUTES TUN schnauzte Dr. Hooker niemand hatte mich je so beschimpft oder beleidigt wie konnte er das zu mir sagen die ich wie wir alle gut bis ins Mark bin ICH KANN NICHTS GUTES TUN? rief ich denn ich konnte kaum glauben daß ich eine so gemeine Behauptung gehört hatte aber Mr. Astley sagte ganz deutlich überhaupt nichts deshalb versuchte ich zu schreien wie Du einmal geschrien hast Gott denn ich wollte daß die ganze Welt ohnmächtig wird aber Harry Astley legte mir die Hand über den Mund Oh welch eine Freude zu spüren wie sich meine Zähne in sie hineingruben.

Der Geschmack von Blut ernüchterte mich. Auch war ich überrascht, denn Mr. Astley zuckte nicht zusammen und stöhnte nicht. Er runzelte nur ein wenig die Stirn, doch zwei Sekunden später verlor sein Gesicht die Farbe, und er wäre zusammengebrochen, wenn Dr. Hooker und ich ihm nicht ins Gebäude hineingeholfen und ihn in der Nische eines Salons auf ein Sofa gelegt hätten. Dr. Hooker bestellte heißes Wasser, Jod und sauberen Verbandsstoff, aber obwohl er Mediziner ist, war ich es, die die Wunde wusch und verband und mit einer Aderpresse versah. Außerdem sagte ich Mr. Astley, daß es mir leid tue. Mit schläfriger Stimme erwiderte er, daß eine saubere, unerwartete Fleischwunde, wie schmerzhaft sie auch sein mochte, für jemanden, der in Eton zur Schule gegangen war, nur ein Flohstich sei.

Auf der Rückfahrt zum Schiff in einer Droschke saß ich stumm und starr da und blickte unverwandt vor mich hin, während die beiden sprachen. Dr. Hooker sagte, nun wisse ich, welche große Aufgabe den angelsächsischen Rassen bevorstehe, und auch, warum Unser Vater im Himmel ein Leben nach dem Tode geschaffen habe, um die Übel des Lebens auf der Erde *auszugleichen. Andererseits solle ich das Übel, das wir gerade gesehen hatten, nicht überschätzen. Die Eitergeschwüre et cetera seien eine Einkommensquelle für die Menschen, die sie zur Schau stellten, und die meisten Bettler seien glücklicher als jene, die von ehrlicher Arbeit lebten. Das Mädchen und das Baby seien an ihren Zustand gewöhnt, es handele sich nicht um Elend in unserem Sinne des Wortes - sie seien bestimmt glücklicher und freier in Ägypten, als sie es in einem zivilisierten Land sein könnten. Er sei voller Bewunderung dafür, daß ich mich von meiner ersten Reaktion auf eine schreckliche Überraschung völlig erholt hätte, aber es tue ihm nicht leid, mir die Überraschung verabreicht zu haben, denn von nun an werde ich denken wie eine Frau, nicht wie ein Kind. Mr. Astley sagte, mein Mitleid sei natürlich und gut, wenn es sich auf die Unglücklichen meiner eigenen Gesellschaftsschicht beschränke, aber wenn ich es wahllos ausübte, werde es das Elend vieler verlängern, die besser tot wären. Ich hätte soeben ein Arbeitsmodell fast jeder zivilisierten Nation gesehen. Die Leute auf der Veranda seien die Eigentümer und Herrscher - ihre ererbte Intelligenz und ihr ererbtes Vermögen ließen sie über allen anderen stehen. Die Menge der Bettler sei die eifersüchtige und untüchtige Mehrheit, die durch die Peitschen derjenigen im Bereich dazwischen an ihren Platz gebannt werde. Die letzteren stellten die Polizisten und Funktionäre dar, die die Gesellschaft in ihrem jetzigen Zustand verharren ließen. Und während die beiden sprachen preßte ich die Zähne zusammen und ballte die Fäuste um diese klugen Männer nicht zu beißen und zu kratzen, die keinen Schutz für die Hilflosen Kranken Kleinen wollen, die Religionen und Politik benutzen, um sich bequem über all den Schmerz zu erheben, die Religionen und Politik zum Vorwand machen, um mit Feuer und Schwert Elend zu verbreiten. Und wie konnte ich alledem Einhalt gebieten? Ich wußte nicht, was ich tun sollte.*

»Ich weiß es immer noch nicht«, sagte ich unter Tränen lächelnd zu Millie. »Vielleicht sollte ich zu Gott zurückkehren, um mir Rat zu holen. Aber das kann ich nicht, bevor ich den armen Kerl los bin, der draußen wartet.«

»Bringen Sie ihn rein«, empfahl Millie energisch. »Ihr Zimmer ist fertig, gehen Sie rauf mit ihm, legen Sie ihn schnell um, und dann sprechen wir weiter. Ihr Herz ist zu gut für diese böse Welt, Kindchen. Sie brauchen Ratschläge von einer freundschaftlichen, erfahrenen Frau, der Sie trauen können.«

Ich dachte, »legen Sie ihn um« sei ein absonderlicher Ausdruck für »bringen Sie ihn ins Bett«, aber ich ging hinaus und sah - keinen Duncan! Vier leere kleine grüne Feengläser standen auf der Tischplatte, ein Kellner, der bezahlt werden wollte, sprang vor, doch mein Trauer war verschwunden.

Ich kehrte ins Hotel zurück. Millie kochte uns mehr Kaffee und fragte mich dann, wie ich einem solchen Mann begegnet sei und weshalb ich mit so wenig Gepäck in Paris herumspaziere. Ich erklärte es ihr.

Sie sagte: »Ich bewundere es sehr, Kindchen, daß Sie so vernünftig sind, schöne lange Flitterwochen mit Ihrem Geliebten zu verbringen, bevor sie einen achtbaren Mann heiraten. Zu viele Frauen gehen in die Ehe, ohne auch nur zu ahnen, was sie geben und nehmen sollten. Aber dieser Trauburn ist anscheinend eine ausgequetschte Orange. Sie werden Ihrem Gatten eine viel bessere Frau sein, wenn Sie nun etwas Vielfalt genießen.«

Sie erläuterte, daß das Hotel zu denen gehöre, die man in London Reitställe nenne - ihre Kunden seien Männer, die dafür zahlten, eine völlig Fremde für eine Stunde oder weniger zu trauen. Diese Art Reiten sei in Britannien verboten, aber jedes reinliche, intelligente Mädchen könne in Frankreich eine Lizenz dafür erhalten oder Arbeit in einem lizenzierten Betrieb wie Ihrem eigenen finden.

»Ist es möglich, daß Fremde einander so schnell trauen?« fragte ich verblüfft, und sie sagte, viele Männer zögen Fremde vor, weil sie die Frauen, die sie am besten kennen, nicht trauen könnten. Die meisten ihrer Kunden seien verheiratete Männer,

und manche von ihnen hätten auch noch Mätressen. Unter einer Mätresse versteht man offenbar das, was ich für Trauer war, aber in Paris werden sie auch Midinetten genannt.

»Wahrscheinlich hat er eine gefunden, während er auf Sie wartete«, meinte meine neue Freundin. »Hotels verlieren dauernd einen Teil ihres Geschäfts an Amateure - wenn ich mein Metier nicht liebte, hätte ich mich schon vor Jahren zur Ruhe gesetzt. Vermutlich werden Sie nicht für immer hierbleiben wollen, aber viele verlassene Frauen verdienen durch die Arbeit bei mir genug, um zu Gott zurückzukehren.«

»Nicht zu meinem Gott«, sagte ich.

»Natürlich nicht, Kindchen. Ich rede von Katholiken.«

Dann marschierte Trauer herein. Er war in einem sehr wilden Zustand und verlangte ein Privatgespräch mit mir.

»Möchten Sie das, Kindchen?« fragte Millie.

»Natürlich!« antwortete ich.

Sie führte uns sehr steif nach oben in ein nettes kleines Zimmer und sagte dann (zu Trauer): »Aus Respekt vor der Persönlichkeit Ihrer Gefährtin verzichte ich auf den Tarif, der üblicherweise im voraus entrichtet wird, aber wenn sie irgendein Leid davonträgt, werden Sie in einem Maße bezahlen müssen, das Sie erstaunen wird.«

Diese Worte äußerte sie mit einer sehr französischen Stimme.

»Wie?« gab Trauer zurück, der nun nicht nur wild, sondern auch verwirrt aussah.

Mit einer eher an London erinnernden Stimme sagte sie: »Denken Sie daran, Wände haben Ohren«, und schloß die Tür hinter sich.

Dann schritt Trauer hin und her und hielt eine Rede, die eher an die Bibel als an Shakespeare erinnerte. Er sprach von Gott, seiner Mutter, dem verlorenen Paradies seines Heimes, dem Höllenfeuer, der Verdammnis und von Geld. Durch meinen Diebstahl der fünfhundert Friedrichsdor hätte ich seine Glückssträhne durchbrochen, ihn daran gehindert, die Bank des Kasinos zu sprengen, und ihn um die Ehe betrogen. Meine Untat habe die Armen um riesige Beträge gebracht, die er Wohltätigkeitsorganisationen und der Kirche gespendet hätte, uns selbst seien ein Stadthaus in London, eine Jacht im Mittelmeer, ein Moorhuhnjagdgelände in Schottland und eine Villa im Reich des Himmels entgangen. Und nun, da er nicht mehr wünsche, mich zu heiraten - nun, da er sich wünsche, durch einen Abgrund tiefer als die Hölle von mir getrennt zu sein -, werde er durch seine hoffnungslose Armut an die Dämonin gefesselt, die ihn in die Hölle verdammt habe, an eine Frau, für die er nun nichts als Haß Haß Haß Haß Haß empfinde - Ekel, Abscheu und Haß.

»Aber Duncan«, rief ich frohlockend und schnitt den Saum meines Mantels auf, »dein Glück ist zurückgekehrt! Hier sind Noten der Clydesdale and North of Scotland Bank in Höhe von fünfhundert Pfund Sterling - sie sind genausoviel wert wie Friedrichsdore. Gott gab sie mir, weil er wußte, daß etwas wie dies hier geschehen würde, und ich habe sie bis zum letzten Moment, der nun gekommen ist, aufbewahrt. Nimm alles! Kehre nach Glasgow zurück, zu deiner Mutter, deinen Dienerinnen, die deine Männlichkeit mehr lieben werden, als ich es kann, zu jeder Kirche Gottes, an der du Gefallen findest. Sei wieder frei wie ein Vogel - flieg fort von mir!«

Statt wieder Mut zu fassen, versuchte er, die Banknoten zu verschlucken und sich aus dem Fenster zu werfen, aber da er es nicht öffnen konnte, rannte er zur Tür hinaus, um sich kopfüber die Treppe hinunterzustürzen.

Zum Glück hatte Millie im Nachbarzimmer gelauscht (dieses Hotel ist voll von Ritzen und Spalten) und ihr Personal zu Hilfe gerufen.

Sie überwältigten ihn und flößten ihm genau die richtige Menge Cognac ein. Es war nicht leicht, ihn in den Zug nach Calais zu setzen.

Im Grunde wollte er mich nicht verlassen, aber viele Hände können jedes Werk vollbringen, und er fuhr davon.

Millie wollte, daß ich den größten Teil der fünfhundert Pfund für mich behielt, aber das lehnte ich ab: Trauer liebe Geld mehr als ich, und es sei seine Belohnung für unsere Trauungen. Ich würde mir das, was ich benötigte, nun durch Arbeit verdienen – zum erstenmal in meinem Leben. Sie sagte: »Wenn Sie das wirklich wollen, Kindchen.« Und hier bin ich.

18
VON PARIS NACH GLASGOW: DIE RÜCKKEHR

Ich bin kein Parasit mehr. Seit drei Tagen verdiene ich meinen Unterhalt, indem ich eine Arbeit so gut und schnell wie möglich mache - nicht zum Vergnügen, sondern für Bargeld wie die meisten Menschen. Und wenn ich morgens einschlummere, bin ich froh darüber, vierzig Männer umgelegt und vierhundertachtzig Francs verdient zu haben. Meine Beliebtheit überrascht mich. Bell Baxter ist gewiß eine prächtig aussehende Frau, aber wenn ich ein Mann wäre, würde ich wenigstens ein Dutzend der Mädchen in diesem Hotel vorziehen: sanfte kleine Schmusekatzen, große geschmeidige Elegante, wilde braune Exotinnen. Millie beschreibt mich in ihrer Broschüre als »die schöne Engländerin (la belle Anglaise), *die Sie vollauf für den Kummer* (travail) *von Agincourt und Waterloo entschädigen wird«. Sie achtet darauf, daß ich nur mit Franzosen umgehe, denn es könne mich in Verlegenheit bringen, wenn ich einigen ihrer englischen Kunden in meinem späteren Leben begegnete. Vielleicht glaubt sie auch, daß es die Männer in Verlegenheit bringen könnte! An Wochenenden hat Millie viele von ihnen, und sie verlangen spezielle Dienste von einigen unserer Mädchen, die gerade kein Engagement an der* Comédie-Française *haben. Gestern abend beobachtete ich eine der Darbietungen durch ein Guckloch. Unser Kunde war Monsieur Spankybot, der, schon wenn er mit einer Droschke eintrifft, eine Maske trägt, die er nie abnimmt, obwohl er alles andere auszieht. Er hat sehr raffinierte Wünsche, für die er eine Menge bezahlt. Zuerst wird er wie ein Baby behandelt, dann wie ein kleiner Junge in seiner ersten Nacht in einem Internat und dann wie ein junger Soldat, der von einem Eingeborenenstamm gefangengenommen wird. Seine Schreie standen in keinem Verhältnis zu dem, was mit ihm angestellt wurde.*

Meine beste Freundin hier, Toinette, ist Sozialistin, und wir sprechen oft über die Verbesserung der Welt, besonders für die Elenden, wie Victor Hugo sie nennt. Allerdings meint Toinette, Hugos Ansichten seien très sentimentales, *und ich solle mich den Romanen von Zola widmen. Wir besprechen diese Dinge im Café nebenan, denn Millie Cronquebil sagt, die Politik müsse vom Hotelgewerbe getrennt bleiben. Das intellektuelle Leben von Paris spielt sich in den Cafés ab, und unser Viertel (das die Universität enthält) hat Cafés, die von Schriftstellern oder Malern oder Gelehrten sonstiger Art besucht werden, aber die Universitätslehrer sind in anderen Cafés zu finden als die Revolutionäre. In unserem sieht man hauptsächlich revolutionäre Hoteliers, die behaupten, die Reichen würden ihren Besitz nur durch* un bouleversement total du système *herausrücken.*

Keine Zeit, noch mehr zu schreiben. Jemand kommt gerade.

Ich setze diesen Brief in einem herrlichen Büro fort, das nach Desinfektionsmitteln und Lederbezügen riecht, ganz wie bei uns zu Hause. Heute habe ich das Notre-Dame nach zwei Stunden schrecklicher Verwirrung ganz plötzlich verlassen. Daran war meine eigene Unwissenheit schuld. Wird das denn nie ein Ende haben?

Aus verständlichen Gründen standen wir morgens gewöhnlich spät auf, aber heute klopfte Millie kurz nach acht an meine Tür und sagte, ich solle sofort nach unten in den Salon International eilen, weil der Doktor sich dort die Mädchen ansehe.

»In der Tat ein früher Beginn!« denkt Bell, doch laut sagt sie: »Natürlich, Millie. Was für ein Doktor ist das?«

»Er wird von der Stadtverwaltung beschäftigt, um die öffentlichen Gesundheitsvorschriften durchzusetzen. Zieh nichts als

deinen Morgenmantel an, Liebling, und es wird im Nu vorbei sein.«

Also reihte ich mich in die Schlange ein, wobei ich bemerkte, daß viele der Mädchen nur ihr Hemd und ihre Strümpfe trugen. Alle vor dem Séparée wirkten stiller und finsterer als sonst. Um sie aufzumuntern, sagte ich, es sei gut von der Stadtverwaltung, sich um unsere Gesundheit zu kümmern, und ich hoffte, daß Toinette (die vor mir an der Reihe war) den Doktor bitten könne, ihr etwas gegen ihre Migräne zu verschreiben. Meine Worte munterten sie tatsächlich auf, und sie meinten, ich hätte Esprit, was mich verdutzte. Aber als ich das Séparée erreichte, sah ich ein häßliches Männchen mit einer grimmigen Miene, das die arme Toinette wie ein schlechtgelaunter Ausbildungsfeldwebel anfuhr: »Weiter auseinander! Weiter auseinander!« Sie lag mit gespreizten Beinen auf einem gepolsterten Tisch, während er so etwas wie einen Löffel in ihre Liebesgrotte oder Vagina (wie die Lateiner sie nennen) drückte und seine Nase und seinen dichten Schnurrbart beinahe auch noch hineinsteckte. Das war der einzige Teil der Frauen, der ihn interessierte, denn einen Moment später sagte er: »Pah! Du kannst gehen.«

»Ich will nichts mit ihm zu tun haben!« erklärte ich mit fester Stimme. »Er ist kein Doktor - Doktoren sind freundlich und sanft und an jedem Teil ihrer Patienten interessiert.«

Ein Tumult. Mehr als die Hälfte der Mädchen in der Schlange krümmte sich vor Lachen.

»Du hältst dich wohl für was Besseres?« kreischten andere.

»Willst du, daß er uns die Lizenz entzieht?« schrie die herbeieilende Millie.

»Wahnsinn!« brüllte der Arzt. »Sie nimmt bereitwillig jede Menge verseuchter männlicher Anhängsel in sich auf, doch sie schreckt vor einem klinisch sauberen Spachtel in den Händen eines unpersönlichen Wissenschaftlers zurück. Aber nein, sie ist nicht wahnsinnig - sie ist Engländerin und hat etwas zu verbergen.«

So erfuhr ich von Geschlechtskrankheiten.

»Es tut mir leid, Millie, ich kann hier nicht mehr arbeiten.

Wie du weißt, bin ich verlobt. Und diese medizinische Untersuchung ist unfair und unwirksam. Deine Mädchen sind gesund, wenn sie hier mit ihrer Arbeit anfangen, also sind es die Kunden, nicht das Personal, die Krankheiten verbreiten. Folglich müßten die Kunden medizinisch untersucht werden, bevor wir sie in uns hineinlassen.«

»Die Kunden würden das niemals dulden, und es gibt zu wenig Ärzte in Frankreich.«

Mittlerweile hatten wir ein Tête-à-tête in ihrem Büro. Ich sagte: »Dann bring den Mädchen bei, jeden Kunden vor der Trauung zu untersuchen - mach es zu einem Teil der Zeremonie.«

»Die erfahrenen Frauen und Mädchen tun es schon, und wir können uns nicht leisten, Unterricht für neue Mädchen abzuhalten. Aus unseren Einnahmen muß ich Miete, Grundsteuer, Gas, das Mobiliar, Schmiergelder für die Polizei, Löhne und fünfzehn Prozent Nettogewinn an den Anwalt bezahlen, der die Gesellschaft vertritt. Wenn der Profit je unter fünfzehn Prozent fällt, werde ich tout de suite abgelöst und sterbe als einsame und elende alte Frau.«

Obwohl sie drall und majestätisch war, begann sie zu heulen wie ein kleines, schmächtiges Kind. Ich begriff, daß sie Schmeicheleien, Küsse und leidenschaftliche Umarmungen benötigte, und führte sie nach oben in ihr Schlafzimmer, während sich Toinette an den Rezeptionstisch setzte.

Aber nichts konnte sie aufheitern. Millie sagte, sie hasse Paris und die Franzosen und versuche seit Jahren, nach England zurückzukehren. Sie träume davon, sich eine Pension in Brighton zu kaufen und ihr Leben mit einem anständigen Begräbnis durch die anglikanische Kirche zu beschließen, aber jedesmal wenn es ihr gelinge, ein bißchen Geld zu sparen, verliere sie alles durch ein Unglück wie heute morgen; also werde sie Paris nie entkommen - ihre Leiche werde auf einer Platte in der öffentlichen Morgue an der Seine enden, ihre Maquillage werde verschmiert sein von Wassertropfen aus einem rostigen Hahn. Sie sagte noch andere wunderschöne, tragische, verzweifelte Dinge, die so verrückt waren, daß sie mir das Herz zerrissen. Zum

Beispiel: »Alles ist so ungerecht - ich habe den fünften Platz in deiner Zuneigung. Zuerst kommt dein rätselhafter Vormund, dann dein bäuerlicher Verlobter, dann der verderbte Trauburn, dann der frigide Astley. Schon als kleines Mädchen betete ich um eine Freundin, aber Gott haßt mich. Jedesmal wenn ein schöner und gütiger Mensch in meinem Leben auftaucht, fliegt er - zack, zack, zack! - auch schon wieder weg und läßt nichts als 'ne schrecklich große Lore zurück.«

Ich sagte, kein Gott könne sie jemals hassen, sie solle an meine liebevollen Umarmungen, nicht an vermeintliche Loren denken, ich würde mich immer voll Herzlichkeit an sie erinnern - aber wieviel Geld ich denn verdient hätte? Doch bestimmt genug für eine Fahrt dritter Klasse zurück nach Schottland?

»Du hast weniger als nichts verdient«, erwiderte sie. »Ich habe dem Polizeiarzt deinen ganzen Verdienst und noch ein bißchen mehr gegeben, damit er vergißt, wie du seinen Berufsstand beleidigt hast. Franzosen sind sehr stolz. Wenn ich das nicht getan hätte, hätte er meine Lizenz eingezogen, und wir alle wären arbeitslos.«

Plötzlich fröstelte ich zu sehr und war zu erschöpft, um auch nur ein Wort hervorzubringen. Ich ging in mein Zimmer, zog mich an, packte meine Sachen, stieg die Treppen hinunter, küßte Toinette ebenfalls wortlos (sie weinte laut darüber) und verließ das Hotel de Notre-Dame für immer.

Ich hatte noch ein paar Francs von dem Geld übrig, das Trauer und mir die Fahrt nach Paris ermöglicht hatte. Sie genügten für eine Droschke zur Salpêtrière, und den Rest gab ich einem Bediensteten zusammen mit einer Notiz, die Professor Charcot persönlich ausgehändigt werden müsse. In der Notiz stand, daß Bella Baxter, die Nichte von Mr. Gotthard Baxter aus Glasgow, im Vestibül sei und so bald wie möglich mit ihm sprechen wolle.

Der Bedienstete kehrte zurück und sagte, daß die Pflichten des Professors ihn eine Stunde oder länger in Anspruch nehmen würden, aber wenn ich in seinem Büro warten wolle, werde seine Sekretärin mir einen Kaffee servieren. So kam es, daß man mich in dieses Zimmer führte, das wie Dein Arbeitszimmer im Park Circus riecht.

Als Charcot schließlich auftauchte, zeigte er sich sehr leutselig: »Bonjour, Mam'zelle Baxter - die einzige völlig vernünftige Englische! Wie geht's meinem Freund, dem enormen Gotthard? Welchem Ereignis muß ich danken für die unerwartete Freude Ihrer Gegenwart hier?«

Ich erzählte es ihm, was lange dauerte, denn er stellte Fragen, um mir alle Einzelheiten zu entlocken, und je länger ich sprach, desto ernster wurde er. Am Ende sagte er jäh: »Sie brauchen Geld.«

Genug, um nach Glasgow zurückzukehren, erwiderte ich, wo mein Vormund ihm eine Zahlungsanweisung ausstellen werde. Er schwieg, saß mit gerunzelter Stirn da und trommelte mit den Fingern auf die Tischplatte, bis ich aufstand, ihm für seine Aufmerksamkeit dankte und mich verabschiedete.

»Nein, nein. Entschuldigen Sie meine Geistesabwesenheit - Sie brauchen Geld, und Sie sollen es haben: genug, um in aller Bequemlichkeit und wann immer Sie wünschen nach Schottland zurückzukehren, nachdem sie die heutige Nacht als Gast in meinem Haus verbracht haben. Und danken Sie mir nicht. Sie verdienen lieber Geld, als Geschenke entgegenzunehmen. Das begrüße ich. Das Geld wird Ihre Bezahlung dafür sein, daß Sie mir auf eine Ihnen bereits bekannte Weise helfen. Ecoutez!

Heute abend werde ich einen Vortrag vor einem sehr kleinen, sehr modischen Publikum halten: dem Duc de Guermantes (einem Mann von echter Kultur) und zwei oder drei anderen, deren Namen sie nicht interessieren dürften. Es sind Politiker - Effekthascher, die sich gern als Intellektuelle ausgeben. Der Vortrag wird der Wissenschaft indirekt helfen, denn er sorgt dafür, daß meine Forschungen von denen gutgeheißen werden, die den öffentlichen Geldhahn aufdrehen können. Heute abend werde ich eine Landarbeiterin unter Hypnose befragen - eine religiöse Hysterikerin, die aber leider nicht so interessant ist wie Jeanne d'Arc oder Sie, Mam'zelle Baxter. Bitte, beleben Sie das Ereignis dadurch, daß sie heute abend einen Teil von dem nacherzählen (unter Hypnose natürlich und auf meine Fragen hin), was Sie mir gerade mitgeteilt haben.«

»Welchen Teil?« fragte Bell.

»Schildern Sie ihnen, wie sehr Ihnen das Leben gefiel, bevor Sie Alexandria sahen, Ihre rationale Freude an einer Existenz, die nicht von Schuldbewußtsein und Todesfurcht berührt war. Erzählen Sie ihnen auf Ihre herrliche atemlose Art, welche Wirkung der Anblick der armen Kinder auf Sie hatte, und unterdrücken Sie, in Gottes Namen, auf keinen Fall die Tränen. Beschreiben sie, wie Sie Ihre Gefühle an Ihrem Gefährten ausließen und was Sie beim Geschmack seines Blutes empfanden. Und schließlich erzählen Sie, was Sie heute vom Zustand der Menschheit halten. Seien Sie so sozialistisch, kommunistisch, anarchistisch, wie Sie wollen - verdammen Sie die Bourgeoisie, die Plutokraten, die Aristokraten, sogar die Monarchie! Wissen Sie etwas von der Monarchie?«

»Ich habe gehört, daß Königin Victoria ein egoistisches altes Weib ist.«

»Wunderbar. Das wird ihnen gefallen. Ich werde Ihre Äußerungen durch meine Kommentare in schnellem Französisch an das Publikum unterbrechen; darum brauchen Sie sich nicht zu kümmern. Schließlich werden Sie in einer hypnotischen Trance sein.«

»Vermutlich werden Sie ihnen erklären, daß mein Mitleid mit armen Menschen durch ein verdrängtes Mütterlichkeitsgefühl verursacht werde.«

»Das begreifen Sie? Dann sind Sie Psychologin!« rief er lachend. »Aber so etwas sollten Sie heute abend nicht sagen! Die Gesellschaft beruht auf der Arbeitsteilung. Ich bin der Dozent, Sie sind meine Patientin. Unser erhabenes Publikum dürfte aus der Fassung gebracht werden, wenn jemand anders als der große Charcot Meinungen äußert. Übrigens verbürge ich mich für Ihre Anonymität. Und Sie brauchen die Namen Ihrer Freunde nicht zu erwähnen. Schließlich sind Sie Britin. Zurückhaltung entspricht Ihren Instinkten, und jeder weiß, daß Hypnose niemanden gegen seinen Willen beeinflussen kann. In Ordnung?«

PROFESSOR JEAN MARTIN CHARCOT

Heute habend werde ich also wieder mit ihm auftreten und mich morgen auf die Heimreise machen, aber dieser Brief muß heute abgeschickt werden, denn Du sollst wissen, daß die Bell, die zu Dir zurückkehrt, nicht mehr die vergnügungssüchtige Nachtwandlerin ist, die mit dem armen alten Trauer durchbrannte. Du mußt mir einige schwierige Fragen beantworten. Du mußt mir sagen, wie ich es schaffe, gut zu werden und kein Parasit zu sein. Sag es auch Bandel, denn da Bell und er bald lebenslange Partner sein werden, müssen wir zusammenarbeiten. Laß meinen lieben Bandel wissen, daß seine Ehe-Bell nicht mehr meint, er müsse all ihren Wünschen gehorchen. Erkläre ihm auch, daß sich Millie Cronquebil in einem Punkt geirrt hat: Ich werde wegen der Vielfalt, die ich im Notre-Dame erlebt habe, keine bessere Ehefrau werden, es sei denn, es gefällt ihm, mich flach auf dem Rücken liegen zu sehen und zu hören, wie ich in einer Vielfalt entzückter Stimmlagen »Formidable!« *murmele.*

Vorläufig Euch beiden alles Gute
von der Frau, die Euch am meisten liebt,

Karussell-Bell.

P.S. Streichle die Muschis, tätschele die Hunde, küsse Mopsy und Flopsy für mich.

»Na, Bandel?« sagte Baxter, legte den Brief hin und lächelte mich an, »sind Sie verängstigt bei dem Gedanken an die Rückkehr dieser wahrhaft *formidablen* Partnerin? Vergessen Sie nicht, was sie mit Duncan Trauburn angestellt hat!«

Ich freute mich nun zu sehr, um ihm diese gütige Herablassung übelzunehmen. Mein Puls hatte sich beschleunigt. Die endokrinen Drüsen sonderten so vitale Sekrete in meinen Blutstrom ab (ich konnte es *spüren*!), daß sich meine Muskeln erweiterten und ich die Kraft von mehreren Männern hatte.

»Nein, Baxter! Ich fürchte nichts von meiner Bella. Sie ist eine gutherzige Frau, die jeden Menschen vorzüglich beurteilen kann. Sie kennt die tiefste Seele eines Mannes, sobald sie ihm die Hand schüttelt. In Trauburn erahnte sie den egoistischen Mann mit einer zügellosen Sexualität und diente ihm genauso, wie er es wünschte. Er war dumm genug, ein Leben voll endloser Ekstase zu begehren. Es war nicht ihre Schuld, daß kein Organismus so etwas überstehen kann. Ich bin noch Jungfrau. Meine Ekstasen mit Ihr werden durch behaglichere Arten der Zuneigung gemildert werden. Die Hauptbelastung wird Ihnen zufallen, Baxter. Wenn Sie ihr nicht zeigen, wie Mr. und Mrs. McBandless die Welt verbessern können, wird sie schrecklich enttäuscht von Ihnen sein - unsere Heirat wird vielleicht nicht stattfinden. Haben *Sie* keine Angst?«

»Nein. Ich werde ihr raten, die Welt so zu verbessern, wie es im Rahmen eures Charakters und eurer Begabungen möglich ist ... Was ist das für ein Geräusch?«

Es war kurz nach Mitternacht. Wie in der Nacht, in der Bella uns verlassen hatte, waren die Vorhänge weit geöffnet, und ich sah den Mond, zuweilen verborgen hinter vorbeiziehenden Wolkenmassen, durch das Fenster. Das Geräusch war das eines Schlüssels, der sich unten im Schloß drehte, der sich öffnenden und zufallenden Haustür, eines leichten, raschen Schrittes auf der Treppe. Ich stand auf, um ihr gegenüberzutreten, als sich die Tür des Arbeitszimmers öffnete - Baxter blieb sitzen. Sie stand vor mir, ihr Gesicht war schmaler und faltiger als früher, aber ihr Lächeln war so entzückt und entzückend wie je. Sie hatte ihren Reisemantel aufgeknöpft, so daß ich den gestopften Saum und meine winzige, am Aufschlag glänzende Perle erkennen konnte. Bella lachte, als sie sah, wie mein Blick darauf fiel, und sagte: »Ich bin froh, daß ihr beide noch auf seid und daß das alte Haus unverändert ist - davon abgesehen. Das ist neu.«

Sie trat an den Kamin und musterte eine mit einem Dekkel versehene Kristallvase auf dem Aufsatz. Die Vase enthielt unsere Dauerlutscher.

»Das Unterpfand unseres Ehegelöbnisses!« rief Bell. Sie hob den Deckel, nahm einen Dauerlutscher heraus, zermahlte ihn mit ihren kräftigen weißen Zähnen, schluckte ihn hinunter und breitete die Arme aus. »Oh, mein Gott und mein Bandel, wie herrlich, wieder zu Hause zu sein, aber was gibt es unten zu essen? Süßigkeiten sind nicht genug für eine hungrige Frau. Duncan Trauburn hat mir das beigebracht und auch, was die Narbe an meinem Bauch bedeutet.«

Dies erinnerte sie an etwas anderes. Plötzlich starrte sie Baxter an, ihr Gesicht wurde noch schmaler, und die Pupillen ihrer Augen weiteten sich so sehr, daß die Iris völlig schwarz zu sein schien. »Wo ist mein Kind, Gott?« fragte sie.

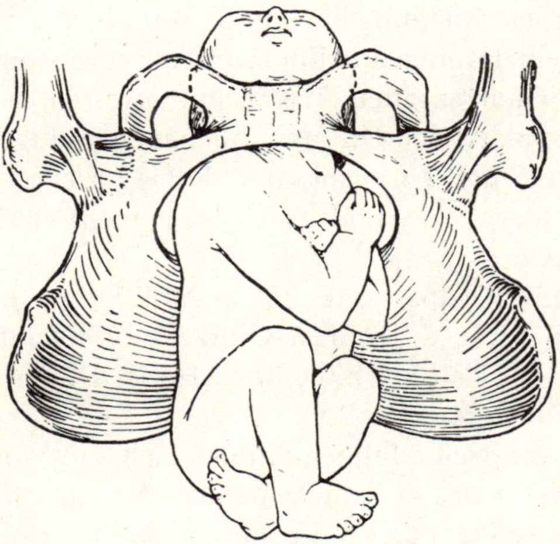

19
MEIN KÜRZESTES KAPITEL

Wäre Bella nicht so bald nach Ihrem Brief eingetroffen, hätte Baxter wahrscheinlich eine Antwort auf diese Frage vorbereiten können, doch nun überraschte ihn alles so, daß er sich entsetzlich veränderte. Ich weiß nicht, ob das Blut aus seiner fahlen Haut wich oder in sie hineinströmte, aber innerhalb von zwei Sekunden nahm sie eine grau-purpurne Färbung an. Der Schweiß, der plötzlich auf seinem Gesicht ausbrach, tröpfelte nicht herunter, sondern ergoß sich aus ihm, denn Baxter zitterte nicht, er vibrierte. Seine lockere Kleidung blieb unbewegt, doch die Umrisse von Stiefeln, Händen und Kopf wurden verschwommen wie gezupfte Gitarrensaiten. Trotzdem antwortete er ihr. Aus einer kummervollen Öffnung in jenem gewaltigen trüben Schädel erscholl eine langsame, hohle, eisern klingende Stimme, jedes Wort undeutlich, aber nicht vom eigenen Echo übertönt.

»DIE. EREIGNISSE. DIE. ZU. DEM. RISS. AN. DEINEM. KOPF. FÜHRTEN. HABEN. GLEICHZEITIG. BEWIRKT. DASS. DU. ETWAS. VERLOREN. HAST: DEIN... DEIN... DEIN... DEIN...«

Schweigen. Seine Lippen mühten sich, ein Wort auszusprechen, für das er keinen Atem finden konnte. Ich beobachtete seine Zunge, die hinten gegen seine oberen Zähne zuckte.

Das Wort begann mit einem L, also mußte es LEBEN sein. Die Hälfte seines Gehirns versuchte, Bella die Wahrheit über ihre Herkunft zu sagen, die andere Hälfte war entsetzt über den Versuch – genau wie ich.

»Dein Kind, Bella!« brüllte ich. »Der Schock, der deine Erinnerung auslöschte, hat das *Kind* in dir getötet!«

Baxter wurde ganz ruhig, und er betrachtete sie mit entgeisterten Augen und aufgerissenem Mund. Ich tat das gleiche. Sie seufzte, sagte leise: »Das habe ich befürchtet«, und lächelte Baxter dann so freundlich an, als liefen ihr keine Tränen über die Wangen. Danach setzte sie sich auf seine Knie, legte die Arme so weit um seine Taille, wie es ihr möglich war, lehnte den Kopf an seine Brust und schien einzuschlafen. Auch er schloß die Augen, und seine normale Farbe kehrte langsam zurück.

Erleichtert, doch eifersüchtig schaute ich sie eine Zeitlang an. Schließlich kniete ich mich neben Bella, umarmte ihre Taille und legte ihr den Kopf auf die Schulter. Sie war nicht völlig eingeschlafen, denn sie bewegte ihren Körper, damit meiner sich besser anschmiegen konnte. So verharrten wir drei ganz lange.

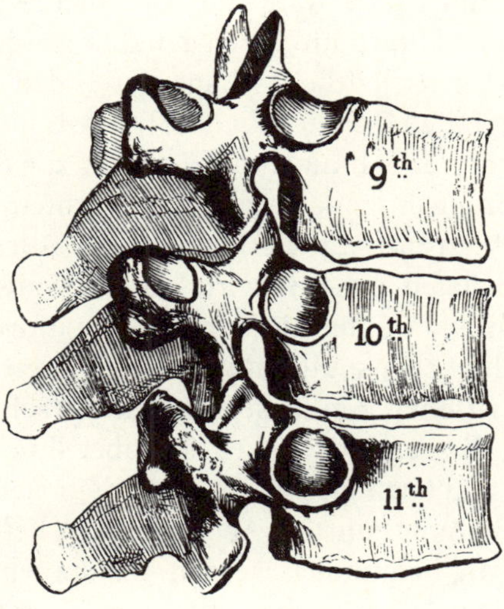

20
GOTT ANTWORTET

Vielleicht eine Stunde verging. Sie weckte uns, indem sie gähnte und sich aufsetzte. Das folgende Gespräch begann im Arbeitszimmer. Es endete am Küchentisch, wo Bell den größten Teil eines Kochschinkens mit Brot, Käse, Pickles vertilgte und dazu ein oder zwei Liter süßen Tee mit Milch trank. Ich war daran gewöhnt, daß sie sich rasch von Gefühlsschocks erholte, aber ich hatte noch nie gesehen, daß es so körperliche Folgen hatte. Ihr Gesicht wirkte nicht mehr schmal und abgezehrt, ihre Wangen wurden runder, ihre Stirn glatter und sanfter, die winzigen Linien und Falten verblichen auf ihrer frischer werdenden Haut. Nachdem man ihr jedes Alter zwischen fünfundzwanzig und vierzig Jahren zugeordnet hätte, wäre nun jedes Alter zwischen fünfundzwanzig und fünfzehn Jahren denkbar gewesen. Wurde mein rein wissenschaftliches Auge durch den liebevollen Blick verwirrt, den sie mir schenkte? Gewiß nicht, aber es konnten nicht nur Schinken und Tee sein, die die Zeichen von Erschöpfung und Anspannung auslöschten. Ihre Augen stärkten sich an unseren Gesichtern, ihre Augen und ihr Hirn verarbeiteten unsere Worte zu der Substanz ihrer Gedanken und kräftigten sie so rasch, wie ihre Zähne und ihr Magen die Lebensmittel nutzten, um ihren Körper zu erneuern. Zwischen den Bissen machte sie sehr kluge Bemerkungen, die zu einer Diskussion über ihre zukünftige Laufbahn - und auch meine - und über ein Datum für unsere Eheschließung führten. Aber vielleicht ließ ihr Glanz mich ein wenig benommen werden. Ich sprach soviel wie Baxter und sie zusammen, aber ich kann mich an kaum eines meiner Worte erinnern. Allerdings habe ich noch sehr deutlich im Gedächtnis, wie genau die Diskussion begann.

Bell fragte: »Warum hast du geschwitzt und gestammelt und gezittert, als ich nach meinem Kind fragte, Gott? Hattest du Angst, daß deine Antwort mich in den Wahnsinn treiben würde?«

Baxter nickte mit einer Heftigkeit, die uns um seinen Hals fürchten ließ.

Sie fuhr fort: »Vielleicht ist es nicht so erstaunlich. Ich war ein Kind, als ich dir davonlief - wie hättest *du* der kindlichen Bell Baxter sagen können, daß sie ein eigenes Kind verloren hat? Besonders da du nicht wußtest, wer der Vater war. Du hast mich stark und selbstbewußt gemacht, Gott, indem du mich über die schönen und mächtigen Dinge auf der Welt belehrt und mir gezeigt hast, daß ich eines von ihnen bin. Du warst zu vernünftig, um ein Kind über Verrücktheit und Grausamkeit zu unterrichten. So etwas mußte ich von Menschen lernen, die selbst verrückt und grausam sind. Ich wußte, daß die Welt ihre Fehler hat, sobald ich von Trauer erfuhr, daß ich Mutter gewesen bin. Ich wußte, daß meine Tochter schrecklich verletzt gewesen sein könnte, sobald Dr. Hooker selbstgefällig auf das arme kleine Mädchen und das blinde Baby zeigte. Als Mr. Astley erklärte, wie reiche Nationen von der Kindersterblichkeit abhängen, wußte ich, daß sie tot sein könnte, und fast hätte ich es mir gewünscht, als ich bei Millie Cronquebil erfuhr, wie schwache und einsame Frauen ausgenutzt werden. Du brauchst dir *keine* Vorwürfe zu machen, Gott, überhaupt keine, was mich angeht. Aber du weißt und verabscheust es doch (habe ich recht?), wie die Schwachen leiden müssen?«

»Ja.«

»Hast du nie versucht, es zu verhindern?«

»Niemals«, erwiderte Baxter trübselig. »Allerdings habe ich einmal versucht, ihren Schmerz zu lindern, indem ich verletzte Angestellte der Eisengießerei in Blochairn und der Lokomotivfabrik in St. Rollox behandelte.«

»Warum hast du aufgehört?«

»Weil ich egoistisch war«, sagte Baxter, der wieder zu schwitzen und zu vibrieren begann, »und dich gefunden hatte. Ich legte viel mehr Wert darauf, deine Liebe zu erringen, als mich um die verbrannten und zerbrochenen Opfer der Schwerindustrie zu kümmern.«

Bella beruhigte ihn mit einem Lächeln, das ebenso wie ihr Tonfall zärtlichen, amüsierten Kummer verriet.

»Lieber Gott, wieviel Gutes ich nur durch meine Existenz verhindert habe! Harry Astley muß recht haben - es gibt *wirklich* zu viele Menschen auf der Welt, vor allem Hätschelkinder wie mich. Wir müssen anfangen, dein Geld richtig zu verwenden, Gott. Laß uns nach Alexandria in See stechen, das kleine Mädchen und das Baby, ihren Bruder, finden, sie adoptieren und mit uns zurückbringen.«

»Soweit brauchen wir nicht zu gehen, Bell«, seufzte Baxter. »Morgen kann ich mit dir vom Glasgow Cross aus durch die High Street spazieren. Zur Rechten wirst du Rangierbahnhöfe und Speicher auf dem Gelände der alten Universität sehen: der Universität, wo Adam Smith seine weltberühmte Abhandlung über die Ursachen des Nationalreichtums und seine allgemein vernachlässigte über gesellschaftliches Mitleid ersann. Auf der anderen Seite steht eine Reihe gewöhnlicher Mietshäuser mit Läden im Erdgeschoß, und dahinter liegt ein Gebiet mit stinkenden, überfüllten Zimmern, wo du soviel zusammengedrängtes Elend wie in der Sonne von Alexandria finden wirst. Es gibt Hausaufgänge, in denen mehr als hundert Menschen all ihr Trink- und Waschwasser aus einer Gemeinschaftsleitung bekommen, und Zimmer, in denen eine ganze Familie in einer einzigen Ecke hockt. Die häufigsten Krankheiten sind Ruhr, Rachitis und Tuberkulose. Da kannst du jede Menge elender kleiner Mädchen mitnehmen. Sag den Eltern, daß du sie zu Hausangestellten ausbilden willst, und die Eltern werden dich segnen. Bring sechs Kinder hierher. Mit Mrs. Dinwiddies Hilfe *kannst* du den meisten wahrscheinlich in drei oder vier Jahren beibringen, ein Zimmer zu reinigen und Kleidung zu waschen. Du weißt zu wenig, um sie etwas Besseres zu lehren.«

Bella raufte sich das Haar mit beiden Händen und rief: »Du klingst wie Harry Astley! Willst auch du mich zu einem zynischen Parasiten machen, Gott? Glaubst auch du, daß mein Haß auf das Elend nichts als verdrängte Mütterlichkeit ist?«

»Das werde ich allerdings glauben, wenn du anfängst, Kinder zu bemuttern, die du nicht lehren kannst, unabhängig zu sein.«

»Wie kann ich das lehren?«

»Dadurch, daß du lernst, selbst unabhängig zu sein - unabhängig von mir und auch von Bandel, ob du ihn heiratest oder nicht. Bist du bereit, schwer zu arbeiten - außerhalb eines Bordells, meine ich?«

»Du hast gesehen, wie ich stundenlang schwer für die kranken Tiere in unserer kleinen Klinik gearbeitet habe.«

»Aber nun möchtest du armen kranken Menschen helfen.«

»Das weißt du doch.«

»Würdest du dein Gehirn und deinen Körper erschöpfen, indem du dich an grausigen Orten abrackerst, wo nicht nur Mut, sondern auch große Urteilskraft benötigt wird?«

»Ich bin unwissend und verwirrt, aber keine Närrin und kein Feigling. Gib mir Arbeit, die mich völlig in Anspruch nimmt!«

»Dann weißt du, was du werden solltest.«

»Nein - sag's mir!«

»Wenn dir die Antwort nicht schon vorschwebt«, meinte Baxter düster, »sind all meine Worte nutzlos.«

»Bitte, gib mir einen Hinweis.«

»Deine Arbeit wird ein mühsames Studium und praktische Erfahrung erfordern, aber deine besten Freunde können dir bei beidem helfen.«

»Ich werde Ärztin.«

Ihr Gesicht war feucht von Tränen und seines von Schweiß, doch sie lächelten und nickten einander mit perfektem Verständnis zu, so daß ich sie fast beneidete, obwohl ich während dieses Gesprächs Bells Hand gehalten hatte. Vielleicht spürte sie meinen Neid, denn sie küßte mich und sagte: »Denk an all die Vorlesungen, die du mir halten kannst, Bandel, und daran, wie aufmerksam ich dir dann zuhören muß!«

»Baxter weiß sehr viel mehr als ich.«

»Ja«, sagte Baxter, »aber ich werde niemandem alles mitteilen.«

* * * * * * * * * * * * *

Diese Sternchen trennen das wörtliche Gespräch von einer raschen Zusammenfassung ab.

Baxter sagte, zur Zeit gebe es nur vier Ärztinnen in Britannien. Alle hätten an ausländischen Universitäten studiert, aber infolge des Ermächtigungsgesetzes von 1876 und der Bemühungen von Sophia Jex-Blake habe die Dubliner Universität ihre Tore für Medizinstudentinnen geöffnet, und schottische Universitäten dürften ihrem Beispiel bald folgen. Bis dahin wolle er wieder in der Wohlfahrtsstation eines Krankenhauses im örtlichen Glasgow arbeiten, wenn Bella sich dort als Lernschwester anmelde. Sollte sie sich auf diesem Gebiet auszeichnen, werde er dafür sorgen, daß sie ihm als Operationsschwester assistieren könne. Wenn sie dann schließlich eine medizinische Hochschule besuche (ob in Dublin oder Glasgow), würden die Vorlesungen für Bella mehr sein als die reinen Gedächtnisübungen, die sie für die meisten Studenten im ersten Jahr darstellten. Baxter meinte, alle Ärzte und Chirurgen sollten aus dem Pflegeberuf rekrutiert werden oder ihre Laufbahn dort beginnen. Dann argumentierte er hitzig dafür, daß körperliche Arbeit als Ausbildungsgrundlage für jeden britischen akademischen Beruf dienen solle, und wir brauchten eine Weile, bis wir ihn bewegen konnten, zum Thema zurückzukehren.

Danach fragte er Bella, ob sie Allgemeinpraktikerin werden oder speziellen Gruppen helfen wolle. Sie erwiderte, es gehe ihr hauptsächlich um kleine Mädchen, Mütter und Prostituierte. Dies war laut Baxter eine gute Idee, denn gegenwärtig hätten fast alle, die solche Menschen behandelten, andere Geschlechtsorgane als ihre Patienten. Bella sagte, sie sei entschlossen, allen Frauen, die zu ihr kämen, die modernsten und wirksamsten Verhütungsmethoden beizubringen. Baxter und ich rieten ihr, diesen Plan geheimzuhalten, bis sie in der Lage sei, ihn zu verwirklichen. Was sie ihren Patientinnen dann in der Abgeschiedenheit ihres Sprechzimmers mitteile, werde wahrscheinlich keinen öffentlichen Skandal auslösen. Wenn sie sich öffentlich für Geburtenkontrolle einsetzen wolle, werde sie es am effektivsten tun können, nachdem sie wenigstens fünf Jahre lang als vollauf qualifizierte Klinikerin gearbeitet habe. Sie war erst mit uns einverstanden, als wir zugaben, daß die Entscheidung über die Länge der Wartezeit allein von ihr selbst - von niemand anderem - abhänge.

Darauf wandte sich Baxter an mich: Freunde seines Vaters hätten ihn über mein Ansehen unter den Glasgower Medizinern auf dem laufenden gehalten. Ich sei ein guter diagnostischer und bakterieller Pathologe mit gründlichen Kenntnissen der Hygiene, welche die effiziente Wirkungsweise des menschlichen Organismus gestatte. Es sei wichtiger, Krankheiten vorzubeugen, als sie zu heilen. Es gebe keine lobenswerteren öffentlichen Wohltäter als jene, die danach strebten, daß Glasgow mit besseren Wasserleitungen, einer besseren Kanalisation und Beleuchtung - kurz, mit besseren *Behausungen* - ausgestattet werde. Aber der Hauptgrund dafür, daß er mich in einer solchen Position zu sehen wünsche, sei persönlicher Art. Wenn Bella irgendwann eine eigene Klinik leite (und er werde sein Vermögen darauf verwenden, ihr beim Aufbau einer solchen Einrichtung zu helfen), werde die Gunst eines hohen örtlichen Verwaltungsbeamten sehr nützlich für sie sein. Dieses Argument überzeugte mich.

Nun kam ich auf die Frage der Eheschließung zu sprechen und schlug den schnellstmöglichen Termin vor. Bella sagte, sie müsse sich zuerst vergewissern, daß sie sich durch ihre Arbeit bei Madame Cronquebil keine Geschlechtskrankheit zugezogen habe. Baxter meinte, sechs Wochen sexueller Quarantäne dürften ausreichen. Er behauptete, müde zu sein, wünschte uns jäh eine gute Nacht und ging nach oben. Der Gedanke, daß Bella mich, nicht ihn heiraten würde, bereitete ihm offenbar immer noch Kummer. Ich teilte ihr meine Vermutung mit, und sie lachte über die Idee. Zwar bestritt sie die Möglichkeit nicht, aber das Ganze sei albern, und er werde sich leicht davon erholen. Dies war das einzige Mal, daß meine liebe Bella dem Kummer eines anderen gefühllos begegnete. Aber als wir später eigene Kinder hatten, entdeckte ich, daß die meisten jüngeren Menschen gedanken- und gefühllos gegenüber Eltern und Vormunden sind, deren sie sich sicher glauben.

Wir gaben einander einen Gutenachtkuß, gingen nach oben zu dem Absatz, auf dem ihr Schlafzimmer lag, und küßten uns noch einmal. Sie flüsterte: »Du bist viel stärker geworden, Bandel. Als wir das früher taten, hättest du fast das Bewußtsein verloren.«

Ich sagte, daß ich befürchtete, nun weniger sensibel zu sein – mein Körper habe sie seit so langer Zeit vermißt, daß er noch nicht wirklich an ihre Gegenwart glauben könne. Sie lachte leise und erwiderte, auch sie sei weniger leidenschaftlich.

»Heutzutage benötige ich eher Knuddeleien als Trauungen«, sagte sie, »und seit Trauer nach Alexandria anfing, mit dem Kopf nach unten zu schlafen, habe ich keine ordentliche, die ganze Nacht dauernde Knuddelei mehr gehabt. Laß uns heute nacht zusammen schlafen, du notwendiger Bandel. Mit einem Laken zwischen uns kann ich deine Arme um mich spüren, ohne dir Schaden zuzufügen. Würde es dir etwas ausmachen, mich so zu knuddeln?«

Ich antwortete, daß ich es sehr gern tun würde und daß genau dieser, der Hochzeit vorausgehende Ritus im ländlichen Schottland sehr häufig sei, wo er »Bündeln« genannt werde.

Also gingen wir ins Bett, um uns zu bündeln, und seitdem
schlafen wir nicht mehr getrennt, außer wenn sie an
Londoner Konferenzen der Fabian Society
teilnehmen muß.

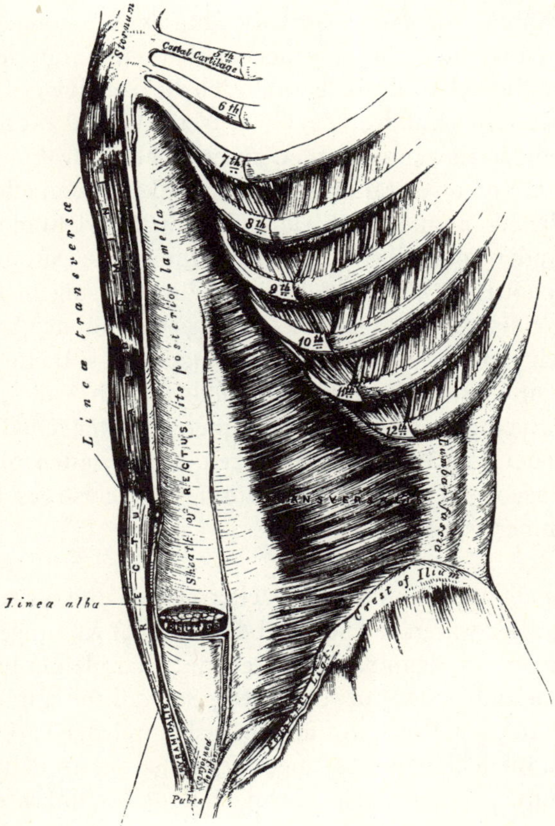

21
EINE UNTERBRECHUNG

Ich mag Atheist sein, aber ich bin nicht bigott. Als wir wußten, daß Bella keine Krankheit hatte, arrangierte ich eine einfache presbyterianische Trauungszeremonie, denn ich hielt dies für eine harmlose und traditionelle Art, unser Ehegelöbnis abzulegen. Die Park Church war am nächsten, aber ich wollte nicht, daß die Nachbarskinder an der Tür herumkrabbelten, deshalb wählte ich die Lansdowne United Presbyterian Church an der Great Western Road, die zu Fuß in weniger als zehn Minuten zu erreichen war. Englische Leser könnten verständnislos dreinblicken, wenn ich sage, daß die Zeremonie am 25. Dezember um neun Uhr morgens stattfinden sollte. Es war das frühestmögliche Datum, und die Schottische Kirche hält den Weihnachtstag nicht für heiliger als andere Tage, es sei denn, er fällt auf den Sabbat. Als ich Arm in Arm mit Bella hinaustrat – Baxter und Mrs. Dinwiddie folgten uns ebenfalls Arm in Arm –, empfand ich eine gewisse Freude darüber, daß Menschen überall auf der Welt an meinem Hochzeitstag frei hatten, obwohl die Glasgower Läden und Büros und Fabriken so geschäftig wie immer waren.

Es war ein frostiger Morgen. Dächer, Gärten und die ruhigeren Straßen waren von Schnee bedeckt, aber wir gingen mit festem Schritt, denn Baxter hatte eine Schar kleiner Jungen dafür bezahlt, eine Spur von unserer Schwelle bis zur Kirche sauberzufegen. Die Spur führte bergab durch den Park, aber sie war nicht glatt, da die Jungen genug Salz gestreut hatten. Ein dünner Nebelschleier, der nach Rauch schmeckte, verhüllte die nähere Umgebung nicht, und ich glaubte, Gestalten zu sehen, die vor uns das Gebäude betraten. Das verblüffte mich. Ich hatte angenommen, daß Baxter und Mrs. Dinwiddie unsere einzigen Zeugen sein und die gesamte Gemeinde ausmachen würden. Bella hatte Miss MacTavish, Trauburn, Astley und Madame Cronquebil einladen wollen, um ihnen zu zeigen, daß man in ihrem Fall von »Ende gut, alles gut« sprechen könne. Wir hatten sie jedoch überzeugt, daß diese Gäste einander in Verlegenheit bringen würden, und schließlich hatten wir niemanden eingeladen und das Ereignis nirgends angekündigt. Aber natürlich mußte der Pfarrer wie immer das Aufgebot ausgehängt haben.

Wir betraten die Kirche pünktlich um eine Minute vor neun und sahen, daß das Mittelschiff leer war, abgesehen von fünf Männern in der ersten Reihe. Bella fragte: »Wer ist das?« Ich wußte es nicht, aber ich bemerkte, daß einer der Männer ungewöhnlich groß, dünn und von militärischer Haltung zu sein schien. Dies ließ mich erzittern. Ich spürte, daß sich eine Katastrophe abspielen würde, und hatte den Eindruck, daß Bella und ich schon viele Male Arm in Arm durch diesen Gang geschritten waren – immer derselben Katastrophe entgegen. Ich glaubte an einen Alptraum, den ich abschütteln mußte. Baxter flüsterte: »Gemach, McBandless!« mit einer so ruhig-gebieterischen Stimme, daß ich ihn anschaute. Er nickte zurück, und ich begriff, daß er alle denkbaren Entwicklungen vorhergesehen hatte und für sie gerüstet war. Ich packte Bellas Arm fester und ging mit dem Mut eines Christen voran, der weiß, daß Gott auf seiner Seite ist.

Wir kamen an den Fremden vorbei und blieben, mit den Rücken zu ihnen, vor dem Abendmahlstisch stehen. Der Pfarrer umrundete den Fuß der Kanzel und fragte nach ein paar einführenden Worten formell, ob ich Archibald McBandless sei, der einzige Sohn von Jessica McBandless, einer ledigen Frau aus der Gemeinde Whauphill in Galloway. Ich bejahte. Dann fragte er meine Verlobte, ob sie Bella Baxter sei, Tochter von Ignatius MacGregor Baxter, Handelsagent in Buenos Aires, und seiner Ehefrau Seraphina Rhinegold Cumberpatch. Bella bejahte. Ich überlegte, weshalb Baxter einen so langen, unwahrscheinlichen Namen für die Mutter erfunden hatte, und kam zu dem Schluß, er habe angenommen, daß es in einer Welt voller Merkwürdigkeiten keine Reihe von Namen geben konnte, in der kein einziger lang und unmöglich war. Nachdem ich diese Überlegung beendet hatte, sagte der Pfarrer bereits, wenn einer der Anwesenden triftige Einwände gegen die Vereinigung dieser beiden im heiligen Ehebund habe, so möge er nun die Stimme erheben. Darauf rief eine hohe, klare, krächzende Stimme hinter mir: *»Diese Hochzeit kann nicht stattfinden!«*

Wir drehten uns um. Die Worte waren von dem sehr großen, dünnen Mann ausgesprochen worden, der sich nun aufgerichtet hatte und uns unverwandt anstarrte wie eine säuberlich geschnitzte, lebensgroße Holzfigur. Er sah hölzern aus, weil sein dichter stahlgrauer Schnurrbart (der seinen Mund bedeckte) und sein scharfer Spitzbart fast die gleiche Farbe hatten wie seine rötlichbraune Haut. Ein untersetzter, wirr aussehender alter Mann mit dunkelbraunem Gesicht mühte sich neben ihm auf die Beine.

»Wer sind sie?« fragte der Pfarrer mit einer plötzlich leisen und piepsenden Stimme.

»Ich bin General Sir Aubrey de la Pole Blessington. Die Frau, die sich als Bella Baxter ausgibt, ist meine mir gesetzlich angetraute Gattin Victoria Blessington, deren Mädchenname Victoria Hattersley war. Das ist ihr Vater Blaydon Hattersley, Generaldirektor der Union Jack Steam Traction Company of Manchester and Birmingham.«

»Vicky!« flehte der alte Mann und streckte die Arme nach Bella aus, während ihm Tränen über die Wangen strömten.

»Oh, meine kleine Vicky! Erkennst du deinen alten Vater nicht?«

Bella betrachtete ihn mit großem Interesse und musterte darauf ihren ersten Mann genauso interessiert. Der General erwiderte starr ihren Blick. Der Fabrikant schluchzte. Meine eigenen Gefühle waren so seltsam, daß ich sie nicht beschreiben kann. Mir war klar, daß Bella unwissentlich den Vater ihres Gehirns in dem ersten Ehemann ihres Körpers und den Großvater ihres Gehirns in dem Vater ihres Körpers vor sich hatte. Nach einer Weile sagte sie: »Also, Sie sind wirklich ein faszinierendes Paar, aber ich kann mich nicht erinnern, Sie beide je gesehen zu haben.«

Der General befahl: »Sprechen Sie, Prickett.«

Ein dritter Mann stand auf und erklärte, er sei der medizinische Berater des Generals und habe Lady Blessington vor ihrem Verschwinden mindestens acht Monate lang wegen einer ernsten Krankheit behandelt. Die Dame, die sich Bella Baxter nenne, sei Lady Blessington der Stimme und der Erscheinung nach so ähnlich, daß die beiden identisch sein müßten. Daraufhin verkündete der Pfarrer, daß die Trauung nicht stattfinden könne.

Ich weiß nicht, was ich getan hätte, wenn Bella mich nicht weiterhin untergehakt und wenn Baxter nicht das Heft in die Hand genommen hätte. Die Würde seines massigen Körpers und seines Benehmens erfüllten mich mit kindlicher Hoffnung.

»General Blessington. Mr. Hattersley. Jemand hat Ihnen mitgeteilt, wann und wo diese Hochzeit stattfinden sollte. Dieselbe Person hat Sie vielleicht auch wissen lassen, daß ich ein reicher Mann und ein praktizierender Chirurg bin, der Angehörige des Königshauses operiert hat. Miss Baxter kam vor drei Jahren ohne jede Erinnerung an ihr früheres Leben zu mir. Sie wohnt seitdem als mein Mündel bei mir, und ich habe ein Testament gemacht, mit dem ich ihr mein gesamtes Vermögen hinterlasse. Vor einem Jahr hat sie sich aus eigenem Willen mit meinem Freund Dr. McBandless vom Glasgow Royal Infirmary verlobt. General Blessington! Mr. Hattersley! Wollen Sie, daß die Frage von Miss Baxters Identität in einem Gerichtshof von einem Richter und einer Jury entschieden wird? Oder wollen wir zuerst versuchen, sie durch eine vernünftige Diskussion zu klären? Mein Haus ist nur einen kurzen Spaziergang von hier entfernt. Ich lade Sie dorthin ein.«

Der General befahl: »Sagen Sie's ihm, Harker.«

Ein vierter Mann stand auf und stellte sich als General Blessingtons Anwalt vor. Er wisse, daß Sir Aubrey den Ruf seiner Frau nicht durch eine öffentliche Untersuchung privater Angelegenheiten schädigen wolle. Allein aus diesem Grund sei der General bereit, ein Privatgespräch mit folgenden Personen zu dulden: Auf der einen Seite hätten er selbst, sein Anwalt, sein medizinischer Berater, der Vater seiner Frau und Mr. Seymour Grimes von der Privatdetektivagentur Seymour Grimes zu sein. (Während der letzte Name erwähnt wurde, erhob sich auch der fünfte Mann.) Der General gestatte, daß die andere Seite durch Mr. Baxter und seinen Freund Dr. McBandless vertreten werde. Sir Aubrey bestehe jedoch darauf, daß seine Frau Victoria Blessington das Ergebnis der Diskussion in einem Nachbarzimmer abwarte. Er habe die bestmöglichen Gründe dafür, sie von dem Gespräch auszuschließen. Außerdem fordere er, die Unterhaltung in einer Suite zu führen, die er im St. Enoch's Station Hotel belegt habe.

»Sie wollen Gott und Bandel sagen, wer ich bin, ohne daß ich es höre?« rief Bella. »Was meinst du dazu, Gott?«

»Ich meine, daß ich nichts damit zu tun haben will«, antwortete Baxter ruhig, »es sei denn, man nennt mir einen guten Grund.«

»Sagen Sie's ihm, Prickett«, befahl der General. Sein medizinischer Berater zwängte sich aus der Kirchenbank und verärgerte Bella auf heftigste, denn er führte Baxter beiseite und flüsterte ihm etwas ins Ohr. Baxters Entgegnung war von jedermann zu hören: »Das ist kein Grund, es ist eine

Lüge. Ich kann beweisen, daß es eine Lüge ist. Dieses Gespräch wird nur dann stattfinden, wenn Miss Baxter daran teilnimmt und wenn es sich in meinem Haus abspielt. General Blessington und sein Gefolge riskieren nichts, wenn sie mein Haus betreten, aber es ist vorgekommen, daß Frauen von Männern, die sich als ihre Gatten ausgaben, aus britischen Hotels entführt wurden, und die Polizei hat sich nicht eingeschaltet.«

»Zu Recht!« schnauzte der General. Sein Anwalt sah ihn prüfend an. Der General schaute mit unbewegter Miene zurück, und für eine Weile schien sich niemand zu rühren.

Dann mußte irgendein Signal gegeben worden sein, denn der Anwalt sagte mit leiser Stimme zu Baxter: »Wir werden zu Ihnen nach Hause fahren. Drei Droschken warten in der Gasse neben diesem Gebäude.«

»Drei Droschken können sechs Personen befördern«, erwiderte Baxter. »Mrs. Dinwiddie, bitte kehren Sie mit diesen fünf Herren zum 18 Park Circus zurück. Führen Sie sie in mein Arbeitszimmer, zünden Sie das Feuer an und reichen Sie Ihnen Getränke. Miss Baxter und Dr. McBandless und ich werden zu Fuß zurückkehren, aber kurz nach Ihnen eintreffen. Mr. Harker, bitte erklären Sie Ihrem Mandanten dieses Arrangement.«

Baxter wandte dem Anwalt den Rücken zu und sagte dem Pfarrer, er werde morgen für seine Unannehmlichkeiten bezahlt und von neuem benachrichtigt werden, sobald das gegenwärtige Mißverständnis ausgeräumt sei. Dann schob er sich Bellas freie Hand unter den Arm, und wir drei schritten durch den Gang zurück zur Tür. Als wir hinaustraten, hatte ich das Gefühl, zehn Wochen in der Kirche verbracht zu haben, dabei waren es weniger als zehn Minuten.

Wie frisch, hell und gesund die neblige Straße und die schneebedeckten Dächer nun aussahen! Auch Bella hatte dieses Gefühl. Sie sagte: »Ich hätte nie gedacht, daß unsere Hochzeit ein solcher Spaß sein würde. Ist der arme alte

Mann wirklich mein Vater? Wir müssen versuchen, ihn aufzuheitern. Habe ich die lange, dünne Latte mit der Maske am oberen Ende wirklich einmal geheiratet? Eh, ein Glück, daß ich ihn los bin. Wollten all die Männer mich wirklich entführen? Einen Moment lang schien es mir so. Ich bin froh, daß du bei uns warst, Gott. Bandel hätte mich bis an sein Ende verteidigt, aber was würde ein toter Bandel einer entführten Bell nützen? Ein Schnaufer aus deiner Lunge hätte die ganze Bagage umgeworfen, Gott, und das wußten sie. Also sieht es endlich so aus, als solle das Rätsel um die Entstehung von Bell Baxters Art gelüftet werden. Was hat der komische Mediziner dir zugeflüstert, Gott?«

»Eine Lüge. Er wird sie wahrscheinlich laut wiederholen, und ich werde ihm widersprechen.«

»Warum bist du so bekümmert, Gott? Warum bist du nicht so aufgeregt wie ich?«

»Weil du erfahren wirst, daß auch ich dich belogen habe.«

»Du? Ein Lügner?«

»Ja.«

»Wenn du mich belogen hast, wie kann es dann irgendeine Wahrheit geben? Wer kann dann überhaupt gut sein?« fragte Bella erschrocken.

»Wahrheit und Güte hängen nicht von mir ab, Bell. Ich bin zu schwach. Ich bin ein genauso armes Geschöpf wie General Blessington. Stell dich darauf ein, uns beide zu verachten.«

22
DIE WAHRHEIT: MEIN LÄNGSTES KAPITEL

Ich hatte von General Blessington gehört, lange bevor Baxter seinen Namen laut aus Trauburns Brief vorlas. In jenen Tagen war »Donnerkeil« Blessington Zeitungslesern so bekannt wie Sir Garnet Wolseley und »der Chinese« Gordon. Vicomte Wolseley wurde Oberbefehlshaber der britischen Streitkräfte. General Gordon, der die Derwische veranlaßte, ihn zu zerstückeln, wird als ein Märtyrer des Imperiums verehrt. Der erste Mann meiner Frau stößt auf weniger Freundlichkeit. Die Londoner *Times* und der *Manchester Guardian* schreiben seine größten Taten nun Offizieren zu, die man in den ersten Berichten über die Aktionen nicht einmal erwähnte. Die Massenpresse folgt ihrem Beispiel. Warum überschattet das unglückliche Ende eines tapferen Kriegers sein von patriotischen Bemühungen erfülltes Leben? Die beste Biographie des Generals ist immer noch in einem Eintrag des *Who's Who* von 1883 zu finden. In spätere Ausgaben hat man ihn nicht mehr aufgenommen.

BLESSINGTON, Sir Aubrey de la Pole, 13. Baronet; *ern.* 1623; Victoriakreuz, Großkreuz des Bath-Ordens, Großkreuz des Ordens des heiligen Michael und des heiligen Georg; Friedensrichter; Parlamentsmitglied (Lib.) Nord-Manchester seit 1878; *geb.* Simla; *ält. S.* v. General Q. Blessington, Gouverneur der Andamen und Nikobaren, und Emilie, *ält. T.* v. Bamforth de la Pole, Baronet, Hogsnorton, Loamshire, und Satansknockout, Grafschaft Cork; *Nachf. seines Cousins* 1861; *verh. m.* Victoria Hattersley, *T. v.* B. Hattersley, Lokomotivhersteller in Manchester; *Ausb.:* Rugby, Heidelberg, Sandhurst. Befehligte Eingeborenenaufgebot an der Ostfront, Kap der Guten Hoffnung, 1849; Expedition gegen die Swazanji, 1850–51 (schwerverwundet, in Kriegsberichten erwähnt, Brevet eines Oberstleutnants); freiwillige Meldung auf die Krim, diente vor Sewastopol, 1854–56 (zweimal verwundet und in Kriegsberichten erwähnt wegen Abwehr fünf russischer Vorstöße mit sehr kleinem Kommando des 4th Queen's Own, Krimkrieg-Medaille und drei Spangen, Orden v. Medjidie und Türkenkrieg-Medaille); Brigademajor und Befehlshaber der Verfolgungskolonne in Zentralindien während der Rebellion 1857–58 (verwundet, beteiligt an Einnahme der Festungen Fumuckenugger und Bulubghur, an Erstürmung der Bastion v. Kaschmir und der Höhen v. Delhi, Orden des Goldenen Vlieses v. portugiesischer Krone für Verteidigung v. Goa); Zweiter Generaladjutant der britischen Expeditionsstreitkräfte in China, 1860 (verwundet bei Zerstörung der Yangzi-Uferbatterien, doch beteiligt an Einmarsch in Peking und Erstürmung des Sommerpalastes); Gouverneur der Strafkolonie auf der Norfolk-Insel, 1862–64; Gouverneur von Patagonien, 1865–68 (schlug die Revolten der Tehueltschen und Gennaken nieder, ohne einen Mann zu verlieren); Gouverneur v. Jamaika, 1869–72; Befehlshaber der birmesischen Strafexpeditionsstreitkräfte, 1872–73; Generalleutnant während Unterdrückung der ersten Mischlingsrevolte in Nordwest-Kanada, 1874; Generaladjutant, Aschantikrieg, 1875 (verwundet, Victoriakreuz); Oberbefehlshaber der Miliz in Kanada, 1876 (verletzt durch explodierende Bombarde auf Inspektionsreise durch Provinz Quebec, Dank des Parlaments durch Prämie in Höhe von £ 25000, Ehrenlegion 5. Klasse); kons. Kandidat in Loamshire Downs; Großmeister der Freimaurer-Großloge von England, 1877. *Veröffentl.: Als England zitterte.* Bericht über den Umgang mit der Chartistenbewegung von 1848; *Reinigung des Planeten*, ein Monodrama; *Politische Krankheiten, imperiale Heilungen*, Vortrag vor United Service Institute. *Freizeitgestaltung*: Jagd, Schießen, Zucht von Vollblütern, Vorsitzender des Heimes für verwahrloste Kinder der Humanitätsgesellschaft von Manchester, persönliche Beaufsichtigung des Versuchshofes, auf dem Slumwaisenkinder für die Umsiedlung in die Kolonien ausgebildet werden. *Adresse*: 49 Porchester Terrace, London. *Clubs*: Cavalry, United Service, Pratt's, British Eugenics.

Am Tag nach Bellas Rückkehr las ich diesen Eintrag in Baxters Bibliothek, doch ich vergewisserte mich vorher, daß mich niemand beobachtete. Wochen später erfuhr ich, daß Bella und Baxter separat das gleiche getan hatten. Wir alle schmiedeten zu viele Pläne für Bellas Zukunft, um gemeinsam die Vergangenheit zu untersuchen oder heraufzubeschwören - wir hofften, sie werde uns in Frieden lassen. Nur Baxter hatte die Informationen benutzt, um sich darauf

GENERAL SIR AUBREY de la POLE
BLESSINGTON BART V.C.

vorzubereiten, daß die Vergangenheit uns plötzlich überraschte. Während wir an jenem kalten Weihnachtsmorgen aus der Kirche nach Hause eilten, war nur er ernster Stimmung. Ich war von Bellas lebhafter Neugier angesteckt worden, hatte aber auch einen verrückten Eindruck von der Bedeutung des Generals. Zwar fürchtete ich nicht, daß er sie mir wegnehmen würde, doch ich dachte, mein Liebesleben könnte auf ähnliche Weise wie das Liebesleben von Rizzio und Bothwell in die Geschichte eingehen - nicht so, daß ich ein katastrophales Ende finden, aber so, daß ich berühmt werden würde. Nicht einmal eine Bemerkung Baxters heilte mich von dieser Illusion. Wir näherten uns 18 Park Circus und sahen den General am Fenster des Arbeitszimmers stehen, von wo er uns streng musterte. Bella schauderte, und Baxter sagte behutsam: »Sein linkes Auge ist aus Glas - er starrt immer geradeaus, damit das rechte Auge nicht von dem linken abweicht. Kein großer General ist so oft verwundet worden wie de la Pole Blessington.«

»Oh, der arme Kerl!« rief Bella und winkte ermutigend zu ihm hinauf. Er zeigte keine Reaktion, aber ich hatte plötzlich Angst, daß sie durch ihr Mitleid zu ihm hingezogen werden könne.

Als wir das Arbeitszimmer betraten, starrte er, mit dem Rücken zu uns, immer noch aus dem Fenster. Der alte Fabrikant hatte sich auf einem Sessel neben dem Feuer zusammengekauert. Er warf uns einen kurzen Blick zu, während Bella und ich am Tisch Platz nahmen, und schaute dann von neuem in die Flammen, der Anwalt und der Arzt des Generals saßen steif neben dem Detektiv auf dem Sofa. Seymor Grimes war der einzige Besucher, der sich nicht unbehaglich zu fühlen schien. Er hielt ein Glas Whisky in der Hand, das aus einer Karaffe - Mrs. Dinwiddie hatte sie in Reichweite hingestellt - gefüllt worden war. Baxter ging sofort auf ein Schreibpult zu, schloß es auf und holte ein Bündel Papiere hervor. Er legte sie auf den Tisch und fragte, an niemanden gewandt: »Zieht der General es vor zu stehen?«

»Sir Aubrey zieht es *gewöhnlich* vor zu stehen«, murmelte der Arzt des Generals vorsichtig.

»Gut«, sagte Baxter. Er setzte sich auf einen Stuhl, von dem aus er alle im Auge behalten konnte, und begann ohne Umschweife zu sprechen.

»Auf einer Welt, die so dichtbevölkert ist wie unsere, muß fast jeder mehrere andere haben, die genauso aussehen und klingen wie er. Hat jemand einen besseren Grund für die Annahme, daß Bella Baxter mit Victoria Blessington identisch ist?«

»Ja«, sagte der alte Fabrikant. »Vor einer Woche bekam ich einen Brief von einem Mann namens Trauburn. Er schrieb mir, meine Vicky lebe hier bei Ihnen. Ich nahm Kontakt mit meinem Schwiegersohn auf und hörte, daß er zwei Wochen vorher einen ähnlichen Brief erhalten, aber nichts unternommen habe.«

»Es war der Brief eines Wahnsinnigen!« warf der Anwalt des Generals rasch ein. »Trauburn behauptete nicht nur, daß Lady Blessington seine eigene Geliebte gewesen sei, sondern auch die Geliebte von Robert Burns, Bonnie Prince Charlie und einer ganzen Reihe von Berühmtheiten bis hin zum Garten Eden. Überrascht es Sie, daß der General eine solche Epistel nicht zur Kenntnis nahm?«

»Ja«, erwiderte der alte Mann und schaute mit finsterer Miene in die Flamme. »Der Brief war seit drei Jahren der einzige Hinweis auf den Aufenthaltsort meiner Vicky. Wir hätten Himmel und Erde in Bewegung setzen müssen, als sie gerade verschwunden war, aber Dr. Prickett meinte: ›Kein Grund, die Polizei zu benachrichtigen. Ich bin sicher, daß es nur eine vorübergehende Geistesstörung ist. Ein öffentlicher Skandal würde sie nur noch stärker zerrütten. Wenn Sie Ihre Tochter lieben, dann geben Sie ihr Zeit, freiwillig nach Hause zurückzukehren.‹ Natürlich sagt Prickett nur das, was Sir Aubrey von ihm hören will. Das weiß ich inzwischen. Aber damals wußte ich es noch nicht. Tage vergingen, bevor Scotland Yard informiert wurde, und dort behandelte man die ganze Sache sehr diskret, weil ... weil ...« (Er machte ein Geräusch, das zwischen einem Lachen und einem Schluchzen lag). »... Blessington der Liebling der Nation ist, ein Vorbild für die britische Jugend - diese Worte stammen von Lord Palmerston! Die Zeitungen brachten keinen Bericht, und nichts wurde entdeckt. Oder wenn etwas entdeckt wurde, unterrichtete mich niemand. Deshalb beauftragte ich Grimes hier, sobald ich Trauburns Brief gelesen hatte. Sagen Sie ihnen, was Sie herausgefunden haben, Grimes.«

Der Detektiv nickte, nahm einen Schluck aus seinem Glas und sprach in dem schnellen Dialekt eines gebürtigen Londoners. Er war ein durchschnittlicher Mann von etwa dreißig Jahren - so durchschnittlich, daß ich nichts Ungewöhnliches an ihm wahrnahm außer seiner Redeweise, in der keine Pronomen der ersten Person vorkamen.

»Wurde beauftragt, Lady Blessntns Verschwinnen vor einer Woche, drei Jahre nach dem Ereignis, zu untersuchen. Lady verschwand plötzlich ausiremhaus als sie verwirrt betrübt niedergeschlagen und schwanger war - acht Monate und zwei Wochen schwanger, wassas schöne Geschlecht oft überschnappen läßt, arme Dinger. Erlangte Fotoporträt der verlorngangnen Lady, ein gutes. Kam nach Glasgow, um Informationen in Brief von Mr. Duncan Trauburn nachzugehen, und finde besagten Gentleman eingekerkert in geschlossener Abteilung des Glasgow Royal Lunatic Asylum, abslut kein Zugang. Lady B verschwand 6. Febrar 1880 aus 49 Porchester Terrace, überprüfte also sämtliche Aufzeichnungen der Polizei und der Humanitätsgesellschaft über verwirrte oder geistesgestörte Vagabundinnen, die nach jenem Datum in Glasgow festgenommen oder sonst entdeckt wurden. Bemerke, daß Frau vom selben Typ wie Lady B am

8. Februar von Brücke in den Clyde gesprungen und von einem Angestellten der Humanitätsgesellschaft, einem gewissen George Geddes, herausgefischt worden sein soll. Zeigimfoto. ›Das isse!‹ sachter. ›Wo isse jetzt?‹ frachich. ›Leiche nicht abgeholt‹, sachter, ›deshalb von Polizeichirurg am 15. Febrar zum University Medical College gebracht‹, sachter – falsch. Gotthard Baxter war Polizeichirurg, aber College-Hauptbuch zeigt, daß Mr. Baxter KEINE Leichen am 15. Febrar oder später dorthin brachte, denn am 16. Febrar erhält College Brief vonim, in dem steht, er ziehe sich aus Polizeiarbeit zurück, um sich auf seine Privatpraxis (sachter) konzentrieren zu können. Und das tat er auch. Ende Febrar wissen Kohlenhändler, Milchmann, Krämer, Schlachter, die 18 Park Circus bliefern, daß Mr. Baxter eine bei ihm wohnende Patientin hat. Gelähmt. Im April kann sie gehen, ist aber kindlich. Drei Jahre später sitzt sie hier blühend wie eine Rose und bereit, wieder zu heiraten. Viel Glück, Miss oder Lady B!«

Seymour Grimes prostete Bella zu und schüttete den Inhalt seines Glases hinunter.

»Ich mag den Mann«, flüsterte Bella nachdrücklich, weshalb ich nicht wußte, ob sie ihn verstanden hatte. Alle anderen blickten Baxter an.

»In Ihrer Argumentationskette fehlt ein Glied, Mr. Grimes«, sagte er. »Sie teilten uns mit, daß George Geddes (eine beliebte und geachtete Person in dieser Stadt) eine Leiche geborgen haben will. Wie kann eine Leiche, die er barg, hier neben uns sitzen, obwohl Sie sagen, sie habe sieben Tage lang in einem Schauhaus gelegen?«

»Kann ich nicht sagen – ist nicht mein Gebiet«, antwortete der Detektiv und zuckte die Achseln.

»Ich glaube, ich kann Licht in diese dunkle Angelegenheit bringen«, sagte der Arzt des Generals, »wenn Sir Aubrey es mir erlaubt.«

Der General ließ mit keinem Wort und keiner Geste erkennen, daß er ihn gehört hatte.

»Dies ist mein Haus, Dr. Prickett«, erklärte Baxter, »ich erlaube nicht nur, sondern ich verlange, daß Sie Ihre Meinung darlegen.«

»Dann will ich es tun, Mr. Baxter, obwohl sie Ihnen nicht gefallen wird. In der medizinischen Welt von London weiß man, daß Glasgower Chirurgen seit dem Beginn dieses Jahrhunderts elektrische Stromstöße durch das Nervensystem von Verstorbenen jagen. Wie verzeichnet ist, belebte einer von Ihrer Sorte in den 1820ern die Leiche eines gehängten Verbrechers wieder, der sich aufsetzte und zu sprechen begann. Ein öffentlicher Skandal wurde nur dadurch vermieden, daß einer der Demonstratoren die Schlagader des Verurteilten mit einem Skalpell durchtrennte. Ihr Vater war bei jener Demonstration anwesend. Ich habe keinen Zweifel daran, daß er Ihnen all seine Kenntnisse vermittelte, denn Sie waren, abgesehen von ungebildeten Krankenschwestern, sein einziger Assistent. Sir Colin war berüchtigt dafür, daß er nicht all sein Wissen mit seinen Kollegen teilte.«

»Gott«, sagte Bella mit einer matten Stimme, wie ich sie nie von ihr gehört hatte, »als wir heute die Kirche verließen, hast du zugegeben, mich belogen zu haben. Ich glaube, nun weiß ich, was die Lüge war. Mein Vater und meine Mutter sind nicht bei einem Zugunglück in Argentinien umgekommen. Du hast ihren Tod erfunden, um etwas Schlimmeres zu verbergen.«

»Ja«, erwiderte Baxter und schlug sich die Hände vors Gesicht.

»Also ist der arme alte Mann da wirklich mein Vater? Und die Bohnenstange dort, die anscheinend Angst hat, mich anzusehen, ist mein Ehemann? Und ich bin vor ihm davongelaufen und habe mich ertränkt? Oh, Bandel, bitte halte mich fest.«

Ich erfüllte ihren Wunsch nur zu gern, denn der General drehte sich um.

Er drehte sich um und sprach mit einer schneidigen, dünnen, hohen Stimme, die ständig lauter wurde.

»Hör auf zu heucheln, Victoria. Du erinnerst dich sehr gut daran, daß Hattersley dein Vater ist, daß ich dein Mann bin und daß du von zu Hause weggelaufen bist, um dich deinen ehelichen Pflichten zu entziehen. Diese absurde Geschichte über deinen Tod durch Ertrinken und Leichenschauhäuser und Gedächtnisverlust ist erdichtet worden, um die einfache Tatsache zu verbergen, daß du seit drei Jahren mit einem Monstrum zusammengelebt hast, um deine irrsinnige Fleischeslust zu befriedigen, zuerst mit ihm, dann mit einem verrückten Wüstling und nun mit einem ordinären Rüpel. Du tust es jetzt - hier -, vor meinen Augen. LASSEN SIE MEINE FRAU LOS, SIR!«

Er schrie die letzten Worte so laut, daß ich ihm fast gehorcht hätte. Eines seiner eisblauen Augen mag aus Glas gewesen sein, aber es glich dem anderen so vollkommen, daß ich vor dem Haß erzitterte, der aus ihnen herauszulesen war. Aber plötzlich sah ich Baxter neben uns, der um keinen Zoll kleiner als der General und fünfmal so breit war. Dann kam unerwartete Hilfe von dem alten Mann, der immer noch ins Feuer starrte.

Er sagte: »Reden Sie nicht so über meine Vicky, Sir Aubrey. Sie wissen, wessen Fleischeslust sie aus dem Haus trieb. Wenn sie so tut, als habe sie alles vergessen, dann sollten Sie ihr dafür danken. Wenn sie es wirklich vergessen hat, sollten wir Gott danken.«

»Ich brauche mich dafür, wie ich meine Frau behandelt habe, nicht zu schämen«, erwiderte der General brüsk.

Bella entwand sich sanft meiner Umarmung und ging auf den alten Mann zu. »Sie versuchen, liebenswürdig zu sein. Vielleicht sind Sie also doch mein Vater. Lassen Sie mich Ihre Hand halten.«

Er betrachtete sie, verzog den Mund zu einem schmerzlichen Lächeln, das mich an das Lächeln meiner Mutter erinnerte, und ließ sie seine rechte Hand in ihre beiden nehmen. Bella schloß die Augen und flüsterte: »Sie sind stark... grimmig... schlau..., aber Sie können niemals liebenswürdig sein, denn Sie haben Angst.«

»Stimmt nicht!« rief der alte Mann und entriß ihr seine Hand. »Stark, grimmig und schlau - ja, Gott sei Dank, das bin ich. Dadurch konnte ich mich selbst und deine Mutter und dich aus dem stinkenden Dreck von Manchester herausziehen, konnte uns alle herausziehen, indem ich Schwächlinge hineinstieß. Deine drei kleinen Brüder konnte ich nicht herausholen - sie starben an Cholera. Aber ich fürchte nichts auf der Welt, außer Hunger, Armut und das höhnische Grinsen von Leuten mit mehr Geld. Nur ein Narr fürchtet diese Dinge nicht, besonders wenn er unter ihnen gelitten hat. Wir litten darunter, bis ich deinen Onkel um seinen Anteil an der Werkstatt brachte. Er quietschte wie ein aufgeschlitztes Schwein und versuchte, sich zu rächen, in dem er sich mit Hudson zusammentat - Hudson, dem Eisenbahnkönig! Aber ich machte ihn kaputt und Hudson auch. Ja, Vicky«, sagte der alte Mann und brach plötzlich in Gelächter aus, »dein alter Vater hat König Hudson kaputtgemacht! Aber du bist eine Frau und verstehst nichts von Geschäften. Zehn Jahre später hatte ich einen Grafen in meinem Vorstand, schickte Männer ins Parlament und beschäftigte die halbe Facharbeiterschaft von Manchester und Birmingham. Dann wurdest du eines Tages siebzehn, Vicky, und ich entdeckte, daß du eine Schönheit warst. Davor hatte ich zuviel zu tun gehabt, um dich anzusehen oder dich für den Heiratsmarkt herrichten zu lassen. Also schleppte ich dich sofort in ein Schweizer Kloster, wo die Töchter von Millionären zusammen mit den Töchtern von Marquis und ausländischen Prinzen saubergebürstet und poliert werden. ›Machen Sie eine Lady aus ihr‹, verlangte ich von der Äbtissin. ›Es wird Ihnen nicht leichtfallen. Sie ist starrköpfig wie früher ihre Mutter - eine Eselin, die mehr Tritte als Möhren braucht, damit sie den richtigen Weg einschlägt. Mir ist's egal, wie lange Sie brauchen oder wieviel es kostet, aber sorgen Sie dafür, daß sie sich dafür eignet, einen der höchsten Vertreter des Landes zu heiraten.‹ Es dauerte sieben Jahre. Deine Mama war tot (schwache Leberfunktion), als du heimkamst, und deinetwegen war ich froh darüber. Sie war zwar eine gute Frau für einen armen Mann gewesen, aber für einen reichen taugte sie nicht. Ihre einfache Art hätte dir die Chancen verdorben. Ach, die Nonnen haben dich wirklich in ein prächtiges Ding verwandelt – du sprachst Französisch wie eine echte Demoiselle, obwohl dein Englisch immer noch nach Manchester klang. Aber dem General machte es nichts aus – nicht wahr, Sir Aubrey?«

»Nein. Sogar ihr sonderbarer Dialekt schien mir unterhaltsam. Sie war das reinste Geschöpf und das hübscheste Ding, das ich je gesehen hatte«, sagte der General dumpf. »Sie hatte die Seele eine unschuldigen Kindes in der Gestalt einer tscherkessischen Huri – unwiderstehlich.«

»Habe ich Sie geliebt?« fragte Bella an den General gewandt. Er nickte schwer.

»Du hast ihn verehrt – hast ihn angebetet«, rief ihr Vater, »du *mußtest* ihn einfach lieben! Er war ein Nationalheld und ein Cousin des Grafen von Harewood. Davon abgesehen warst du vierundzwanzig Jahre alt, und es gab außer ihm keinen Mann, den ich dir zu treffen erlaubte. An deinem Hochzeitstag warst du die glücklichste Frau der Welt. Ich mietete und schmückte den ganzen Freihandelssaal von Manchester für den Empfang und das Bankett, und der Kathedralenchor sang das Halleluja aus Händels *Messias*.«

»Du liebtest mich, Victoria, und ich liebte dich«, krächzte der General, »und deshalb wurden wir ein Ehepaar. Ich bin hier, um dich daran zu erinnern und um dich zu beschützen. Gentlemen, verzeihen Sie mir!« Sein rechtes Auge blinzelte Baxter und mich auf beunruhigende Weise an. »Verzeihen Sie mir, daß ich Sie angebrüllt und beleidigt habe. Vielleicht sind Sie trotz der Umstände ehrliche

Männer, und mein Jähzorn ist berüchtigt. Dreißig Jahre lang diente ich England (vielleicht sollte ich sagen: Britannien), indem ich mich selbst so unnachsichtig behandelte wie die Regimenter unter meinem Kommando und wie die Wilden, die ich unterjochte. Jeder Muskel meines Körpers hat einen eigenen Schmerz, besonders wenn ich mich hinsetze. Ich kann mich nur ausruhen, wenn ich hingestreckt bin. Würden Sie mir gestatten, einen Moment lang zu ruhen?«

»Bitte sehr«, sagte Baxter.

Anwalt, Arzt und Detektiv sprangen vom Sofa auf. Der Arzt half dem General, sich flach darauf auszustrecken.

»Lassen Sie mich Ihnen ein Kissen unter den Kopf legen.« Bella trug eines zu ihm hinüber und kniete sich neben ihn.

»Nein, Victoria. Ich benutze nie ein Kissen. Hast du das wirklich vergessen?« fragte der General und schloß die Augen.

»Ja. Wirklich.«

»Du erinnerst dich überhaupt nicht an mich?«

»An nichts Bestimmtes«, antwortete Bella beklommen, »aber etwas an Ihrer Stimme und Ihrem Äußeren kommt mir bekannt vor, als hätte ich es geträumt oder gehört oder kurz in einem Theaterstück gesehen. Lassen Sie mich Ihre Hand halten. Das könnte mir helfen, mich zu entsinnen.«

Er streckte müde die Hand aus, doch als ihre Finger sie berührten, keuchte Bella und zuckte zurück, als wäre ihre Haut versengt oder gestochen worden.

»Sie sind scheußlich!« sagte sie nicht anklagend, sondern erstaunt.

»Das waren deine Worte an dem Tag, als du von mir flohst«, erwiderte er müde, die Augen immer noch geschlossen, »und du hattest unrecht. Abgesehen von meinen militärischen Ehren und meiner gesellschaftlichen Position bin ich ein Mann wie alle anderen. Du bist immer noch eine labile Frau. Prickett hätte dich nach unseren Flitterwochen operieren sollen.«

»Operieren? Weshalb?«

»Das kann ich dir nicht sagen. Gentlemen besprechen solche Dinge nur mit ihrem Arzt.«

»Sir Aubrey«, warf Baxter ein, »drei Personen in diesem Zimmer sind studierte Mediziner, und die einzige anwesende Frau wird als Krankenschwester ausgebildet werden. Sie hat ein Recht zu wissen, weshalb Sie meinen, sie sei eine labile Frau mit irrsinnigen Gelüsten, die nach ihren Flitterwochen hätte operiert werden sollen.«

»Vorher wäre besser gewesen«, sagte der General, ohne die Augen zu öffnen. »Die Mohammedaner machen es mit ihren Mädchen kurz nach der Geburt. Dadurch werden sie zu den gefügigsten Ehefrauen auf der Welt.«

»Andeutungen sind sinnlos, Sir Aubrey. Heute morgen in der Kirche hat Ihr Arzt mir das zugeflüstert, was er – genau wie Sie – für die Krankheit Ihrer Frau hält. Wenn er es jetzt und hier nicht laut ausspricht, wird es in einem Gerichtshof vor schottischen Geschworenen diskutiert werden.«

»Sprechen Sie es aus, Prickett«, sagte der General müde. »Brüllen Sie es. Betäuben Sie uns damit.«

»Erotomanie«, murmelte sein Arzt.

»Was ist das?« fragte Bell.

»Es bedeutet, daß der General glaubt, du hättest ihn zu sehr geliebt«, erwiderte Baxter.

»Es bedeutet«, sagte Dr. Prickett hastig, »daß Sie in jeder Nacht der Woche bei ihm schlafen, sein Bett teilen, ihm beiliegen wollten (ich bin gezwungen, mich unverblümt auszudrücken). Gentlemen!« Er wandte sich von Bella ab und appellierte an uns Männer. »Gentlemen, der General ist ein gütiger Mann, der sich lieber den rechten Arm abhacken als seine Frau enttäuschen würde! Am Tag vor seiner Hochzeit bat er mich um eine genaue Beschreibung – vom wissenschaftlichen, hygienischen Standpunkt aus – der Pflichten eines verheirateten Mannes. Ich teilte ihm mit, was jeder Arzt weiß: daß Geschlechtsverkehr Hirn und Körper schwächt, wenn er übermäßig betrieben wird, aber in vernünftiger Dosierung nichts als Gutes bewirkt. Ich empfahl, daß seine Gattin während der Flitterwochen eine halbe Stunde pro Nacht und darauf ein- oder zweimal pro Woche bei ihm liegen solle, doch alle amourösen Spielereien müßten aufhören, sobald eine Schwangerschaft festgestellt werde. Leider war Lady Blessington sogar im achten Monat dermaßen gestört, daß sie die ganze Nacht bei Sir Aubrey zu liegen wünschte. Sie schluchzte und heulte, wenn es ihr nicht gestattet wurde.«

Tränen strömten Bellas Wangen hinunter. Sie sagte: »Der arme Kerl mußte geknuddelt werden.«

»Du konntest dich nie der Tatsache stellen«, preßte der General zwischen zusammengebissenen Zähnen hervor, »daß die Berührung eines weiblichen Körpers DIABOLISCHE BEGIERDEN in potenten, sinnlichen Männern weckt – Begierden, die wir kaum unterdrücken können. Knuddeln! Das Wort ist ekelhaft und unmännlich. Es besudelt deine Lippen, Victoria.«

»Ich weiß, jeder hier sagt das, was er für die Wahrheit hält«, entgegnete Bella und trocknete sich die Augen, »aber es klingt albern. Sir Aubrey redet, als wäre er in der Lage, eine Frau zu zerreißen, aber ganz ehrlich, wenn er ruppig mit mir umginge, könnte ich ihn wahrscheinlich wie einen Stock über dem Knie zerbrechen.«

»Ha!« rief der General verächtlich, und sein Arzt begann sehr rasch zu sprechen. Vielleicht war er verärgert über Bellas Worte und die gleichermaßen skeptischen Blicke, die Baxter und ich während seiner Darstellung des Falles ausgetauscht hatten.

Seine Stimme war fast so schrill wie die des Generals. »Keine normale, gesunde Frau – keine gute und vernünftige Frau – wünscht oder erwartet, Gefallen an sexuellen Beziehungen zu finden, sondern sieht sie als eine Pflicht an. Sogar heidnische Philosophen wußten, daß Männer kraftvolle Pflüger und gute Frauen friedliche Äcker sind. In *De rerum natura* teilt Lukrez uns mit, daß nur verderbte Weiber mit den Hüften wackeln.«

»Diese Überzeugung widerspricht sowohl der Natur als auch den meisten menschlichen Erfahrungen«, sagte Baxter.

»Den *meisten* menschlichen Erfahrungen? Allerdings!« rief Prickett. »Ich rede von kultivierten Frauen, achtbaren Frauen - nicht von jenen der vulgären Masse.«

»Diese seltsame Idee«, sagte Baxter zu Bella, »wurde zuerst von Athener Homosexuellen aufgezeichnet, die glaubten, daß Frauen nur existierten, um Männer hervorzubringen. Dann wurde sie von zölibatären christlichen Männern übernommen, die sexuellen Genuß für den Ursprung aller Sünden und die Frauen für die Verantwortlichen hielten. Ich weiß nicht, weshalb die Idee heute in Britannien populär ist. Vielleicht hat die Tatsache, daß die Größe und Zahl von Knabeninternaten zugenommen hat, eine Akademikerschicht entstehen lassen, der die weibliche Realität fremd ist. Aber verraten Sie mir, Dr. Prickett: Erklärte Lady Blessington sich mit einer Klitorektomie einverstanden?«

»Sie erklärte sich nicht nur damit einverstanden, sondern sie bat mich mit Tränen in den Augen darum. Denn sie verabscheute ihre hysterischen Anfälle, ihr klägliches Streben nach Nähe zu ihrem Mann, und sie wütete genausosehr gegen ihre Krankheiten, wie er es tat. Zwar schluckte sie bereitwillig alle Beruhigungsmittel, die ich ihr verordnete, aber am Ende mußte ich ihr sagen, daß die Mittel schlimmer als unwirksam seien - daß ich sie nur heilen könne, wenn ich das Zentrum ihrer nervösen Erregung *herausschneiden* dürfe. Sie flehte mich an, es sofort zu tun, und war bitter enttäuscht, als sie von mir erfuhr, daß wir auf die Geburt ihres Kindes warten müßten. Lady Blessington!« Prickett wandte sich wieder Bella zu. »Lady Blessington, es tut mir leid, daß Sie sich an nichts von alledem erinnern. Sie sahen in mir früher immer einen guten Freund.«

Bella wiegte wortlos den Kopf. Baxter fragte: »Also lief

Lady Blessington nicht von zu Hause fort, weil sie Angst vor Ihrer Behandlung hatte?«

»Ganz bestimmt nicht!« rief Prickett empört. »Lady Blessington ließ mich oft wissen, daß meine Besuche der angenehmste Teil ihrer Woche seien.«

»Aber welchen Grund hatte sie dann für ihre Flucht?«

»Sie war verrückt«, sagte der General, »deshalb brauchte sie keinen Grund. Wenn sie nun bei Sinnen ist, wird sie mit mir heimkehren. Wenn sie sich weigert, ist sie immer noch verrückt, und es wäre meine Pflicht als ihr Ehemann, sie in einer Institution unterzubringen, wo man sie angemessen behandelt. Ich kann sie nicht in einem Haushalt zurücklassen, in dem man meine wahnsinnige frühere Frau zu einer *Krankenschwester* machen will!«

»Aber sie ist nicht mehr Ihre Frau, seit sie sich ertränkte«, erwiderte Baxter rasch. »Im Ehevertrag steht, daß die Ehe dauert, *bis daß der Tod euch scheide*. Der einzige unabhängige Zeuge für die Identität Ihrer Frau und meines Mündels ist der Angestellte der Humanitätsgesellschaft, der den Selbstmord beobachtete und die Leiche barg. Dr. Prickett deutet an, ich hätte ihr ein neues Leben geschenkt. Wenn das zutrifft, bin ich so sehr der Vater und Beschützer der wiederbelebten Frau wie früher Mr. Hattersley, und als solcher bin ich berechtigt, ihre Hand an den Gatten ihrer Wahl zu vergeben. Mr. Harker, was meinen Sie zu dieser Logik?«

»Unsinn, Mr. Baxter, Unsinn und dummes Zeug«, gab der Anwalt kühl zurück. »Ich habe keinen Zweifel daran, daß Lady Blessington in den Clyde tauchte, und auch nicht daran, daß der Angestellte der Humanitätsgesellschaft sie rettete. Er wird dafür bezahlt, Menschen zu retten. Dann rief er Sie zu Hilfe, um Lady Blessington wiederbeleben zu lassen, und es ist Ihnen offenkundig gelungen. Darauf bestachen Sie ihn, damit Sie sie entführen und hierherbringen konnten. Sie behaupteten, Lady Blessington sei Ihre kranke Nichte, benutzten Drogen, um sie infantil zu machen, und ergötzten sich an ihren körperlichen Reizen und amourösen Schwächen unter dem Vorwand, ein guter Onkel und ein mitleidiger Arzt zu sein. Sie gingen mit Ihrer Mätresse sogar auf eine Weltreise, während sie diese Rolle spielten! Als Sie nach Glasgow zurückkehrten, waren Sie ihrer überdrüssig geworden, deshalb leisteten Sie ihrer Flucht mit dem unglücklichen Duncan Trauburn Vorschub. Gestern besuchte ich die Mutter des armen Trauburn, eine schrecklich bekümmerte Dame. Von ihr erfuhr ich, daß ihr Sohn körperlich, geistig und finanziell von der Frau, die er Bella Baxter nennt, zugrunde gerichtet worden sei. Wäre er jetzt nicht in einer geschlossenen Abteilung des Glasgow Royal Lunatic Asylum, so säße er im Gefängnis, weil er die Mittel seiner Mandanten unterschlagen hat. Ihre zweimal fallengelassene Mätresse kam im letzten Monat zu Ihnen zurück, daher arrangierten Sie rasch ihre Heirat mit McBandless, Ihrem charakterschwachen Parasiten. Wenn diese Geschichte britischen Geschworenen dargelegt wird, werden diese mir Glauben schenken, denn es ist die Wahrheit. Sehen Sie, Sir Aubrey! Sehen Sie ihn an! Die Wahrheit hat ihn schwer getroffen!«

Mit einem Ächzen, das wie ein unterirdisches Donnern klang, hatte Baxter seinen Stuhl verlassen, drückte die Hände an den Magen, beugte sich vornüber und wurde von epileptischen Zuckungen geschüttelt. Ich war überrascht darüber, daß er nicht stürzte, doch nicht über seine Pein. Der Anwalt hatte Tatsachen und Lügen so geschickt miteinander vermischt, daß sogar ich ihm einen Moment lang geglaubt hatte. Aber Bella sprang an Baxters Seite, legte ihm einen Arm um die Hüfte und redete ihm besänftigend zu, bis er sich wieder aufrichten konnte. Dadurch kam ich zur Besinnung. Wenn die Besucher nie zuvor den kalten Wutausbruch eines durch und durch rationalen Schotten vernommen hatten, so hörten sie ihn jetzt.

»Mr. Baxter wäre eine Steinfigur, wenn er keinen Schmerz verspürte«, erklärte ich. »Sie haben die Gastfreundschaft dieses klugen, gütigen, aufopferungsvollen Mannes mißbraucht, um ihn ein Monstrum und einen Lügner zu nennen. Im Beisein der Patientin, deren Leben er rettete, haben Sie ihn eines bösartigen Überfalls auf diese Frau bezichtigt. Sie wissen nichts von dem schrecklichen Riß, der sich um ihren Schädel zieht – hätte er sie nicht gepflegt wie eine Mutter und erzogen wie ein Vater, wäre Schlimmeres als totale Amnesie die Folge gewesen: Sie wäre eine Idiotin. Seine Reise mit ihr war kein amouröser Ausflug, sondern die beste Methode, sie wieder mit einer Welt bekannt zu machen, die sie vergessen hatte. Er leistete ihrer Flucht mit Trauburn keinen *Vorschub*, sondern er versuchte, sie davon abzubringen, flehte mich an, sie davon abzubringen, und als wir beide scheiterten, gab er ihr die Mittel, zu uns zurückzukehren, wenn sie der Eskapade müde war. Kein Roué, der eine Mätresse fallenläßt, hätte *das* getan! Außerdem haben Sie die Unverschämtheit besessen, mich – seinen besten Freund! Dr. Archibald McBandless vom Glasgow Royal Infirmary! –, Sie haben es gewagt, mich einen ordinären Rüpel und einen willensschwachen Parasiten zu nennen. Kein Wunder, daß Vagusentladung rückläufige Peristaltik bewirkt, und daß überschüssiger Pankreassaft den Ösophagus irritiert und schweres Sodbrennen ausgelöst hat! Und Sie behaupten, sein Schmerz über solche Verleumdungen sei ein Zeichen von SCHULD!!!??? Schwärzeste Schande über Sie, Gentlemen. Sie haben mich fast überzeugt, daß Sie überhaupt keine Gentlemen sind.«

»Vielen Dank, McBandless«, flüsterte Baxter.

Er saß nun in dem Sessel Mr. Hattersley gegenüber. Bella stand hinter ihm, und ihre Händen ruhten beschützerisch auf seinen Schultern. Sie betrachtete ihn mit einer Miene, die ich später, während unserer Flitterwochen in Italien, an einer Madonna von Botticelli sah.

Baxter sprach nun mit dem Anwalt, als wäre nichts geschehen.

»Sie meinen also, die Dame hinter mir sei dieselbe Person wie die Frau des Generals.«

»Das weiß ich genau.«

»Ich werde Sie eines Besseren belehren, und zwar durch Gutachten von fünf unabhängigen Zeugen - jeder ein Wissenschaftler von internationalem Rang. Lady Victoria Blessington war Hysterikerin; so kindlich-abhängig von ihrem Mann, der sie unerträglich fand, daß die Besuche ihres Arztes für sie die glücklichsten Momente der Woche waren; so erfüllt von Abscheu vor sich selbst, daß sie ihren Geist bereitwillig mit Beruhigungsmitteln abstumpfte und sich danach sehnte, ihren Körper chirurgisch verstümmeln zu lassen. Habe ich recht?«

»Ja, sie machte dem General das Leben zur Hölle«, knurrte der alte Mr. Hattersley, »aber Sie hätten erwähnen können, daß sie sich sogar im Laufe ihrer schlimmsten Anfälle wie eine vollkommene Lady benahm.«

»Sie *erleichterte* ihren armen Geist durch Beruhigungsmittel«, sagte der Arzt, »und wünschte, chirurgisch *geheilt* zu werden. Im übrigen ist Ihre Beschreibung der unglücklichen Dame nur zu wahr.«

»Ja, Sie kennen meine Frau gut, Baxter«, höhnte der General.

»Ich bin Ihrer Gattin nie begegnet, Sir Aubrey. Die ertrunkene Frau, die hier ihr Bewußtsein wiedererlangte, ist jemand anders. Erklären Sie den Anwesenden, Mr. Prickett, wer Charcot aus Paris, Golgi aus Pavia, Kräpelin aus Würzburg, Breuer aus Wien und Korsakow aus Moskau sind.«

»Es sind Psychiater - Spezialisten für Krankheiten des Geistes und der Nerven. Ich halte Charcot für einen Scharlatan, aber ich muß zugeben, daß er auf dem Kontinent hochangesehen ist.«

»Auf unserer Weltreise sprachen wir bei diesen Männern vor. Jeder untersuchte die Frau, die ich Bella Baxter nenne, und stellte einen Bericht über ihren Zustand aus. Diese Gutachten - unterzeichnet und beglaubigt und mit englischen Übersetzungen - liegen auf dem Tisch. Ihre Terminologie unterscheidet sich, da sie den menschlichen Geist von unterschiedlichen Standpunkten aus betrachten, und Kräpelin und Korsakow teilen Dr. Pricketts Meinung über Charcot. Aber alle stimmen überein, was Bella Baxter angeht: Sie ist bei Sinnen, kräftig, fröhlich und hat eine aktive, unabhängige Lebenseinstellung, obwohl Amnesie (verursacht durch Schädelverletzungen und den Verlust ihres ungeborenen Kindes) ihr jegliche Erinnerungen an die Zeit vor ihrer Ankunft in diesem Haus geraubt hat. Abgesehen davon sind ihr Gleichgewichtssinn, ihr Empfindungsvermögen, ihr Gedächtnis, ihre intuitiven und logischen Kräfte ungewöhnlich ausgeprägt. Charcot stellt die kühne Vermutung an, daß Amnesie ihre Intelligenz erweitert habe, weil sie die Dinge von neuem habe erlernen müsse, als sie alt genug war, um darüber nachzudenken - dies sei bei Menschen, die von der Schulung ihrer Kindheit abhängen, kaum je der Fall. Alle sind sich darin einig, daß sie keine Zeichen von Manie, Hysterie, Phobie, Dementia, Melancholie, Neurasthenie, Aphasie, Katatonie, Algolagnie, Nekrophilie, Koprophilie, Folie de grandeur, Nostalgie de la boue, Lykanthropie, Fetischismus, Narzißmus, Onanie, irrationaler Aggressivität oder ungesunder Zurückhaltung erkennen lasse und nicht zwanghaft sapphisch sei. Ihr einzig zwanghafter Zug sei linguistischer Art. Diese Gutachten basieren auf Experimenten, die im Winter 1880-81 durchgeführt wurden, als sie lesen lernte und eine Begeisterung für Synonyme, Assonanzen und Alliterationen entwickelte, die manchmal an Echolalie grenzte. Kräpelin meinte, dies sei ein instinktiver Ausgleich für ihren Mangel an sensorischen Erinnerungen. Charcot meinte, es könne sie vielleicht zu einer Dichterin machen; Breuer war der Ansicht, die Obsession werde nachlassen, während sie mehr Erinnerungen sammele. Das ist geschehen. Ihre Redeweise ist nicht mehr exzentrisch.

Charcot meinte, sie sei ungewöhnlich frei von den irrsinnigen Vorurteilen, die ihre Landsleute kennzeichneten, was natürlich der Ausdruck eines nationalen Vorurteils seinerseits ist, aber seine Schlußworte fassen das Urteil der übrigen zusammen: Bella Baxters auffallendste Abnormität sei ihr Mangel an Abnormitäten. Eine solche Frau kann nicht General Blessingtons frühere Frau sein. Bitte, untersuchen Sie diese Beweise, Dr. Prickett, oder nehmen Sie sie mit, um sie in aller Ruhe zu prüfen.«

»Verschwenden Sie nicht Ihre Zeit, Prickett«, sagte der Anwalt des Generals. »Die Unterlagen sind unwichtig. Es handelt sich um Spitzfindigkeiten.«

»Würden Sie das bitte erklären«, verlangte Baxter geduldig.

»Gewiß, und ganz mühelos. Angenommen, ein kränklicher, unsympathischer Bursche flieht aus London, nachdem er mein Bargeld gestohlen hat. Angenommen, er wird drei Jahre später von der Polizei in Glasgow verhaftet und soll gerade eingesperrt werden, als sein Arzt ruft: ›Stopp! Ich kann beweisen, daß dieser Mann sympathischer und gesünder ist, seit er Ihr Geld gestohlen hat, und sich an nichts mehr erinnern kann.‹ Die Polizei würde das für eine Spitzfindigkeit halten. Lady Blessingtons Erotomanie machte sie zu einer bejammernswerten Frau für den General, aber weder er noch die Gesetze des Landes werden es ihr gestatten, Bigamie zu begehen und munter in einer schottischen *menage à trois* weiterzuleben, nur weil eine Horde ausländischer Gehirnspezialisten ihr bescheinigt, sie sei glücklich.«

Man hörte ein Geräusch wie das eines leise gackernden Huhnes – der General war erheitert. Baxter seufzte.

Er seufzte und fragte: »Sir Aubrey. Mr Hattersley. Diese Frau studiert, um nützliche Arbeit in der gutherzigen Kunst der Medizin zu leisten. Welchen Zweck hat es, sie zurück in eine Ehe zu schleppen, die ihr selbst und ihrem Gatten nur Kummer bescherte? Wenn McBandless mein Parasit ist, so sind Harker und Prickett und Grimes die Ihren. Niemand in diesem Zimmer wünscht einen Skandal. Die einzige Person außerhalb dieses Hauses, die die Wahrheit - oder einen Teil davon - kennt, ist ein amtlich für geisteskrank erklärter Mann. All meine Worte haben nur dazu gedient, Ihnen plausibel zu machen, daß es ehrenhaft und möglich ist, diese Frau frei entscheiden zu lassen, ob sie mit Ihnen nach England zurückkehrt oder bei uns in Schottland bleibt - ehrenhaft und möglich.«

»Unmöglich«, sagte der General mit schwerer Stimme. »Der Klatsch über das Verschwinden meiner Frau ist im Laufe der Jahre nicht geringer, sondern heftiger geworden. In der Hälfte der Londoner Clubs denkt man, ich hätte mein häusliches Problem so beseitigt, wie ich die rebellischen Inder und Aschanti beseitigt habe. Das Abscheuliche daran ist, daß man eine solche Lösung diesmal ablehnt. Der Prinz von Wales hat mich letzte Woche völlig ignoriert, und dabei schuldet der Gauner mir mehrere tausend. Seit ich die Schlachtfelder verlassen habe und ins Parlament eingezogen bin, vergessen die Zeitungen anscheinend, daß ich einmal der Liebling der Nation war. Ein radikales Käseblatt macht plötzlich Anspielungen, und wenn ich keine Verleumdungsklage erhebe, werden auch die Massenzeitungen anfangen, mich Blaubart Blessington zu nennen. Der Erzheuchler Gladstone hat vorgeschlagen, ich solle *meinen Namen reinwaschen*, indem ich eine große Belohnung für Nachrichten über den Aufenthaltsort meiner Frau, tot oder lebendig, aussetze. Hat jeder hier etwa vergessen, daß ein schottischer Pastor sich bald an den Weihnachtstisch setzen und mit seiner Familie und seinen Freunden über eine Hochzeitszeremonie schwatzen wird, die ich unterbrochen habe? Nein, Victoria. Wenn ich entdecke, daß dieser Baxter dir beigebracht hat, dich vernünftig zu benehmen, werde ich ihn gut für seine Mühe bezahlen, aber du mußt in den Süden zurückkehren, ob du dich an mich erinnerst oder nicht.«

»Und denk an das, was dir gehören wird, wenn du mit

ihm heimkehrst, Vicky!« rief der alte Mr. Hattersley, der sich mit einemmal sehr ereiferte. »Sir Aubrey ist schon dreivierteltot und wird höchstens noch vier Jahre überstehen. Damit hast du Zeit, wenigstens noch einen Sohn aus ihm herauszuquetschen, und dann kannst du, bis der Junge volljährig ist, leben wie du willst und wo du willst: im Londoner Stadthaus oder auf dem Gut in Loamshire oder dem anderen Gut in Irland! Denk an diese hochherrschaftlichen Häuser, Vicky, alle für dich und mich. Mich! Den Großvater eines Baronets! Das bist du mir schuldig, Vicky, denn ich bin dein Erzeuger. Also sei eine vernünftige Eselin. Ruhm und Reichtümer sind der Karottenhaufen vor dir, ein Irrenhaus ist der Stiefel, der dich zu ihnen stößt. Ja, wir können dich in eine Anstalt stecken lassen! Wer kümmert sich darum, was ein paar ausländische Professoren vor zwei Jahren gesagt haben, wenn Dr. Prickett und ein englischer Spezialist aus dem Ritterstand bescheinigen, daß du nicht klar im Kopf bist? Denn du bist nicht klar im Kopf, und die Tatsache, daß du dich nicht an deinen eigenen Papa erinnern kannst, beweist es. Reichtümer oder ein Irrenhaus! Wähle zwischen den beiden.«

»Oder laß dich von Sir Aubrey scheiden«, sagte Baxter. »Wenn er seine Ehe von einem rein legalen Standpunkt aus betrachten will, dann kannst du es auch.«

Wir starrten ihn an.

Sogar der General öffnete die Augen und beobachtete Baxter einen Moment lang, als dieser zu seinem Platz am Tisch zurückkehrte und die Papiere neu ordnete, so daß ein anderer Satz Dokumente obenauf lag. Er warf einen Blick auf die erste Seite und verkündete: »Am 16. Februar 1880 erhielt Lady Blessington, damals in einem fortgeschrittenen Zustand der Schwangerschaft, den Besuch einer ebenfalls sehr schwangeren Frau, eines früheren Küchenmädchens in der Porchester Terrace, die behauptete, sie sei Sir Aubreys verstoßene Geliebte, und um Geld bat. Sir Aubrey...«

BLAYDON HATTERSLEY

»Nehmen Sie sich in acht, Baxter!« schnauzte der General, doch Baxter sprach lauter: »Sir Aubrey überraschte die beiden, warf die Besucherin auf die Straße und schloß seine Frau in einen Kohlenkeller ein. Am nächsten Morgen war Lady Blessington verschwunden.«

»Mr. Baxter«, unterbrach der Anwalt rasch, »Sie geben nun auf einmal vor, erstaunliche Dinge über die Vergangenheit einer Dame zu wissen, über die Sie bis zu diesem Moment angeblich gar nichts wußten. Wenn diese Behauptungen nicht durch Augenzeugen untermauert werden, die sie vor einem Gericht beschwören - vor Zeugen, die nicht unter dem Druck eines geschickten Kreuzverhörs zusammenbrechen -, dann werden Sie Ihre Verleumdung teuer zu bezahlen haben.«

»Meine Informationen stammen von Sergeant Cuff«, sagte Baxter, »den Sie vielleicht kennen, Mr. Grimes?«

»Ehemals Scotland Yard?«

»Ja.«

»Ein guter Mann. Fordert stattliche Summen, aber hat Erfolg. Schnüffelt gern unter den Röcken der Aristokratie herum. Siehaminbauftragt?«

»Ich beauftragte ihn vor einem Monat, alles Greifbare über Lady Blessington herauszufinden, nachdem ich aus einem Brief von Trauburn erfahren hatte, daß Bella Baxter eine Reinkarnation von Victoria Blessington sei. In Cuffs Bericht werden viele Personen genannt, die vor Gericht gegen den General aussagen werden - zumeist Diener, die kündigten oder entlassen wurden, kurz nachdem Lady Blessington verschwand.«

»Kein Zusammenhang«, meinte der General. »Englische Diener sind die schlechtesten der Welt, und keiner wird länger als zwei Monate von mir beschäftigt. Man sagt, ich sei zu wild mit den wilden Rassen umgesprungen, aber der einzige, dem ich völlig vertrauen kann, ist mein indischer Diener. Komische Sache.«

»Diener, die gegen ihren früheren Arbeitgeber aussagen«,

sagte der Anwalt, »besitzen vor einem englischen Gericht sehr wenig Glaubwürdigkeit.«

»Diesen wird man glauben«, erwiderte Baxter. »Bitte, Mr. Harker, nehmen Sie diese Kopie des Berichts mit in Ihr Hotel und sprechen Sie privat mit dem General darüber. Gehen Sie jetzt, sofort. Zu viele verletzende Dinge sind heute in diesem Haus gesagt worden. Morgen werde ich Sie im St. Enoch's Hotel aufsuchen und mir anhören, was Sie entschieden haben.«

»Nein, Gott«, widersprach Bella mit einer festen, düsteren Stimme. »Meine Vergangenheit ist zu interessant geworden. Nun möchte ich alle Einzelheiten wissen.«

»Nur zu, Baxter«, sagte der General gähnend. »Führen Sie Ihre Wortklaubereien zu Ende. Dadurch wird sich nichts ändern.«

Baxter seufzte, zuckte die Achseln und begann, den Bericht zusammenzufassen, während der Anwalt, auf einem Stuhl am Fenster, die Kopie studierte. Baxter wandte sich jedoch direkt an den General, nicht an Bella. Hätte er sie im Auge gehabt, wäre er verstört über den Wandel gewesen, den seine Geschichte in ihrem Gesicht und ihrer Gestalt bewirkte.

»Dolly Perkins, ein Mädchen von sechzehn Jahren, war eine Ihrer Küchenbediensteten bis zum Tag vor Ihrer Hochzeit, Sir Aubrey, als Sie in einer Pension in der Nähe von Seven Dials ein Zimmer für sie mieteten. Sie verschwiegen der Hauswirtin, Mrs. Gladys Moon, Ihren Namen, aber die Frau erkannte Sie anhand Ihrer Bilder in den *Illustrated London News*. Mrs. Moon sagt, Sie hätten Miss Perkins jeden Dienstag nachmittag regelmäßig für zwei Stunden besucht, außerdem Freitag nachmittags, wenn Sie die Miete bezahlten. Dies zog sich über vier Monate hin, aber eines Freitags, während Sie Mrs. Moon bezahlten, sagten Sie: ›Das ist das letzte Mal, Sie werden mich nicht wiedersehen. Dolly Perkins ist jetzt für niemanden mehr von Nutzen. Wenn Sie

sie nicht loswerden, wird sie Ihrem Haus einen schlechten Namen verschaffen.‹ Mrs. Moon sprach mit Miss Perkins, die zugab, daß sie mittellos und schwanger sei. Daraufhin wurde sie aufgefordert, das Haus zu verlassen.«

»Sie war nicht schwanger von mir«, antwortete der General kühl, »denn meine Tollerei mit Dolly hätte nie zu einer Schwangerschaft führen können. *Das* würde mir natürlich keiner glauben, deshalb versuchte das gierige Luder, mich zu erpressen. Ich sollte ihr Geld geben, damit sie den Bastard zur Welt bringen konnte. Wenn ich mich weigerte, wollte sie meiner Frau sagen, daß ich ihn gezeugt hätte. Also erklärte ich der Schlampe, sie könne zum Teufel gehen, und ließ sie ohne einen Schilling sitzen.«

»Sie komischer trauriger alter General«, sagte Bella finster, »haben Sie Ihre Frau wirklich für verrückt gehalten, weil sie mehr als eine Stunde pro Woche von Ihnen gewärmt werden wollte, während Sie regelmäßig ein junges Mädchen für vier Stunden umarmten?«

»Ich habe Dolly Perkins nie *umarmt*«, protestierte der General mit fest zusammengebissenen Zähnen. »Herrgott noch mal, klären Sie sie über MÄNNER auf, Prickett. Hier hat sie nichts über uns gelernt.«

»Ich glaube, Sir Aubrey mömömöchte von mir hören«, sagte sein Arzt matt, »daß die starken Männer, die das bribribritische Volk führen und verteidigen, ihre Kraft kukultivieren müssen, indem sie den *animalischen* Teil ihrer Natur durch Verververgnügungen mit Schlampen befriedigen, während sie die Reireireinheit des Ehehebettes und die Heiligkeit des Heimes bewahren, wo ihre Söhne und Töchter gezeugt werden. Und deshalb mumumumuß mumu mumu ...« Der Arzt des Generals zog ein Taschentuch hervor und tupfte sich das Gesicht ab. »Deshalb *mußte* die arme Dolly auf diese schreschreschreckliche Art behandelt werden.«

»Kein Grund zu plärren, Prickett«, murmelte der General gelassen. »Sie haben das sehr gut erklärt. Und nun beenden

Sie Ihre Geschichte, Mr. Baxter, wobei Sie daran denken sollten, daß ich, zu Hause oder anderswo, nichts getan habe, dessen ich mich schämen müßte.«

Baxter beendete die Geschichte.

»Am 16. Februar 1880 betrat Dolly Perkins 19 Porchester Terrace durch den Dienstboteneingang. Sie war erschöpft, zerlumpt, hungrig und besaß keinen Penny. Die Köchin, Mrs. Blount, gab ihr eine Tasse Tee, etwas zu essen und einen Stuhl zum Ausruhen und setzte dann ihre Arbeit fort. Kurz darauf sah sie, daß der Stuhl leer war. Dolly Perkins hatte sich in den Salon geschlichen, Lady Blessington dort vorgefunden, ihre Geschichte erzählt ...«

»Hauptsächlich Lügen«, warf der General ein.

»... und um Hilfe gefleht. Lady Blessington wollte ihr gerade Geld geben, als Sir Aubrey eintrat, seine Lakaien herbeirief, die Dolly Perkins hinaus auf die Straße drängten, und seine Frau mit Hilfe seines Leibdieners nach oben schleppte ...«

»Nach oben trug. Sie war ohnmächtig geworden«, sagte der General.

»Dann kam sie rasch wieder zu sich. Sie schlossen sie in ihr Schlafzimmer ein, aber sie riß das Fenster auf und warf verschiedene Dinge hinunter zu Dolly auf die Straße: zuerst eine Börse und Schmuck, dann jede Kleinigkeit von Wert in ihrer Reichweite. Inzwischen hatte sich, obwohl es ein Schneetag war, eine Menge aus ärmeren Menschen angesammelt. Ich nehme an ...«

»Was Sie annehmen, ist kein Beweismaterial«, bemerkte der Anwalt, ohne von seiner Kopie des Berichtes aufzublicken.

»... daß ihre leidenschaftlichen Aktionen vor einem dankbaren Publikum Lady Blessington mit einer Art Ekstase erfüllt haben müssen. Kein Wunder. Es waren wahrscheinlich die ersten energischen Dinge, die sie jemals getan hatte. Nun schleuderte sie Frisiergerät, Schuhe, Hüte, Handschuhe, Strümpfe, Korsetts, Kleider, Kissen, Bettwäsche, Feuerhaken, Uhren, Spiegel, Kristall- und Porzellanvasen hinaus, die natürlich zerschmettert wurden ...«

»Und ein kleines Ölporträt von Ingres. Es zeigte meine Mutter als kleines Mädchen«, sagte der General trocken. »Ein Droschkenrad rollte darüber.«

»Zuerst dachte Sir Aubrey, der Aufruhr auf der Straße sei allein von Dolly Perkins und einem Pöbel ihrer plebejischen Freunde verursacht worden. Als er schließlich die Wahrheit erfuhr und ins Schlafzimmer eilte, warf Lady Blessington Stühle und leichte Tische hinaus. Sie wurde von seinen Lakaien und seinem Leibdiener ins Untergeschoß gezerrt.«

»Getragen!« berichtigte der General entschieden. »Sie hatte sich in eine tobende Wahnsinnige verwandelt, aber schließlich war sie in anderen Umständen. Das Untergeschoß war der einzige Teil des Hauses mit vergitterten Fenstern.«

»Aber Sie haben sie in einen fensterlosen Kohlenkeller eingesperrt.«

»Ja. Mir wurde plötzlich klar, daß jedes verdammte Zimmer dort unten - außer dem Kohlenkeller - Schlüssel hatte, von denen ich nichts wußte, und ich traute den Bediensteten nicht. Victoria war immer zu freundlich mit ihnen umgegangen, und ich hatte Angst, daß ihr jemand bei einem Fluchtversuch helfen würde. Was auch geschah. Ich brauchte drei Stunden, um Prickett und einen anderen Arzt aufzutreiben, die sie für unzurechnungsfähig erklären würden, und um eine Anstalt zu finden, die eine schwangere Irre aufnehmen würde und bereit war, einen gepolsterten Krankenwagen mit drei kräftigen Pflegerinnen zu entsenden. Als ich zurückkehrte, hatte sie sich aus dem Staub gemacht.«

»Ihr früherer Diener, Tim Blatchford, gibt zu, das Kellerschloß mit einem Feuerhaken zerschmettert zu haben«, erläuterte der Anwalt, der die letzte Seite des Berichtes konsultierte. »Ihre frühere Köchin, Mrs. Blount, bezeugt: ›Wir alle baten ihn, es zu tun. Das Schluchzen und die rasenden Hilferufe der armen Lady waren überall zu hören. Wir befürchteten, daß ihre Wehen begonnen hatten und daß ihre schreckliche Haft zum Tod von zwei Menschen führen konnte.‹ Aber Lady Victoria kam unversehrt heraus. Ihre frühere Haushälterin, Mrs. Munnery, gab ihr Kleidung, die man von der Straße zurückgeholt hatte (sie war sauberer als die von der Kohle beschmutzten Sachen), und das Geld für die Zugfahrt, damit sie ihren Vater in Manchester besuchen konnte.«

»Victoria wird wieder verrückt«, sagte der General.

Wir sahen Bella an, und ich hörte, wie der alte Mr. Hattersley vor Entsetzen zu stöhnen schien.

Ihr Fleisch war so dicht an die Knochen zurückgewichen, daß ihre Gestalt nun eckig wirkte, aber der furchtbarste Wandel erschien in ihrem Gesicht. Die weiße, spitze Nase, die hohlen Wangen und die eingefallenen Augenhöhlen sorgten dafür, daß sich der Schädel nur zu deutlich abzeichnete, doch innerhalb der Augenhöhlen hatten sich die schwarzen Pupillen so sehr erweitert, daß sie jeweils das ganze Auge ausfüllten und nur in den Winkeln ein kleines weißes Dreieck hinterließen. Auch ihre dunkle, lockige Haarflut hatte sich ausgeweitet, denn die ersten Zentimeter jedes einzelnen Haares standen »zu Berg wie dem zornigen Stachelschwein die spitzen Kiele«. Ich hatte keinen Zweifel daran, daß wir es mit Lady Victoria Blessingtons ausgemergelter Gestalt zu tun hatten – genauso wie sie aus dem Kohlenkeller aufgetaucht war. Aber ihre Stimme, obwohl traurig, gehörte eindeutig Bella.

»Ich fühle, was das arme Ding gefühlt hat«, sagte sie, »aber es wird mich nicht in den Wahnsinn treiben. Ich besuchte dich also in Manchester, Papa. Was hast du mit mir gemacht?«

»Das Falsche! Das Falsche, Vicky«, antwortete der alte Mann und hämmerte mit den Fäusten auf die Sessellehnen. »Ich hätte dich bei mir behalten, nach Sir Aubrey schicken und ein besseres Abkommen mit ihm treffen müssen - ein Abkommen, das dir genauso genützt hätte wie mir. Statt dessen erklärte ich, daß eine Ehefrau, die ihren Mann verläßt, in den Augen der Menschen und Gottes nichts anderes als pflichtvergessen sei. Ich riet dir, den Ehekrieg am häuslichen Herd zu führen, weil du sonst niemals gewinnen könntest. Außerdem solltest du Sir Aubrey mitteilen, daß er seine Verflossenen, wenn es ihm an Bargeld fehle, ihnen den Mund zu stopfen, zu mir schicken könne - schließlich weiß ich, wie man mit solchen Frauen umspringt. Alles, was ich sagte, all das war die *Wahrheit*, Vicky, aber ich sagte es, weil ich dich so bald wie möglich aus dem Haus, aus den Augen haben wollte. Ich hatte Angst, daß deine Wehen anfangen könnten, und ich HASSE es, Frauen in meiner Nähe zu haben, wenn sie Junge werfen, hasse das Blut, die Schreie und den stinkenden Dreck, den sie machen, pfui, schon bei dem Gedanken daran wird mir übel. Also brachte ich dich rasch zurück zum Bahnhof und kaufte dir eine Karte nach London. Du benahmst dich sehr ruhig und vernünftig, Vicky, und meintest, daß ich nicht mit dir zusammen auf den Zug zu warten brauchte. Ich rannte weg, um nicht dabeizusein, falls du auf dem Bahnsteig mit der Ferkelei anfingst. Ich war ein Feigling, zugegeben, und ich entschuldige mich. Sobald ich dir den Rücken zugedreht hatte, mußt du meine Fahrkarte erster Klasse nach London gegen eine Fahrkarte dritter Klasse nach Glasgow eingetauscht haben. Und hier bist du nun!«

»Und hier bleibe ich«, sagte Bella ruhig. Während sie sprach, entspannten sich die Linien ihres Körpers und ihres Gesichts, so daß die gewohnten sanften Konturen zurückkehrten, ihr Haar nahm die übliche Form an, ihre Augen hatten wieder die gewohnte Tiefe, Größe und goldbraune Wärme. »Vielen Dank dafür, daß du mir das Leben gegeben hast, Vater, obwohl meine Mutter, nach deinen Worten zu schließen, die größte Mühe hatte, mich zu erschaffen, und du überhaupt keine. Außerdem ist ein Leben ohne die Freiheit der Wahl nicht lebenswert. Vielen Dank, Sir Aubrey, dafür, daß Sie mich von meinem Vater befreit, und dafür, daß Sie mich aus Ihrem Haus getrieben haben. Oder vielleicht sollte ich Dolly Perkins dafür danken. Ohne sie hätte ich mich wahrscheinlich weiterhin an Sie geklammert. Vielen Dank, Dr. Prickett, dafür, daß Sie versucht haben, das Leben für das arme, alberne Geschöpf, das ich früher war, erträglicher zu machen. Sie können nichts daran ändern, daß Sie selbst immer noch ein albernes Geschöpf sind. Vielen Dank, Mr. Grimes, für die Entdeckung und die Mitteilung, daß ich durch Wasser reisen mußte, um meine nutzlose Vergangenheit abwaschen zu lassen. Vielen Dank für meine Heilung, Gott, und dafür, daß du mir ein Zuhause gegeben hast, das kein Gefängnis ist. Ich werde auch in Zukunft hier wohnen. Und Bandel, wie schön, einen Mann zu haben, dem ich überhaupt nicht zu danken brauche, den ich jede Nacht knuddele und der mich jede Nacht knuddelt, der morgens und abends ein angenehmer Gefährte ist und mich tagsüber allein läßt, damit ich meiner Arbeit nachgehen kann.« Sie lächelte, trat auf mich zu, umarmte und küßte mich, und ich konnte ihr nicht widerstehen. Allerdings tat es mir leid, unsere Zuneigung so offen vor ihrem ersten Mann zur Schau zu stellen. Er war schließlich auch ein Parlamentsabgeordneter der Liberalen Partei, nicht nur ein großer Soldat.

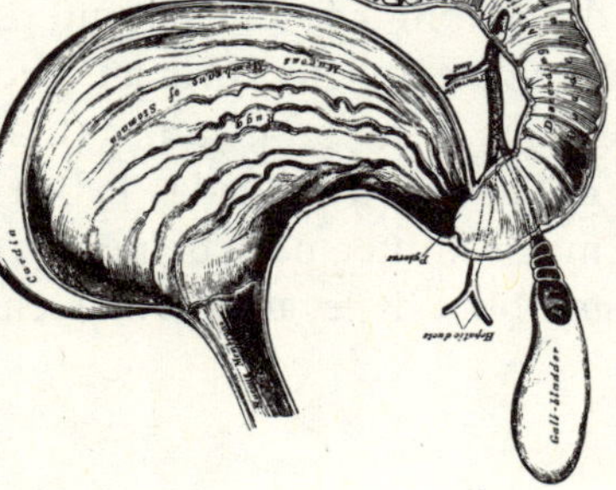

23
BLESSINGTONS LETZTES GEFECHT

Es ist eine erstaunliche Tatsache, daß der General, seit Bellas Hand so jäh von seiner zurückgezuckt war, ganz flach und still - abgesehen von den Bewegungen von Lippen und Zunge, Augenlidern und flackernden Augen - dagelegen hatte. Deshalb schien es weniger eine Beleidigung denn eine Diagnose gewesen zu sein, als der alte Mr. Hattersley ihn »dreiviertelto« nannte. Nun fragte der General leise: »Was ist Ihre Meinung, Harker?«

»Man kann einen Scheidungsprozeß gegen Sie nicht gewinnen, Sir Aubrey. Ihr angeblicher Ehebruch mit Dolly Perkins ist bedeutungslos. Der Ehebruch eines Gatten ist kein Scheidungsgrund, es sei denn, er wäre auf unnatürliche Art - anal, inzestuös, homosexuell oder mit einem Tier - begangen worden. Wenn sie einen Antrag aufgrund extremer Grausamkeit stellen, werden ihre eigenen Zeugen aussagen müssen, daß Sie Ihre Frau in den Keller gesperrt haben, weil Lady Blessington tobsüchtig war und in Sicherheit gebracht werden mußte, während Sie medizinische Hilfe herbeiholten. Ein Scheidungsprozeß wird damit enden, daß man Lady Blessington unter Amtsvormundschaft stellt und in Gewahrsam nimmt. Wenn der Skandal nicht wäre, würden wir ein solches Ergebnis begrüßen.«

»Keinen Skandal bitte.« Der General lächelte schwach. »Ich breche jetzt auf, Harker. Gehen Sie nach unten und holen Sie die Droschken an die Haustür. Sorgen Sie dafür, daß meine eigene Droschke direkt gegenüber der Tür steht, und schicken Sie Mahoun herauf, damit er mir nach unten hilft. Es fällt mir schwerer, eine Treppe hinab- als hinaufzusteigen.«

Der Anwalt erhob sich und verließ den Raum ohne ein Wort.

Einen Moment später setzte General Blessington sich auf, schwenkte die Beine auf den Boden, legte sich die Hände auf die Knie und schaute sich im Zimmer um, wobei er einem nach dem anderen von uns zunickte. Seine Wangen hatten plötzlich einen Hauch von Farbe, und sein Blick verriet eine mutwillige Heiterkeit, die ich bei einem Mann, der seine Niederlage akzeptieren mußte, für erstaunlich hielt.

»Möchten Sie Tee, bevor Sie gehen?« fragte Baxter. »Oder etwas Kräftigeres?«

»Keine Getränke, vielen Dank«, antwortete der General, »und entschuldigen Sie, Mr. Baxter, daß ich soviel von Ihrer Zeit verschwendet habe. Mit parlamentarischen Methoden verschwendet man immer Zeit. Sind Sie bereit, Grimes?«

»Jawoll, Sir«, erwiderte Grimes mit einer Schnelligkeit, die vermuten ließ, daß er in der Armee gedient hatte.

»Kümmern Sie sich um McBandless«, befahl der General, zog einen Revolver aus der Tasche, lud ihn durch und richtete ihn auf Baxter.

»Nehmen Sie bitte Platz, McBandless«, sagte Grimes mit einer höflichen und freundlichen Stimme. Ich setzte mich auf den nächsten Stuhl; dabei wurde ich von dem kleinen schwarzen Loch am Ende der Waffe, die er mir so nüchtern zeigte, eher hypnotisiert als in Schrecken versetzt. Ich konnte den Blick nicht von ihm abwenden.

Dann hörte ich, wie der General fröhlich verkündete: »Es wird keine Toten geben, Mr. Baxter, aber wenn Sie nicht bleiben, wo Sie sind, verspreche ich, daß ich Ihnen eine Kugel in den Unterleib jagen werde. Haben Sie das Chloroform zur Hand, Prickett?«

»Ich ich – ich tue das mit dem gegegrößten Widerwillen, Sir Aubrey«, sagte der Arzt. Er saß neben Grimes, und ich sah, wie er sich mühsam aufrappelte, während er eine Flasche und ein Stück Tuch aus einer seiner Innentaschen hervorklaubte.

»*Natürlich* empfinden Sie Widerwillen, Prickett!« gab der General leutselig zurück, »aber Sie werden es tun, weil Sie ein guter Mann und ein guter Arzt sind und weil ich Ihnen vertraue. Also, Victoria, du liebst Mr. Baxter sehr, weil er dir das Leben gerettet und dir noch ein paar andere kleine Dienste erweisen hat. Komm und setz dich neben mich, damit Prickett dich einschläfern kann. Sonst werde ich Baxter durch eine schmerzhafte Kugel kampfunfähig machen, bevor ich dich mit dem Knauf dieser Waffe betäube AUS DEM WEG WEIB!«

Ich schaute zur Seite.

Bella war zwischen Baxter und Blessington getreten und ging, die rechte Hand nach dem Revolver ausgestreckt, auf Blessington zu. Er rutschte das Sofa entlang, damit er um sie herum auf Baxter zielen konnte, aber sie landete mit einem leichten Sprung vor ihm, packte den Revolverlauf und drückte ihn zu Boden. Ein Schuß löste sich. Ich glaube, der General war so verblüfft wie alle anderen außer Bella. Sie zog ihm die Waffe mühelos am Lauf aus der Hand und umfaßte den Knauf mit ihrer linken. Wie Baxter war (ist) sie beidhändig, so daß sie den Revolver genauso hielt, wie er gehalten werden sollte, und ihn auf den Kopf des Generals richtete.

»Du alberner Soldat«, sagte sie und rieb mit der Fläche ihrer rechten Hand (die durch die Hitze des Laufes versengt war) über ihr Hochzeitskleid, »du hast mich in den Fuß geschossen.«

»Das Spiel ist zu Ende, General«, meinte Seymour Grimes, hob mit einem reumütigen Blick auf mich die Schultern, sicherte seinen Revolver und steckte ihn ein.

»Ist das Spiel *wirklich* zu Ende, Grimes?« fragte der General, ohne die Augen von Bellas nachdenklich verzogener Miene abzuwenden. »Nein, Grimes, ich glaube nicht, daß das Spiel schon völlig zu Ende ist.«

Plötzlich richtete er sich mühevoll auf und nahm Habachtstellung ein wie ein Soldat bei einer Truppenbesichtigung, und nun war das Ende des Laufes über seinem Herzen - nur ein paar Zentimeter davon entfernt - an den Mantelstoff gepreßt.

»Schieß!« Er starrte kalt vor sich hin. Ein Moment verging, dann lächelte er freundlich auf Bella hinunter, die seinen Blick erstaunt erwiderte.

»Victoria, mein Schatz«, sagte er mit sanfter, verlockender Stimme. »Drück den Abzug durch. Das ist der letzte Wunsch deines Mannes. Bitte, tu mir den Gefallen.«

Ein weiterer Moment verging, dann lief sein Gesicht scharlachrot an. »SCHIESS! ICH BEFEHLE DIR ZU SCHIESSEN!« rief er, und für meine Ohren schallte der Befehl zurück durch die Geschichte über Balaklawa, Waterloo, Culloden und Blenheim bis hin nach Agincourt und Crécy. Ich begriff, daß General Blessington wirklich erschossen werden *wollte*, daß er es sein ganzes Leben lang gewollt hatte und deshalb so oft verwundet worden war. Dieser historische Befehl und diese leidenschaftliche Bitte waren so mächtig, daß ich mir vorstellte, wie all die Männer, die in seinen Schlachten gefallen waren, aus ihren Gräbern auferstanden, um ihn endlich zu erschießen. Bella gehorchte ihm zum Teil. Sie wandte den Körper halb aus der Hüfte ab und feuerte die verbliebenen fünf Schüsse hinten in den Kamin. Die Explosionen betäubten uns fast; der Rauch ließ meine Augen tränen und die anderen husten. Sie blies den Dampf fort von dem rauchenden Lauf. Es war eine Geste, die ich später wiedererkannte, als wir uns während der Great Glasgow East End Exhibition von 1891 Buffalo Bills Zirkus ansahen. Dann steckte sie den Revolver in die Manteltasche des Generals und wurde ohnmächtig.

Danach geschahen mehrere Dinge sehr rasch hintereinander. Baxter sprang schwerfällig durch das Zimmer, hob Bella hoch, legte sie aufs Sofa und streifte Schuh und Strumpf von ihrem Fuß ab. Ich rannte zu einem Schrank, der ein Sanitätskästchen enthielt, und trug es zu ihnen hinüber. Die Kugel war zum Glück sauber durch den Fuß in den Teppich gedrungen, wobei sie das Intugement zwischen der Ulna und dem Radius des zweiten und dritten Mittelfußknochens durchbohrt hatte, ohne auch nur einen Knochen splittern zu lassen. Unterdessen klatschte der alte Mr. Hattersley in die Hände und rief: »He, sie ist ein wunderbares Mädchen! Habt ihr je so was Mutiges gesehen? Nein, niemals! Eine wahre Tochter von Blaydon Hattersley, das ist sicher!«

Die Tür öffnete sich, und zwei verblüffend unterschiedliche Gestalten zeigten sich auf der Schwelle: Mrs. Dinwiddie und ein hochgewachsener, brauner Turbanträger in einem Mantel, der vom Hals bis zu den Knöcheln reichte. Dies mußte Mahoun sein, der Leibdiener des Generals.

»Soll ich die Polizei holen, Mr. Baxter?« fragte unsere Haushälterin.

»Nein, bringen Sie uns bitte etwas kochendes Wasser, Mrs. Dinwiddie«, erwiderte Baxter. »Einer unserer Besucher hat gerade ein erfolgloses Experiment durchgeführt, aber keinen großen Schaden angerichtet.«

Mrs. Dinwiddie ging hinaus. Der General war zur Seite getreten und zupfte finster an einem Ende seines dichten Schnurrbarts.

»Zeit, das Haus zu verlassen, Sir?« rief Grimes forsch.

»O *bitte, bitte* lassen Sie uns gehen!« flehte Dr. Prickett, und wenn General Blessington sofort verschwunden wäre, hätte er wahrscheinlich noch mehrere Jahre lang gelebt und wäre mit einem Staatsbegräbnis und einem öffentlichen Denkmal geehrt worden.

Ich glaube, was ihn zurückhielt, war seine Verblüffung darüber, daß er weder gesiegt hatte noch völlig bezwungen worden war. Bella, zwar nicht chloroformiert, war nun ohnmächtig, und Baxter und ich knieten mit dem Rücken zu ihm, als existiere er gar nicht. Mit dem Knauf des Revolvers in seiner Tasche hätte er mich leicht – möglicherweise auch

Baxter - betäuben und Bella mit Hilfe Mahouns zu den wartenden Droschken tragen können. Aber das wäre eine feige Handlung gewesen, und der General war kein Feigling. Vielleicht verharrte er, weil er nach einem kurzen, heftigen, vornehmen Ausspruch suchte, um unsere Aufmerksamkeit zu erregen, bevor er hinausschritt, denn er war es nicht gewohnt, ignoriert zu werden. Unterdessen verabreichten wir Bella Morphium, gossen Jod in die Wunde und verbanden sie mit Mull. Plötzlich öffnete Bella die Augen, schaute den General an und sagte nachdenklich: »Jetzt erinnere ich mich an Sie, aus der Kerkersuite des Hôtel de Notre-Dame in Paris. Sie waren der maskierte Mann - Monsieur Spankybot.«

Dann brach sie in Gelächter aus und rief: »General Sir Aubrey de la Pole Spankybot, Victoriakreuzträger, wie lustig! Die meisten Bordellkunden sind schnelle Spritzer, aber du warst der schnellste von allen! Die Dinge, für die du die Mädchen bezahlt hast, damit du nicht schon in der ersten halben Minute kamst - hahahahaha, da lachen ja die Hühner! Immerhin, sie mochten dich. General Spankybot zahlte gut und richtete keinen Schaden an - du hast keiner von uns 'ne Syph angehängt. Ich glaube, das Gemeinste an dir (abgesehen von deinen Morden und der Art, wie du Diener behandelst) ist das, was Prickett die *Reireireinheit deines Ehebettes* nennt. Verfick dich, du armer blöder doofer komischer alter Sauficker, hahahahaha! Verfick dich!«

Mir stockte der Atem. Seitdem habe ich erfahren, daß das Wort für körperliche Liebe - ob als Substantiv, Verb oder Adjektiv benutzt - nur im Englischen böse und unaussprechlich ist. Ich hatte von meiner Kindheit an gehört, wie die Saisonarbeiter auf den Bauernhöfen von Whauphill es benutzten, aber meine Mutter und Scraffles hätten mich bewußtlos geschlagen, wenn es mir über die Lippen gekommen wäre. Doch Baxter lächelte nun darüber wie über ein Zauberwort, das all unsere Probleme gelöst hatte. Das Gesicht des Generals wurde so bleich, daß sich sein grauer

Schnurrbart und Bart dunkel dagegen abhoben. Mit halb geschlossenen Augen und aufgerissenem Mund taumelte er zur Seite, bis er gegen Prickett stieß, und schwankte in die andere Richtung, bis Grimes ihn aufhielt. Dann wurde er, von beiden gestützt, auf zitternden Beinen zur Tür geschoben, die Mahoun höflich öffnete. Mr. Hattersley folgte mit den benommenen Bewegungen eines Schlafwandlers, aber bevor Mahoun die Tür hinter ihm schloß, drehte er sich um und leierte mit einer ächzenden Stimme: »Diese Frau ist keine Tochter von Blaydon Hattersley.«

Und dann waren sie alle verschwunden.

»Gut«, sagte Baxter einen Moment später, als er Bellas Puls und Temperatur für zufriedenstellend befunden hatte. »Ich denke, der General wird einer gesetzlichen Trennung ohne das öffentliche Aufsehen einer Scheidung zustimmen. Das bedeutet natürlich, daß Bella und Sie nicht heiraten können, aber eine Scheidung würde die Laufbahn einer Ärztin in Schottland stark beeinträchtigen. Eine diskrete private Absprache wird das beste für Bella und Sie sein, bis General Blessington eines natürlichen Todes stirbt.«

Aber zwei Tage später stand in den Zeitungen, daß General Blessington tot auf dem Boden des Waffenraumes in seinem Landhaus in Loamshire Downs aufgefunden worden sei. Der Revolver in seiner Hand und der Winkel, aus dem die Kugel sein Gehirn durchbohrt hatte, schlossen einen Unfall aus. Der Coroner erklärte, er sei gestorben, »während das Gleichgewicht seiner Sinne gestört war«. Deshalb wurde eine Trauerfeier der Anglikanischen Kirche, aber kein Staatsbegräbnis abgehalten. Im Nachruf der Londoner *Times* hieß es, daß politische Enttäuschung ihn vielleicht bewogen habe, »ein römisches Ende« zu wählen, und man deutete an, daß Gladstone verantwortlich sei.

24
ABSCHIED

Leser, sie hat mich geheiratet, und ich habe nicht mehr viel zu berichten. Unsere Familie gedeiht prächtig. Unsere öffentliche Arbeit ist nützlich und wird anerkannt. Dr. Archibald McBandless ist Vorsitzender des Glasgower Städtischen Verbesserungstrusts; Dr. Bella McBandless wird - infolge ihrer Leitung der Gotthard-Baxter-Mutterschaftsklinik, ihrer Fabier-Schriften und ihres Einsatzes für das weibliche Stimmrecht - eingeladen, Vorträge auf Veranstaltungen in fast allen europäischen Hauptstädten zu halten, und ihr alter Freund Dr. Hooker organisiert zur Zeit für sie eine Vorlesungsreise in Amerika. Wenn mich meine Freunde im Glasgower Club der Künste mit dem größeren Ruhm meiner Frau aufziehen, habe ich eine passende Antwort: »*Ein* berühmter McBandless genügt für jede Familie.« Ich glaube, daß unsere Söhne ihren gleichmütigen Vater für ein willkommenes Gegengewicht zu ihrer brillanten, unkonventionellen Mutter halten. Ihre Mutter scheint der gleichen Meinung zu sein. Sie ist das geblähte Segel, die getrimmte Takelage und das geschäftige Sonnendeck unserer Ehe-Jacht; ich bin der niedrige Rumpf mit dem unsichtbaren Ballast und Kiel. Diese Metapher befriedigt mich sehr.

Schweren Herzens muß ich nun die letzten Tage desjenigen beschreiben, den ich stets für den klügsten und besten aller Menschen halten werde.

Am Tag nach General Blessingtons Niederlage verschlechterte sich Baxters Gesundheitszustand auf eine Weise, die er sogar vor seinen engsten Freunden umsichtig verbarg. Er rief uns an sein Bett, erklärte, daß er sich ein paar Wochen lang ausruhen müsse, und bat uns, die Apparate für seine Ernährung auf eine Bank neben seinem Bett zu verlagern. Wir folgten seiner Bitte. Unser Glück ließ Bell und mich egoistisch werden, denn unsere Mahlzeiten schmeckten uns besser ohne den eigenartigen Geruch von seinem Ende des Tisches und ohne seine plötzlichen, verwirrenden Gänge an die Destillieranlage. Eine Woche später führten uns die Flitterwochen ins Ausland. Nach unserer Rückkehr nahm Bella ihre Krankenschwesternausbildung im Duke Street Hospital wieder auf, und ich setzte meine ärztliche Tätigkeit im Royal Infirmary fort, denn die Laufbahn, die wir anstrebten, war immer noch außerhalb unserer Reichweite. Jeden Abend, bevor wir uns zurückzogen, verbrachten wir eine Stunde oder mehr an Baxters Bett, und ich spielte Schach oder Cribbage mit ihm, während Bella über ihre Arbeit sprach, die sie manchmal in Wut versetzte. Miss Nightingale hat den britischen Pflegedienst so organisiert wie die Armee, zu deren Unterstützung er ursprünglich gegründet worden war. Die Ärzte entsprechen Offizieren, die Oberschwestern Feldwebeln und die einfachen Krankenschwestern gemeinen Soldaten. Die Angehörigen der niedrigeren Ränge wenden sich selten an die Vorgesetzten, wenn es ihnen nicht ausdrücklich befohlen wird, da man einen großen Teil ihrer Intelligenz *absichtlich* ungenutzt läßt. Ich begriff den Sinn dieser Struktur, behielt meine Ansicht jedoch klugerweise für mich, da Bella sie nicht teilte. Baxter riet ihr: »Widersetze dich der Institution nicht, bevor du all ihre Methoden durchschaust und verstehst. Bis dahin verwende deine ungenutzte Intelligenz darauf, ein besseres Verfahren zu planen.«

Außerdem wies er sie auf die Mängel ihrer Planung hin – nicht, um sie an der Suche nach besseren Wegen zu hindern, sondern um ihre Gedanken praktikabler zu machen. Die Gotthard-Baxter-Mutterschaftsklinik ist nach den Vorstellungen aufgebaut, die sie im Frühjahr 1884 diskutierten. Inzwischen nahmen wir Baxters Bettlägerigkeit als selbstverständlich hin. Er hatte uns die Geheimnisse seines Metabolismus vorenthalten, deshalb waren wir unfähig, ihm Ratschläge zu geben.

Als ich eines Morgens zur Arbeit aufbrach, reichte mir Mrs. Dinwiddie eine Notiz von ihm:

Lieber Archie, bitte überreden Sie jemanden, Sie heute zu vertreten, und kehren Sie möglichst gegen Mittag zu mir zurück. Ich möchte unter vier Augen mit Ihnen sprechen. Bella darf erst später davon erfahren. Wenn Sie sich diese Mühe machen, werde ich Sie nicht wieder belästigen.

Mit freundlichen Grüßen, G.

Seine zittrigen und gebrochenen Federstriche beunruhigten mich, ebenso die Tatsache, daß er meinen Vornamen benutzte. Ich konnte mich nicht erinnern, daß er mich jemals so angesprochen hatte.

Pünktlich am Mittag kehrte ich zurück und begegnete Mrs. Dinwiddie in der Eingangshalle. Sie schien geweint zu haben und sagte: »Ich habe Mr. Gotthard gerade geholfen, sich anzuziehen und in Sir Colins altes Arbeitszimmer zu gehen. Er braucht Sie ganz dringend, Dr. McBandless. Machen Sie schnell.«

Ich rannte hinauf.

Beim Betreten des Zimmers hörte ich eine Mischung aus Dröhnen, Summen und Klimpern, in der ich den Rhythmus eines gewaltig verstärkten Herzschlags erkannte. Das Geräusch ging von Baxter aus, der am Tisch saß und den Rand mit so festem Griff gepackt hatte, daß sich die schreckliche Vibration, welche die Umrisse seines Gesichts verschwimmen ließ, nicht auf seine Arme übertrug.

»Schnell! Kommen Sie! Subkutan!« rief er mit undeutlicher

Stimme und gab mir mit einer krampfartigen Kopfbewegung ein Zeichen. Ich sah eine gefüllte Spritze auf einem Teller vor ihm und einen Unterarm, an dem der Hemdsärmel zurückgerollt war. Ich streckte die Hand nach der Spritze aus, quetschte eine Hautfalte zwischen Daumen und Zeigefinger ein und gab ihm eine subkutane Injektion. Ein paar Sekunden später hörte die Vibration auf, und das entsetzliche Geräusch wurde leiser. Er stöhnte, wischte sich das Gesicht mit einem Taschentuch ab und lächelte. »Vielen Dank, McBandless. Es freut mich, daß Sie gekommen sind. Ich sterbe.«

Ich setzte mich hin und weinte zügellos, denn ich konnte nicht behaupten, ihn mißverstanden zu haben. Er lächelte noch stärker und klopfte mir auf die Schulter. »Noch einmal vielen Dank, McBandless, diese Tränen trösten mich. Sie bedeuten, daß ich gut zu Ihnen gewesen bin.«

»Können Sie nicht länger leben?«

»Nicht ohne Schmerz und Erniedrigung. Sir Colin erklärte mir von meiner frühesten Jugend an, daß mein Leben von einer ständig ausgeglichenen Gemütslage abhängt – starke Gefühle würden Unverträglichkeiten in meinen inneren Organen auf tödliche Art verschärfen. Als Bella mir mitteilte, sie habe sich mit Ihnen verlobt, wirkte sich die Qual schädlich auf meine Atmung aus. An dem Abend, als sie aus Paris zurückkehrte, stellte sie eine beängstigende Frage, von der sich mein Nervensystem nie erholt hat. Sechs Wochen später löste Blessingtons Anwalt einen solchen Wutanfall in mir aus, daß mein Verdauungskanal unheilbar beschädigt wurde. Sie bemerken vielleicht keine große Veränderung an meiner scheinbaren Masse, aber ich bin dem Hungertod nahe, McBandless, und nur Opium- und Kokainderivate haben mir ermöglicht, bei Ihren abendlichen Besuchen ein gewisses Behagen erkennen zu lassen. Ich hatte gehofft, noch das Ende des Aprils mit Ihnen zu erleben, aber als wir uns gestern abend voneinander trennten, wußte ich, daß mir keine Zeit mehr bleibt. Es ist schwach von mir, in meinen letzten Minuten jemanden an meiner Seite haben zu wollen, aber ... ich bin schwach!«

»Ich muß Bella holen!«, rief ich und sprang auf.

»Nein, Archie! Ich liebe Bella zu sehr. Wenn sie mich anflehte, länger zu leben, könnte ich ihr den Wunsch nicht abschlagen, und dann würde ihr letzter Eindruck von mir der eines unfreiwillig schmutzigen, gelähmten Idioten sein. Ich möchte aus dem Leben scheiden, solange ich mich noch mit Würde verabschieden kann. Aber zuviel Würde ist schwülstig. Lassen Sie uns ein *deoch an doruis* teilen und gemeinsam ein Glas vom Portwein meines Vaters trinken. Ich erinnere mich daran, vor zwei Jahren eine Karaffe weggeschlossen zu haben, die Sie erst halb geleert hatten. Wein soll mit dem Alter besser werden. Hier ist der Schlüssel. Sie kennen den Schrank.«

Seine Worte verrieten einen fröhlichen Eifer, der mich fast lächeln ließ. Doch ich zitterte, während ich die alte Karaffe und zwei zarte Stielgläser hervorholte. Ich wischte die Gläser mit dem Tuch aus meiner Brusttasche sauber, füllte sie halb, und wir stießen miteinander an. Er schnupperte neugierig und sagte dann: »In meinem Testament hinterlasse ich Bella und Ihnen alles. Haben Sie Kinder und bringen Sie Ihnen durch Ihr Vorbild bei, sich gut zu benehmen und ehrlich zu arbeiten. Gehen Sie nie gewalttätig mit ihnen um, und verzichten Sie auf Predigten. Sorgen Sie dafür, daß Mrs. Dinwiddie und die anderen Bediensteten hier in angenehmen Verhältnissen weiterleben, wenn sie nicht mehr arbeiten können, und seien Sie freundlich zu meinen Hunden. Und schließlich ...« Er leerte sein Glas mit einem einzigen raschen Schluck. »... so schmeckt also Wein.«

Er stellte das Glas hin, packte seine gigantischen Knie mit seinen gigantischen Händen, warf den Kopf zurück und lachte. Ich hatte ihn nie zuvor lachen hören. Das Geräusch begann leise und schwoll gewaltig an – so gewaltig, daß ich meine Ohren mit den Handflächen bedeckte, aber das

Pochen und Klimpern seines Herzschlags schwoll ebenfalls laut an, bis es und das Gelächter mit einem plötzlichen scharfen Knall aufhörten. Völlige Stille. Er schwankte weder vorwärts noch zurück, sondern saß ganz starr auf seinem Stuhl.

Im nächsten Moment trat ich auf ihn zu - dabei gab ich mir alle Mühe, nicht in die riesige, von Zähnen umrahmte Höhlung zu schauen, die so entsetzlich zur Decke emporklaffte - und stellte fest, daß sein Hals gebrochen war und daß sofort Rigor mortis eingesetzt hatte. Statt seine Gelenke zu brechen und ihn flach aufzubahren, bestellte ich einen würfelförmigen Sarg von fast anderthalb Metern Seitenlänge mit einer Bank darin, auf die er gesetzt werden konnte. So sitzt er bis zum heutigen Tag unter dem Fußboden des Mausoleums, das Sir Colin an einer Stelle der Nekropolis erwarb, von der man über die Glasgower Kathedrale und das Royal Infirmary hinausblickt. Wenn unsere Zeit gekommen ist, werden meine Frau (die erschüttert über seinen Tod war) und ich ihm dorthin folgen, und all unsere Kinder und Enkel können das gleiche tun, wenn sie sich einäschern lassen und dadurch Platz für sich schaffen.

Diese Aufzeichnung unserer frühen Kämpfe ist meiner Frau gewidmet, aber ich wage nicht, ihr den Text zu zeigen, da hier von Dingen die Rede ist, die weder sie noch die medizinische Wissenschaft bisher zu glauben vermögen. Doch der wissenschaftliche Fortschritt beschleunigt sich von Jahr zu Jahr. Vielleicht wird man sehr bald die Entdeckung machen, die Sir Colin Baxter nur an seinen Sohn weitergab, so daß die Richtigkeit der Tatsachen, die ich hier geschildert habe, bewiesen werden kann.

FINIS

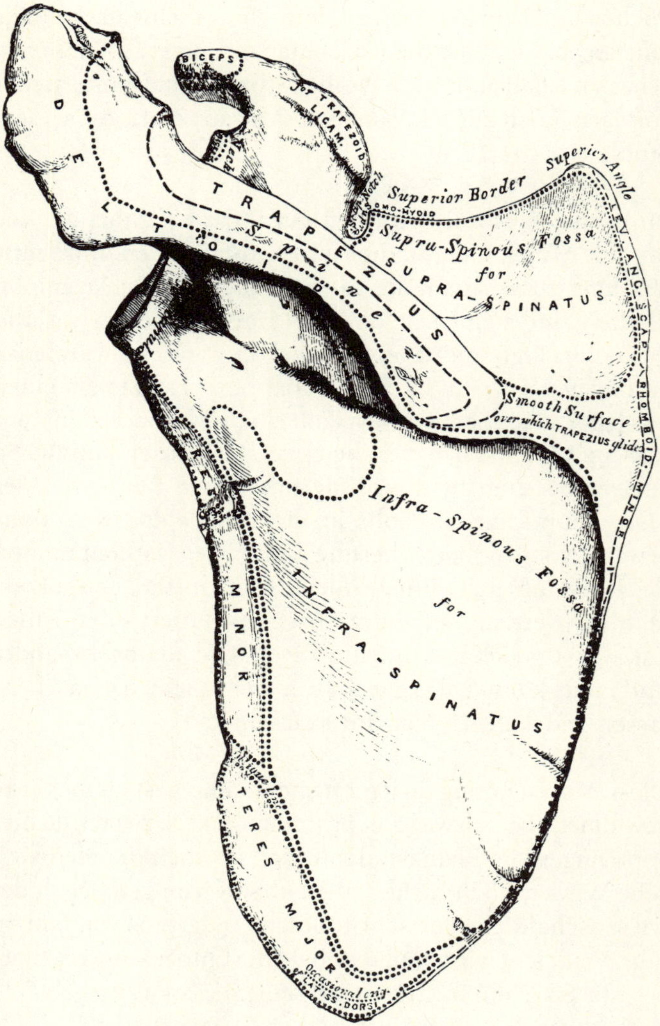
BICEPS
for TRAPEZOID LIGAM.
Superior Border
Superior Angle
OMO-HYOID
D E L T O I D
T R A P E Z I U S
S p i n e
Supra-Spinous Fossa
for
SUPRA-SPINATUS
LEV. ANG. SCAP.
Smooth Surface
over which TRAPEZIUS glides
RHOMBOID. MINOR
Infra-Spinous Fossa
for
INFRA-SPINATUS
TERES
MINOR
TERES MAJOR
LATISS. DORSI

Bitte, denk manchmal an mich.

Ein Brief
von Dr. Victoria McBandless
an ihren ältesten überlebenden Nachfahren
des Jahres 1974
zur Korrektur der angeblichen Fehler
in

EPISODEN AUS DEN FRÜHEN JAHREN

eines

SCHOTTISCHEN GESUNDHEITSBEAMTEN

von
ihrem verstorbenen Ehemann
Dr. Archibald McBandless
(1857-1911)

Liebes Enkel- oder Urenkelkind,

im Jahre 1974 werden meine drei kräftigen, in die Höhe schießenden Burschen tot oder senil sein; damit werden die überlebenden Angehörigen der McBandless-Dynastie zwei Großväter oder vier Urgroßväter haben und unbekümmert über die Verirrungen eines von ihnen lachen. Aber ich kann nicht über dieses Buch lachen. Sein Anblick läßt mich schaudern, und ich danke der LEBENSKRAFT dafür, daß mein verstorbener Mann nur dieses eine Exemplar drucken und binden ließ. Ich habe, soweit ich das Originalmanuskript finden konnte, jeden Fetzen davon verbrannt und hätte das gleiche mit diesem getan, wie er in seinem Gedicht auf dem Deckblatt vorschlägt, aber leider ist es fast der einzige noch vorhandene Hinweis darauf, daß der arme Narr existierte. Außerdem bezahlte er ein kleines Vermögen dafür - genug, um zwölf Waisenkinder ein Jahr lang zu ernähren, einzukleiden und zu erziehen. Das Porträt von mir ist aus einer der Illustrierten von 1896 kopiert worden und scheint mir recht gut gelungen zu sein. Wenn man den Gainsborough-Hut und den protzigen Spitznamen ignoriert, wird deutlich, daß ich eine einfache, vernünftige Frau bin, nicht die naive Lucretia Borgia und La Belle Dame Sans Merci, die in dem Text beschrieben wird. Also übergebe ich das Buch der Nachwelt. Mir ist gleichgültig, was die Nachwelt davon hält, solange niemand unter den nun Lebenden es mit mir in Verbindung bringt.

Nachdem ich den ersten Absatz noch einmal gelesen habe, fällt mir auf, daß man den Eindruck haben könnte, mein zweiter Mann sei so abstoßend wie der erste gewesen. Das stimmt nicht. Ich heiratete Archibald McBandless, weil es praktisch war, und im Laufe der Jahre fand ich Gefallen an ihm und begann, mich auf ihn zu verlassen. Für andere dagegen war er kaum von Nutzen. Er nennt sein Buch »Episoden aus den frühen Jahren eines schottischen Gesundheitsbeamten«, doch er diente nur genau elf Monate lang als örtlicher Gesundheitsbeamter und gab den Posten auf, sobald er Vorsitzender des Glasgower Städtischen Verbesserungstrusts wurde. Dieses Amt erhielt er nicht durch seinen brillanten Geist, sondern durch unsere Investitionen. Er mußte bestimmten Versammlungen vorsitzen, aber den größten Teil der Woche hatte er für sich selbst. Nicht seine ganze Freizeit wurde vergeudet. Er half Mrs. Dinwiddie (meiner treuen Haushälterin) bei der anfänglichen Erziehung unserer Kinder, indem er Spaziergänge mit ihnen machte, ihnen Geschichten erzählte, mit ihnen über den Fußboden krabbelte, ihnen half, Phantasiestädte aus Bausteinen und Pappe zu errichten, und Phantasiekarten und -geschichten von erfundenen Kontinenten aufzeichnete. Diese Geschichten und Spiele vermittelten ihnen eine reiche Vielfalt von Ideen und Informationen. Seine wissenschaftliche Neigung sorgte dafür, daß auch die seltsamsten Ungeheuer makellose darwinistisch-evolutionäre Stammbäume besaßen und daß die absonderlichsten Maschinen niemals den Gesetzen der Thermodynamik widersprachen. Die Ausbildung, die er ihnen gab, hatte große Ähnlichkeit mit der spielerischen Erziehung, die ich von Gotthard Baxter erhalten hatte, und er verwendete dabei viele derselben Spielsachen, Bücher und Instrumente. Wir unterhielten hinter dem Haus immer noch einen kleinen Zoo, obwohl der letzte von Gotthards Hunden fünf Jahre nach seinem eigenen Tod gestorben war.

Ein altes schottisches Sprichwort sagt: »Die Kinder des Schuhmachers sind immer am schlechtesten beschuht.« Tatsache ist, daß ich, die furchtlose Befürworterin heimischer Knuddelei und spielerischen Unterrichts, durch meine klinische Arbeit dem Haus an den meisten Tagen der Woche fernbleiben mußte, und andere Pflichten hatten zur Folge, daß ich für einen Teil jeden Jahres aus Glasgow abwesend war. Mein Mann praktizierte, was ich predigte. Manchmal hatte ich Angst davor, daß er die frühe Kindheit zu attraktiv für die Jungen machte, so daß ihr Erwachsenenleben (wie das meines ersten Mannes und Bismarcks und Napoleons und gewöhnlicherer Verbrecher) zur Erfüllung schlechter kindlicher Tagträume werden würde. Meine Angst war unbegründet. Als sie sich in der Glasgow High School (gegründet im zwölften Jahrhundert) der Gesellschaft anderer Jungen anschlossen, begannen sie, sich ihres müßigen, verträumten, überspannten Vaters zu schämen und ihrer praktischen, aktiv in der Welt wirkenden Mutter nachzueifern. Der älteste, Baxter McBandless, ist unser Mathematiker. Letztes Jahr beendete er sein Studium, und nun arbeitet er in London für die Imperiale Statistikbehörde. Gotthard, unser Ingenieur, bewegt sich so rasch zwischen Gilmorehill und dem Andersonian Institute hin und her, daß ich nie weiß, wo er studiert. Er sagt, dampf- und ölgetriebene Maschinen seien gefährliche Anachronismen, wir müßten uns darauf vorbereiten, Energie elektrisch aus den Hochlandseen und -wasserfällen zu gewinnen und allmählich Kohlenbergwerke und Ölquellen aufzugeben, deren Rückstände die Luft vergifteten und die Lungen verschmutzten. Der jüngste, Archibald, ist im letzten Schuljahr und hat zwei fixe Ideen. Die eine besteht darin, grelle Aquarellandschaften zu malen, die andere richtet sich darauf, das Glasgow High School Army Cadet Corps zu befehligen. Ich hasse natürlich jegliche militärische Ausbildung. Der Anblick junger Männer, die in regelmäßigen Reihen dahinmarschieren und die steifen Bewegungen einer mechanischen Puppe nachahmen, während sie von einem einzigen brüllenden Unteroffizier kontrolliert werden - dieser Anblick ist mir sogar noch stärker zuwider als jener von jungen Frauen in einer Music-Hall-Revue, die im Einklang miteinander die Beine hochwerfen, aber ich akzeptiere, daß die Liebe des jungen Archie zu seinen uniformierten Kameraden ein Gleichgewicht zu seinem künstlerischen Individualismus bildet. Wenn diese Seiten seines Charakters letzten Endes harmonieren, kann auch er ein prächtiger Staatsdiener werden - vielleicht der beste von allen.

Bei der Beschreibung meiner Jungen habe ich ihren Vater vergessen, was in seinen späteren Jahren immer sehr leicht geschehen konnte. Er verbrachte mehr und mehr Zeit in seinem

Arbeitszimmer und kritzelte Bücher, die auf seine eigenen Kosten gedruckt wurden, da kein Verleger dies bezahlt hätte. In jedem zweiten Jahr fand ich, wenn ich zum Frühstück hinunterging, einen weiteren blauschwarzen Band neben meinem Teller, mit einem Lesezeichen auf der Widmungsseite, die stets die Botschaft FÜR SIE, DIE MEIN LEBEN LEBENSWERT MACHT *trug. Während ich das Buch durchblätterte und versuchte, Interesse zu zeigen, das ich nicht wirklich empfinden konnte, beobachtete er mein Gesicht mit einem rasend machenden Ausdruck aus furchtsamer Hoffnung und humorvoller Resignation - einem Ausdruck, der in mir den innigen Wunsch auslöste, ihn zu pakken und zu schütteln, damit er sich endlich einer nützlichen Tätigkeit zuwandte. Er wäre ein annehmbarer Allgemeinpraktiker gewesen, hätte er nicht Baxters Geld benutzt, um sich die Muße zu erkaufen, die er fälschlich für Freiheit hielt. Nachdem er den Ehrgeiz seiner Mutter erfüllt hatte und zur Mittelschicht aufgerückt war, fehlte ihm jeglicher Wille, diese Schicht von innen her zu reformieren oder dazu beizutragen, daß die Arbeiterklasse uns (und sich selbst) von außen her reformiert. Aber ein gutes Beispiel ist der beste Vorwurf, den ich kenne. Ich legte das Buch stets nieder, ging um den Tisch herum, küßte ihn freundlich, dankte ihm und brach zur Arbeit in meine Klinik auf.*

Im Jahre 1908 entdeckten wir, daß er an multipler Sklerose (er selbst hatte sie diagnostiziert) litt, und deshalb war es leicht, freundlich zu ihm zu sein. Er ordnete sich der Krankheit unter, verlagerte sein Bett ins Arbeitszimmer und bestellte einen Spezialtisch, an dem er schreiben konnte, ohne aufstehen zu müssen. Er hätte ohne weiteres länger leben können, wenn er körperliche Übungen gemacht hätte, aber das wußte er, und ich wollte ihn nicht drangsalieren. Ich ließ keine Schwierigkeiten in unserer Ehe aufkommen, indem ich an den meisten Abenden Dame mit ihm spielte, ein leichtes Essen mit ihm teilte und mit ihm plauderte, bevor ich mich zurückzog. Unsere Gespräche wandten sich zunehmend den früheren Tagen mit Gotthard Baxter zu. Außerdem bemerkte ich, daß er an einem weiteren Buch arbeitete.

»Möchtest du etwas darüber wissen?« fragte er eines Abends mit einer schelmischen Lebhaftigkeit, die er offensichtlich auf schöpferische Inspiration und ich auf ein mildes, von der Krankheit verursachtes Fieber zurückführte.

»Sag's mir, wenn du Wert darauf legst«, antwortete ich lächelnd.

»Ah, aber diesmal lege ich keinen Wert darauf. Ich möchte, daß du es voller Erstaunen liest, wenn ich nicht mehr bin. Versprich mir, es wenigstens einmal durchzulesen. Versprich mir, es nicht in meinem Sarg zu begraben.«

Ich versprach es.

Das gebundene Buch wurde ihm schließlich von der Druckerei geschickt, und es bereitete ihm viele Wochen lang Vergnügen. Nachts legte er es unter sein Kopfkissen. Häufig lag er auf dem Sofa, während das Mädchen seine Laken wechselte, blätterte vorwärts oder zurück und lachte amüsiert. Später, als er schwächer wurde, empfand er hauptsächlich eine bittere Ungeduld, und am Ende wünschte er sich nichts anderes als den Druck meiner Hand auf seiner Stirn, denn er wimmerte, wenn ich sie zurückzog. Ich blieb an seiner Seite, obwohl ich an anderen Krankenbetten mehr Gutes hätte tun können. Nicht so schlimm. Vielleicht werde auch ich mir in meinen letzten Tagen Gesellschaft wünschen, deshalb bin ich froh, daß ich sie ihm nicht verweigert habe.

Ich las das Buch vor drei Jahren, kurz nach der Beerdigung, und es machte mich vierzehn Tage lang unglücklich. Ich bin immer noch unglücklich, wenn ich daran zurückdenke. Um den Grund zu erklären, muß ich meine eigene Lebensgeschichte so einfach wie möglich erzählen.

Das erste Zuhause, an das ich mich erinnere, bestand aus zwei kleinen Zimmern und einer Küche, wo fünf von uns wohnten - manchmal sechs, wenn mein Vater bei uns war. Wasser erhielten wir nur aus einem Gemeinschaftshahn in einem Hof hinter dem Haus. Vater hätte sich eine Unterkunft mit besseren sanitären Einrichtungen leisten können. Er war Meister (oder Werkstattleiter, wie wir heute sagen) in einer nahegelegenen

Gießerei in Manchester, und Geld sparen war seine Hauptleidenschaft. Nur selten gab er meiner Mutter genug für nahrhafte Lebensmittel.

»Ich kann uns erst eine ordentliche Lebensgrundlage aufbauen, wenn ich ein gutes Patent besitze«, erklärte er uns, »und dafür brauche ich soviel Geld wie möglich.«

Er behandelte seine Frau und seine Kinder genauso wie die Arbeiter: als mögliche Feinde, die durch Gewalt oder die Androhung von Gewalt in Armut gehalten werden mußten. Jede Bemerkung, die ihm nicht offenkundig schmeichelte, wurde von ihm als Rebellion verstanden. Mit fünf Jahren beobachtete ich ihn einmal, als er vor dem Spiegel in unserer naßkalten Küche stand und seine dunkelgrüne Krawatte und die Weste mit grünen Samtaufschlägen zurechtzupfte, denn er gab Geld für seine Erscheinung aus, wenn auch nicht für unsere, und auf eine grobe Art war er so etwas wie ein Dandy. Beeindruckt von dem Kontrast zwischen der Farbe seiner Kleidung und seinem dunkelroten Gesicht, sagte ich: »Du siehst aus wie ein Blümchen, Papa.«

Ich erinnere mich an nichts mehr, bevor ich im Bett aufwachte. Er hatte mich mit der Faust niedergeschlagen, mein Kopf war auf den Ziegelboden geknallt, ich hatte geblutet und war mehrere Stunden lang ohnmächtig gewesen. Ich bezweifle, daß meine Mutter gewagt hatte, einen Arzt zu holen. Noch heute habe ich eine unregelmäßige acht Zentimeter lange Narbe unter dem Haar über meinem linken Ohr. Die Narbe zieht sich an einer abnormen Erweiterung der Schläfenbeinschuppe hin, aber sie hat, abgesehen von jenem Zeitraum der Ohnmacht, mein Erinnerungsvermögen nie beeinträchtigt. Dies ist die Linie, die mein verstorbener Mann als »seltsam regelmäßig« beschreibt und »jenen Riß an meinem Schädel unterm Haar« nennt.

Über meine Mutter habe ich nur folgendes zu sagen: Sie war selbstlos und fleißig und lehrte mich, wie nutzlos diese Tugenden sind, wenn sie sich nicht mit Mut und Intelligenz paaren. Sie kam sich geradezu sündhaft vor, wenn sie nicht Kleidung wusch oder stopfte, Fußböden schrubbte, Teppiche klopfte oder mehrere Liter Suppe aus Fleischabfällen kochte, die der Schlachter nicht einmal als Katzenfutter verkaufen konnte. Ich weiß nicht, ob sie imstande war zu lesen, aber immer wenn sie mich mit einem Buch sah, riß sie es mir aus den Händen, denn »für Mädchen ist Müßiggang aller Laster Anfang«. Besonders deutlich erinnere ich mich an die Qual in den Wintermonaten, wenn wir keine Kohlen und kaum Seife hatten und unseren Körper und unsere Kleidung mit kaltem Wasser waschen mußten. Das Leben war für meine Mutter und mich vor allem ein Ringen darum, die Familie und die Wohnung sauberzuhalten, aber wir fühlten uns nie wirklich sauber, bevor meine Brüder starben und mein Vater (als habe er darauf gewartet) mit uns in ein dreistöckiges Haus umzog, das von einem Garten umgeben war. Er sagte: »Nun kann ich mir das leisten.«

Ich glaube, er hätte es sich seit wenigstens einem Jahr leisten können. Das Haus war üppig eingerichtet und hatte zehn oder zwölf Diener, die ihre Anweisungen von einer eleganten Lady mit gelbem Haar erhielten. Ihr Kleid war heller als das der Haushälterinnen, denen ich in späteren Jahren begegnete. Sie war freundlich zu uns.

»Hier ist Ihr Privatsalon.« Sie führte uns in ein Zimmer mit buntgemusterten Tapeten und Vorhängen, einem mit einem dichten Teppich belegten Boden, schweren Polstermöbeln, dem größten Feuer, das ich je gesehen hatte, und einem funkelnden Messingkohlenkasten neben dem Kamin.

»Hier finden Sie Kekse, Kuchen, Sherry, Portwein und Spirituosen«, sagte sie und öffnete die Tür einer riesigen Anrichte, »außerdem einen Apparat zur Erzeugung kohlensauren Wassers, den das Faktotum in einem Außengebäude auflädt. Wenn Sie etwas wünschen, ziehen Sie bitte zweimal an der Klingelschnur, und eine Zofe wird kommen, um Ihre Befehle entgegenzunehmen. Was wünschen Sie im Moment? Soll ich Tee heraufschicken lassen?«

»Was wünscht ER?« flüsterte Mutter und nickte zu Vater hinüber, der auf dem Kaminvorleger stand und eine Zigarre rauchte.

»Blaydon, Ihre Frau möchte wissen, ob Sie Tee wünschen!« sagte die Lady, und wir begriffen, daß sie keine Angst vor Vater hatte.

»Jetzt nicht, Mabel«, erwiderte er gähnend. »Geben Sie mir einen Brandy. Geben Sie Mrs. Hattersley und der jungen Vicky einen Sherry, und gehen Sie dann nach unten. Ich komme in zehn Minuten. Um Gottes willen setz dich hin, Mutter, und hör auf, die Hände zu ringen.«

Mutter gehorchte, und als die Haushälterin das Zimmer verlassen hatte, nippte sie verlegen an dem Sherry und fragte: »Hast es also gekriegt?«

»Was gekriegt?«

»Das Patent.«

»Hab's Patent gekriegt und noch 'ne ganze Menge mehr«, sagte Vater grinsend. »Hab' 'ne Menge von deinem Bruder gekriegt.«

»Meinem Bruder Elija?«

»Deinem Bruder Noah.«

»Werd' ich ihn also sehen?«

»Nein, keiner sieht Noah jetzt noch«, antwortete Vater stärker grinsend. »Es gibt nicht mehr viel von ihm, was man sehen kann. Ein guter Ratschlag, Mutter: Lade keine Besucher hierher ein, bis du dich wie 'ne Lady benehmen kannst. Mabel soll dir beibringen, wie du sitzen und dich anziehen und stehen und gehen mußt. Und natürlich auch, wie man spricht. Sie weiß verdammt viel. Hat sogar MIR ein paar neue Tricks beigebracht. Ich gehe jetzt. Du hast 'ne Weile auf das hier warten müssen, aber es ist 'ne solide Sache. Kannst dich darauf verlassen.«

Er trank den Brandy aus und verschwand.

Zwei Wochen später begegnete ich ihm auf der Treppe und sagte: »Vater, Mutter betrinkt sich jeden Tag. Sie hat nichts anderes zu tun.«

»Tja, wenn sie sich auf diese Art umbringen will, weshalb sollte ich etwas dagegen haben? Solange sie es in aller Stille in ihrer eigenen Stube tut. Was möchtest du von mir?«

»Ich möchte Bücher lesen und Dinge lernen.«

»Dinge, die Mabel dir nicht beibringen kann?«

»Ja.«

»Meinetwegen.«

Eine Woche später wurde ich in eine Klosterschule in Lausanne geschickt.

Ich werde meine ausländische Erziehung nicht im Detail beschreiben. Mutter hatte mich gelehrt, die Haussklavin eines arbeitenden Mannes zu sein; die Nonnen lehrten mich, das Hausspielzeug eines reichen Mannes zu sein. Als sie mich zurücksandten, war Mutter tot und ich konnte Französisch sprechen, tanzen, Klavier spielen, mich wie eine Lady bewegen und Ereignisse erörtern, über die von konservativen Zeitungen Bericht erstattet wurde, denn die Nonnen waren der Ansicht, daß Männer Ehefrauen bevorzugten, die einiges über die Welt wußten. General Sir Aubrey de la Pole Blessington war es gleichgültig, was ich wußte, aber er konnte trotz seiner Wunden herrlich Walzer tanzen. Die Uniform war dabei unzweifelhaft von Vorteil. Ich war groß, doch er war größer, und die anderen Tänzer hielten inne, um uns zu bestaunen. Ich liebte ihn aus vielen Gründen. Von Mädchen meines Alters erwartete man, daß sie einen Gatten, ein Haus und Babys hatten. Er war reich, berühmt und immer noch stattlich. Außerdem wollte ich vor meinem Vater fliehen, der diesen Fluchtweg für mich vorbereitet hatte. An meinem Hochzeitstag fühlte ich mich wahrhaft glücklich. In jener Nacht entdeckte ich, weshalb die anderen Offiziere »Donnerkeil« Blessington den »Eispol« nannten, aber ich dachte, es sei meine Schuld. Sechs Monate später hatte ich meine dritte Scheinschwangerschaft und bettelte um eine Klitorektomie. Dr. Prickett erzählte mir von einem tüchtigen schottischen Chirurgen, der in London sei und »die Sache übernehmen« könne. Also wurde ich eines Nachmittags von dem einzigen Mann besucht, den ich je wirklich geliebt habe: Gotthard Baxter.

Warum beschrieb mein zweiter Mann Gotthard als ein Monstrum, dessen Erscheinung Babys schreien, Kinderschwestern das Weite suchen und Pferde scheuen ließ? Gott war ein riesiger, traurig wirkender Mann, aber so vorsichtig und wachsam und zurückhaltend in all seinen Bewegungen, daß sich Tiere, kleine Menschen, gekränkte und einsame Menschen, alle Frauen (ich wiederhole und betone) ALLE FRAUEN AUF DEN ERSTEN BLICK in seiner Gegenwart sicher und ruhig fühlten. Er fragte, weshalb ich die von Dr. Prickett arrangierte Operation wünschte. Ich erklärte es, doch er zweifelte an meiner Erklärung. Ich erzählte ihm von meiner Kindheit, meiner Schulausbildung, meiner Ehe. Nach einer langen Pause sagte er sanft: »Meine Liebe, Sie sind ihr ganzes Leben lang von selbstsüchtigen, habgierigen, albernen Männern schlecht behandelt worden. Aber es ist nicht ihre Schuld, denn auch sie wurden elend schlecht erzogen. Dr. Prickett glaubt tatsächlich, daß die Operation, die der General wünscht, Ihnen helfen wird. Das ist unmöglich. Lassen Sie sich nicht darauf ein. Ich werde Prickett mitteilen, was ich Ihnen gerade gesagt habe. Er wird meine Meinung nicht akzeptieren, aber Sie haben ein Recht, sie zu erfahren.«

Ich weinte vor Kummer und Dankbarkeit, denn ich wußte, daß seine Worte zutrafen. Ich hatte immer gespürt, daß es so war, aber ich konnte es erst wissen, als ich es jemanden aussprechen hörte. Nun fragte ich mit lauter Stimme: »Man wird mich in den Wahnsinn treiben, wenn ich hierbleibe. Wohin kann ich gehen?«

»Wenn Sie keine Freunde haben, die Ihnen Zuflucht gewähren, kein Geld und keine Erfahrung damit, es zu verdienen«, erwiderte er, »wäre es Selbstmord, Ihren Mann zu verlassen. Es tut mir leid. Ich kann Ihnen nicht helfen.«

Seine Güte inspirierte mich. Ich eilte hinüber zu seinem Sessel, kniete mich zwischen seine Beine und hob die verschränkten Hände bis zu seinem Gesicht empor.

»Wenn eines Abends in mehreren Wochen - oder Monaten oder Jahren - eine heimatlose verzweifelte, freundlose Person zu Ihrem Haus in Schottland kommt und um Zuflucht bittet - eine Frau, die Sie einst gütig behandelt haben -, könnten Sie sie dann abweisen?«

»Das könnte ich nicht«, seufzte er und schaute zur Decke.

»Mehr brauche ich nicht zu wissen«, sagte ich und stand auf, »außer Ihrer Adresse, die ich wahrscheinlich in einem britischen Medizinerverzeichnis finden kann.«

»Ja«, murmelte er und erhob sich ebenfalls. »Aber lassen Sie mich in Ruhe, wenn es möglich ist, Lady Blessington.«

»Auf Wiedersehen.« Ich schüttelte ihm die Hand und nickte.

Wurde je ein Chirurg auf diese Art umworben? Wurde je ein Chirurg auf diese Art erobert?

Der letztmögliche Moment kam zwei Monate später, und ich war weder schwanger noch hatte ich je daran gedacht, von einer Brücke zu springen, als ich in Glasgow eintraf und eine Droschke zum Park Circus und dem Haus mit den großen Hunden nahm. Ich hatte gerade erfahren, daß der Mann, der mir kein Kind schenken wollte, eines von einer Bediensteten haben würde, die zehn Jahre jünger als ich war. Baxter empfing mich, ohne eine einzige Frage zu stellen. Er führte mich in das Zimmer, in dem Mrs. Dinwiddie saß (sie muß damals fünfundvierzig Jahre alt gewesen sein, denn er war dreißig), und sagte: »Mutter, diese mißhandelte Dame ist zu uns gekommen, um sich auszuruhen, und sie wird hierbleiben, bis sie sich eine eigene Behausung leisten kann. Behandle sie wie meine Schwester.«

Ja, 18 Park Circus hatte eines mit 29 Porchester Terrace gemeinsam: Auch dort hatte der Hausherr einen Sohn von einer Dienerin gehabt - von einer Frau, die er nicht heiratete. Aber Gotthard liebte und respektierte seine Mutter, obwohl sie nicht den Namen seines Vaters trug. Die Besucher, die Baxter am sympathischsten waren, wurden zum Tee mit »meiner Mutter, Mrs. Dinwiddie«, eingeladen. Ein Nachmittagstee mit ihr war keine gemütliche Formalität. Denn sie war eine scharfsinnige Frau mit ausgeprägtem Humor, die jeglicher Unterhaltung gewachsen war.

»Was erfinden Sie zur Zeit, Sir Williams?« fragte sie etwa den Wissenschaftler, der das Atlantikkabel in Betrieb gesetzt hatte und dafür zum Ritter geschlagen worden war. »Und wird es den Schaden wiedergutmachen, den Ihre letzte Arbeit angerichtet hat?« - Denn sie tat so, als glaube sie, daß sich das Wetter seit

der Entwicklung des Telegraphen verschlechtert habe. Meine eigene Mutter hatte mich zu einer Bewohnerin von Manchester, die Nonnen hatten mich zu einer Französin gemacht. Die Freundschaft und die Gespräche mit Mrs. Dinwiddie gaben mir die Stimme und das Benehmen einer vorurteilslosen freimütigen Schottin. Kollegen, die nichts von meinen frühen Jahren wissen, erheitern mich manchmal immer noch, wenn sie behaupten, ich sei eine typische SCHOTTIN.

Gott konnte sich leisten, ehrlich zu sein, was seine unverheiratete Mutter anging, denn er war ein Junggeselle mit Vermögen. Er konnte sich nicht leisten, ehrlich zu sein, was die entflohene Ehefrau eines englischen Baronets und Großen Britischen Generals anging. Um uns vor peinlichen Fragen zu schützen, erfand er die verheirateten südamerikanischen Verwandten, ihren Tod in einem Zugunglück und ihre amnesische Tochter Bella Baxter, also mich. Dies war ein guter Vorwand dafür, mir die wichtigen Dinge beizubringen, die man mich nie gelehrt hatte, aber er ließ mich auch das, was ich bereits gelernt hatte, nicht vergessen.

»Vergiß nichts«, sagte er. »Deine schlimmsten Erfahrungen in Manchester, Lausanne und Porchester Terrace werden deinen Geist erweitern, wenn du dich mit intelligentem Interesse an sie erinnerst. Wenn du das nicht kannst, werden sie dich daran hindern, klar zu denken.«

»Das kann ich nicht!« rief ich. »Meine Finger haben geschmerzt, als ich schmutzige Kleidung in einer Waschwanne mit eisigem Wasser schrubbte; sie haben geschmerzt, als ich Beethovens Für Elise *neunzehnmal hintereinander auf dem Klavier spielte, weil die Lehrerin mich immer wieder von neuem anfangen ließ, wenn ich einen falschen Ton traf. Mein Kopf hat geschmerzt, weil mein Vater mir den Schädel mit der Faust aufschlug; er hat geschmerzt, weil ich mir Passagen aus Fénelons* Télémaque, *dem wohl langweiligsten Buch aller Zeiten, einprägen mußte. An diese Dinge kann man sich nicht mit Intelligenz erinnern – sie gehören in andere Welten, Gott, und nichts verbindet sie außer dem Schmerz, den ich vergessen will.«*

»Nein, Bella. Sie scheinen in anderen Welten zu sein, weil du sie zu so verschiedenen Zeiten erlebt hast, aber sieh zu, wie ich das Scharnier an der Fassade dieses großen Puppenhauses öffne und sie zurückklappe. Schau in all die Zimmer. Das ist ein Haus, wie du es zu Tausenden in britischen Städten, zu Hunderten in den Ortschaften und zu Dutzenden in den Dörfern findest. Es könnte Porchester Terrace oder dieses Haus - mein Haus - sein. Die Angestellten wohnen hauptsächlich im Keller und im Dachgeschoß, also in den kältesten und engsten Stockwerken mit den kleinsten Zimmern. Während sie schlafen, sorgt ihre Körperwärme dafür, daß sich ihre Arbeitgeber in den mittleren Etagen behaglicher fühlen. Dieses Püppchen ist ein Küchenmädchen, das auch grobe Wäschereiarbeiten macht, also Kleidung schrubbt und durchmangelt. Sie hat viel heißes Wasser zur Verfügung, wenn ihr Herr oder ihre Herrin großzügig sind, und sie wird vielleicht nicht mit Arbeit überlastet, wenn die über ihr stehenden Bediensteten Nachsicht haben, aber wir leben in einem Zeitalter, in dem behauptet wird, daß Sparsamkeit und starke Konkurrenz die Grundlagen des Staates seien. Deshalb wird es niemand zur Kenntnis nehmen, wenn sie gemein und niederträchtig behandelt wird. Nun schau in den Salon im ersten Stock. Da ist ein Klavier, an dem ein anderes Püppchen sitzt. Wenn man ihre Kleidung und ihre Frisur gegen die des Küchenmädchens austauschte, könnte sie dieselbe Person sein, aber das wird nicht geschehen. Wahrscheinlich versucht sie, Beethovens Für Elise *ohne eine falsche Note zu spielen, denn ihre Eltern möchten, daß sie eines Tages einen reichen Ehemann gewinnt, der sie als gesellschaftliche Zierde und als Gebärerin seiner Kinder benutzt. Sag mir, Bella, was das Küchenmädchen und die Tochter des Hausherrn gemeinsam haben, abgesehen von ihrem ähnlichen Alter und Körper und diesem Haus.«*

»Beide werden von anderen Menschen ausgenutzt«, antwortete ich. »Sie dürfen keine eigenen Entscheidungen treffen.«

»Verstehst du?« rief Baxter erfreut. »Das hast du sofort gewußt, weil du dich an deine frühere Erziehung erinnerst.

Vergiß das nie, Bella. Die meisten Menschen in England - und auch in Schottland - werden gelehrt, es nicht zu wissen, und nur Werkzeuge zu sein.«

Ja, Baxter machte mir klar, was Freiheit ist, indem er mich mit Spielsachen umgab, die ich als Kind nie gekannt hatte, und indem er mir zeigte, Arbeitsgeräte (damals philosophische Instrumente genannt) zu benutzen, mit denen sein Vater ihn selbst unterrichtet hatte. Ich kann die himmlischen Gefühle der Macht nicht beschreiben, die ich empfand, als ich mit dem Erd- und dem Himmelsglobus, dem stroboskopischen Zylinder, dem Mikroskop, der galvanischen Batterie, der Camera obscura, den regulären Körpern und der Napierschen Rechenmaschine hantierte. Behutsame Handgriffe fielen mir leicht, da ich durch die Nadelarbeit meiner Mutter und die Klavierausbildung im Kloster gut vorbereitet war. Außerdem konnte ich mich Botanik-, Zoologie-, Reise- und Geschichtsbüchern mit bunten Kupferstichen widmen. Duncan Trauburn, Gotts juristischer Freund, begleitete mich manchmal ins Theater, denn Gott, der ein Grauen vor Menschenmengen hatte, war dazu nicht in der Lage. Ich liebte das Theater - sogar die Revuemädchen, die in Weihnachtsspielen die Beine in die Luft warfen, kamen mir sorglos und glücklich vor! Aber am meisten liebte ich Shakespeare. Ich begann, ihn zu Hause zu lesen, zunächst Lambs Shakespeare-Erzählungen, *dann die Stücke selbst. In der Bibliothek entdeckte ich (durch die Illustrationen aufmerksam geworden)* zudem Andersens Märchen, Alice im Wunderland *und* Tausendundeine Nacht *(das letztere in einer französischen Übersetzung, die auch die erotischen Passagen enthielt). Eine Zeitlang stellte Baxter eine Lehrerin für mich ein: Miss MacTavish. Sie blieb nicht lange. Ich wollte von niemandem außer Gott unterrichtet werden. Mit ihm war das Lernen ein Festmahl voller Überraschungen, mit ihr war es ein Drill. Um diese Zeit lernte ich den jungen Archie McBandless kennen.*

Es war ein warmer, frischer, angenehmer Nachmittag, und ich könnte ein wenig kindlich gewirkt haben, denn ich kniete auf der winzigen Grasfläche hinter der Küche und spähte in einen Stall, in dem Mopsy und Flopsy kopulierten. Baxter und ein unbeholfener, schlechtgekleideter Bursche mit abstehenden Ohren traten aus der Gasse ein. Baxter stellte uns einander vor, aber der Junge war zu schüchtern, um ein Wort zu sagen, und dadurch wurde ich genauso verlegen. Wir gingen nach oben, um eine Tasse Tee zu trinken, aber nicht mit Mrs. Dinwiddie, wodurch mir klar wurde, daß Baxter den Besucher nicht als einen engen Freund betrachtete. Während der Tee zubereitet wurde, plauderte Baxter heiter über medizinische Angelegenheiten an der Universität, doch McBandless starrte mich so unverwandt an, daß er immer noch kein Wort hervorbrachte. Peinlich! Deshalb ging ich ans Klavier und spielte eines der einfachen Lieder von Burns. Es könnte »The Bonnie Banks o' Loch Lomond« gewesen sein, aber ich benutzte das Pedal der Pianolawalze nicht. Ich spielte mit den Fingern, und der Rhythmus war perfekt. Außerdem erinnere ich mich deutlich daran, daß wir das Pianola 1897 - im Jahr des Diamantenen Jubiläums der Königin - erwarben. Vorher war das Instrument, wie ich glaube, noch nicht erfunden worden. Beim Abschied bestand McBandless darauf, mir die Hand zu küssen. In Sir Aubreys Haus war diese blumige kontinentale Geste nicht einmal von unseren französischen und italienischen Besuchern praktiziert worden. Ich war erstaunt und betrachtete wahrscheinlich verwirrt meine Fingerspitzen. Der Speichelfluß unseres Gastes war extrem, und ich wollte meine Hand nicht trocknen oder mein Kleid mit ihr berühren, bevor er sich zurückgezogen hatte. Es dauerte sehr lange, bis ich ihn wiedersah, und ich hatte bestimmt kein Verlangen danach!

In jenen glücklichen, glücklichen Tagen gab es nur eine einzige Quelle des Kummers: Gott wollte sich nicht von mir verführen lassen.

»Bitte, verlieb dich nicht in mich, Bella«, sagte er. »Ich bin nämlich kein Mann, sondern ein großer, intelligenter Hund, der wie ein Mann geformt ist. Sonst habe ich nur ein einziges Kennzeichen, das mich von Hunden unterscheidet. Ich will keinen Herrn - und keine Herrin.«

Das war die Wahrheit, aber ich konnte mich nicht mit ihr abfinden. Ich liebte ihn von ganzem Herzen, mit Geist und Seele und wollte ihn unbedingt zur Menschlichkeit bekehren. Eines Nachts, als dieses Begehren mich nicht schlafen ließ, nahm ich eine Kerze in die Hand und trat nackt in sein Schlafzimmer. Die Hunde auf dem Boden fletschten eifersüchtig die Zähne, aber ich wußte, daß sie mich nicht beißen würden. Leider lagen auch Hunde neben ihm auf dem Bett und über seinen Füßen. Sie knurrten heiser.

»Victoria, ich habe keinen Platz für dich«, flüsterte er, nachdem er die Augen geöffnet hatte.

»Oh, bitte laß mich ein Weilchen zu dir kommen, Gott!« flehte ich weinend. »Gib mir nur genug von dir, um ein Kind für uns zu machen, ein kleines Kind, aus uns beiden gemacht, das ich ewig füttern und knuddeln und lieben kann.«

»Sie werden erwachsen«, murmelte er gähnend, »und es gibt einen medizinischen Grund dafür, daß ich kein Kind zeugen darf.«

»Du bist krank? Dann werde ich Ärztin, um dich zu heilen! Ärzte können Dinge tun, zu denen Chirurgen nicht imstande sind! Ich werde deine Ärztin sein.«

Er schnalzte mit der Zunge. Die beiden Hunde auf dem Fußboden kniffen meine Waden sanft mit ihren großen Kiefern und zerrten mich zur Tür. Ich mußte gehen.

Am nächsten Tag gab Gott mir beim Frühstück eine vollständige Erklärung, denn er ließ nie unnötige Geheimnisse aufkommen. Von seinem Vater, dem großen Chirurgen, habe er eine syphilitische Krankheit geerbt, die letztlich zu Wahnsinn und allgemeiner Paralyse führen werde.

»Ich weiß nicht genau, wann mich der Schlag ereilen wird«, sagte er. »Vielleicht in ein paar Monaten, vielleicht in ein paar Jahren. Aber ich bin darauf vorbereitet. Die einzige Medizin, die mir helfen kann, ist schmerzloses Gift, das ich mir selbst verabreichen muß, wenn die ersten Symptome erscheinen. Ich trage meine Medikamente immer bei mir, um meinetwillen brauchst du also nicht Ärztin zu werden.«

»Dann werde ich um der ganzen Welt willen Ärztin werden!« erklärte ich schluchzend. »Ich werde das Leben einiger Menschen retten, wenn auch nicht deines. Ich werde dich ersetzen! Ich werde an deine Stelle treten!«

»Eine gute Idee, Victoria«, gab er ernst zurück, »und wenn du dabeibleibst, sollst du in deinem Studium diesen Weg einschlagen. Aber zuerst möchte ich dich mit einem nützlichen Ehemann ausgestattet sehen: einem tüchtigen, selbstlosen, der dir hilft, deinen Wünschen zu folgen, und gleichzeitig deine amourösen Instinkte befriedigt - denn du bist schrecklich ausgehungert.«

»Der Hunger soll mein Mann sein, wenn du dich weigerst!« stieß ich zwischen zusammengebissenen Zähnen hervor. Er lächelte und schüttelte den Kopf. Wir hatten aufgehört, an meinen berühmten Ehemann in England zu denken.

Baxter machte eine Weltreise mit mir. Es war mein Einfall gewesen, denn ich wollte ihn von seinen Hunden trennen. Er folgte meinem Vorschlag (wie ich nun begreife), um mein Wissen zu vergrößern, aber auch, um sich meiner zu entledigen. Wir besuchten Krankenhäuser oder lauschten medizinischen Vorlesungen in vierzehn Hauptstädten. Ein Wiener Experte lehrte mich die modernsten Techniken der Sexualhygiene und der Geburtenkontrolle, wonach Baxter mir sooft wie möglich die Gesellschaft anderer Männer aufdrängte. Aber obwohl mein sexuelles Verlangen stark war, konnte oder wollte ich es nicht von dem moralischen Verlangen lösen, einen bewundernswerten Mann zu umarmen, und wen konnte ich inständiger bewundern als Gott? Als wir endlich nach Glasgow zurückkehrten, hatte ich ihn sehr traurig gemacht. Meine Gesellschaft beraubte ihn jeglicher Freiheit. Ich ließ nicht zu, daß er ohne mich irgend etwas unternahm, irgendwohin ging. Ich war fröhlicher als er, denn obwohl ich ihn nicht völlig in einer Ehe verschlingen konnte, besaß ich mehr von ihm als jeder andere. Und dann, als wir eines Tages am Gedächtnisbrunnen im West End Park vorbeispazierten, begegneten wir McBandless von neuem.

Ich habe erwähnt, daß sich Tiere, Kinder und alle kleinen oder unbeholfenen Menschen sicherer fühlten, wenn Gott in ihrer Nähe war. McBandless hatte Gott in der Anatomieabteilung der Universität kennengelernt, wo Gott Demonstrationen abhielt, wenn der gewohnte Dozent krank war. Der kleine, unbeholfene McBandless verliebte sich so leidenschaftlich in Gott, wie ich es getan hatte. Natürlich liebte er auch mich, aber nur deshalb, weil er mich als Gotts weiblichen Teil ansah - den Teil, den er umarmen und in den er eindringen konnte. Aber Gott war die erste große Liebe seines Lebens, und diese Liebe wurde nicht erwidert. Lange bevor ich zum Park Circus kam, hatte McBandless die Wege ausgespäht, auf denen Gott mit seinen Hunden Sonntagsspaziergänge machte, und sich ihm immer wieder angeschlossen. Gott konnte zu niemandem unfreundlich sein, aber einmal, als McBandless ihn nicht nur nach Hause begleitete, sondern auch die Unverschämtheit hatte, sich durch die Tür zu drängen, raffte mein armer Liebling sich zu der Bemerkung auf, daß er mehr Abgeschiedenheit benötige, als McBandless ihm gestatte. Danach ließ McBandless Gott in Ruhe, wenn sie einander nicht zufällig begegneten und Gott ihn nach Hause einlud. Da Gott unendlich gut war, konnte dies manchmal geschehen, und bei einer dieser Gelegenheiten hatte ich McBandless kennengelernt.

Als wir einander zum zweitenmal sahen, drängte mich Gott dem armen kleinen Mann geradezu auf. Er setzte sich auf eine Bank, da er sich ausruhen müsse, und bat McBandless, mit mir einen Spaziergang durch den Park zu machen. Ich verstehe nun (im Rückblick), daß Baxter nichts anderes als Frieden vor dem gräßlich redseligen, anspruchsvollen Geschöpf wollte, zu dem ich geworden war. Aber als ich mich Arm in Arm mit McBandless durch das Gebüsch aufmachte, hatte ich eine andere Vorstellung von seinen Motiven. Hielt er McBandless vielleicht für den nützlichen, selbstlosen Ehemann, der mir helfen würde, meine Wünsche zu erfüllen und gleichzeitig meine amourösen et cetera zu befriedigen? Ich begriff, daß ein solcher Mann (in den Augen der Welt und vielleicht in meinen eigenen) ein Schwächling zu sein hatte, denn er durfte mich NICHT von Gott trennen. Er würde sogar bei Gott und mir wohnen und auf eine eigene Unterkunft verzichten müssen. Während ich über diese Dinge nachsann, plapperte der eitle kleine Homunkulus, der sich an meinen Arm klammerte, über die Armut seiner Kindheit, seine Erfolge als Medizinstudent und seine wunderbaren Leistungen als Medizinalassistent im Royal Infirmary. Konnte DIES der Mann sein, den ich benötigte? Ich blieb stehen, um ihn gründlich zu mustern. Er reagierte auf meinen Blick, indem er mich küßte - schüchtern zuerst, dann voller Leidenschaft. Ich war nie zuvor von einem Mann geküßt worden. Mein einziges Liebesvergnügen war eine sapphische Beziehung zu meiner Klavierlehrerin in Lausanne gewesen. Ich hätte sie bis ans Ende aller Zeiten geliebt, aber leider liebte sie zu viele andere für meinen egoistischen Geschmack, deshalb hatte ich mich gegen sie gewandt. Ich war erstaunt über den Genuß, den McBandless mir verschaffte. Als wir uns voneinander lösten, betrachtete ich ihn mit einem Gefühl, das an Respekt grenzte. Er machte mir einen Heiratsantrag, den ich mit den Worten akzeptierte: »Laß uns Gott sofort Bescheid geben.« Ich hatte nicht den geringsten Zweifel daran, daß Gott überglücklich darüber sein würde, mich mit McBandless zu teilen und dadurch mehr Ruhe zu erhalten.

Wie verblüffend egoistisch ich in jenen Tagen war! Ich hatte keine moralischen Vorstellungen, kein intelligentes Mitgefühl, was andere Menschen anging. Gott wünschte sich einen guten Ehemann für mich, damit er das Leben, das ich unterbrochen hatte, fortsetzen konnte; er hatte nicht erwartet, daß sich sein Haushalt durch meine Heirat um EINE WEITERE Person vergrößern würde! Um eine Person, die ihm nicht besonders gut gefiel! Er verlor beinahe das Bewußtsein, als ich ihm die Nachricht überbrachte. Dann bat er uns, wenigstens zwei Wochen lang nachzudenken, bevor wir einen Entschluß faßten. Wir waren natürlich mit seinem Vorschlag einverstanden.

Ich hoffe, daß die Menschen von 1974 durch sexuelle Tatsachen weniger schockiert werden als die meisten meiner spätviktorianischen Zeitgenossen. Wenn nicht, wird dieser Brief sofort nach der Lektüre verbrannt werden.

In der folgenden Woche erfüllte McBandless' Kuß meine Gedanken und Tagträume. Lag das an McBandless, oder konnte jeder andere Mann in mir ein solches Gefühl exquisiter Macht, verbunden mit exquisiter Hilflosigkeit, auslösen? Vielleicht (wagte ich sogar zu denken) KÖNNTE EIN ANDERER MANN ES NOCH BESSER MACHEN! Um es herauszufinden, verführte ich Duncan Trauburn, einen Mann, den ich nie zuvor beachtet und der (um ihm Gerechtigkeit widerfahren zu lassen) auch mich niemals beachtet hatte! Er war eine konventionelle Seele, seiner egoistischen Mutter so bedingungslos ergeben, daß ihm der Gedanke an eine Ehe, bevor wir beide ein Liebespaar wurden, nie in den Kopf kam. Aber er kam ihm kurz danach in den Kopf. Ich begriff nicht, daß der Vorschlag, mit ihm durchzubrennen, unsere Heirat nach sich ziehen sollte. Vielmehr hielt ich das Ganze für ein köstliches Experiment, für eine Reise, auf der ich entdecken würde, wie geeignet McBandless war. Das alles erklärte ich Gott, der niedergeschlagen sagte: »Geh deiner Wege, Victoria, ich kann dir über die Liebe nichts beibringen. Aber sei behutsam mit dem armen Trauburn, denn er hat keinen kräftigen Geist. Auch McBandless wird leiden, wenn er davon erfährt.«

»Aber du wirst mir die Tür nicht versperren, wenn ich zurückkomme?« fragte ich munter.

»Nein. Aber vielleicht werde ich nicht mehr am Leben sein.«

»Doch, ganz bestimmt«, sagte ich und küßte ihn. Ich glaube nicht mehr, daß er Syphilis hatte. Es fiel mir leichter anzunehmen, daß er die Krankheit erfunden hatte, um zu verhindern, daß Frauen wie ich ihn um den kleinen Finger wickelten.

Also gut, ich hatte Spaß mit meinem Trauburn, solange er durchhielt, und ging sanft mit ihm um, als er zusammenbrach. Ich besuche ihn immer noch einmal im Monat in der Irrenanstalt. Er ist aufgeweckt und fröhlich und begrüßt mich immer mit einem schelmischen Blinzeln und einem wissenden Grinsen.

Ich bin sicher, sein Wahnsinn war zunächst ein Vorwand, der ihm half, nicht wegen Unterschlagung von Mitteln seiner

Mandanten inhaftiert zu werden, aber nun ist sein Geist unzweifelhaft gestört.

»Wie geht's deinem Mann?« fragte er mich letzte Woche.

»Archie starb 1911«, erwiderte ich.

»Nein, ich meine deinen ANDEREN Mann: Leviathan Backs-Tor von Babylon, den Chirurgenkönig des verdammten materiellen Universums.«

»Auch tot, Trauer«, sagte ich mit einem innigen Seufzen.

»Hehe! Der wird niemals sterben«, kicherte er. Wie ich mir wünsche, daß Baxter nicht gestorben wäre.

Als ich zum Park Circus zurückkehrte, war er dem Tod bereits nahe. Ich erkannte es an seiner geschrumpften Gestalt und seiner zitternden Hand.

»O Gott!« rief ich, »o Gott!« Ich kniete mich vor ihn hin, umarmte seine Beine und drückte mein weinendes Gesicht gegen sie. Er saß in Mrs. Dinwiddies Salon; sie war neben ihm, und McBandless stand hinter seinem Sessel. Ich war überrascht, meinen Verlobten dort zu sehen, obwohl ich brieflich mit ihm in Verbindung geblieben war. Seit dem Beginn der Krankheit hatte Gott medizinische Hilfe benötigt, um einige Körperfunktionen verrichten zu können, für welche die Kraft seiner Mutter nicht mehr ausreichte. Die Nähe des Todes hatte auch seine Abneigung McBandless gegenüber beseitigt.

»Victoria«, flüsterte er, »Bella Victoria, Belle Victoire, bald wird nichts mehr, nichts mehr von meinem Geist übrig sein, und du wirst mich nicht mehr lieben, wenn unser Freund der Bandelmacher mir kein sehr starkes Medikament gibt. Aber ich bin froh, dich zu sehen, bevor ich es trinke. Versprich mir, dich um meine Hunde zu kümmern, meine armen armen einsamen führerlosen Hunde. Arme Hunde. Arme Hunde.«

Sein Kopf begann zu wackeln, und Speichel tröpfelte ihm aus dem Mund.

McBandless legte seinen Arm frei und gab ihm eine Spritze. Er wurde für ein paar weitere Minuten vernünftig.

»Ja, führt die Hunde zu ihren Sonntagsspaziergängen aus, Archie und Victoria. Geht am Kanalufer entlang nach Bowling,

dann am Strowan's Well vorbei zu den Lang Crags oberhalb von Dumbarton, überquert die Stockiemuir nach Carbeth, kommt zurück über Craigallion Loch, Allander, Mugdock und Milngavie Waterworks. Oder geht den Clyde hinauf nach Rutherglen oder Cambuslang, besteigt die Cathkin Braes über den Dechmont und schlendert an Gargunnock und Malletsheugh vorbei nach Neilston Pad. Es gibt herrliche Spazierwege um Glasgow, und über alle lassen sich mühelos Erhöhungen erreichen, von denen ihr Ausblick auf prächtige Landstriche der Welt habt: Berge, Seen, von Weiden bedeckte Hügel und den großen Firth. Sie alle umgeben Glasgow, das wir nicht genug lieben, denn wenn wir es täten, würden wir es besser machen. Freut euch für mich an diesen Dingen: den Trittsteinen von Cadder Kirk, dem klaren Bardowie Loch, den Auld Wives' Lifts, dem Devil's Pulpit, Dumgoyach und Dungoyne. Wenn ihr Söhne habt, nennt bitte einen nach mir. Mami wird euch bei ihrer Pflege helfen. Mami! Mami! Behandle die Kinder der McBandless wie deine Enkel. Es tut mir leid, daß ich dir keine geben konnte. Und versuch, meinem Vater, Sir Colin, zu verzeihen. Was für ein abscheulich gemeiner alter Schurke der Mann war. Er hat vieles begonnen, von dem er das Ende nicht absehen konnte. Aber das tun wir alle, haha. Schnell, McBandless! Die Arznei!«

Archie hielt Gott den Trank hin, aber ich nahm ihm das Glas aus der Hand, drückte die Lippen auf den Mund meines Geliebten - es war der einzige Kuß, den wir je teilten -, legte den Arm hinter seinen Kopf und half ihm zu trinken.

So starb Gotthard Baxter.

Du, lieber Leser, kannst nun zwischen zwei Darstellungen wählen, und es gibt keinen Zweifel daran, welche plausibler ist. Die Geschichte meines zweiten Mannes stinkt geradezu nach allem, was morbid war in jenem morbidesten aller Jahrhunderte, dem neunzehnten. Er hat eine hinreichend seltsame Geschichte noch seltsamer werden lassen, indem er Episoden und Wendungen in sie einfließen ließ, die in Hoggs Selbstmördergrab *zu finden sind; hinzukommen makabre Entlehnungen aus den Werken Mary Shelleys und Edgar Allan Poes. An welcher krankhaften viktorianischen Phantasterei hat er sich NICHT vergriffen? Ich finde Spuren von* Das kommende Geschlecht, Dr. Jekyll und Mr. Hyde, Sherlock Holmes' Abenteuer *und leider auch von* Alice in den Spiegeln, *einem finstereren Buch als das sonnenhelle* Alice im Wunderland. *Er hat sogar Werke von zwei sehr teuren Freunden plagiiert: G. B. Shaws* Pygmalion *und Herbert George Wells' wissenschaftlich-phantastische Romane. Seitdem ich diese teuflische Parodie meiner Lebensgeschichte gelesen habe, frage ich mich ständig: WARUM HAT ARCHIE SIE GESCHRIEBEN? Nun kann ich der Nachwelt diesen Brief übersenden, denn ich habe endlich die Antwort gefunden.*

Wie eine Lokomotive von unter Druck stehendem Dampf angetrieben wird, so wurde Archibald McBandless' Geist von sorgsam verborgenem Neid getrieben. Sein Glück im späteren Leben änderte nichts daran, daß er im Grunde seines Herzens nur »ein armer Bankert« war. Der Neid, den die Armen und Ausgebeuteten den Wohlhabenden gegenüber spüren, ist etwas Gutes, wenn er sich darauf richtet, diese ungerecht aufgebaute Nation zu reformieren. Deshalb meinen wir Fabier, daß nicht nur die Gewerkschaften und die Labour Party unsere Verbündeten sind, sondern auch jeder ehrliche Staatsdiener (sei er ein Liberaler oder ein Tory), der einen anständigen Mindestlohn, hygienische einwandfreie Behausungen, ordentliche Arbeitsbedingungen und das Stimmrecht für jeden britischen Erwachsenen anstrebt. Unglücklicherweise beneidete mein Archie die beiden einzigen Menschen, die er liebte, die beiden einzigen, die ihn tolerieren konnten. Er beneidete Gott um dessen berühmten Vater und dessen zärtliche, liebevolle Mutter. Mir verübelte er meinen vermögenden Vater, meine Klostererziehung, meinen berühmten ersten Mann und meine überlegene Lebensart. Am meisten beneidete er mich um Gotts Fürsorge und Gesellschaft und um die Kraft meiner Liebe zu Gott. Er haßte die Tatsache, daß wir für ihn höchstens freundschaftliches Wohlwollen, angereichert (meinerseits) mit sinnlichem Genuß, empfanden. Daher tröstete er sich in seinen letzten Monaten damit, daß er sich eine Welt ausmalte, in der Gott und ich und er selbst in vollkommener Gleichheit existierten. Da er eine Kindheit hinter sich hatte, die privilegierte Menschen als »überhaupt keine Kindheit« bezeichnen würden, schrieb er ein Buch, in dem er behauptet, daß auch Gott keine gehabt habe - daß Gott immer so gewesen sei, wie Archie ihn kannte, daß Sir Colin Gott durch die Frankenstein-Methode hergestellt habe. Dann beraubte er mich meiner Kindheit und meiner Schulbildung, indem er vorgab, ich sei bei unserer ersten Begegnung geistig nicht ich selbst gewesen, sondern meine kleine Tochter. Nachdem er diese Gleichheit der Entbehrung für uns alle erfunden hatte, konnte er mühelos beschreiben, wie ich mich auf den ersten Blick in ihn verliebt hätte und wie Gott ihn beneidet habe! Aber Archie war natürlich kein Wahnsinniger. Er wußte, daß sein Buch eine schlaue Lüge war. Wenn er es in seinen letzten Wochen schmunzelnd durchblätterte, amüsierte er sich vor allem darüber, wie geschickt seine Erfindung die Wahrheit verdrängte. Das ist jedenfalls meine Meinung.

Aber warum konnte er die Geschichte nicht überzeugender gestalten? Im 23. Kapitel schildert er, wie mein erster Mann mir eine Kugel durch den Fuß schoß: »Die Kugel war zum Glück sauber durch den Fuß in den Teppich gedrungen, WOBEI SIE DAS INTUGEMENT ZWISCHEN DER ULNA UND DEM RADIUS DES ZWEITEN UND DRITTEN MITTELFUSSKNOCHENS DURCHBOHRT HATTE, OHNE AUCH NUR EINEN KNOCHEN SPLITTERN ZU LASSEN. *Die groß geschriebenen Worte könnten vielleicht gerade noch jemanden überzeugen, der nichts von Anatomie versteht, aber sie sind Unsinn, Quatsch, Gewäsch, dummes Zeug und Geschwafel, und da Archie seine medizinische Ausbildung nicht plötzlich in einem solchen Maße vergessen haben konnte, muß er es auch gewußt haben. Er hätte ohne weiteres sagen können: »Die Kugel durchbohrte die Sehne des obliken Kopfes am Adductor hallucis zwischen der proximalen großen und der Index-Phalanx, ohne auch nur einen Knochen splittern zu lassen«, denn genau das geschah.*

Ich habe keine Zeit, jede Seite zu überprüfen und Wahrheit und Dichtung voneinander zu trennen. Wenn man all das mißachtet, was der Vernunft und dem Inhalt meines Briefes widerspricht, wird man feststellen, daß in diesem Buch ein paar Ereignisse verzeichnet sind, die sich tatsächlich in einer bedrückenden Ära abspielten. Wie gesagt, für mich stinkt das Buch nach Viktorianismus. Es ist so pseudogotisch wie das Scott Monument, die Universität Glasgow, St. Pancras Station und das Parlamentsgebäude. Ich hasse solche Bauwerke. Ihre sinnlose, allzu reiche Verzierung wurde mit Hilfe unnötig hoher Profite bezahlt - Profite, dem kümmerlichen Leben von Kindern, Frauen und Männern abgepreßt, die mehr als zwölf Stunden pro Tag, sechs Tage pro Woche in UNNÖTIG schmutzigen Fabriken arbeiteten. Denn im neunzehnten Jahrhundert besaßen wir bereits die Kenntnisse, Dinge auf saubere Art zu produzieren. Wir setzten diese Kenntnisse nicht ein. Die gewaltigen Profite der Eigentümerschicht waren zu heilig, als daß sie in Frage gestellt werden konnten. Für mich stinkt dieses Buch so, wie es unter der Krinoline einer armen Frau gestunken haben muß, die eine billige Wochenendfahrt mit der Bahn zum Crystal Palace hinter sich hatte. Mir ist klar, daß ich es zu ernst nehme, aber ich bin dankbar dafür, bis ins zwanzigste Jahrhundert überlebt zu haben.

Und nun, liebes Enkel- oder Urenkelkind, wenden sich meine Gedanken Dir zu, denn ich kann mir die Welt, in der diese Botschaft gelesen werden soll - wenn sie überhaupt jemand liest -, einfach nicht vorstellen. Im letzten Monat veröffentlichte Herbert George Wells (jener nach Honig duftende Mann!) ein Buch mit dem Titel Der Luftkrieg. *Es spielt in den zwanziger oder dreißiger Jahren des neuen Jahrhunderts und beschreibt, wie eine deutsche Luftflotte die USA angreift und New York bombardiert. Dadurch wird die ganze Welt in einen Konflikt hineingezogen, der dazu führt, daß man alle wichtigen Zentren des zivilisierten Denkens und Wissens vernichtet. Die Überlebenden bleiben in einem schlimmeren Zustand zurück als die australischen Ureinwohner, denn ihnen fehlt das Geschick dieser Jäger und Sammler. Herberts Buch ist natürlich eine Warnung, keine Prophezeiung. Er und ich und viele andere Experten erwarten eine bessere Zukunft, denn wir sind dabei, sie aktiv aufzubauen. Glasgow ist ein aufregender Ort für einen engagierten Sozialisten. Sogar in seiner früheren liberalen Phase setzte es der Welt durch die städtische Entwicklung öffentlicher Mittel ein Beispiel. Unsere Facharbeiterschaft ist nun die am besten ausgebildete in Britannien; die Genossenschaftsbewegung ist populär und greift um sich; das Glasgower Telefonsystem wird von der Hauptpost zur Ausweitung überall im Vereinigten Königreich übernommen. Ich weiß, daß das Geld, auf dem unser Selbstbewußtsein und unsere Leistungen beruhen, aus einer gefährlichen Quelle stammt: An der Clydeside werden im Auftrag der Regierung mächtige Kriegsschiffe gebaut - als Antwort darauf, daß die Deutschen genauso große Zerstörer herstellen. H. G. Wells' Warnungen dürfen also nicht in den Wind geschlagen werden.*

Aber die Internationale Sozialistische Bewegung ist in Deutschland so stark wie in Britannien. Die Arbeiter- und Gewerkschaftsführer in beiden Ländern haben vereinbart, sogleich einen Generalstreik auszurufen, falls ihre Regierungen den Krieg erklären. Fast hoffe ich, daß unsere Militärführer und Kapitaleigner TATSÄCHLICH den Krieg erklären! Wenn die Arbeiterklasse ihnen sofort mit friedlichen Mitteln Einhalt gebietet, wird die moralische und praktische Rolle der großen Industrienationen von den Eigentümern an die Hersteller aller notwendigen Dinge übergehen, und dann wird die Welt, in der DU lebst, liebes Kind der Zukunft, eine vernünftigere und glücklichere sein. Alles Gute.

Dr. Victoria McBandless
18 Park Circus
Glasgow, den 1. August 1914

HISTORISCHE UND KRITISCHE ANMERKUNGEN

von

ALASDAIR GRAY

KAPITEL 1, Seite 9: *Wie die meisten Landarbeiter in jenen Tagen mißtraute meine Mutter den Banken.*

Dies war nicht der Aberglaube einer ungebildeten Frau. Im achtzehnten und neunzehnten Jahrhundert mußten Banken häufig Konkurs anmelden, und die Ärmeren litten am meisten darunter, denn die Vermögenderen hatten bessere Informationen darüber, welche Finanzhäuser unsolide waren oder es zu werden drohten. Im Britannien des zwanzigsten Jahrhunderts kommt es nur im Zusammenhang mit Pensionskassen zu solchen Ungerechtigkeiten.

KAPITEL 2, Seite 14: *Er war der einzige Sohn Colin Baxters, des ersten Mediziners, der von Königin Victoria zum Ritter geschlagen wurde.*

In seiner historischen Arbeit *Die königlichen Ärzte* (veröffentlicht von Macmillan, 1963) räumt Gervaise Thring Gotthards Erzeuger, Sir Colin Baxter, mehr Platz ein, aber er fügt hinzu: »Zwischen 1864 und 1869 war sein weniger bekannter, doch gleichermaßen begabter Sohn fachärztlicher Berater bei der Geburt von drei Prinzen und einer Princess Royal, und wahrscheinlich rettete er dem Herzog von Clarence das Leben. Aus Gründen, die vielleicht mit seiner angegriffenen Gesundheit zu tun hatten, zog sich Gotthard Baxter ins Privatleben zurück und war bei seinem Tod ein paar Jahre später in Vergessenheit geraten.« Im Standesamt von Edinburgh findet man keine Geburtsurkunde von Gotthard Baxter, und auf dem Totenschein von 1884 sind die Spalten für das Alter und den Namen seiner Mutter frei gelassen.

Seite 19: *Sie trieben den armen Semmelweis in den Wahnsinn, er beging Selbstmord, weil er vergeblich versucht hatte, die Wahrheit bekanntzumachen.*

Semmelweis war ein ungarischer Geburtshelfer. Entsetzt über die hohe Sterblichkeitsziffer in der Wiener Entbindungsklinik, in der er arbeitete, benutzte er Antiseptika und senkte die Ziffer von 12 auf 1,25 Prozent. Seine Vorgesetzten weigerten sich, seine Schlußfolgerungen zu akzeptieren, und warfen ihn hinaus. Er zog sich absichtlich Septikämie an einem Finger zu und starb 1865 in einer Nervenklinik an genau der Krankheit, die er sein ganzes Leben lang bekämpft hatte.

Seite 20: *Unsere Krankenschwestern sind nun die zuverlässigsten Praktikerinnen der Heilkunst. Wenn jeder schottische, walisische und englische Arzt und Chirurg plötzlich tot umfiele, würden achtzig Prozent derjenigen, die man in unsere Krankenhäuser einweist, trotzdem gesund werden, wenn die Krankenpflege unverändert bliebe.*

Der folgende Auszug zu diesem Thema stammt aus »Frauen und Medizin«, einem Eintrag von Johanna Geyer-Kordesch in der *Enzyklopädie der Medizingeschichte*, herausgegeben von W. F. Bynum: »Florence Nightingale schrieb einmal, sie wolle auf keinen Fall, daß Frauen den Ärzteberuf ergriffen, denn dann würden sie so werden wie ihre männlichen Kollegen. Nightingales Ziele waren atemberaubend weitgespannt. Sie wünschte eine so gründliche medizinische Reform im Hinblick auf Vorbeugung und Pflege, daß Ärzte überflüssig werden könnten.«

KAPITEL 3, Seite 25: ... *in einen schmalen Garten zwischen hohen Mauern.*

Michael Donnelly, unermüdlich in seinem Bestreben zu beweisen, daß dieses Geschichtswerk frei erfunden sei, weist darauf hin, daß der hier beschriebene Garten nicht an eine Remise an der entlegenen Seite angrenzt. Er hat Baxters altes Haus (18 Park Circus) besucht und behauptet, daß die Fläche zwischen Hintereingang und Remise so klein und so tief sei, daß sie höchstens als ein Trockenhof habe dienen können. Dies beweist natürlich nur, daß die Remise zu einem späteren Datum errichtet wurde.

KAPITEL 4, Seite 32: ... *eine schöne, schöne Frau, McBandless, die ihr Leben diesen Fingern hier verdankt – diesen gefeimten, gefeimten Fingern!*

»Gefeimt« bedeutet »geschickt« wie in der alten schottischen Ballade *Sir Patrick Spens*:

Der König in Dumfermline sitzt
Und trinket blutig-roten Wein.
»Oh, wo ist ein gefeimter Schiffer,
Der fährt die neue Barke mein?«

Seite 34: ... *Kobolde, die das Skelett des Ichthyosaurus in einer Höhle unter dem Harz entdecken.*

Der erste Ichthyosaurus wurde 1810 von Mary Anning (der »Fossil-Frau« von Lyme Regis) entdeckt. Die hier erwähnte Illustration befindet sich in Pouchets *Das Universum*, einer im neunzehnten Jahrhundert verfaßten populärwissenschaftlichen Einführung in die Naturgeschichte.

KAPITEL 5, Seite 38: *Geordie Geddes arbeitet für die Glasgower Humanitätsgesellschaft, die ihm eine mietfreie Wohnung im Glasgow Green zur Verfügung stellt.*

Die Glasgower Humanitätsgesellschaft für die Rettung und Wiederbelebung von ertrinkenden Personen wurde 1790 von der Glasgower Chirurgischen Fakultät gegründet; 1796 baute man das erste Bootshaus und das erste Wohngebäude für ihre Angestellten am Glasgow Green. George Geddes, der erste ganztags beschäftigte Angestellte, arbeitete dort von 1859 bis 1889; sein Sohn (der zweite George Geddes) war von 1889 bis 1932 tätig. Der Posten ging dann an den gleichermaßen berühmten Ben Parsonage über, dessen Sohn nun (Juli 1992) das Gebäude der Humanitätsgesellschaft am Ende der Hängebrücke bewohnt.

Die St. Andrew's Suspension Bridge, stromaufwärts vom Dock, war stets ein beliebter Ort für Selbstmörder. Es ist eine Fußgängerbrücke mit sehr wenig Verkehr, und früher war es sehr leicht, über das Eisengitter der Brüstung zu klettern (heute ist sie allerdings von einem Gitter aus feinem Maschendraht geschützt). Der Enkel des ersten George Geddes ertrank bei dem Versuch, das Leben eines Mannes zu retten, der 1928 von der St. Andrew's Bridge sprang.

KAPITEL 7, Seite 52: *... schlenderte ich zum Loch-Katrine-Gedächtnisbrunnen ...*

Der eigentliche Name lautet Stewart-Gedächtnisbrunnen, denn er wurde zum Gedenken an Mr. Stewart aus Murdostoun, 1854 Glasgower Oberbürgermeister, errichtet. Gegen die starke Opposition der privaten Wassergesellschaften schaffte er es, ein Gesetz vom Parlament verabschieden zu lassen, das der Glasgower Stadtverwaltung ermöglichte, Loch Katrine – dreiunddreißig Meilen entfernt in den Tiefen der Trossach-Berge – zur Hauptquelle für die öffentliche Wasserversorgung der Stadt zu machen.

Dr. McBandless' Irrtum ist jedoch verständlich. Der Brunnen, entworfen von dem Architekten James Sellars und 1872 von der Wasserkommission errichtet, ist reich verziert mit Figuren von Tieren, die auf den Inseln von Loch Katrine zu finden sind: Reiher, Otter, Wiesel und Eule. Zuoberst ist die anmutige Gestalt Helens, der Dame des Sees persönlich, angebracht. Mit einem Ruder in der Hand steht sie aufrecht am Bug einer zart ausgeführten Barke, genau wie Fitz-James sie in dem berühmtesten dichterischen Werk von Sir Walter Scott erblickte.

Um 1970 stellten die Behörden das Wasser ab und machten die Steinmetzarbeiten zu einem Klettergerüst für spielende Kinder. Die Skulpturen wurden zerbrochen. 1989, als Glasgow sich darauf vorbereitete, die Kulturhauptstadt Europas zu werden, wurde der Brunnen ganz und gar repariert und wieder unter Wasser gesetzt. Im Juli 1992 ist er von neuem wasserlos. Eine hohe Holzwand umgibt ihn.

Seite 58: *Sie hob ihren Sonnenschirm auf und winkte damit einigen Gaffern auf einer Hügelterrasse über uns fröhlich zu.*

Die steilen Terrassen des Glasgower West End Park wurden Anfang der fünfziger Jahre des neunzehnten Jahrhunderts von Joseph Paxton gestaltet, der auch den Queens Park und die Botanic Gardens anlegte. Der scharfe Winkel des Hanges war nützlich für Percy Pilcher, als er einen seiner Luftsegler testete. Diese Experimente führten 1899 schließlich zu seinem Tod, aber

KOBOLDE, DIE DAS SKELETT DES ICHTHYOSAURUS IN EINER HÖHLE UNTER DEM HARZ ENTDECKEN
Aus: *Das Universum oder Das unendliche Große und das unendlich Kleine* von Dr. med. F. A. Pouchet, 9. Ausgabe 1886 veröffentlicht von Blackie & Son, Old Bailey, E.C., Glasgow und Edinburgh.

durch sie wurde die Hauptkonstruktion des Flugzeugs, wie es sich bis heute entwickelt hat, festgelegt, und durch sie erhielt das »Flugzeug« sogar seinen Namen. Pilchers Erfahrung könnte H. G. Wells dazu bewogen haben, den West End Park in seinen Roman *Der Luftkrieg* einzubeziehen, der einen Monat vor dem Krieg von 1914 bis 1918 herauskam. Wells beschreibt, wie der erste erfolgreiche Pilot Britanniens ohne Zwischenlandung von London nach Glasgow und zurück fliegt. Während er horizontal zur höchsten Terrasse über dem Park kreist, ruft er den verblüfften Menschenmengen zu: »Meine Mudder war Schoddin!« und heimst heftigen Applaus ein.

Seite 62: *Als der Schrei kam, schien der ganze Himmel zu schreien.*

Aus Wetterberichten geht hervor, daß der 29. Juni 1882 ein abnorm heißer und schwüler Tag war. Bei Sonnenuntergang wurden die meisten Glasgower Bürger durch einen Lärm gestört, dessen Ursache die Ortspresse ganze zwei Wochen lang erörterte. Die meisten nahmen an, der Lärm sei industriellen Ursprungs gewesen und aus sehr großer Entfernung herangetragen worden. Am Saracen Cross im Nordwesten glaubte man, daß etwas in der Parkhead Forge explodiert sei; um Parkhead im Südosten dachte man an eine Katastrophe in den Saracen Head Ornamental, Hygienic and Sanitary Iron Works. In Govan im Südwesten war man der Ansicht, daß in der nordöstlichen Lokomotivfabrik eine neue Art Dampfpfeife ausprobiert werde; im Nordosten wurde vermutet, daß ein Kessel auf einem Schiff an der Clydeside explodiert sei. Ein Wissenschaftskorrespondent im *Glasgow Herald* schrieb, das Phänomen habe »eher einem elektrischen Schock als einem Lärm geglichen«; seine »meteorologische Ursache« sei vielleicht »in abnormen Wetterbedingungen, vereint mit Dämpfen in der Atmosphäre«, zu suchen. In einer humoristischen Zeitschrift mit dem Titel *The Bailie* hieß es, der West End Park und die Universität seien im Zentrum des Gebietes, über dem der Lärm gehört worden sei; möglicherweise experimentiere Professor Thomson mit einem neuen Telegraphen, der keine Drähte, sondern nur die Luft als Übertragungsmittel benötige. In einem letzten albernen Brief in *The Scotsman* (einem Edinburgher Journal) wurde vermutet, daß ein Glasgower Witzbold auf einer neuen Art Dudelsack gespielt habe.

KAPITEL 9, Seite 74: *Er wird mit der Dämmerung kommen, leise aus der Gasse durch die Tür in der fernen Wand treten …*

Michael Donnelly hat mir die in den 1850ern von Charles Wilson entworfenen Originalpläne des Park Circus gezeigt – Pläne, die erkennen lassen, daß eine Remise den Hinterhof des Hauses 18 Park Circus von der Gasse trennte. Aber die Tatsache, daß ein Architekt ein solches Merkmal vorsah, hätte nicht verhindert, daß die Remise erst viel später entstand. Die Erbauer gotischer Kathedralen brauchten Jahrhunderte, um die Pläne ihrer Architekten zu vollenden. Das National Monument in Edinburgh, das dem Gedenken an die schottischen Soldaten, die im Kampf gegen Napoleon fielen, gewidmet werden sollte, ist immer noch kaum mehr als eine Fassade.

KAPITEL 12, Seite 98: *Denn bevor wir an jenem milden Sommerabend in den Zug nach London stiegen, hatte ich eine Unterbrechung unserer Reise in Kilmarnock arrangiert.*

Eisenbahnfahrpläne aus den achtziger Jahren des neunzehnten Jahrhunderts zeigen, daß es möglich war, in Kilmarnock aus dem ersten Nachtzug der Midland Line von Glasgow nach London auszusteigen und die Reise mit dem zweiten Zug fortzusetzen, der eine Stunde später abfuhr.

Seite 104: … *während ich den Verkauf meiner Scottish-Widows-and-Orphans-Aktien in die Wege leitete …*

Es war unbedacht von Trauburn, die Aktien zu verkaufen, denn diese Versicherungsgesellschaft (heute Scottish Widows genannt) ist immer noch ein florierendes Unternehmen. Im März 1992 verkündete der Vorsitzende von Scottish Widows im Rahmen der konservativen Propaganda vor den allgemeinen

Wahlen, daß die Zentrale der Gesellschaft nach England verlegt werden würde, falls Schottland ein unabhängiges Parlament erhielte.

KAPITEL 14, Seite 127: *Du weißt, wie Du mich mitnahmst in die Börse von Glasgow eines Tags? So war's auch dort.*

Die Königliche Börse in der Queen Street wurde am 3. September 1829 eröffnet. Sie wurde per Aktienzeichnung zu einem Preis von £60000 gebaut und war nicht nur ein bleibendes Denkmal für den Reichtum der Glasgower Kaufleute, sondern auch für viele Jahrzehnte danach die erhabenste Institution ihrer Art in Britannien. Dieses prächtige Gebäude wurde in griechischem Stil nach Entwürfen von David Hamilton errichtet. Man betritt es durch einen majestätischen Säulengang, der von einem herrlichen Laternenturm gekrönt wird. Das große Dach ist 44 Meter lang und 20 Meter breit; es wird von 10 Meter hohen korinthischen Säulen gestützt. Heute enthält das Gebäude eine öffentliche Bibliothek, die Stirling's Public Lending Library, und sein Inneres ist so prachtvoll wie je.

Seite 132: *Sie ist so breit, daß eine Armee darauf hinabmarschieren könnte, aber sonst gleicht sie der Treppe hinunter zum West End Park nicht weit von unserem Haus.*

Die meisten Besucher von Odessa kennen die große Treppenflucht, die an der Klippe zum Hafen hinunterführt. Die Granittreppe im Glasgower West End Park (1854 zu einem Preis von £10000 gebaut) ist genauso stattlich und ansehnlich, aber leider liegt sie in einem Winkel, in dem sie selten von der Öffentlichkeit wahrgenommen und kaum benutzt wird. Hätte man sie näher am mittleren Hang errichtet, der von der Park Terrace abgeht, würde sie der Universität Glasgow, an der anderen Seite des schmalen Tales, gegenüberliegen und vorteilhafter ins Auge fallen.

Seite 139/140: Die Rede des russischen Spielers, die beginnt: *»Tja«, antwortete er mit einem wehmütigen Lächeln«*, und endet:

»Aber auch Wanzen haben bestimmt eine einzigartige Weltsicht«, zeigt, daß er mit den Romanen von Fjodor Dostojewski überaus vertraut war. Bella konnte dies nicht gewußt haben, denn der große Schriftsteller war im Jahr zuvor (1881) gestorben und noch nicht ins Englische übersetzt worden.

KAPITEL 15, Seite 150: *Die Bewegung läßt ... Mehl Butter Zucker ein Ei und einen Löffel voll Milch zu Abernethy-Keksen* [werden].

Laut *The Scots Kitchen* (von Marian McNeill, Blackie and Son, Bishopbriggs, 1929) fehlen in diesem Rezept zwei wesentliche Bestandteile: ein halber Teelöffel voll Backpulver und eine gemäßigte Menge Hitze.

KAPITEL 16, Seite 178: *Ihr Angebot verlockt mich nicht, Harry Astley, weil ich Sie nicht liebe.*

Eine sorgfältige Prüfung der öffentlichen Dokumente und Zeitungen jener Periode hat keinen Beweis dafür erbracht, daß »Harry« Astley je existierte. Alle schottischen und etliche englische Leser dürften erstaunt die Stirn gerunzelt haben, als er behauptete, ein Cousin von »Lord Pibroch« zu sein. *Pibroch* ist die gälische Bezeichnung für *Dudelsack*, und beim schottischen wie beim englischen Wappenamt betont man, daß sämtliche Titel von Ortsnamen entlehnt würden. Für ein ausländisches Ohr dagegen klingen alle eindeutig schottischen Namen gleichermaßen plausibel, was darauf hindeutet, daß Astley ein Betrüger war. Keine Zuckerraffinerie namens Lovel & Co. wird in den Handelsregistern der damaligen Zeit aufgeführt. Wer könnte Astley gewesen sein? Unsere einzigen Anhaltspunkte sind seine unzweifelhaften Beziehungen zu Rußland und die Geschichtsvorlesungen, mit denen er Bella bedachte. Die letzteren beweisen, daß sich hinter seiner englischen Fassade keine Liebe zum Britischen Imperium verbarg. Wahrscheinlich war er ein zaristischer Agent, der London besuchen wollte, um den dorthin emigrierten russischen Revolutionären nachzuspionieren. Herzen und (viel später) Lenin waren die berühmtesten Emigranten. Bella konnte von Glück sagen, daß sie Astleys Heiratsantrag ausgeschlagen hatte.

Seite 180: *Wir fahren ... nach Paris ... Übergib mich den Midinetten ...*

Eine Midinette ist eine französische Arbeiterin, besonders eine junge Putzmacherin oder Näherin. Ihr Lohn war gering, aber sie verstanden es häufig, sich hübsch anzuziehen, weshalb vermögende Männer diese Berufsgruppe als ein Reservoir billiger Mätressen betrachteten.

KAPITEL 17, Seite 182: *Erinnerst Du Dich ... wie wir ... Professor Charcot in der Salpêtrière besuchten ...*

Charcot, Jean-Martin (1825–93), französischer Mediziner, geboren in Paris. Er schloß sein Medizinstudium an der Pariser Universität 1853 ab und wurde drei Jahre später Arzt des Zentralen Krankenhauswesens. 1860 wurde er in Paris zum Professor für pathologische Anatomie berufen, und 1862 begann er seine Arbeit an der Salpêtrière, die er sein ganzes Leben lang fortsetzte. 1873 wurde er in die Medizinische Akademie gewählt und 1883 zum Institutsmitglied gemacht. Er war sehr sprachbegabt und kannte sich vortrefflich in der Literatur Frankreichs sowie anderer Länder aus. Charcot war ein hervorragender klinischer Beobachter und Pathologe. Einen großen Teil seiner Zeit verbrachte er damit, wenig bekannte Krankheitszustände, etwa Hysterie, mit Hilfe von Hypnose zu untersuchen. Seine Arbeit in der Salpêtrière galt hauptsächlich dem Studium von Nervenkrankheiten, aber daneben veröffentlichte er viele ausgezeichnete Werke über Themen wie Leber- und Nierenkrankheiten, Gicht et cetera. Sein Gesamtwerk erschien zwischen 1886 und 1890 in neun Bänden. Er war ein ungewöhnlich erfolgreicher Lehrer, und seine vielen Anhänger, darunter Dr. Sigmund Freud, wurden zu enthusiastischen Ärzten.

Everyman's Encyclopaedia, 1949, Herausgeber Athelstan Ridgway

Seite 184: *Mit der eignen Sprengung aufgeflogen haha haha ha.«*

Diese Wendung bedeutet »von meiner eigenen Bombe in die Luft gesprengt«. Shakespeare benutzte sie.

KAPITEL 18, Seite 198: *Ich sagte ..., sie solle an meine liebevollen Umarmungen, nicht an vermeintliche Loren denken ...*

Bella muß Mme. Cronquebils Dialekt mißverstanden haben. Die arme Dame sagte wahrscheinlich »Leere«.

KAPITEL 21, Seite 216: *Die Park Church war am nächsten, aber ich wollte nicht, daß die Nachbarskinder an der Tür herumkrabbelten, deshalb wählte ich die Lansdowne United Presbyterian Church an der Great Western Road, die zu Fuß in weniger als zehn Minuten zu erreichen war.*

Eine Krabbelei ist ein schottischer Brauch, der folgendermaßen vonstatten ging: Kinder versammelten sich vor einem Haus, aus dem Braut und Bräutigam vor der Hochzeit herauskommen würden. Man erwartete, daß der Brautführer oder der Bräutigam eine Handvoll Münzen in die Menge schleuderten – taten sie es nicht, schrie die Menge: »Schlecht bei Kasse! Schlecht bei Kasse!«, um anzudeuten, daß die Person, die sie enttäuscht hatte, zu arm sei, um sich angemessen zu verhalten. Wenn jedoch eine Handvoll Geld geschleudert wurde, kam es zu einem wilden Gedränge, in dem die kräftigsten, gewalttätigsten und brutalsten Kinder die Münzen an sich rafften und die schwächsten und kleinsten weinend und mit gequetschten Fingern zurückließen. Dieser Brauch besteht in Teilen von Schottland noch heute. Einige moderne konservative Philosophen dürften darin eine gute Vorbereitung auf den Wettbewerb des Erwachsenenlebens sehen.

Wer immer das Experiment durchführen möchte, kann mühelos in weniger als zehn Minuten vom 18 Park Circus durch den Park zur Lansdowne Church gehen. Das Gebäude (entworfen von John Honeyman) ist aus cremefarbenem Sandstein in französisch-gotischem Stil konstruiert, und es besitzt den schmalsten Turm (im Verhältnis zu seiner Höhe) in Europa. Der Anblick beeindruckte John Ruskin so sehr, daß er in Tränen ausbrach. Die Inneneinrichtung enthält immer noch ein ungewöhnliches Arrangement aus abgeteilten Kirchenbänken sowie zwei bedeutende, mit Glasmalereien versehene Fenster von Alfred Webster, die dem zeitgenössischen Glasgow biblische Szenen darbieten. Die Kirche wie die Gemeinde datieren aus dem Jahre 1863.

KAPITEL 22, Seite 230: *... daß George Geddes (eine beliebte und geachtete Person in dieser Stadt) eine Leiche geborgen haben will.*

Die Beliebtheit von George Geddes wird durch ein humoristisches Lied belegt, das einst in den Glasgower Music Halls vorgetragen wurde. Es beschreibt eine unheilvolle Fahrt mit einem Vergnügungsdampfer auf dem Clyde und endet mit der Zeile: *»Schickt nach Geordie Geddes, denn das Boot geht unter.«*

Seite 231: *Wie verzeichnet ist, belebte einer von Ihrer Sorte in den 1820ern die Leiche eines gehängten Verbrechers wieder, der sich aufsetzte und zu sprechen begann. Ein öffentlicher Skandal wurde nur dadurch vermieden, daß einer der Demonstratoren die Schlagader des Verurteilten mit einem Skalpell durchtrennte.*

Diese Geschichte ist in so vielen anekdotischen Darstellungen Glasgows im neunzehnten Jahrhundert immer wieder neu erzählt worden, daß die ursprünglichen Quellen ihrerseits zum Gegenstand einer erschöpfenden Monographie von Professor Heinrich Heuschrecke geworden sind: *War Frankenstein Schotte?*, Weißnichtwo, 1929. Wer die deutsche Sprache nicht beherrscht, findet eine übersichtliche Zusammenfassung der Argumente in *Garscadden's Gash* von Frank Kuppner, Molendinar Press, Glasgow, 1987.

KAPITEL 23, Seite 263: *Aber zwei Tage später stand in den Zeitungen, daß General Blessington tot auf dem Boden des Waffenraumes in seinem Landhaus in Loamshire Downs aufgefunden worden sei.*

Die Karriere dieses einst berühmten Soldaten war am Anfang ebenso wie am Ende getrübt. 1846 stürzte ein Studienkamerad in Sandhurst infolge eines Streiches, den Blessington veranlaßt hatte, zu Tode. (Allerdings war es vermutlich nicht Blessington selbst, der die Schnürsenkel des Opfers löste.) Seine Familienbeziehungen zum Herzog von Wellington führten wahrscheinlich dazu, daß er nicht ausgeschlossen, sondern nur gemaßregelt wurde. 1846 war der Herzog Großkonnetabel von England und organisierte das Militär gegen die Chartisten in London. Er machte Blessington zum Adjutanten, beurteilte ihn jedoch bald als ungeeignet für diese Aufgabe. Rigby verzeichnet in seinen *Memoiren*, daß der Herzog zu Lord Monmouth sagte: »Aubrey ist ein mutiger und geschickter Soldat, aber er fühlt sich nur dann lebendig, wenn er Menschen tötet. Unglücklicherweise verbringt man im Soldatenberuf den größten Teil der Zeit damit, auf solche Gelegenheiten zu warten. Wir müssen ihn an Grenzen schicken, die so weit wie möglich von England entfernt sind. Dort sollte er bleiben.«

Der Herzog starb im Jahre 1852, doch man folgte seiner Empfehlung. Blessingtons Siege an den Grenzen des Imperiums (oft mit Hilfe eingeborener Truppen errungen) entzückten die britischen Zeitungen. George Augustus Sala nannte ihn im *Daily Telegraph* »Donnerkeil Blessington«. Wiewohl Blessington bei seiner eigenen Gesellschaftsschicht nicht beliebt war, wurde er von der Königin geehrt – anders ausgedrückt, Palmerston und Gladstone und Disraeli schlugen ihn für Ehrungen vor. Gleichzeitig stimmte das Parlament dafür, ihm Dank und einen Ehrensold zuzuerkennen, obwohl ein radikaler Abgeordneter zuweilen behauptete, daß er etliche Gebiete mit unangebrachter Grausamkeit »befriedet« habe. Die meisten Schriftsteller schätzten ihn. Carlyle nannte ihn

> *eine hagere, himmelwärts strebende Kiefer von einem Mann, vom Sturm des Astwerks beraubt, doch mit jedem geraden Zoll in die Höhe gereckt, da er in Tatsachen verwurzelt ist. Gutes Holz für eine Lanze! Worte sind weniger als Wind für ihn. Kein Wunder also, daß er in den Palavern der Quassel-*

> *bude in Westminster herabgesetzt wird. Wenn doch die Lanze zu einer Lanzette würde, um das verwesende Geschwür der parlamentarischen Wortklauberei aufzuschneiden und das Staatsgebilde von fiebertreibenden Giften zu befreien!*

Tennyson lernte ihn auf einem öffentlichen Bankett für Gouverneur Eyre kennen und war so beeindruckt, daß er sein Gedicht *Der Adler* schrieb. Viele kennen es, doch wenige wissen, daß es ein romantisches Porträt von Tennysons Freund ist:

DER ADLER

Er packt das Kliff mit krummer Hand,
Der Sonne nah im fernen Land,
Umgeben von Azur sein Stand.

Das Meer sich kräuselt, wird erhellt;
Er schauet von der Bergeswelt
Und wie ein Donnerkeil er fällt.

Aber der schönste dichterische Tribut für Blessington stammt von Rudyard Kipling, der glaubte, daß der General von parlamentarischer Kritik in den Tod gehetzt worden sei:

DES DONNERKEILS ENDE

Die Trapper um die Hudson Bay
das Halbblut ohne Furcht nun sehn.
Im stillen Patagonien die Bauern hinterm Pflug jetzt gehn.
Der Chinahändler friedlich treibt Gewinne bei,
Denn das Recht wahrt eine tadellose Polizei.
Derweil der Gründer dieses Wohlstands, jenes Firmaments
Gestirn,
LIEGT TOT IN SEINEM WAFFENRAUM – 'NE KUGEL HAT IM HIRN.

Es gibt stets Platz im Parlament für Narren und Banditen
Und sent' mentale Radikale, die über Mut niemals gebieten.
Die Schar lauwarmer »Realisten« liebt die Dinge, wie sie sind,
Doch meint, daß die Akteure »handeln zu geschwind«.

Und dann gibt's die Akteure, die Männer, die was tun.
Manche feiern wir wie Kitchener,
andren fluchen wir, wie etwa Blessington!
Der Radikale und der »Realist« sind nie des Schlafs beraubt.
BLESSINGTON IM WAFFENRAUM – 'NE KUGEL HAT IM HAUPT.

Manch eine Siedlung, befriedet nun, Menschen
aus England Heim,
War eine Wildnis einst, der Züge von Nomaden Kein.
Manch halbgezähmter Wilder
Erz gräbt, Schafe schert und Fohlen züchtet,
Weil seine Väter ehemals vom Donnerkeil vernichtet.
Ja, wir schlugen mit dem Donnerkeil,
doch wollten den Gestank nicht riechen.
Wir knallten mit dem Donnerkeil,
um vorm Geschrei uns zu verkriechen.
Wir peitschten mit dem Donnerkeil, betäubend war der Krach.
Wir sengten mit dem Donnerkeil, nicht hörten Weh und Ach.
In England unsre Stubenhocker lieben die Dinge sanft und fair;
Die Dänen stelln sie über Nelson, die Schwarzen
über Edward Eyre.
Doch Nachen bringen England Fleisch, Korn, Erz und Zwirn.
SIR AUBREY LIEGT IM WAFFENRAUM – 'NE KUGEL HAT IM HIRN.

Nach einem solchen Loblied tut es seinem Gedenken keinen Abbruch, wenn wir zwei weniger freundliche Bemerkungen über ihn zitieren. Dickens arbeitete 1846 an *Dombey und Sohn*, als er von Blessingtons tödlichem Streich in Sandhurst hörte. Dadurch wurde er zu der Unterhaltung an der Strandpromenade in Brighton inspiriert, in deren Verlauf Major Bagstock sich bei Dombey erkundigt, ob dieser seinen Sohn auf eine Public School schicken wolle:

> *»Ich bin noch nicht ganz entschlossen«, erwiderte Herr Dombey. »Ich glaube kaum. Er ist sehr zart.«*
> *»Wenn er zart ist, bester Herr, dann haben sie recht«, sagte*

der Major. »Nur zähe Burschen halten es in Sandhurst aus. Wir haben dort einander geradezu gefoltert. Die Neulinge rösteten wir bei langsamem Feuer und hängten sie im dritten Stock zum Fenster hinaus, den Kopf nach unten. Joseph Bagstock wurde dreizehn Minuten lang nach der Schuluhr an seinen Stiefelabsätzen zum Fenster hinausgehalten.«

Um ein letztes Beispiel zu nennen, Hilaire Belcos Karikatur eines Reichserbauers – Captain Bloods – beruhte nicht weniger auf General Blessington als auf Cecil Rhodes:

Blood begriff der Schwarzen Geist.
Er sagt' : »Seien mild wir, aber dreist.«
Ein Aufstand folgte.
Nie zu vergessen ich vermag,
Daß Blood an jenem gräßlich' Tag
Uns alle vor dem Tod bewahrt'.
Auf einem Hügel stand er, nickte,
Lethargisch in die Runde blickte
Und sagte dann ganz leis und zart:
»Was immer uns auch sonst gebricht,
Wir haben das Maximgewehr, sie nicht.«

KAPITEL 24, Seite 269: *Statt seine Gelenke zu brechen und ihn flach aufzubahren, bestellte ich einen würfelförmigen Sarg ...*

Hätte Dr. McBandless geduldig gewartet, bis die Verwesung einsetzte, so wäre der Rigor mortis bei seinem Freund Baxter zurückgegangen, und man hätte ihn in einem so schlaffen Zustand mühelos in einen herkömmlichen Sarg legen können. Aber vielleicht widerstand Baxters seltsamer Metabolismus dem normalen Verwesungsprozeß.

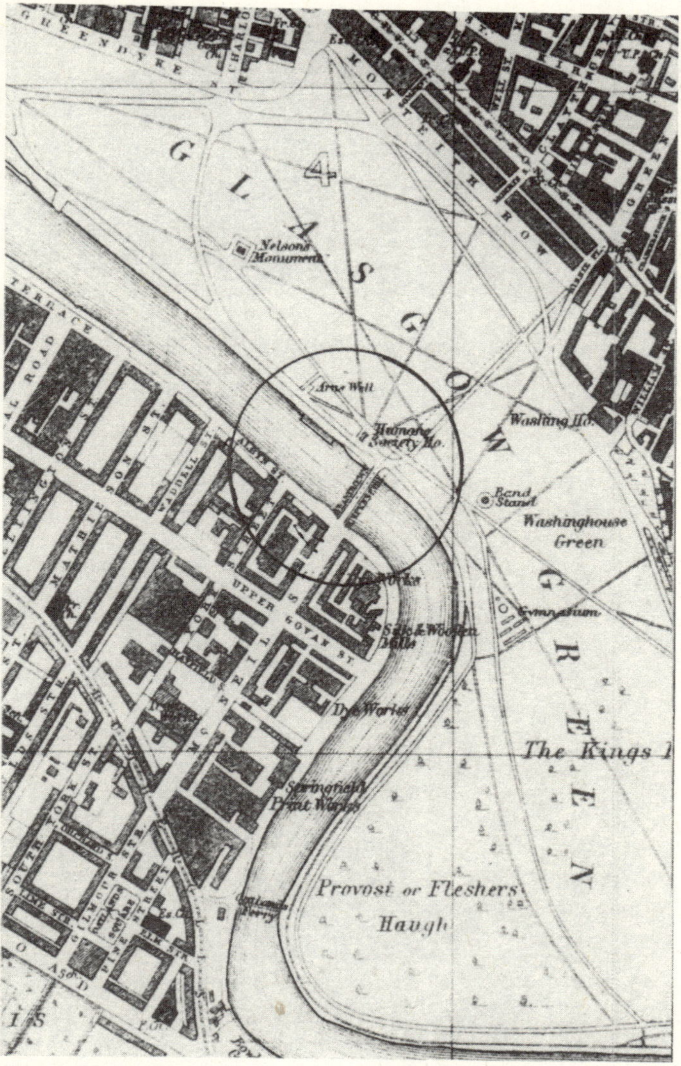

GLASGOW GREEN, 1880. Der Kreis markiert die Stelle, an der sich Lady Victoria Blessington ertränkte; zudem die Brücke, von der sie sprang; den Kai, von dem Geddes sie ertrinken sah; das Haus der Humanitätsgesellschaft, wo Gotthard Baxter ihre Leiche untersuchte.

OBEN: ZUGANG ZUM PARK CIRCUS VOM WEST END PARK

UNTEN: ORIGINALPLAN DES PARK CIRCUS, WIE ER SICH NOCH HEUTE PRÄSENTIERT

Nummer 18 ist schwarz eingefärbt. Der schraffierte Bereich dahinter enthält den Garten und die »Remise«.

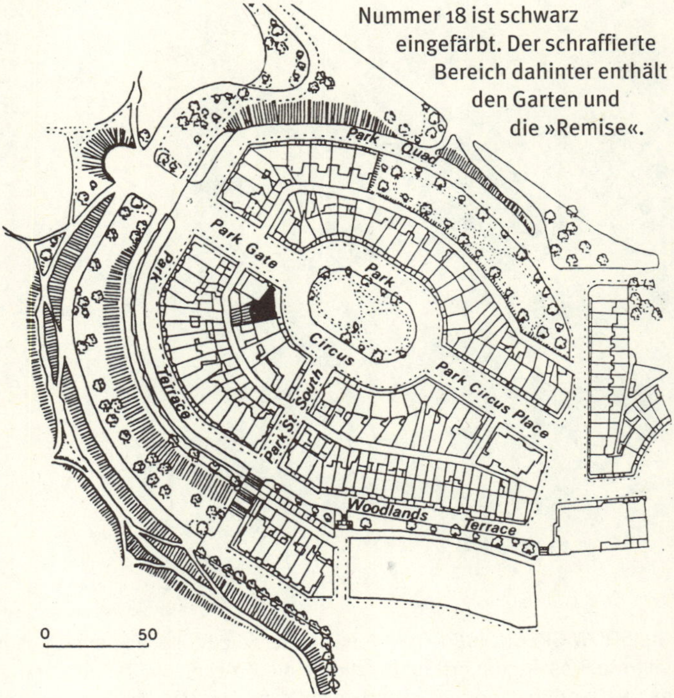

OBEN: Der Stewart-Gedächtnisbrunnen mit der Universität Glasgow zur Linken und dem Park Circus zur Rechten.

UNTEN: Das Midland Hotel, St. Pancras, wo Bella und Trauburn die zweite Nacht auf ihrer Flucht verbrachten.

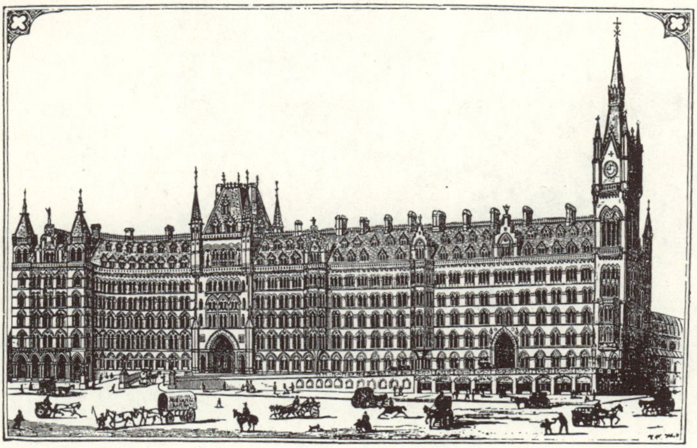

LINKS: Die Lansdown United Presbyterian Church, wo eine Trauung am Weihnachtstag 1883 unterbrochen wurde.

GEGENÜBER: Ereignisse in General Blessingtons Karriere laut Berichten in *The Graphic Illustrated Weekly News.*

UNTEN: Die Art Droschke, mit der General Blessington seine chloroformierte »Ehefrau« Bella Baxter entführen wollte.

VERSTEIGERUNG VON BEUTE IN MANDELAY NACH BIRMA-EXPEDITION: »›Donnerkeil‹ Blessington meint, daß der gemeine Soldat, der den Frieden des Reiches bewahrt, mehr als einen bloßen Sold verdient hat.«

KÖNIG PREMPEHS ERNIEDRIGUNG: »Eine der Forderungen des Gouverneurs nach der Aschanti-Rebellion besagte, daß sich König Prempeh im Einklang mit örtlichen Bräuchen jämmerlich unterwerfen solle. Der König legte seine Krone und seine Sandalen ab, trat mit der Königinmutter vor, um den Akt der Erniedrigung zu vollziehen, und erreichte die Plattform, auf der Sir Francis Scott, General Blessington und Mr. Maxwell saßen. Die beiden knieten sich hin und umarmten die Beine und die bestiefelten Füße der Engländer, während die Aschanti der Demütigung ihres Königs erstaunt zusahen.«

MORD IN NORDINDIEN: »Die Soldaten der Strafexpedition gegen die Lushai-Bergstämme haben das Gewehr des gefallenen Leutnants Stewart im Grab von Häuptling Howsata gefunden. Aus anderen Dörfern war gemeldet worden, daß das Gewehr, falls Howsata Leutnant Stewart ermordet habe, im Grab des Häuptlings liegen müsse. Man öffnete das Grab und entdeckte Howsatas einbalsamierte Leiche mit dem Gewehr daneben: ein schlüssiger Beweis dafür, daß General Blessington im Recht gewesen war, als er die Behausungen der schuldigen Stammesangehörigen niederbrennen ließ.«

EIN BRIEF VON DR. VICTORIA MCBANDLESS, Seite 279: *Er verbrachte mehr und mehr Zeit in seinem Arbeitszimmer und kritzelte Bücher, die auf seine eigenen Kosten gedruckt wurden, da kein Verleger dies bezahlt hätte.*

Vier Bücher von Dr. McBandless, abgesehen von dem hier vorliegenden, wurden zu seinen Lebzeiten auf eigene Kosten gedruckt. Anders als im Fall von *Arme Dinger* schickte er Exemplare der folgenden Werke an die Scottish National Library in Edinburgh, wo sie unter seinem Pseudonym »Ein Bursch aus Galloway« katalogisiert sind.

1886 *Wo wir beide wanderten*

Gedichte, inspiriert von Orten in Glasgow, die mit dem Werben um seine Frau zu tun gehabt haben. Eines davon (betitelt »Der Loch-Katrine-Gedächtnisbrunnen im West End Park«) wird in Kapitel 7 von *Arme Dinger* zitiert und ist das bei weitem beste.

1892 *Die Leichenräuber*

Dieser Fünfakter über die Morde von Burke und Hare ist nicht besser als die vielen anderen Melodramen des neunzehnten Jahrhunderts, die dasselbe, sehr beliebte Thema behandeln. Robert Knox, der Chirurg, der die Leichen kaufte, wird mitfühlender gezeichnet, als es üblicherweise der Fall ist. Das Stück könnte also James Bridies *The Anatomist* beeinflußt haben.

1897 *Tage in Whauphill*

Erinnerungen an die Kindheit auf einer Farm in Galloway. Dieses Buch, obwohl angeblich eine Autobiographie, verrät so wenig über Vater, Mutter und Freunde des Autors, daß der Leser den Eindruck erhält, McBandless habe solche Menschen nie gehabt. Die einzige Person, die mit liebevollen Details beschrieben wird, ist ein gräßlich strenger »Schulmeister«, dessen Genugtuung über die akademischen Fähigkeiten des Autors die Härte der ihm verabreichten Prügelstrafen zu keinem Zeitpunkt milderte. Der größte Teil des Buches ist den Wonnen gewidmet, die sich einstellen, wenn man Forellen »hascht«, Kaninchen und kleinere Schädlinge »zur Strecke bringt« und Vogelnester »plündert«.

1905 *Das Testament von Sawney Bean*
Dieses lange Gedicht in regelmäßigen, abgedroschenen Strophen beginnt damit, daß Bean in der Heide auf dem Gipfel des Merrick liegt und die Nation überschaut, die ihn sowohl hingerissen als auch in den Kannibalismus getrieben hat. Die Handlung spielt im Jahre 1603, kurz vor der Vereinigung Englands und Schottlands. Bean leidet an Lebensmittelvergiftung, denn er hat kurz zuvor Teile eines bischöflichen Steuereinnehmers im Anschluß an einen kalvinistischen Vagabunden gegessen. Die Symbolik, nicht das komische Element, dieses Darmgemisches wird hervorgehoben. In seinem Delirium überschüttet Bean Erscheinungen jedes schottischen Monarchen von Calgacus bis zu James VI. mit seinen Tiraden. Gestalten aus der Vergangenheit und Zukunft Schottlands treten auf: Fingal, Jenny Geddes, James Watt, William Ewart Gladstone et cetera und schließlich »ein künft'ger Dichter/Der Schottland ganz wie ich verliert und findet/An jenem Tag«. Hier wird deutlich, daß Bean und seine hungrige Familie (die bald von der königlichen Armee verhaftet und bei lebendigem Leibe auf dem Grassmarket in Edinburgh verbrannt werden sollten) das schottische Volk symbolisieren. Das Hauptproblem des Gedichts (abgesehen von seiner übermäßigen Länge und seiner öden Sprache) liegt darin, daß man nur rätseln kann, was der Kannibalismus symbolisiert. Er könnte für schlechte Eßgewohnheiten stehen, die laut Dr. McBandless in Schottland einst verbreitet waren, denn er wendet sich an den Leser, als habe es die Sippe der Beans tatsächlich gegeben. Schon wenige Recherchen hätten ihn herausfinden lassen, daß sie weder in der schottischen Geschichte noch in schottischen Legenden, Volksmärchen oder literarischen Werken zu finden ist. Sie erschien zuerst im *Newgate-Kalender oder ein Verzeichnis mörderischer Übeltäter*, das um 1775 in London gedruckt wurde. Die anderen Geschichten in dem Buch waren Tatsachenberichte über grauenhafte englische Morde, an die man sich damals

noch gut erinnern konnte. Die Sawney-Bean-Geschichte wurde ebenfalls als Tatsachenbericht präsentiert, aber an einer wilden schottischen Küste fast zwei Jahrhunderte zuvor angesiedelt. Es war eine Erfindung, die auf *englischen* Volkslegenden beruhte – Legenden, die sich die Engländer über die Schotten im Laufe von Jahrhunderten erzählt hatten, als diese Völker entweder miteinander im Krieg lagen oder kurz vor einem Krieg standen.

Ich habe diese vier wertlosen Bücher ausführlich beschrieben, um andere davon abzuhalten, Zeit mit der Lektüre zu verschwenden. Sie beweisen jedoch, daß Dr. McBandless keine schöpferische Phantasie und kein Ohr für Dialoge besaß. Folglich muß er *Arme Dinger* aus sehr detaillierten Tagebuchnotizen abgeschrieben haben. Das von seiner Frau verbrannte Manuskript hätte dies bestimmt bestätigt.

Seite 283: *Das Leben war für meine Mutter und mich vor allem ein Ringen darum, die Familie und die Wohnung sauberzuhalten, aber wir fühlten uns nie wirklich sauber, bevor ... mein Vater ... mit uns in ein dreistöckiges Haus umzog ... Er sagte: »Nun kann ich mir das leisten.« Ich glaube, er hätte es sich seit wenigstens einem Jahr leisten können.*

Es gibt Grund zu der Annahme, daß er es sich seit vierzehn Jahren hätte leisten können. In Kapitel 22 wird Blaydon Hattersley mit den prahlerischen Worten zitiert, daß er »die halbe Facharbeiterschaft von Manchester und Birmingham beschäftige«, zehn Jahre, nachdem er »König Hudson kaputtgemacht« habe. George Hudson – bekannt als Eisenbahnkönig – war ein sehr erfolgreicher Aktien- und Grundstücksspekulant, bis die Eisenbahnmanie von 1847/48 ihn in den Ruin stürzte. Damit dürfte Bellas Vater bereits Millionär gewesen sein, als sie drei Jahre alt war.

Seite 284: *»Was gekriegt?« »Das Patent.« »Hab's Patent gekriegt und noch 'ne ganze Menge mehr.«*

Das Patent der Zwillingsregulatorkolben von MacGregor

Shand verschaffte Blaydon Hattersleys Dampfzuggesellschaft einen Vorsprung vor ihren Konkurrenten, der bis 1889 andauert, als der Belfrage-Ventilzylinder Regulatoren überflüssig machte. MacGregor Shand starb 1856 an Schwindsucht auf der Wohlfahrtsstation des Manchester Royal Lunatic Asylum.

Seite 291: ... *Ich ... spielte eines der einfachen Lieder von Burns. Es könnte »The Bonnie Banks o' Loch Lomond« gewesen sein.*

Dr. Victoria irrt sich. Dieses anonyme Volkslied wurde von Robert Burns weder geschrieben noch in eine Sammlung aufgenommen.

Seite 300: *Aber warum konnte er die Geschichte nicht überzeugender gestalten? Im 23. Kapitel schildert er: »Die Kugel war zum Glück sauber ... in den Teppich gedrungen, WOBEI SIE DAS INTUGEMENT ZWISCHEN DER ULNA UND DEM RADIUS DES ZWEITEN UND DRITTEN MITTELFUSSKNOCHENS DURCHBOHRT HATTE, OHNE AUCH NUR EINEN KNOCHEN SPLITTERN ZU LASSEN. Die groß geschriebenen Worte ... sind Unsinn, Quatsch, Gewäsch, dummes Zeug und Geschwafel.*

Hätte Victoria ihren Mann mehr geliebt, wäre ihr sofort klar geworden, weshalb er diesen Quatsch geschrieben hatte. Archibald McBandless wollte offensichtlich, daß sie sein Buch vor der Veröffentlichung redigierte. Ihre Erfahrung und ihre medizinische Ausbildung hätten sie befähigt, diesen Teil zu verbessern, und hinter McBandless' Fehlern verbarg sich eine Bitte um Zusammenarbeit. Aber sie durchschaute den Sachverhalt nicht.

Seite 301: ... *ich bin dankbar dafür, bis ins zwanzigste Jahrhundert überlebt zu haben.*

Bella Baxter führte ihr späteres Leben unter dem Namen Victoria, denn 1886 immatrikulierte sie sich unter diesem Namen am Medizinischen Jex-Blake-Institut für Frauen in Edinburgh und erhielt 1890 von der Universität Glasgow den Titel eines Doktors der Medizin. 1890 eröffnete sie auch die Gotthard-Baxter-Entbindungsklinik in Dobbie's Loan unweit der Cowcaddens.

Es war eine rein wohltätige Stiftung, und Dr. Victoria betrieb sie mit wenig Personal aus der Gegend – Frauen, die sie selbst ausgebildet hatte. Die Frauen wurden ständig ersetzt, denn sie beschäftigte niemanden länger als ein Jahr nach der Ausbildung. Einer treuen Angestellten, welche die Klinik nicht verlassen wollte, erklärte sie: »Sie sind mir eine große Hilfe, aber ich kann Ihnen nichts mehr beibringen. Es macht mir Spaß, meine Helferinnen auszubilden. Gehen Sie fort und helfen Sie Ihren Nachbarinnen, oder arbeiten Sie für einen Arzt, der Ihnen etwas Neues vermitteln kann.«

Mehrere der Helferinnen wechselten als Schwestern an die städtischen Krankenhäuser über, aber nicht viele machten Karriere, denn (wie eine Stationsschwester sagte): »Sie stellen zu viele Fragen.«

Zwischen 1892 und 1898 brachte Dr. Victoria in zweijährlichen Abständen drei Söhne zur Welt. Jedesmal setzte sie ihre klinische Arbeit bis in die letzten zwei oder drei Tage ihrer Schwangerschaft fort und nahm sie kurz danach wieder auf. Sie gab zu Protokoll: »Das gleiche müssen die armen Frauen tun, die ich behandle – sie können sich nicht leisten, Horizontalistinnen zu sein. Und ich habe mehr Glück als die meisten von ihnen, denn mein Mann ist eine sehr gute Ehefrau.«

Die Fabian Society veröffentlichte ihr Pamphlet über die Volksgesundheit im Jahre 1899. Es trug den Titel *Gegen den Horizontalismus*, und darin hieß es, daß viele Ärzte ihre Patientinnen flach im Bett zu sehen wünschten, weil die Ärzte, nicht die Patientinnen, sich dann stärker fühlten.

Sie räumte ein, daß Bettruhe entscheidend für die Heilung vieler Krankheiten sei, doch die Geburt eines Kindes, obgleich schmerzhaft, sei keine Krankheit und leichter in einer hockenden Position abzuwickeln. Sie befürwortete Entbindungshocker von der Art, wie man sie im achtzehnten Jahrhundert verwendet hatte.

Zudem sei Horizontalismus nicht weniger ein geistiger als ein körperlicher Zustand. Er setze voraus, daß die inneren Körperfunktionen heilige Mysterien seien, die nur Ärzte verstehen könnten, weshalb gute Patienten ihnen blind vertrauen sollten. Dr. Victoria hielt dagegen:

> *Wenn Priester und Politiker blinden Glauben verlangen, wissen wir, daß sie in erster Linie an sich selbst denken. Warum sollten wir wissenschaftlich Ausgebildeten EBENFALLS wünschen, daß die Menschen, denen wir dienen, ihren Denkapparat entfernen und sich vor uns verbeugen? Aber Patienten können Ärzten – und Ärzte Patienten – erst dann angemessen helfen, wenn wir alle die vernünftigen täglichen Grundlagen der Heilkunst kennen.*

Sie sprach sich dafür aus, allen Kindern in der Grundschule (»wo sie diese Dinge spielerisch lernen können«) elementare Krankenpflege beizubringen und ihnen an den höheren Schulen eine elementare medizinische Ausbildung zu vermitteln. Auf diese Weise würden alle Menschen nicht nur erfahren, wie und wann Ärzte ihnen helfen müßten, sondern auch, wie sie gesünder leben und einander besser betreuen könnten, und weshalb sie Wohn- und Arbeitsbedingungen ablehnen sollten, die ihrer eigenen Gesundheit, der Gesundheit ihrer Kinder und der Gemeinschaft schadeten. Hier sind einige typische Reaktionen aus der Presse jener Zeit:

> *Es hat den Anschein, daß Dr. Victoria McBandless beabsichtigt, alle britischen Schulen – ja, sogar die Kindergärten! – in Ausbildungsstätten für revolutionäre Sozialisten zu verwandeln.*
>
> THE TIMES
>
> *Wie wir hören, ist Dr. Victoria McBandless eine verheiratete Frau mit drei Söhnen. Das ist eine verblüffende Nachricht, der wir kaum Glauben schenken können! Allein aufgrund ihrer Schriften hätten wir gefolgert, daß sie eine jener stocksteifen, unweiblichen Frauen ist, denen eine gute Portion »Horizontalismus« guttäte! Unter den Umständen können wir ihrem Gatten nur unser herzliches Mitgefühl aussprechen.*
>
> THE DAILY TELEGRAPH

Wir ziehen die Angemessenheit von Dr. Victoria McBandless' Ausbildung nicht in Zweifel, noch bezweifeln wir die Güte ihres Herzens. Ihre Klinik liegt in einem sehr armen Teil von Glasgow, und sie bringt den Unglücklichen, die sie aufsuchen, wahrscheinlich mehr Nutzen als Schaden. Aber jene Klinik ist ihr Hobby – sie lebt nicht von deren Einkünften. Wir, die wir unseren Lebensunterhalt mit dem Stethoskop und dem Skalpell verdienen, sollten ihre utopischen Pläne tolerant belächeln und zu unserem nüchternen Auftrag, das heißt der Heilung der Kranken, zurückkehren. THE LANCET

Dr. McBandless möchte, daß die Welt nicht länger ein Schlachtfeld ist und zu einem Sanatorium wird, in dem jeder der Reihe nach – wie in einem Kinderspiel – Arzt und Patient sein kann. Es liegt doch wohl auf der Hand, daß in einer solchen Welt nur eines blühen würde: die Krankheit! THE SCOTS OBSERVER

Vom Jahre 1900 an war Dr. Vic (wie die Zeitungen sie zu nennen begannen) eine aktive Suffragette, und ihre Arbeit wird in historischen Darstellungen der Bewegung beschrieben. Der Krieg von 1914 war ein Schock für sie, von dem sie sich nie wieder erholte. Sie wünschte sich, daß arbeitende Menschen und Soldaten dem Krieg durch Streiks ein Ende setzten, aber ihre beiden jüngsten Söhne traten fast sofort in die Armee ein und fielen kurz darauf an der Somme. Sie trennte sich von den Fabiern, weil diese, wie sie sagte, »dem kriminellen Gemetzel mit halbherziger Toleranz« begegneten, und erschien auf Veranstaltungen mit Keir Hardie, Jimmy Maxton, John Maclean und anderen Sozialisten der Clydeside (und Befürwortern der schottischen Selbstregierung), die den Krieg ablehnten. Zudem zerstritt sie sich mit Baxter, ihrem ältesten Sohn, der die Kriegsbemühungen von seinem Schreibtisch in der Behörde für Imperiale Statistik aus unterstützte. In einem Brief an Patrick Geddes schrieb sie:

Baxter vollbringt Wunder der Fälschung, indem er nachweist, daß die gewaltige Zahl der Menschen, die in Frankreich getötet und verkrüppelt werden, weniger entsetzlich sei, als die

Zeitungen behaupten, weil diese Zahl viele tausend enthalte, die in Friedenszeiten durch Unfälle getötet oder verkrüppelt worden wären. Das tröstet die Aktienbesitzer und Spekulanten, die durch unsere Kriegsindustrie ein Vermögen scheffeln. Es bedeutet, daß Millionen von toten jungen Soldaten bald genauso vergessen sein werden wie diejenigen, die durch Fabrik- und Verkehrsunfälle umkommen.

Die Ironie des Schicksals wollte es, daß Baxter McBandless 1919 im Alter von siebenundzwanzig Jahren kinderlos starb. Er wurde in Paris von einem Taxi überfahren, als er Lloyd George zu der Friedenskonferenz von Versailles begleitete.

Wie viele Menschen jener Zeit dachte sie lange und angestrengt darüber nach, weshalb die reichsten Nationen der Welt – Nationen, die sich gerühmt hatten, die zivilisiertesten zu sein, weil sie am stärksten industrialisiert waren – gerade den größten und brutalsten Krieg der Geschichte ausgefochten hatten. Sie konnte nicht verstehen, daß Millionen von Männern, die für sich genommen weder blutrünstig noch dumm waren (sie dachte an ihre Söhne), Regierungen gehorcht hatten, die ihnen befahlen, in einem so selbstmörderischen Ausmaß zu töten und getötet zu werden. Sie akzeptierte Tolstois Ansicht, daß menschliche Lebewesen von Epidemien des Wahnsinns heimgesucht würden, wie zum Beispiel viele tausend Franzosen, die mit Napoleon nach Rußland zogen und dort starben, obwohl es ihrer Heimat um keinen Deut besser gegangen wäre, wenn sie Rußland besiegt hätten. Als Ärztin wußte sie jedoch, daß Seuchen verhindert werden können, wenn man die Ursachen entdeckt. Sie wußte, daß Menschen, die in einem beengten Milieu leben und arbeiten, zu seuchenartiger Streitlust neigen wie alle beengten Geschöpfe. Aber wenigsten ein Viertel derjenigen, die im Großen Krieg gekämpft hatten und gestorben waren, verfügte über Wohlstand und geräumige Häuser, und fast alle, die das Gemetzel befohlen und in ihm als Offiziere gedient hatten, gehörten dieser Schicht an. Sie gelangte zu dem Schluß, daß der Große Krieg zwar von den gleichen nationalen und kommerziellen Rivalitäten ausgelöst worden sei, die britische Kriege mit Frankreich, Spanien, Holland, Frankreich, den Vereinigten Staaten und Frankreich verursacht hatten. Doch die Männer, die den Krieg führten und unterstützten, waren ihrer Meinung nach von »der Seuche selbstmörderischen Gehorsams« angesteckt, denn die schlechte Betreuung durch Mütter und Väter habe die meisten zu dem festen Glauben geführt, daß ihr Leben wertlos sei:

> *Welche Männer, die ihren eigenen Körper achten, könnten es ertragen, sich nackt in Reihen aufzustellen und ihre Genitalien von einem anderen bekleideten Mann untersuchen zu lassen? Welcher Mann, der seinen eigenen Geist achtet, könnte es ertragen, durch solche Handlungen Geld zu verdienen? Doch die Musterung war nichts anderes als eine Taufe für die Religion des Menschenmordes. Hier war derjenige der beste Soldat, der seinen eigenen Körper als die am wenigsten sensible Maschine betrachtete – nicht einmal seine eigene Maschine, sondern eine von fernen Kontrolleuren gesteuerte. Meine beiden jüngsten Söhne wurden bereitwillig zu solchen Maschinen und ließen es zu, daß ihre wunderbaren Körper zermalmt und in den Schlamm getreten wurden. Mein ältester machte seinen Geist, nicht seinen Körper, zu einem Teil der Kriegsmachine. Nun meine ich, daß er genausosehr ein Opfer der Mißachtung seiner selbst war wie seine Brüder. Dabei wohnten diese drei jungen Männern in den ersten zehn Jahren ihres Lebens in einem sauberen, geräumigen Haus und wurden durch die Obhut und das Beispiel liebevoller, gebildeter und kühner Eltern geformt. Ich war (und bin) eine radikale Sozialistin. Mein Vater war Liberaler. Unsere Jungen bereiteten sich darauf vor, friedliche, hochqualifizierte schottische Staatsdiener zu werden und die humansten modernen Ideen einzusetzen, um das in Angriff zu nehmen, was, wie wir wußten, die größte Aufgabe des zwanzigsten Jahrhunderts war: ein Britannien zu schaffen, in dem jeder eine gute, saubere Unterkunft hat und für nützliche Arbeit gut bezahlt wird. Aber als man den Krieg erklärte, verhielten sich meine drei*

Jungen SOFORT wie die Söhne eines englischen fuchsjagenden Torys. Sie wußten, daß ich dies für ein niederträchtiges Benehmen hielt. Warum meinten sie, im Recht zu sein? Ich weigere mich, die Antwort in der angeborenen Verderbtheit der Menschen oder des männlichen Menschen zu suchen. Auch kann ich ihren militaristischen Geschichtsunterricht in der Schule nicht dafür verantwortlich machen, denn dieser wurde gewiß durch die Lektüre und die Belehrung, die sie zu Hause erhielten, aufgewogen. Ich bin gezwungen, den Grund in mir selbst zu suchen. In den ersten sechs oder sieben Jahren ihres Lebens hatte ich uneingeschränkte Macht über diese Jungen, denn ich besaß eine Menge Geld und einen liebevollen Gatten. Aber ich verhalf ihnen nicht zu der Selbstachtung, sich der Seuche der Erniedrigung zu widersetzen, die der Krieg von 1914/18 darstellte. Wie scheiterte ich? Wenn ich die Wurzel der Krankheit nicht in mir selbst finden kann, werde ich nicht fähig sein, irgend jemandem zu helfen. Aber ich habe sie gefunden. Bitte, lesen Sie weiter.

Diese Passage faßt die Einführung zu einem Büchlein zusammen (und zitiert aus ihr), das sie 1920 auf eigene Kosten veröffentlichte: *Eine liebevolle Wirtschaft – das Rezept einer Mutter für die Beendigung aller nationalen und Klassenkriege.* Auf der Titelseite steht auch: *Gotthard-Baxter-Friedenspresse, Band I.* Es gab keinen zweiten Band. Das Büchlein erregte keine besondere Aufmerksamkeit, obwohl sie Exemplare an die Vorsitzenden und Sekretäre aller britischen Gewerkschaften schickte. Auf den Umschlägen stand *und Ihrer Frau* nach dem Namen der Männer sowie *und Ihrem Gatten* nach dem der wenigen Frauen. Sie sandte es jedem Arzt, Geistlichen, Soldaten, Schriftsteller, Beamten und Abgeordneten, der im *Who's Who* verzeichnet war. Außerdem schickte sie zweitausend Exemplare an entsprechende Personen in Nordamerika, aber die Bücher wurden vom Zoll der Vereinigten Staaten beschlagnahmt und verbrannt. In einem Brief an George Bernard Shaw, der damals in Italien Urlaub machte, schrieb Beatrice Webb:

Wenn Sie heimkehren, wird Dr. Vics neueste Schrift bereits auf Sie warten. Es ist eine wahnwitzige Mischung aus Ideen, die sie Malthus, D. H. Lawrence und Marie Stopes entlehnt hat. Sie macht sich selbst für den Großen Krieg verantwortlich, da sie zu viele Söhne geboren und sie nicht genug geknuddelt habe. Auch fordert sie Eltern der Arbeiterklasse auf, sich nur ein einziges Kind zuzulegen und dadurch künftige Armee zu vermindern. Sie möchte, daß es sich unendlich kostbar fühlt, indem es das Bett der Eltern teilt und dort am praktischen Beispiel alles über die körperliche Liebe und Geburtenkontrolle lernt. Auf diese Weise werde es (wie sie glaubt) frei von Ödipuskomplex, Penisneid und anderen Krankheiten, die Doktor Freud entdeckte oder erfand, aufwachsen, und statt sich mit Geschwistern zu streiten, werde es mit einem Nachbarskind Mann und Frau spielen. Sie ist nun völlig sexbesessen – eine Erotomanin, um den älteren Begriff zu verwenden – und versucht, dies hinter einer steifen Sprache zu verstecken, die zeigt, daß sie im Grunde immer noch eine Untertanin von Königin Victoria ist. Knuddeln *ist ihr Wort für körperliche Liebe, Geschlechtsverkehr nennt sie* Trauung. *Und dabei hatte sie früher einen hervorragenden Geist. Wenn nur ihr armer kleiner Mann nicht gestorben wäre! Ich glaube, er sorgte dafür, daß sie zwischen ihren peinlichen Affären mit Wells und Ford Madox Hueffer nicht aus dem Gleichgewicht geriet. Und der Verlust ihrer Söhne hat sie natürlich schwer getroffen. Die letzten sechs Jahre haben alle außer den stärksten Geistern in Mitleidenschaft gezogen.*

Auch die Sozialisten der Clydeside Independent Labour Party lehnten *Eine liebevolle Wirtschaft* ab. Tom Johnston schrieb in einer Rezension in *Forward*:

Dr. med. Victoria McBandless möchte, daß Eltern der Arbeiterklasse den Wert der Arbeit ihrer Kinder erhöhen, indem sie in eine Art begrenzten Geburtenstreik treten. In diesem Jahr der Aussperrungen und der herabgesetzten Löhne – einem Jahr,

> *in dem Bewegungen der Arbeiterklasse die Regierung allerorten bedrängen, Erwerbslosigkeit durch Arbeitsrationierung abzuschaffen – ist eine solche Forderung von einer guten Genossin nicht mehr als eine frivole Ablenkung: Hunger und Obdachlosigkeit müssen jetzt beseitigt und dürfen nicht einer künftigen Generation übergeben werden.*

Geistliche aller christlichen Kirchen verurteilten das Buch wegen seiner Vorschläge zur Geburtenkontrolle, aber es verärgerte auch die Befürworter einer solchen Kontrolle, da es kommerzielle Verhütungsmittel für ungesund erklärte. Dr. Victoria meinte:

> *Sie haben zur Folge, daß sich die Benutzer auf die Genitalien konzentrieren und deshalb von der Knuddelei abgelenkt werden. Knuddelei ist wie Milch. Sie kann – und sollte – unsere Gesundheit von der Geburt bis zum Tode kräftigen. Die Trauung ist der Höhepunkt der Knuddelei, die Hauptfreude unserer mittleren Jahre (wenn wir Glück haben), aber sie unterscheidet sich nicht von der Knuddelei. Doch in all unseren Lehren – leider sogar in den Lehren der trefflichen Marie Stopes – wird die Trauung als etwas Separates und ein seltenes Gut hingestellt. Deshalb fürchten ungeknuddelte Männer die sexuelle Liebe oder behandeln sie wie einen Überfall bei Nacht und Nebel.*

Obwohl Victoria McBandless Anzeigen für *Eine liebevolle Wirtschaft* in den wichtigsten britischen Zeitungen aufgaben, erhielt das Buch nur zwei positive Besprechungen: eine von Guy Aldred in einer anarchistischen Zeitschrift, die zweite in *The New Age* von dem Steinmetz und Typographen Eric Gill. Beaverbrook ließ sich von den Kirche inspirieren und erhöhte die Auflage des *Daily Express* durch eine erfolgreiche Kampagne, die Victoria McBandless ihrer Klinik berauben sollte. Hier ist ein Auszug aus dem Artikel unter der Überschrift ÄRZTIN VERORDNET INZEST:

Wir alle wissen, was ein Muttersöhnchen ist: ein verweichlichtes kleines Bübchen, das von jedem bewundert werden will, doch zu feige ist, zu seiner eigenen Verteidigung die Hand zu erheben. Wenn es nach Dr. Vic ging, würden alle britischen Jungen von nun an zu solchen jämmerlichen Waschlappen gemacht werden, aber bevor sie unsere Kinder verdirbt, muß sie ihre Eltern verderben. Und das genau ist ihre Absicht.

Zwei Tage später erschien folgendes:

DOKTOR VICTORIA VERORDNET
NATIONALEN SELBSTMORD

Wenn Dr. Vics »Sex durch ein Laken«-Methode populär wird (und das könnte der Fall sein, denn sie hat ein Vermögen für Annoncen ausgeben), werden britische Männer im militärfähigen Alter in ein paar Jahren von den katholischen Iren an Zahl übertroffen werden. Wenn sich die Methode in der ganzen zivilisierten Welt durchsetzt, werden uns Bolschewiken, Chinesen und Neger überwältigen. Es kann kein Zufall sein, daß sie eine enge Freundin von John Maclean ist, dem bolschewistischen Generalkonsul in Großbritannien. Es kann kein Zufall sei, daß sie eine der »pazifistischen« Hexen war, denen Kaiser Wilhelm ein eisernes Kreuz verliehen hätte, wenn es seinen Horden gelungen wäre, ihn auf den britischen Thron zu setzen.

Kurz danach hieß es:

DOKTOR VICS BOLSCHEWISTISCHE WOHLTÄTIGKEIT!

Die unheimlichsten Gestalten im zwanzigsten Jahrhundert sind Menschen mit Kapitalvermögen, die ihre Geldsäcke unter der Tarnung des Sozialismus benutzen, um Unzufriedenheit und üble Bräuche unter den Armen zu verbreiten. The Express *hat herausgefunden, daß Victoria McBandless, die bolschewistische Ärztin, seit dreißig Jahren heimlich lehrt, was sie nun offen predigt. In ihrer sogenannten »Wohltätigkeitsklinik« in einem Glasgower Slum hat sie Tausenden von armen Frauen beigebracht, der Natur, dem christlichen Glauben und den Gesetzen der Nation zu trotzen. Wir sprechen von etwas Bedeutsamerem als ihrer lächerlichen »Sex durch ein Laken«-Idee. Wir meinen Abtreibung. Darauf läuft ihre »liebevolle Wirtschaft« letzten Endes hinaus.*

Die *Express*-Reporter hatten keinen Beweis dafür, daß Dr. Victoria Abtreibungen vornahm, aber sie brachten zwei frühere Angestellte der Klinik bei, die beschworen, daß sie Frauen dazu ausgebildet hätten, Abtreibungen aneinander vorzunehmen, und dies führte zu einer öffentlichen Anklage. Sie scheiterte (oder war nicht ganz erfolgreich), weil nachgewiesen wurde, daß der *Daily Express* die beiden Angestellten mehr oder weniger bestochen hatte und daß sie geistig zurückgeblieben waren. Campbell Hogg, der Staatsanwalt, versuchte, sich den letzteren Sachverhalt während seines Kreuzverhörs zunutze zu machen, und fast wäre es ihm gelungen:

CAMPBELL HOGG: *Doktor McBandless! Haben Sie viele geistig zurückgebliebene Frauen dazu ausgebildet, Ihnen zu assistieren?*

VICTORIA MCBANDLESS: *So viele wie möglich.*

CAMPBELL HOGG: *Warum?*

VICTORIA MCBANDLESS: *Aus wirtschaftlichen Gründen.*

CAMPBELL HOGG: *Oho! Sie waren billiger?*

VICTORIA MCBANDLESS: *Nein. Die Bücher der Klinik zeigen, daß sie den gleichen Lohn erhielten wie klügere Schwestern. Ich habe nicht von Gründen der Finanzwirtschaft, sondern solchen der Sozialwirtschaft – der liebevollen Wirtschaft – gesprochen. Viele Menschen mit Hirnschäden sind weitaus zärtlicher, wenn man ihnen die Möglichkeit gibt, als solche, die wir als »normal« einstufen. Oft kann man ihnen beibringen, die wesentlichen Pflegeaufgaben geschickter auszuführen als klügere Personen – Personen, die ehrgeizigere Dinge im Sinn haben.*

CAMPBELL HOGG: *Dinge wie das Verfassen von Büchern über die »liebevolle Wirtschaft«?*

VICTORIA MCBANDLESS: *Nein. Dinge wie das Spielen eines Hanswursts in einem Gerichtsdrama, das zur Belustigung der Skandalpresse aufgeführt wird.*

(Gelächter im Gericht. Der Richter warnt die Angeklagte, daß sie Gefahr läuft, wegen Mißachtung des Gerichts verurteilt zu werden.)

CAMPBELL HOGG *(energisch): Ich behaupte, daß Sie absichtlich Kretins als Helferinnen wählten, weil geistig gesunde Menschen deren Aussagen über Ihre Klinik kaum Glauben schenken dürften!*

VICTORIA MCBANDLESS: *Sie irren sich.*

CAMPBELL HOGG: *Doktor McBandless, haben Sie Ihren Patientinnen niemals (denken Sie gut nach, bevor Sie antworten), haben Sie Ihren Patientinnen niemals Anleitungen gegeben, die ihnen helfen würden, ein unerwünschtes Baby abzutreiben?*

VICTORIA MCBANDLESS: *Ich habe niemals Anleitungen gegeben, die ihrem Geist oder Körper schaden könnten.*

CAMPBELL HOGG: *Die Antwort, die ich hören möchte, ist »Ja« oder »Nein«.*

VICTORIA MCBANDLESS: *Sie werden keine weiteren Antworten von mir bekommen, junger Mann. Versuchen Sie nun, eine andere ältere Person über ihre Arbeit zu belehren. Vielleicht einen arbeitslosen Mechaniker, der im Krieg gekämpft hat.*

(Der Richter ermahnt die Angeklagte, daß sie die Frage des Staatsanwalts beantworten müsse, aber ihre eigenen Worte wählen dürfe.)

VICTORIA MCBANDLESS: *Aha. Dann wiederhole ich, daß ich nichts gelehrt habe, was Geist oder Körper schaden kann.*

Da die Verhandlung in Schottland stattfand, konnten die Geschworenen das Urteil »Nicht bewiesen« aussprechen, und genau das taten sie. Dr. Vic wurde nicht aus dem britischen Ärzteregister gestrichen, aber auch nicht für unschuldig erklärt.

Als Victoria und Archibald 1890 die Entbindungsklinik eröffneten, hatten sie Baxters gesamtes Vermögen in die zur Klinik gehörende Stiftung investiert. Dem Verwaltungsausschuß gehörten Sir Patrick Geddes und Rektor John Caird von der Universität Glasgow an. Um 1920 waren sie von schwächeren Persönlichkeiten abgelöst worden, die sich nun dem Sturm der unfreundlichen Pressestimmen beugten. Sie entließen Victoria und stellten die Klinik dem Oakbank Hospital als Ambulatorium zur Verfügung. Dr. Victoria hatte ihre Ersparnisse für den Druck und den Vertrieb von *Eine liebevolle Wirtschaft* und für die Werbung ausgegeben, so daß 18 Park Circus ihren letzten Besitz darstellte. Baxters alte Bedienstete waren inzwischen gestorben. Sie vermietete die oberen Räume an Universitätsstudenten und zog sich ins Untergeschoß zurück, wo sie das, was sie immer noch die Gotthard-Baxter-Entbindungsklinik nannte, in einem viel kleineren Rahmen fortsetzte.

Bis 1923 machte sie danach hauptsächlich durch ihr Eintreten für John Maclean auf sich aufmerksam. In einem Brief an C. M. Grieve (Hugh MacDiarmid) schrieb sie:

> *Ich kann keinen Gefallen an den orthodoxen Kommunisten finden. Sie haben eine einfache Antwort auf jede Frage und meinen (wie die Faschisten), alles, was sie nicht verstehen, gewaltsam vereinfachen zu können. Wenn ich mit einem spreche, habe ich das Gefühl, einem schlechten Lehrer gegenüberzustehen, der mir den Mund verbieten will. Maclean ist ein guter Lehrer.*

Als sich Maclean nicht der neuen British Communist Party anschloß, sondern die Scottish Workers' Republican Party gründete, bot sie ihm ihr Haus als Versammlungsort an. Nachdem er 1923 an Überarbeitung und Lungenentzündung gestorben war, hielt Victoria eine kurze Rede an seinem Grab. Seine Tochter, Nan Milton, zeichnete ihre Worte in einem Brief auf, und Archie Hind zitiert sie am Ende seines Dramas über Maclean, *Shoulder to Shoulder*:

John war kein Zapata, der über die Kornfelder galoppiert. Er gehörte zu den Bauern, die Zapata ernährten. Er war kein Lenin, der darauf hinarbeitete, sein Büro in den Kreml zu verlegen. Er gehörte zu den Kronstädter Matrosen, deren Rebellion Lenin den Weg bereitete. John war keiner von denen, die Revolutionen anführen. Er war einer von denen, die Revolutionen machen.

Zwei Jahre später setzte der *Daily Express* einen weiteren Reporter auf sie an. Vielleicht hoffte man, überzeugendere Anhaltspunkte für illegale Abtreibungen zu finden, aber der Artikel, den man veröffentlichte, war eine kurze Charakterstudie, wahrscheinlich weil fast jeder, der sich noch an »Dr. Vic« erinnerte, sie für tot hielt. Der Reporter erfuhr, daß die Kinder der Gegend ihr den Spitznamen »Hundedame« gegeben hatten, da sie häufig mit Hunden verschiedener Größe, von denen einige bandagiert waren, durch den West End Park spazierte. Der Eingang zur Klinik befand sich in der Gasse hinter dem Haus, und der Boden zu beiden Seiten des Pfades war von Rhabarberpflanzen überwuchert. Im Wartezimmer standen schwere mittelviktorianische Sitzmöbel, unter denen ein gewaltiges Roßhaarsofa ins Auge fiel, dicht nebeneinander. Alte Plakate der Scottish Workers' Republican Party waren der einzige Wandschmuck. Hier stand auch ein schwerer, mit einem Vorhängeschloß gesicherter Kasten; er hatte einen Schlitz im Deckel, und an die Seite war eine Notiz geheftet: *Stecken Sie hier hinein, was Sie sich leisten können – es wird nicht vergeudet. Wenn Sie hungrig sind, stehlen Sie dies bitte nicht, sondern reden Sie im Sprechzimmer mit mir – Hunger ist heilbar.* Die Hälfte der wartenden Menschen sah arm und alt aus. Die übrigen schienen Kinder mit Tieren, überwiegend Hunden, zu sein. Nur eine einzige schwangere Frau saß im Wartezimmer.

Als der Reporter das Sprechzimmer betreten durfte, sah er eine riesige, mit Gas beleuchtete Küche vor sich. Auf dem Herd brodelte ein Topf Suppe, verschiedene Tiere hatten es sich in den Ecken bequem gemacht, und eine hochgewachsene Frau mit geradem Rücken saß an einem Küchentisch, der von Büchern, Papieren und medizinischen Instrumenten bedeckt war. Sie trug eine weiße Schürze, die ihren Körper vom Hals bis zu den Fußknöcheln umhüllte, und an den schwarzen Ärmeln ihres Kleides waren weiße Zelluloidmanschetten befestigt. Ihr seltsam faltenloses Gesicht hätte einer Frau jeden Alters zwischen vierzig und achtzig Jahren gehören können. Der Journalist nahm ihr gegenüber Platz, und sie sagte sofort: »Sie sehen aus wie ein Zeitungsreporter. Ist es der *Daily Express*?«

Er bejahte und fragte sie, ob es ihr etwas ausmachen würde, ein paar Fragen zu beantworten.

»Natürlich nicht, wenn Sie mich beim Hinausgehen für meine Zeit bezahlen.«

Er erkundigte sich, ob all ihre Patienten nur freiwillige Beiträge leisteten.

»Ja. Es sind arme Menschen oder Kinder. Wie soll ich beurteilen, was sie mir bezahlen können, ohne sich selbst zu schaden?«

Der Reporter fragte, ob sie hungrigen Bettlern immer Geld gebe.

»Nein. Ich gebe ihnen Suppe.«

Er wollte wissen, ob ihre tierärztliche Arbeit die Zahl ihrer menschlichen Patienten beeinträchtigt habe.

»Unzweifelhaft. Menschliche Lebewesen neigen zu albernen Vorurteilen.«

Der Journalist fragte, ob sie Hunde lieber habe als Menschen.

»Nein, so sentimental bin ich nicht. Ich werde immer Zuneigung zu meiner eigenen albernen, voreingenommenen Gattung empfinden. Aber heutzutage meiden mich Leute mit kranken Tieren weniger als kranke Menschen.«

Ihn interessierte, ob sie irgend etwas in ihrem Leben aufrichtig bedauere.

»Den Großen Krieg.«

Er sagte, sie habe ihn mißverstanden: Ob sie etwas bedauere, für das sie sich persönlich verantwortlich fühle?

»Ja. Den Großen Krieg.«

Er fragte, was sie von de Valeras irischer Republik, den kurzen

Röcken junger Frauen, *Mairzy Doats and Dozy Doats* (einem damals populären Lied) und Trotzkis Ausschluß aus der Russischen Kommunistischen Partei halte.

»Nichts. Ich lese keine Zeitungen mehr.«

Zum Abschluß bat er sie, der britischen Jugend eine Botschaft zu übermitteln. Sie lächelte heiter und sagte, daß sie ihm für fünf Pfund eine sehr rasche, kurze Antwort geben könne, die all ihre Gedanken über die guten Seiten des Lebens zusammenfasse, aber zuerst wünsche sie das Geld. Er gab ihr fünf Pfund. Von einem Stapel an ihrem Ellenbogen überreichte sie ihm ein kleines, gebundenes Exemplar von *Eine liebevolle Wirtschaft*, verabschiedete sich und führte ihn hinaus.

Jener Artikel liefert den einzigen Hinweis auf Victoria McBandless zwischen 1925 und 1941, abgesehen von ihrem Namen und ihrer Adresse in Kellys Straßenverzeichnis.

Der Zweite Weltkrieg hatte zur Folge, daß sich das industrielle wie das intellektuelle Leben an der Clydeside wiederbelebte. Glasgow war der wichtigste Transithafen zwischen Britannien und den USA. Die Bombardierung Südbritanniens führte dazu, daß viele zur nördlichen Industriehauptstadt hingezogen wurden. Der Maler J. D. Fergusson kehrte mit seiner Frau Margaret Morris hierhin zurück. Sie hatten Dr. Victoria in ihren jüngeren Tagen gekannt, und Margaret Morris mietete eines der oberen Stockwerke von 18 Park Circus für die Proben ihrer Celtic Ballet Company. Bis 1945 wurde das Haus zu einem von mehreren inoffiziellen, kleinen Kunstzentren, die in der Nähe der Sauchiehall Street gediehen. Die Maler Robert Colquhoun, Stanley Spencer und Jankel Adler wohnten vorübergehend dort oder besuchten das Haus – ebenso wie die Dichter Hamish Henderson, Sidney Graham und Christopher Murray Grieve, besser bekannt als Hugh MacDiarmid. In seiner Autobiographie *The Company I've Kept* (1966 veröffentlicht von Hutchinson &Co.) schreibt MacDiarmid:

> *Ich scheine der einzige dort gewesen zu sein, der wußte, daß die absonderliche alte Hausherrin, die sich im Untergeschoß*

verbarg, die einzige schottische Heilerin – außer Long Mairi of the Glens – war, deren Name eine stolze Inschrift neben Marie Curie, Elizabeth Blackwell und Sophia Jex-Blake verdient gehabt hätte. Vielleicht schreckte ihre Tierklinik die Duckmäuser ab, aber ihre Scotch Broth war ausgezeichnet und wurde von einer freigebigen Hand ausgeschenkt.

Er schmäht

unser feiges medizinisches Establishment in Schottland, das ihr ohne weiteres eine Universitätsdozentur in Gynäkologie hätte gewähren können, das jedoch panische Angst vor der englischen Skandalpresse, geführt von jenem analphabetischen Ganoven Beaverbrook, hatte.

Diese Feststellung trifft zweifellos zu, aber sie wäre überzeugender gewesen, wenn er sie höflicher vorgebracht hätte. Wir müssen MacDiarmid jedoch dankbar sein, daß er einen Brief, den sie ihm kurz vor ihrem Tode schickte, in voller Länge zitierte. Ein weniger ehrenvoller Mann hätte das Schreiben verschwiegen, denn es enthält Dinge, die ihm bestimmt nicht gefielen. Es ist undatiert, doch es wurde offenkundig kurz nach den allgemeinen Wahlen von 1945 verfaßt.

Lieber Chris,

nun haben wir also endlich, zum erstenmal in diesem Jahrhundert, eine Labour-Regierung mit einer arbeitsfähigen Mehrheit! Ich werde wieder anfangen, die Zeitungen zu lesen. Britannien ist plötzlich ein aufregendes Land. Die Anti-Gewerkschaftsgesetze von 1927 werden außer Kraft gesetzt, und es hat den Anschein, daß wir TATSÄCHLICH ein nationales Wohlfahrts- und Gesundheitssystem für alle erhalten werden und daß man Brennstoff und Energie und Verkehr und Eisen und Stahl TATSÄCHLICH in den öffentlichen Besitz überführen wird! So öffentlich wie Rundfunk, Telefone, Leitungswasser und die Luft, die wir atmen! Und wir werden

TATSÄCHLICH jenen Klotz am Bein – das Britische Reich – abwerfen! Sind Sie nicht ein wenig glücklicher, Chris? Ich bin sehr viel glücklicher. Wir setzen der Welt ein besseres Beispiel, als die Sowjetunion es je getan hat. Ich glaube, daß alles zwischen 1914 und dem heutigen Tag ein gräßlicher Umweg gewesen ist, eine Abweichung von dem guten Pfad des gesellschaftlichen Fortschritts. Dessen letzter Fixpunkt war Lloyd Georges Staatshaushalt, der Altersrenten einführte und dadurch Armenhäuser abschaffte, und der begann, die enormen Landsitze mit Hilfe von Erbschaftssteuern zu zersplittern. John Maclean scheint sich geirrt zu haben. Eine Nation der Arbeitergenossenschaften wird von London aus geschaffen werden, ohne daß ein unabhängiges Schottland den Weg weist.

Ich weiß, daß Sie eigensinniger alter Teufel kein Wort von alledem glauben werden, daß Sie meinen, mein Herz sei »zu leicht zu erfreuen«. Ich weiß, daß Sie schon jetzt nach Ihrer Feder greifen, um mir all die üblen Würmer zu beschreiben, die an den Wurzeln des blühenden Britannien nagen. Lassen Sie die Feder liegen! Ich werde glücklich sterben.

Wenn Sie meine Veröffentlichungen gelesen haben (aber gibt es eine lebende Seele, die das getan hat?), wenn Sie Eine liebevolle Wirtschaft *gelesen haben (die man übrigens wie ein Gedicht lesen sollte, genau wie Ihre schlechtesten Gedichte als Abhandlungen zu lesen sind), wenn Sie auch nur einen einzigen Absatz meines armen vernachlässigten kleinen Magnum opus überflogen haben, so wird Ihnen klar sein, daß ich ungewöhnlich vertraut mit den Vorgängen in meinem eigenen Körper bin. Kein Wunder! Ich wurde von einem Genie an sie herangeführt. Anfang Dezember wird mich eine Hirnblutung von diesem irdischen Mühsal erlösen. Ich bin dabei, die kleine Klinik zu schließen, die vor sechsundfünfzig Jahren so tapfer und großmütig eröffnet wurde. Leicht getan! Meine Patienten sind nun ein paar Haustiere von Kindern und zwei bejahrte Hypochonder, die sich ein wenig besser fühlen, wenn sie eine Stunde lang atemlos über Dinge mit mir gesprochen haben, die nur Sigmund Freud verstehen könnte. Ich habe all meine Hunde bei neuen Besitzern untergebracht, nur nicht Archie, den Neufundländer. Auch auf ihn wartet ein neues Heim, aber er wird erst dorthingeführt werden, wenn die Freundin, die mich nach dem Frühstück besucht (Neil Todd, eine mutige Sapphierin, die der Glasgower Polizei in männlicher Bekleidung trotzt) den Schlüssel zum Untergeschoß, den ich ihr gegeben habe, umdreht und mich woanders vorfindet. Ganz woanders. Ich würde einen warmen, beständigen Mann in meinen letzten Tagen vorziehen, aber es hat nur einen in meinem Leben gegeben, und er starb vor fünfunddreißig Jahren. Nicht, daß mir die Nachtschwärmer mißfallen hätten – einige von ihnen waren sehr unterhaltsam. Aber jetzt brauche ich beständige Hitze, und mein Archie wird sie mir liefern.*

Wenn Sie mich dadurch beleidigen, daß Sie mir Ihre Dienste anbieten, werde ich nie wieder mit Ihnen reden. Alles Liebe an Valda.

Mit freundlichen Grüßen
Ihre Victoria McBandless

Dr. Victoria McBandless wurde am 3. Dezember 1946 tot aufgefunden; sie war an einem Hirnschlag gestorben. Geht man von der Geburt ihres Gehirns am 18. Februar 1880 in der Leichenhalle der Humanitätsgesellschaft am Glasgow Green aus, so war sie genau sechsundsechzig Jahre, vierzig Wochen und vier Tage alt. Geht man von der Geburt ihres Körpers 1854 in einem Slum in Manchester aus, war sie zweiundneunzig Jahre alt.

Die Nekropolis von Glasgow, wo die drei Hauptpersonen dieses Buches im Baxter Mausoleum – der romanischen Rotunde ganz rechts – beigesetzt sind.

Der Autor dankt Bernard MacLaverty, der sich den Text während der Niederschrift anhörte und Ideen zu seiner Entwicklung beisteuerte; Scott Pearson, der den englischen Text tippte und historische Einzelheiten recherchierte; Dr. Bruce Charlton, der die medizinischen Teile korrigierte; Angela Mullane, die die juristischen Teile korrigierte; Archie Hind, der Einblicke (hauptsächlich durch sein Stück The Sugarolly Story*) in die verdorbene Blütezeit der industriellen Periode Glasgows lieferte; Michael Roschlau, der dem Autor die englische Ausgabe von Lessings* Nathan der Weise *schenkte (1894 veröffentlicht von MacLehose & Son, Glasgow, übersetzt von William Jacks, mit Radierungen von William Strang), durch welche die Form (nicht der Inhalt) der McBandless-Erzählung inspiriert wurde; Elspeth King und Michael Donnelly, gegenwärtig im Ortsgeschichtemuseum Abbot House in Dunfermline, die dem Autor gestatteten, einige ihrer früheren Lebensumstände heranzuziehen, um ein fiktives Werk zu untermauern. Der schockierende Vorfall, den Bella in Kapitel 17 beschreibt, wurde durch den Epilog von V. S. Naipauls Erzählung* Sag mir, wer mein Feind ist, *nahegelegt. Andere Ideen entstammen* Ariel Like a Harpy, *Christopher Smalls Untersuchung von Mary Shelleys* Frankenstein, *sowie Liz Lochheads* Blood and Ice, *einem Theaterstück zum selben Thema. Drei Sätze aus einem Brief Simone de Beauvoirs an Sartre sind in den dritten und vierten Absatz von Kapitel 18 eingearbeitet. Eine der historischen Anmerkungen zu Kapitel 2 entstammt Johanna Geyer-Kordeschs Eintrag »Women and Medicine« in der* Encyclopaedia of Medical History, *herausgegeben von W. F. Bynum. Das Motto auf dem Einband ist einem Gedicht von Denis Leigh entnommen. Der Autor dankt einem engen Freund für einen Kredit, der ihm erlaubte, das Buch ohne Unterbrechung abzuschließen.*